人又不是冷冰冰的钢铁，
怎么会没有弱点。

酌青栀。

金丝笼

酌青栀
ZHUO QINGZHI
著

四川文艺出版社

图书在版编目（CIP）数据

金丝笼 / 酌青栀著. -- 成都：四川文艺出版社，2024.5
ISBN 978-7-5411-6923-6

Ⅰ.①金… Ⅱ.①酌… Ⅲ.①言情小说－中国－当代 Ⅳ.①I247.5

中国国家版本馆CIP数据核字(2024)第059368号

JIN SI LONG

金丝笼

酌青栀 著

出 品 人	冯　静
出版统筹	刘运东
特约监制	王兰颖　代琳琳
责任编辑	姚晓华
选题策划	赵丽杰
特约编辑	赵丽杰　杨晓丹
营销编辑	李文洋
封面设计	光学单位
责任校对	段　敏

出版发行	四川文艺出版社（成都市锦江区三色路238号）
网　　址	www.scwys.com
电　　话	010-85526620
印　　刷	天津鑫旭阳印刷有限公司
成品尺寸	145mm×210mm　　开　本　32开
印　　张	13　　　　　　　　字　数　349千字
版　　次	2024年5月第一版　　印　次　2024年5月第一次印刷
书　　号	ISBN 978-7-5411-6923-6
定　　价	42.80元

版权所有·侵权必究。如有印装质量问题，请与本公司图书销售中心联系更换。010-85526620

目录

第一章	金丝雀	001
第二章	什么时候爱上她的	037
第三章	玫瑰刺	075
第四章	梦呓	111
第五章	有一点动心	149
第六章	风雨欲来	183
第七章	眷侣还是怨偶	219
第八章	反方向的钟	255
第九章	苦夏	293
第十章	再见"爱人"	331

番外一	怦然心动	383
番外二	春樱回眸·傅岑	389
番外三	氤氲疏影·傅信	395
番外四	青山余晖·程锴	401
番外五	冬雪祈愿·白霍	407

第一章

金丝雀

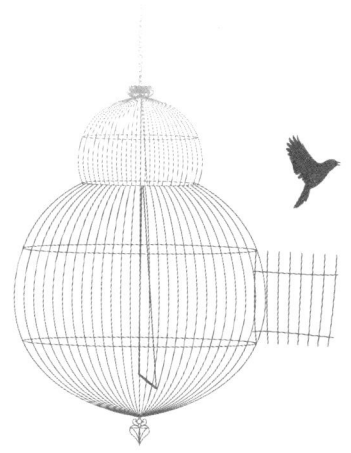

金丝笼

这是孟娴醒来后的第三天。

她坐在客厅的沙发上，怔怔地看着家里新请的帮佣把刚剪下来的一大束花修枝去叶，然后插进那只象牙白的浮雕花瓶中。

她知道她，昨天秋姨带她认了几个在家里干活的小姑娘，说是刚请的，以后有事叫她们就行，而眼前这个正在修剪花枝的女孩就是其中一个。

她注意到，女孩的手有些微粗糙，倒也不是难看，只是一眼就能看出这双手的主人绝不是从小养尊处优长大的。她低头看了眼自己的手，和女孩的一样。

"小琪，这是什么花？"孟娴开口问道。

"太太，是龙沙宝石，也叫伊甸园玫瑰。"叫小琪的小姑娘闻言看向孟娴，眉眼温顺地笑了笑。

上岗前，她们都是经过培训的，她主要负责后花园里那些金贵的花，每种花的名字、习性都要记得清清楚楚，而且，她对"伊甸园玫瑰"的印象最为深刻——

"小南楼所有的花都是太太的心尖肉，尤其是这个品种，照顾的时候都仔细点，那么多的工资可不是白拿的。"管家的秋姨曾这样一而再再而三地叮嘱她们。

基本上每隔两天，她就要去剪两束花，分别放在客厅和主卧；夏天时，月季和玫瑰都长得不大好，所以每两周就要请园艺师来看一次，以防生病或遭受虫蛀；太太嫁进来时带的那盆垂丝茉莉喜阳，浇

第一章 金丝雀

水要仔细适量……这份工作工资高,也不是很累,只要安分守己就行,但小琪总是觉得这个家很怪。

很早之前,她就已经给有钱人家做全职保姆了。时间长了,豪门的腌臜事小琪也算见了不少,可像白家这般古怪的,却是第一次见。

江州的有钱人家不少,但称得上是豪门望族的,满打满算两只手也数得过来,白家就是其中之一。

可这样的门第,男主人不仅娶了个没什么家世背景的女人,而且还是头婚。

换作旁的高门,是无论如何都不会让这样的女人进门的。那象征着身份和亲疏的联姻机会,定要用在最重要的时候,要给家族和公司带来利益。

如果只是一段风月之缘,倒无所谓。

跟她一起工作但来得比她要早几个月的另一个女孩在听到她的疑惑后,却目不斜视地低声劝告她少管主人家的事:"太太就算再不漂亮,也比你我好看得多。人家是名校出身,气质好、身段好,又和白英小姐是好朋友,单这两条,就不知甩多少人几条街了。"

白英小姐是这家主人的亲妹妹,自打小琪来这儿上班后,男主人没见过几面,反倒是这个白英小姐来得比谁都勤快。

可这就更怪了,她从来没在哪户豪门家里见过这么和谐的姑嫂关系。她倒是见过不少装出来的,可白英小姐对太太的关心又不像是装的,不然也没必要天天都来探望吧?

"兴许太太真是命好呢。"小琪这样想着,然后把手里那枝修剪干净的玫瑰递到了孟娴手里。

孟娴垂着眼,用手摸了摸玫瑰花瓣,声音低柔:"真好看,谢谢你。"

小琪闻言,似乎有些受宠若惊,急忙把头垂得更低了,表情有一丝慌张。

小琪其实很喜欢这里,给的钱多,活计也轻松,雇主也不多事,从不苛待她们,除了说不出哪里有些不太对劲,其他都很好。相比较

金丝笼

之下，她以前待过的主人家哪里有主动向保姆道谢的，那些人倨傲惯了，自带着一种高阶层的优越感，工作若是做得好，最多打发些奖金罢了。

想到这儿，小琪抬眼偷偷看了一眼女主人孟娴。

她知道女主人姓孟，不是江州人，相貌称得上钟灵毓秀，尤其是那一双剪水眸，让人不自觉就会生出好感。美则美矣，只是女主人的气质稍显含蓄内敛，是那种由内而外的温柔淡雅。

她心想，如果她是男人，大抵也会怜惜并爱上这样的女人吧。

这让她无端想起花园里那些随处可见，甚至把小南楼大部分外墙都覆盖住的藤本月季和木绣球。据说那是夫妻二人相恋的时候种的，而这栋爬满了蔷薇和月季、造价上亿的小南楼也是男主人白霍送给妻子的婚房。

想到这儿，小琪心里暗暗咋舌，这样美好深厚的夫妻情谊，妻子却忘得一干二净。

没到这里工作之前，她一直以为"失忆"是电视剧里才会出现的桥段。但来到白家后，小琪才算是真正明白了什么叫作"艺术来源于生活"。

听管家秋姨说，当初太太飞去国外看展，从酒店去展厅的路上遭遇车祸，猛烈撞击下的脑外伤导致颞叶内侧受损，好多事情就都忘了。

小琪不着痕迹地叹了口气，心想，这么善良温柔的人，老天爷怎么舍得让她遭这样的罪。

正想着，管家秋姨不知何时来到客厅，站在了孟娴面前，说道："太太，先生来电话说今晚公司有事，不回来了，让白英小姐陪你。"

秋姨的年纪在五十岁左右，做事沉稳妥当，孟娴对她很是敬重，闻言点了点头："好，我知道了。"

三天前，孟娴醒来，一场车祸让她忘记了从前的一切。对她来说，现在周围的一切人和事都是陌生的。但好在他们对她都很好，她不记得的，秋姨和白英也都会事无巨细地告诉她。

第一章　金丝雀

没多久，小琪便离开了，客厅里只剩下孟娴和秋姨两个人。

按照前几天相处下来的惯例，这时候，秋姨便要拉着她，给她讲以前的事了。

这是她的丈夫白霍交给秋姨的任务，白霍似乎很想让她赶紧记起以前的一切，就算实在记不起来也没关系，他可以让人讲给她听。

但无非也就是那些"因为先生和您感情很好啊，您把以前的事都忘光了，他心里该多难过、多心疼您啊"这类话。

渐渐地，她似乎察觉到一个事实——她和白霍曾是一对模范夫妻，十分相爱，所以白霍想让她恢复记忆也是理所应当的事。

这种话听得多了，就连她自己都产生了错觉。可当她真的和白霍见面后，她又瞬间冷静了下来——

因为白霍对她，并不像对待一个深爱的妻子。

在她的记忆中，似乎只有刚刚醒来的那次，他表现得像一个丈夫一样，欢喜又慌乱地抱着迷茫呆滞的她，一声声地念叨："孟娴，醒了就好，醒了就好……"

那声音低哑中带着一丝痛意，还混杂着若隐若现的心跳声，让她的身体本能地涌上一股熟悉感。也正是如此，在别人和她说他们曾经很相爱时，她才从没怀疑过。

但白霍很忙，即使她出了这么大的事故，他也只是守到人醒后便离开了，只留下妹妹和两个时不时来一趟的家庭医生照顾着她。

就这样，偌大的房子里，孟娴时常孤身游荡着。房子里的每一处都让她感到十分熟悉，但又什么都想不起来。她脑子里一片空白，只有身边人零散的话，才能勉强勾勒出她的过去。

白霍并不是每晚都回家，午夜梦回，有时候孟娴隐约察觉到枕边有人，可早晨醒来，身旁还是一片温凉。

今早，她倒是在餐桌上见到了白霍，但一张长长的法式餐桌，夫妻两人竟要各坐一头。

男人当时没穿正装。但气质仍是成熟稳重的，他下颔冷硬，眼神没什么温度。也不知是不是她的错觉,她总觉得和她刚醒那天相比,对方对她的态度似乎一天比一天冷淡了。

但她又想到先前白英说白霍很爱她,即便她和白霍不论身份还是阶层的差距都好比云泥之别,但她还是顺顺利利地嫁进了白家。

这样的反差让孟娴心底忽然蒙上了一层薄薄的寒意,她说不上来这到底是什么感觉,但她总觉得失忆后的自己把一切都想得太简单了。

秋姨在一旁招呼着上早餐,又随口关怀了白霍几句,大致是因为白霍昨天一整晚都睡在书房,要他注意身体云云。

末了,秋姨忽然提起花园里那一大株快死了的花。

"是那株名叫什么公爵夫人的花,我年纪大也记不清楚了。这几天园艺师用了很多办法都没救过来,就托我问问还要不要留着。"说到这儿,秋姨略微迟疑一秒,"太太从前很喜欢那株花的,还是先生和太太结婚一周年时亲手种下的,要不……还是继续养着吧?"

听秋姨这话,似乎是之前已经试了很多方法,可惜那花不争气,还是一副半死不活的样子。

秋姨话音刚落,远远地,孟娴忽然察觉到白霍好像看了她一眼,也是这时,她猛地想到——这满园子的花可都曾是"她"的宝贝,如今死了一大株,作为深爱妻子的丈夫,他看她一眼,难道是在观察她有没有难过?

可事实证明,她错了。

长餐桌对面的白霍表情没有一丝波动,仿佛是在处理一团毫无用处的垃圾一样,语气冰冷:"死了就死了,挖出来扔掉不就好了?"

望过去的一瞬间,孟娴和白霍对视,她似乎从他眼里看到了些微的恨意,而男人冰冷的声音也再度响起:"反正没了这一株,还有千千万万株替代品。"

一时间,空气似乎凝滞了,孟娴不知道白霍究竟是在说花,还是在说她。

第一章 金丝雀

但这些人里，一定有人撒谎了。

他们说，她和白霍相识于她的母校，因为她和白英是好朋友，所以她时常和白英一起出入白家，久而久之，便和白霍日久生情；他们说，她和白霍相恋多年，感情甚笃，白家原本是不同意她嫁进来的，是白霍力排众议迎她进门；他们说，白霍是个完美的丈夫，而她，也是个完美的妻子……

如果他们说的都是真的，白霍对她又怎么会是这种态度？

孟娴下意识地努力回想白霍为何会这样，可越想头越钝痛，这让她不得已放弃了回忆。

她站起来准备回房间休息，对秋姨道："我上楼歇会儿，等白英来了再叫我。"

秋姨闻言紧随其后，不知道是不是得了白霍的授意，好像只要离了她的视线，孟娴就会像个脆弱的瓷娃娃那样摔得粉碎。但孟娴也没有拒绝，只任由秋姨跟着。

二楼安静，傍晚的阳光透过有着两层楼高的法式落地窗照进来，折射开来的光线像碎钻一般打在地上，似粼粼波光。

小南楼里里外外种了那么多花，可走廊却连盆景观植物都没有，空荡荡的，莫名透着些萧索。

孟娴将目光投到墙上，越看越觉得好像有哪里不太对劲。她停下脚步，对秋姨问道："这墙上原本就是这样什么都没有吗？"

白家家大业大，家里的墙面上却连张装饰画都不舍得挂？

她怎么总觉得，这墙面上应该有东西在。

秋姨笑了，带着微嗔："太太，这里原本就是这样的。自先生结婚后，我在这里干了这么多年，墙上就从来没挂过什么东西的。"

孟娴闻言，立在原地一动不动。

她在心里自嘲一声，也是，她一个失忆的人，也没必要在这里跟秋姨求证。失忆的惶然和对未知事物的恐惧让她变得草木皆兵起来，她似乎有些过于敏感了。

孟娴将视线挪开，没再说什么，径直回卧室去了。

主卧外有一个面向后花园的露天阳台，围栏被花枝缠满，阳台上放了一个藤编的双人秋千。孟娴走过去，忽然发现秋千上有本书。

书被靠枕和毛毯覆盖了大半，只剩下四分之一露在外面。她拿起来，还没怎么翻动，忽然从书里掉出两张纸。

孟娴捡起来一看，是两张机票，目的地是保加利亚的首都，日期是今年五月初，大概就是秋姨口中她飞去国外看展的日子，而现在已是六月中旬，早就过期了。

这两张机票，其中一张有她的个人信息，但另一张上面的名字她没听说过，叫傅岑，听起来像个男人的名字。但除了姓名，机票上其他有用的个人信息寥寥无几，她翻来覆去地看了一会儿，没看出什么名堂。

难道是当初要去看展，所以才耽搁了这个行程吗？

孟娴漫无目的地猜测着，忽然莫名很想查查这个地方。她拿出手机，在浏览器的搜索栏中输入"保加利亚"，屏幕上便立刻弹出来一系列和"玫瑰"有关的信息。

这个手机是她醒后不久秋姨拿给她的，全新的，对方只随口提了一嘴，说她原来的手机在车祸混乱中丢失了。

保加利亚卡赞勒克玫瑰博物馆、玫瑰谷……看着手机上的这些信息，孟娴能感觉出以前的她真的很喜欢玫瑰。

但这个傅岑又是谁？旧友还是助理？

能跟她一起出国的人，必定不是泛泛之交。可如果关系匪浅，她怎么从没听身边任何人提起过？

孟娴从阳台回到卧室，环顾四周，她犹记得刚醒来那天，开始接受自己失忆的事实后，便尝试过在家里到处走动，以此来找寻和自己有关的记忆或旧物。

那时秋姨就亦步亦趋地跟在她身后，跟她说着她的身世："太太，您是孤儿，没有父母，当初您和先生结婚时，婚宴上都是白家这边的

第一章 金丝雀

亲戚……"

当她问起秋姨她的个人证件和结婚证时，秋姨又说："东西都在先生那里，有用得上证件的事情，先生也都会处理好的。您把以前的事忘得一干二净，这么重要的东西带在身边也不安全。"

孟娴听完点了点头，但她并没有死心，转头又去问了白霍，但他的说辞和秋姨大差不差。

他平静又不容她忤逆地告诉她，如果她需要用到那些证件，比如出国之类的，他都会安排好，不必她操心。既然如此，她现在用不上，那就暂时先放在他那里。

思及此，那层薄薄的寒意似乎又加重了些。

孟娴看向卧室里那盆被照顾得很好的垂丝茉莉，又看向柜子里"她"的衣物，还有墙边堆放的几幅署着她名字的加框油画，心绪越来越沉。

目前为止，她所有能找到的在这里常年生活的痕迹和她的生平都来自他们的口中。

"咚咚——"

这时，门外忽然传来沉闷的敲门声，孟娴的思绪也被猛地拽回现实。

"太太，白英小姐来了，"秋姨的声音自门外响起，"她还带了程家的人来。"

白英是白家女儿里最小的，醒来后的孟娴每次见她，她总是快活得像一只百灵鸟。

白英生得很漂亮，甜美灵动、落落大方的样子活脱脱就是一个从象牙塔里走出来的、不谙世事的公主。

但就是这样一个含着金汤匙出生的大小姐，竟然和无父无母、阶层完全不对等的孟娴成为好朋友，这事任谁听了都会觉得不太真实。

孟娴不知道以前的自己是怎么做到的，就像她也想不通她这样孤苦的身世到底是怎么嫁给白霍的。

金丝笼

但和以往不同的是，白英这次来，还带了程家的人。

秋姨跟在孟娴身后，低声嘱咐道："太太，待会见了程小少爷，您别说错了话。他和白英小姐是青梅竹马，还是程老太爷的长孙。咱们白家和程家一向交好，估计是听说您出事，来看望您的。"

程家和白家是世交，也是江州根深蒂固的豪门望族，显赫的声势丝毫不输白家。

这么三言两语敲打下来，孟娴听出了秋姨的意思——她失忆事小，但千万不能在程家人面前失了体面。

孟娴还在楼梯上，尚未见人，远远地倒是先听见了声音。

"外面怎么比得上家里？学校里的华裔倒是不少，除了长得像国人，说话的气质完全不一样……"程家少爷的声音朗利，还透着股漫不经心的劲儿，慵懒中夹杂着些许倨傲。

白英的笑声紧接传来："我说你怎么还没毕业就火急火燎地飞回国，芸姨前两天还在老宅和我妈打麻将，说起这事气得直冒火呢！你说她也是，你爱胡闹又不是一天两天了，儿子都养二十几年了，还没习惯呢……"

大概是听见脚步声，在客厅沙发上坐着的两人不约而同地转头看过来，而孟娴这才看清了程家小少爷的脸。

他生得倒是出挑，五官深邃，硬朗的轮廓和浓眉中和了那双过分精致的眼睛，唇角微勾时，眼神里带着一丝桀骜和玩味。

白英看见孟娴，一下子便雀跃起来，拍拍身旁的人，道："程错，这就是我的嫂子，也是我最好的朋友，快打招呼。"

程错这次倒没胡闹，规规矩矩地开口："孟小姐好，我是程错。"

按照秋姨的话，白程两家并不止于表面上的交情，还有一两桩旁支的姻亲，总之"世交"两个字可不只是说说而已。

"你好。"孟娴笑了笑，嘴角勾起的弧度仿佛练了千万遍那样自然，至少她从他们后面落地窗的反光中看见自己的这个表情是恰到好处的，温和善意，还带一点恰到好处的疏离。

第一章　金丝雀

程错还是刚才那副笑脸,但眼神明显变得不亲切了:"好久不见,孟小姐。"

白英诧异道:"怎么就好久不见了,你们以前见过?"

孟娴心思一动,也看向程错,程错的视线虚无缥缈地在半空中晃了一圈儿,这才点头,对着白英道:"璋叔葬礼的时候见过,不过当时你忙着,我妈又急着撵我出国,没和你见面罢了。"

白璋是白英和白霍的生父,大概是在孟娴嫁进白家后一年多的时候,突发急病而亡。

这两人熟稔地交谈着,而坐在白英身旁、被她挽着胳膊的孟娴则安静得像个异类。

孟娴不作声,她知道程错只是来做个顺水人情,并不是特意来看望她的。毕竟对他来说,她不过是个没什么感情和交集的外人。

二人交谈时,白英时不时会因为某个话题转而和孟娴搭话。比如二人聊起程错在国外留学参加的派对舞会时,白英就扭头朝孟娴说道:"对了,我这两天会派人送架钢琴过来,你试试还会不会弹。我帮你问了医生,说可能会有肢体记忆。就算忘了也没关系,到时候我给你找最好的老师,把以前学过的都补回来。"

"我以前……会弹钢琴吗?"孟娴微怔,白英的话让她有些意外,她一个无父无母的孤儿,能考上名牌大学已经实属不易,但钢琴昂贵,又不好速成,"她"以前是怎么办到的?

"秋姨没和你说过吗?"白英声音微微拔高,她像是想起了什么,那双明亮的眼睛弯了弯,"何止会弹钢琴,你还会跳好几种交际舞呢,甚至还会讲一点法语,能和法国人简单交流的那种。"

话音刚落,程错笑了一声:"孟小姐的钢琴是跟谁学的,白霍吗?"

这话轻飘飘的,语气中带着一丝似有若无的戏谑。

白英回头瞪了程错一眼:"你问她干吗?来之前我不是都跟你说了,她出了车祸,什么都不记得了。"

程错耸耸肩,向后仰靠,放在孟娴身上的目光也收了回去,语

金丝笼

气微凉:"问问而已,护得那么紧做什么?人家嫁的是你哥,又不是你。"

全程孟娴连一句插嘴的机会都没有,就算是有,她也不知道该说什么,因为她的确什么都不记得了。

可第二天,当白英带人把钢琴送来,摆在她面前时,她只摸了摸琴键,心里就涌起一股熟悉感,仿佛是一种下意识的本能认知,她好像知道该怎么弹,甚至看得懂琴谱。她先是试探性地弹了几个音,渐渐地,她的指尖开始跳跃起来,曲调也愈发连贯悠扬。

孟娴勾起唇角,原来白英不是胡说,她居然真的会弹钢琴。

一旁的白英看起来似乎比孟娴还高兴,穿着红裙的她大刺刺地趴在钢琴盖上,听孟娴弹完了大半首钢琴曲。

一曲结束后,白英突然提起了程错:"昨天程错阴阳怪气的那些话,你别放在心上。他就那样,从小嘴就毒。"白英撇撇嘴,"他妈是他爸的第三任妻子,程老太爷把这个小孙子当成眼珠子似的捧着,这才养成现在的跋扈样子。我俩从小一起长大,都不知道吵过多少次架了。"

白英说的这些,孟娴其实并没放在心上。她倒是对自己还会弹钢琴这件事十分高兴,就好像她终于找回了一些以前的记忆一样。

"对了,程错还拜托了我一件事。"

白英说着,转头朝她带来的两个人使了个眼色。二人领会后,转身出去了。不一会儿,二人便合力搬进来一个包裹严实的薄箱,里面像是装着板子、相框之类的东西,箱子上还印着密密麻麻的英文。

"这是程错在国外的一个小型拍卖会上拍得的画,画的是玫瑰。听说你喜欢玫瑰花,就托我送给你,就当是迟到了的结婚礼物。我看就挂在二楼走廊的墙上吧,那里太空了,以前挂着东西时多好看,也不知道我哥怎么想的……"

这时,一直默不作声的孟娴忽然抬眼朝那面墙看了过去,透过二楼的栏杆,她看着空无一物的墙面,问道:"那墙上以前挂东西了吗?"

第一章 金丝雀

"对啊。"白英随口回了句,然后就站起来,继续专心致志地指挥那两个人去挂画了。

孟娴则一动不动地坐在琴凳上,好像在看那面墙,又好像在出神。

当晚,她做了个怪梦。

她看到白霍侧对着她,就站在之前她问白英是否有挂过装饰画的那面墙所在的走廊上,正微微抬头看着墙上挂的画框。

他看得很专注,那个表情孟娴从来没有见过——温柔、迷恋,眼神黏稠又沉重。

是在看那幅白英带过来的画吗?孟娴下意识地想。

可走近后,她忽然发现那不是一幅画,而是一幅足有半人高的、带框的照片。

照片中似乎是个女人,稍稍侧身站着,当她还想走近些,看看那照片上的女人到底是谁时,眨眼间,那幅照片和站立着的白霍忽然烟消云散,取而代之的是空无一物的墙面和黏腻的黑暗。

…………

孟娴从梦里惊醒时,正好上午八点整。

偌大的房间里除了她的呼吸声再无其他声音,她下意识地摸了一下身旁的位置,一丝温热的痕迹都没有,看来昨晚白霍还是没回来。

她下床后,一边换衣服,一边不由自主想起昨晚那个莫名其妙的梦。

那张照片是什么时候拍的?现在又在哪里?还是说照片根本就不存在,是她记忆神经受损,自己幻想拼凑出来的?

直到洗漱完,孟娴脑中还是充斥着这些乱七八糟的猜测。她脚步轻慢地走出卧室,目光落在那道墙上。

白英昨日送来的画已经挂好了,但她没注意看。

现在仔细一瞧,一眼望去,整幅画都是淡淡的灰紫色花瓣,优雅中又带一丝雾蒙蒙的神秘,右下角还写着作品名称——*Blue Rose*。

画虽不是什么名画,却的确漂亮。

金丝笼

秋姨上到二楼，看见孟娴正看画看得入神，便笑着走过去，道："白英小姐说，这花叫'蓝色迷漫'，画得可真好，跟真的一样。家里没种过这种颜色的花呢，我想着太太您看见了肯定也会觉得新鲜。"

孟娴看向秋姨，脸色略微诧异："明明是紫色的花，为什么要叫'蓝色迷漫'？"

秋姨摇摇头，她哪里懂得这些："不然等下次园艺师来时，我帮太太问问？"

"不用了，谢谢秋姨。"孟娴笑了笑，其实她对此也不是很感兴趣，不过随口一问。她往楼下走去，突然话锋一转："对了，昨天白英什么时候回去的？"

秋姨跟着孟娴下楼，事无巨细地回道："晚上您睡着之后她就走了，还让我转告您，最近天气格外热，你大病初愈怕是受不住，不如挑个时间去她名下的度假山庄避避暑。"说到这儿，秋姨顿了顿，"先生也去。"

孟娴下楼的脚步一顿，侧脸看向秋姨："白霍他昨晚回来了？"

"回来得晚，刚好碰上要走的白英小姐，二人说了几句话。凌晨时先生拿了文件就又走了，早饭都没吃。"秋姨道。

他倒是大忙人，孟娴想。

昨天白英送来的那架钢琴还在一楼客厅的显眼处摆着，孟娴摸了下琴盖，脑海深处似猛地闪过什么，不过只一瞬就又消失了，快得她压根记不住。

这时，她又想起程错曾问她的钢琴是跟谁学的。他说这话的时候，神情可不像是好奇，倒更像是某种暗示或质问。虽然孟娴失忆了，但一个人对她是带着善意还是恶意，她看一眼便能大致察觉出来。

这一点孟娴倒觉得正常，秋姨说她是孤儿，而一个孤女，若要想好好长大免不得要寄人篱下，察言观色自然便是最基本的生存技能。

至于程错……他要么是因为她微寒的家世而排斥她，要么是生性倨傲。她漫无目的地想着，思绪纷飞——

第一章　金丝雀

不会是她失忆前得罪过他吧？！

秋姨一边摆放碗筷，一边扭脸看了一眼孟娴，微笑着道："您怎么叹气了，是早饭不合胃口吗？"

孟娴闻言，面色恢复平静："没，饭菜很好。"

清粥热菜，这当然是好的，就算再不合胃口，总好过冷冰冰又看不透的人。

孟娴坐在主卧阳台的秋千架上看了一天的花，晚上看到白霍的车开进来后，孟娴几乎是跑着下楼的，丝质的裙摆翻涌着，像只灵动的白蝶。

白霍刚脱下外套交到助理手上，就看见孟娴单手扶着楼梯栏杆，站在那里远远地看着他。

这是她醒来以后，第一次这么活泼。

秋姨也看见了，压着声音道："太太肯定是听见声音，下楼迎先生来了。"

白霍闻言，眼里闪过一丝说不清的情绪，他看着孟娴脚步略显迟疑地朝他走来，又有些生疏但含着勇气地试探道："你回来了……"

他的目光恍惚怔了一瞬，然后恢复如常："嗯。"

当真是惜字如金，孟娴忍不住腹诽——今天秋姨拉着她讲她和白霍以前的事时，她几度怀疑秋姨口中的那个白霍是不是被人调包了，如今他们这貌合神离的样子，任谁看了都说不出"真心相爱"这四个字。

孟娴和白霍并肩一起上楼，白霍步子不快，她得以稳稳当当地向他诉说自己的请求："我想跟你商量件事。前几天，我听白英说我之前在她名下的一家公司担任设计总监，还准备回母校任教镀金。现在我身体也恢复得差不多了，想回去继续工作，你觉得呢？"

白霍身形一顿，孟娴见状也不自觉地停住了。他本就生得颇有压迫感，眉眼凌厉，孟娴看着他时，原本心里十拿九稳的想法忽然就变得不确定起来。

金丝笼

对方沉默两秒,沉声开口:"你才刚醒来不久,不适合工作。"他似乎是在关心她,同时也否决了她,"你还是在家好好休息吧,想要什么尽管告诉秋姨,要是无聊了就叫白英来陪你。"

不知道是不是她的错觉,白霍周身的气温好像比刚才低了两度,以致她满心解释的话忽然说不出来了。

他怎么又不高兴了?真是莫名其妙,就因为她忤逆了他的意愿,非要去工作?

她不是任性,而是经过深思熟虑的。成日在家无事可做实在是无聊,更何况她自己的身体自己清楚,的确好得差不多了。

她是人,又不是他豢养的一只鸟。

看孟娴失落垂眸,白霍稍稍放柔了语气:"过段时间和白英一起去山庄避暑,到时候你好好散散心。至于工作上的事,等哪天时机合适,我会安排好的。"

他这话软硬兼施,孟娴彻底无话可说。

晚上,白霍没有睡书房。

孟娴洗了澡出来,看见男人正靠在床头看书——是之前她发现机票的那本书,现在那两张废票还在书里面夹着。

白霍抬眼看了看孟娴,床头加湿器喷洒出的细雾弥漫开来,衬得他那双眼越发黑沉沉的。空气中不知何时泛起了一缕很淡的甜香味儿,还没等孟娴开口问,白霍便抬眼看向她:"我加了点助眠精油,是你以前很喜欢的茉莉花香。"

孟娴回了句"好",走到自己惯常睡的那边,正要坐下,身后再次传来了男人的声音:"对了,还有件事。"他顿一顿,道,"我们结婚这么久了……我想要个孩子。"

孟娴迟疑片刻,坚定地摇了摇头:"我还是想去工作,怀孕不方便。"

孟娴直视着白霍,察觉到对方周身瞬间冷下来的空气,她缓了缓,继续表明自己的想法:"而且我还没有做好准备……"

第一章　金丝雀

　　白霍身居高位，大抵是发号施令惯了，孟娴被他那暗沉的目光盯着，说一点也不怕是不可能的。

　　他们虽是夫妻，可她打心底里清楚，他们之间其实并不平等。她对白霍来说，或许就和那株已经没什么价值、就算丢弃也可以立刻找到替代品的花一样，随随便便就可以扫地出门。

　　她本能地，也不得不以最坏的打算去揣测她如今的处境。

　　二人就这样僵持了几秒，还是白霍先垂下眼，松口道："你刚醒不久，的确不太合适，是我考虑不周了。当初留校任教的聘书你没能及时回复，再申请还得等些日子；白英名下那家公司的设计总监一职早在半月前就有人顶替了，现在贸然换掉也不太妥当。"

　　他的话点到为止，孟娴静默着，呼吸也放缓了些，心想，他是为下午拒绝她的事而解释吗？但转念又不敢轻易相信，只淡淡道："嗯，我知道了。"

　　白霍翻了一页书，视线轻飘飘地落在那两张机票上，他的目光自始至终都没从书上移开，可他的眼角余光还是能看到那坐在床另一边的人稍稍绷直了脊背。

　　他站起身，带着那本书走进了浴室，浴室门被他关上，随之而来的是被开到最大的淋浴水声。

　　浴室内，男人宽阔的脊背在无人处终于塌陷下来，他双手撑着洗手台的两侧，一点点抬头看着镜子里的自己，呼吸不知何时变得愈发粗重，眼圈也因为忍耐而变得微红。他微微咬牙，目光慢慢移向他刚才扔在一边的那本书，书中夹着的两张机票的边角露了一些在外面，他一点点地将其抽出来，不过须臾，就撕了个粉碎。

　　扔掉碎屑，他又看向镜子里的自己，白霍恍惚了几秒，扭曲的神情才慢慢恢复如常，好像刚才什么都没有发生过。

　　他把书温柔地合上，然后扔进了垃圾桶里。

　　翌日，孟娴是被敲门声吵醒的。

金丝笼

她的身边照常空无一人,而得她准许进来的人是秋姨。

清晨仲夏那种独有的浓烈光线和露水气味已经透过窗缝弥漫进来,秋姨一边去拉窗帘,一边颇为热络地道:"先生还没走,在楼下吃早饭,您现在下去,估摸着还能见到。"

要是放在平时,孟娴早在她话音落下时就会接住她的话了,可今天却没有。秋姨等了一会儿也不见孟娴出声,便疑惑地回过头来。

一回头,她就发现孟娴正出着神,目光平视前方,不知道在想些什么,脸上还带着一点不太明显的泪痕,她急忙关切地问道:"太太您这是怎么了,做噩梦了?"

孟娴闻言,这才看过去,像是回了魂似的,开口道:"不是噩梦,就是一个普通的梦。"

"好像是以前的事,梦里有白霍,"孟娴平静地诉说着,视线一直追随着秋姨,"……还有歌剧院,有喷泉和好多白鸽。"

她把她梦到了什么都跟秋姨说得十分详细,似乎把对方当成了十分信赖的长辈。

秋姨的眼里快速闪过一丝复杂的情绪,但她只是笑笑,道:"……您说的这些,我也不知道。"

秋姨说完就离开了房间,临走之前她又嘱咐孟娴,说孟娴的家居服放在了衣帽间某个柜子里。孟娴看着卧室门在她面前被轻轻关上后,这才下了床向衣帽间走去。

孟娴打开衣柜,慢吞吞地拨弄着那些挂好的衣服。

其实昨晚她并没有做梦,也许是因为白霍放的那些助眠精油,自从她失忆以后纠缠她好几天的怪梦竟然消失了。而她向秋姨说的有喷泉和白鸽的歌剧院,是前些日子白英告诉她的。

如果她没猜错的话,这个时候,秋姨应该已经一字不差地把她的话学给白霍了吧。

孟娴面无表情,和刚才面对着秋姨时茫然若失的模样大相径庭。

她想起她刚醒那天白霍的神情和姿态,又想起昨天下午她飞奔到他身边时他眼神中的恍惚，还有他昨晚的那些解释……这样一个情绪极少外露的人，除了展现出对她的冷漠，旁人从他那张脸上是看不出他在想什么的。

可孟娴却能感觉到白霍并不是一味厌恶她的，他对她应该还有一些怜惜，或者是想从她身上图谋些什么。

总之，他定然是一时之间还不能舍弃她，所以即便整日冷眼相对，也没有选择跟她离婚。

孟娴下楼的时候白霍果然还没走，他好像在一夜之间忙完了所有的事一样，此刻正慢条斯理地吃着早饭。不知道是谁将孟娴的椅子从餐桌另一头挪到了白霍旁边，而白霍也像没看到一样，应该是默许了。

孟娴走过去坐下，秋姨帮她盛了一碗粥就默默离开了，只留她和白霍二人。

餐厅的气氛静悄悄的，不久后，白霍沉声开口："你说的那家歌剧院在意大利。"

孟娴顿了一下，看向白霍，但白霍没什么表情，只是自顾自地说："卡尼亚歌剧院的芭蕾舞团和白鸽喷泉很出名，你二十五岁生日时，正好我去那边出差，当时是你、我、白英一起去的。"

孟娴顺势将双手搭在桌面上，安静地看着白霍，她心想，秋姨果真把监视她这件事完成得极好。

正说着，白霍的表情似乎短暂地浮现出一丝怀念，须臾过后，他终于舍得看向孟娴："这些天你应该做了好多梦吧。除了我，你还梦到谁了？"

孟娴眨眼，还梦到谁？他认为她会梦到谁？

她微微抿唇，和白霍的视线在空中胶着在一起，她勾着唇角笑了笑："不知道，我现在谁也不认得，而且梦这种东西又说不清楚。"

她极为仔细地捕捉着白霍眼神里的细微变化，再开口时，嘴里的话已是半真半假，带着似有若无的试探："我只认得你，应该也只梦见了你吧。"

白霍闻言，沉默了。他脑子里突然开始极快地闪过一些乱七八糟的画面，那些痛苦的记忆使得他的眼神一寸寸地冰冷下去，可当他看到孟娴的面庞，听她语气中对他的依赖，心脏却又控制不住地鼓胀起来。

自从孟娴失忆以后，她真的比以前乖巧多了，仿佛变回了他们最初认识时那真诚、纯善的模样。

白霍又不可抑制地开始回忆，那些曾经透着光亮的美好画面和眼前之人慢慢重叠，引诱出他的爱和恨，也激起了他那内心深处的占有欲。

他笑了笑，看向孟娴的眼神似乎又开始带了温度。

这次，白英时隔半个月才去了一趟小南楼。

"总校举行颁奖典礼，迈尔斯给我发了请柬，我参加了。过了这么多年，他发邮件的习惯还是没变……"白英浅笑地回忆着，语气自然，可没多久又好像后知后觉地反应过来现在已经不是从前，孟娴也都不记得那些事了。

但孟娴没有打断白英，对方也只顿了顿，然后开始耐心解释起来："我之前跟你说过，我们大学时就认识了，当时就是在佛罗伦大学的中区分校。迈尔斯是我的老师，我毕业一年后他就调回总校任职了。你之前还跟我说他的绿眼睛好看，说他上课时像个可爱的小老头儿。"说完，白英还夸张地学了一下孟娴夸迈尔斯的认真样子。

孟娴虽然不记得了，但她还是被白英的样子逗笑了。白英喝了口花茶润嗓子，看着几个年轻的小姑娘给她们二人拿来了几盘花样精巧的甜点放在沙发前的茶几上。

白英挑了一盘喜欢的糕点端起来，手中银叉反射出的光线亮得晃眼，孟娴被那光线晃了一下，下意识地闭上眼，脑子里却忽然冒出了一些声音——

"……他校庆时要上台弹钢琴，你们那双人舞还跳不跳了……"

第一章 金丝雀

那声音没头没尾、断断续续的。孟娴只觉得眩晕,眼前一片灰蒙蒙的,只能依稀分辨出是白英的声音。

是谁要弹钢琴?她又是要和谁一起跳双人舞?

白英还没来得及吃糕点,便注意到孟娴表情不对,她瞬间脸色一变,关切道:"怎么了,哪里不舒服吗?"

孟娴轻轻摇头:"没事了,就是头疼了一下。"

白英正要说些什么,孟娴却抬头问道:"我刚才想起了一点儿东西……"她努力回忆着那句话中的关键词,"好像是和'校庆'有关,那天有发生什么特别的事情吗?"

白英脸上的担忧顿时烟消云散,取而代之的是一点儿戏谑促狭:"你跟我哥真是天造地设的一对儿,你都失忆了,还不忘你们第一次见面的时候啊。"

闻言,孟娴的脸上浮现出两分讶异——她只知道自己是因为白英才和白霍结缘,但更细节的倒是没听说过。

其实,白霍和孟娴的初见并不含一丝浪漫的成分。

不过是一个声名鹊起的年轻企业家受邀在佛罗伦大学校庆典礼上发言,在上台前和妹妹见了一面,而妹妹的好朋友当时就在妹妹身边而已。

说白了,二人最初不过是以白英为媒介、疏离漠然的点头之交,兴许说个话的工夫,白霍就连妹妹好友的长相都忘了。

但怎么说也是校庆的日子,白英记得很清楚:"十二月二十六号。"

孟娴默默记下,略思索了一下,话锋陡然一转:"对了,我好像还没问过你,我们当初是怎么从陌生人成为好朋友的啊?"

白英微愣一下,好像没想到孟娴会突然问她这么久远的事,她轻咳一声,清了清嗓子:"大一那年,学校社团招新,我因为觉得好玩参加了模联(模拟联合国会议)社团,想着自己口语好,定能惊艳四座。

"结果第一次参加模拟联合国会议时,我就傻了。整场会议都晕晕乎乎的，没写决议草案，很多专业名词也不了解。发言没几分钟就被对方逼得节节败退，整个会议室里的人都在看我笑话……

"我当时恨不得找个地缝钻进去，要不是你救场，估计我早就退社了。"白英眼里浮现出怀念和感激的神色，笑得眉眼弯弯，"当时我们还不认识呢，你就像一个从天而降的女侠似的，帮我把面子和尊严都给捞了起来。"

白英出身好，本就自恃清高，十七八岁正是心气倨傲的时候，偏偏被家里和大哥保护得太好，她虽不张扬，但身上总带着些无伤大雅的自以为是，更不懂得人外有人的道理。

当时孟娴所代表的国家与她算是联盟国，她接过残局赢下辩论，还不忘带上自己的友邻，让白英拿她写的草案说结语。

自此，白英便盯上了这个无论什么时候都温顺从容的女孩，后来一切水到渠成，她们也成为很好的朋友，直到现在。

孟娴听完白英的话后若有所思，前因后果很完整，不像撒谎。

白英说完，短促地舒了口气："话说回来，我上次送来的钢琴呢，怎么不见了？"她又扫视一圈，确定一楼没有后，又问道，"是不是搬到卧室去了？"

被人一追着问，孟娴就像是迟钝了神经的牵线木偶一样，声音又低了半个度："白霍让人搬走了，他不喜欢我弹钢琴，说等我身体全好了再说钢琴的事。"

说这话时，孟娴温柔地笑着，一副好脾气的模样。白英先是微微一愣，然后下意识地脱口而出："他疯了吧，怎么连这个都要管……"

但她的声音越来越小，到最后几近销匿，毕竟那是她亲哥哥，是她从小到大的靠山和保护伞，可这靠山也是有威压的，不只对孟娴，对她也不例外。

自己哥哥想做什么，想得到什么，她这个妹妹几句话根本左右不了。

看到白英的反应，孟娴心里其实还有很多疑惑，但她什么也没说，笑着道："没事，你哥他也是为了我好。"

第一章 金丝雀

白英欲言又止,刚才聊天时的欢快气氛也消了一大半。

这半个月里,白霍悄无声息的改变让孟娴捉摸不透。因她记忆空白而导致的生疏似乎正在慢慢消散,他们偶尔也会像正常夫妻那样进行身体接触。他虽不再冷漠,却变得更加古怪。

他说——

"就待在家里吧,哪里也不要去,这是为你好。"

"听秋姨说你在网上看到一家餐厅想去吃,我回头请那家餐厅的厨师来家里做,省得你来回劳累。也不用和别人一起去了,我陪你在家吃。"

"钢琴就先别弹了,医生说你不能太累。"

他的说辞有时合理,有时牵强,但毫无例外,都是不容反驳的。

他似乎在缓慢地侵袭她每一寸生活的空间,控制她的肢体和周围的一切,让她时常会有种要窒息的错觉。

纵使有万般疑虑,可现在,她的面部表情还是柔和的,柔和到连白英都认为,孟娴对那些事是真的不以为意。

临走前,白英又提起了去度假山庄的事:"那边环境挺好的,周围还有几家球馆,程锴的私人马场也在附近,咱们可以骑骑马、拍拍照什么的。对了,程锴两周前出车祸的事你还不知道吧?他现在人在医院躺着呢,那么好的车被撞得稀碎,他还能活着都算他小子命大。"

时隔许久,白英再提起程锴时还是那副漫不经心的语调,末了,她又语气不轻不重地骂了句:"整天跟个疯子似的。"

孟娴刚想张嘴,还没等说什么,身后忽然有人微微气喘着跑来,她回头一看,是小琪。

她视线下移,看到了小琪手里捧着的一只奄奄一息的鸟儿。

送走白英,孟娴回来时小琪正小心拨弄着手中鸟儿的翅膀。

"好像是折断了。"小琪的脸上尽是心疼,"太太,这鸟儿我是在花园里捡到的。有人说这是野生的金丝雀,我在网上一查,发现还是

金丝笼

很名贵的鸟儿呢。"

孟娴抬手，同样小心翼翼地摸了摸金丝雀漂亮的羽毛，她已经明白小琪来的意思，无非是请她定夺要怎么处理这个小家伙，是让它自生自灭，还是伸出援手，毕竟小琪是在小南楼的花园里捡到的，总要问一下主人家。

"你想留下它吗？"孟娴问道。

小琪捧着金丝雀往孟娴的眼前送了送："太太，我要上班没时间照顾，不如您养在房里解闷吧。我去附近的宠物医院约个医生，它应该很快就能好起来。"

"野生鸟雀不受圈养，"孟娴说着，唇角微勾，"不过现在它这么脆弱，受着伤又孤苦伶仃的，出去也活不了多久。"她垂下眼，遮挡住眼中的那些微薄情绪，"留下养着吧，等羽翼丰满了才能飞得更远。"

小琪喜出望外，捧着那只受伤的金丝雀出去了，孟娴看着小琪的背影在视线里慢慢消失，舒了一口气才站了起来。

她回到二楼，却没有径直往正中间的主卧走去，而是一直朝南走，然后在走廊的尽头停下。

这里是白霍的书房，未经他允许，谁都不能进。孟娴不知道密码，她再一次被挡在了外面，就像当初她发现那间上了锁的阁楼房间时一样。

孟娴第一次发现那个仿佛被人遗忘了的房间时，便尝试了几个她觉得可能会解锁的密码，但都显示输入错误，白霍、白英以及她的生日数字都不对。

当她还想继续尝试时，随后匆匆赶来的秋姨阻拦了她，说这个房间先生不让任何人进，包括太太。

她问秋姨房间里面是什么，对方低着头，三缄其口。从那时起她就知道，她不必再去问白霍。因为他们瞒着她的一切，绝不可能轻易让她知道。

孟娴悄无声息地回到卧室。晚上白霍回来时，周身裹挟着金黄的夕光，孟娴坐在秋千上远远地看着，面无表情。

她在心里默默计算着对方上楼所需的时间，但他大抵不会在客厅逗留，最多向秋姨询问她一天的活动轨迹，然后就会径直找到她。

小南楼设了门禁，但这门禁似乎只针对女主人，而孟娴的活动轨迹，也就这么大。

家里和小琪年纪相仿的帮佣在闲聊时，也会说起此事，但她们大多不以为意，没人觉得憋闷，人人都说："太太嫁进来真是命好，失忆了还是在家将养才最稳妥。"

孟娴觉得这话没错，她现在有钱有闲，想要什么都随手可得，这样的日子当真称不上痛苦难过。

可这样的日子是没有保质期的，她只能被迫接受着白霍给予的一切，如履薄冰，而且她如今的处境，连条退路都没有。

偌大的别墅总是空旷安静，仿佛只剩下秋姨对白霍的低语声。

"……太太中午吃了药后睡了半小时，下午白英小姐来了，一直陪着太太。傍晚那会儿，小琪说太太想养一只捡来的鸟雀，我派人出去买了鸟笼后，太太就下楼了，还吩咐厨房做两道菜，看着还挺高兴的。"

虽然秋姨每天说的都大差不差，但白霍还是要过问一遍，他得确保孟娴的情绪和行为上没有任何不对劲的地方。

她好像已经逐渐习惯了，他想。

白霍回到卧室时，孟娴仍坐在阳台的秋千上。

阳台弥漫着淡淡的花香气，花枝蔓延到地上，月季盛开在女人月白色的裙角边。

从白霍的角度，他只能看到孟娴的侧脸，今天她穿的是他挑的那条鱼尾裙，丝质的布料服帖地覆在她那瓷白的肌肤上，影绰朦胧。

孟娴回头，发现了丈夫的存在，她站起身，眉眼弯弯地朝他走过去。

金丝笼

　　白霍站在原地一动不动，连呼吸都不自觉放缓了，这一瞬，他心口发酸，好像他心上的那些利刺全部消失了，仿佛什么都没有发生过一样，又回到了从前。

　　可转瞬，他的胸口又像被压上了一块巨石，让他喘不过气来。巨石压在他心头，开始持续不停地提醒他，提醒他不要因为对方一时的乖顺心软而疏忽大意，他绝不能再失去她一次。

　　白霍将孟娴慢慢拥进怀中，他身量很高，空出的手桎梏住她后颈，迫使她更贴近他："我们结婚那天，你的婚纱裙摆也是鱼尾样式。"他说着，用指尖轻捻着孟娴的头发，语调没什么起伏，可周围的气息分明有些暧昧起来，"你可能不记得了，今天其实是我们的结婚周年纪念日，我们结婚已经五年了……"

　　说罢，他覆上孟娴的唇，缱绻厮磨。孟娴本以为她会有些抗拒，但这具身体仿佛早已习惯了和眼前人的亲密，她索性抬起胳膊攀附住了白霍的脖颈。

　　得到回应的白霍微微绷紧了身体，似哀求，又似命令般地说："说你爱我，说你离不开我。"

　　男人身上萦绕着的成熟气息将她完全包裹，她在他耳边，如魅如魔，低声道："我爱你，我离不开你。"

　　一室沉沦的虚幻中，孟娴却无比清醒。

　　我当然爱你，迷雾被驱散前，你能给现在的我带来最大的便利，我怎么可能离开你……

　　车窗外，绿化带里的观景树匆匆掠过，蒸腾的暑气和聒噪的蝉鸣被一应隔绝在车外。

　　这是孟娴失忆醒来后第一次见识到小南楼外面的世界——昨日，白英说要去探望重伤的程锴，孟娴便请求白英带她一起，顺便还了程锴上次送画的人情。

　　白英原本以为白霍不会同意她带孟娴出去，不想孟娴一通电话过

第一章 金丝雀

去,说明是和她一起去看望程锴后就回来,那边竟然答应了。

"我虽然是个病号,但好歹也养了这么长时间了,该出去走走了。再说你是他亲妹妹,他还能信不过你?"孟娴笑着说道,打消了白英半信半疑的思虑。

事实上,孟娴的乖顺并没有换来白霍的安心,但她实在是想透透气。

"每天在家太无聊了,再这样下去,实在太闷了,对身体也不好。"她平静地和白霍说明利害,"白英她一向有分寸,我保证很快就会回来,好吗?"

保护得太紧反而会起到反作用,这么简单的道理,她想白霍不会不知道。

白霍只考虑了两秒,便同意了。

当白英笑着带孟娴去地下停车场看她的新车时,她听到白英嘟囔道:"……也就你性格好,受得了我哥那臭脾气,管天管地的。"

说着,她忽然回头,定定地看着孟娴,声音低了下去:"要是他欺负你,你一定要告诉我,别自己忍着。"

孟娴和白英的视线在半空中撞上,她躲开,轻声道:"好端端的他怎么会欺负我?"

人心难测,毕竟白英也姓白。

小南楼虽然建在半山,但离市中心并不远。美中不足的是,富人区安静得仿佛被隔绝在鳞次栉比的熙攘繁华之外,一路开车过去,孟娴只看见稀稀拉拉的几个人。

白英订了礼盒和果篮,还顺带了孟娴那份一起。

车子最后驶进一家大型私立医院,白英轻车熟路地走到电梯前,直到二人坐上电梯,孟娴才注意到电梯内的电子显示屏上显示着这是私人会员电梯。

出了电梯,孟娴在走廊里远远地就听见某一间病房里传出男人的

金丝笼

笑声，应该不只一个人，听声音，年纪都是二十多岁，价值不菲的隔音墙都挡不住那些清亮的笑声。

白英挽着孟娴，撇撇嘴："准是程锴和他那几个狐朋狗友，刚才那声音一听就是秦明。"

孟娴这才发现这层只有两个病房，刚才经过的那间门牌上没有病人信息，也就是说，这层应该只住了程锴一个人。

白英推开门，程锴的病床前果然围了好些人，也不知都是哪家的少爷，其中有两三个还是带着女朋友来的，礼物堆了一地。

听见开门声，病房里的人都不约而同地看过来。

孟娴的视线则落在正中间的主人公身上——程锴半躺着，身上穿着条纹病号服，腿上打着石膏，被绑束带高高吊着，头被纱布裹得像粽子一样，露出来的脸上还有两块擦伤，简直和上次见面时的那副样子天差地别。

但他依旧是那副玩世不恭的表情，嘴角勾起一抹冷痞的笑，手里正拿着小叉子扎了块哈密瓜，送到嘴边。

那些人中有人认出白英，喊了一声，也有三三两两的目光落在孟娴身上，或好奇或打量。但因着是白英带来的人，所以没人敢造次，胡乱开口。

等程锴把其他人都打发走了，病房里就只剩下了他们三人，孟娴刚要开口问好，程锴先出声道："孟小姐怎么也来了？白霍看你看得那么紧，怎么舍得放人的？"

白英正帮程锴收病床桌，闻言忍不住刺了他一句："腿断了都挡不住你嘴贫是吧，非得挂到墙上才老实？"

程锴满不在乎，看孟娴对他的话没有任何反应，似觉得很没意思，便一边百无聊赖地摆弄手机，一边对白英说："对了，我小叔一会儿要来。他之前一直在出差，第一次来不知道具体位置，你下去帮忙接一下呗。"

孟娴在一边眼观鼻，鼻观心，程锴的小叔她听白英提起过一次，

第一章 金丝雀

叫程端，在程家好像不是很受宠，年龄也只比程错大几岁。

孟娴本以为白英会拒绝，毕竟白英完全可以让他自己问前台，没必要这么兴师动众，却不料白英的声音微微拔高，一副喜出望外的模样："程端回来了？！什么时候的事啊？我都不知道。"

白英的反应让孟娴原本有些涣散的眼神，一瞬就聚焦了。

程错用余光看着孟娴，眼底闪过一丝邪气："今天早上的飞机。"

白英欣然同意，脸上浮现出少女怀春般的愉悦，而孟娴似乎察觉到了什么，垂眸笑了一下。

在病房里待了大概不到十分钟，孟娴一直没什么存在感，只听白英问了些程错车祸出事的后续，而程错同样没有和孟娴再说半个字。

可再没有存在感，一旦屋里只剩下两个人，气氛免不得还是会微妙起来。

白英走后没多久，孟娴便发现程错的目光开始落在她身上，毫不避讳地一直盯着她看。可程错那眼神又很平静，让她无法判断对方到底什么意思。

过去的是非她记不得，恩或怨，总要明了。

孟娴先开了口："程先生怎么这样看着我……是有话要跟我说吗？"

她也有样学样，直直地盯着程错看，从容自然得好像他们是相处多年的老友一般。

程错收回视线，仰躺下去一些，即使整个头部都被裹得十分有喜感，也挡不住男人优越的面部五官："别叫程先生，端得我牙酸，你是白霍老婆，就随白英一样叫我程错好了。"

他这话倒有些玩味，下一瞬，孟娴忽然意识到，也许他让白英去接程端，只是为了支开她。

孟娴犹豫半秒："好，既然两家关系亲近，你叫我孟小姐也是生疏，还是直接叫我孟娴吧。"

程错笑出声，再次看向她时仿若像是在看一出感兴趣的喜剧，眼

029

金丝笼

里透着微不可察的轻视：

"他们都说你失忆后什么都不记得了，我怎么就那么不信呢。看你做什么都游刃有余的样子，好像和以前也没什么分别。"

孟娴脸上的假笑慢慢敛起，眼底极快地蒙上一层冷霜。

程错见她终于对他的话有了反应，眼里那抹邪佞的气息越发浓厚："不知道你还记不记得一个人……"

孟娴瞳孔微缩，程错说出那两个字时的画面像是开了慢镜头，声音也仿若被无限拉长。

"傅——岑。"

白英推门进来时，屋里十分安静。

以孟娴的性格，不说话倒是正常，程错却是个不安分的，平时又最是喜怒无常，总是一副唯恐天下不乱的嘴脸，他这次竟然没去招惹孟娴？

白英略显诧异，而跟在她身后进来的程端儒雅沉稳，看起来和白霍是一类人，只是更为温和。而且程端和程错长得很像，说是叔侄，倒更像兄弟。

程端是认得孟娴的，大概在来之前也听白英说了，他进来以后，朝孟娴点头示意："好久不见，孟小姐最近身体好些了吧？"

孟娴接上话茬儿，浅笑着客套了两句，脑中却充斥着刚才和程错的对话——

"我不记得了，不知道你说的是谁。"她如实说道。

那一刻程错脸上玩世不恭的笑容看起来是那么讽刺："我还以为你多情深义重呢，也不过如此。"

"你把话说清楚。"她对往事一无所知，对方阴阳怪气，她虽察觉得到恶意，却总归不明白程错到底想表达什么。

程错却没再往下说，他看起来好像并不是想要替他口中的"傅岑"打抱不平，只是带着看热闹的心态，乐于看到这几个人乱成一锅粥的关系罢了。

孟娴感受到他神色中带着一丝玩味，像是无聊很久的毒蛇终于找到了玩物似的。

他戏谑开口："白家不会告诉你的，我也懒得说，你要想知道，就自己去查。"

话题到这里戛然而止，因为门外传来了由远及近的脚步声。

是白英和程端到了。

…………

回去时，白英拉着孟娴说了一路的话，"程端"这个名字频繁被提及，但白英却像是没发觉自己的小心思已经尽人皆知，自然也不可能怀疑程错让她去接程端的真正目的。

快到小南楼时，孟娴看白英说得差不多了，才提起度假山庄的事："我在家闷得慌，也无事可做，正好这段日子白霍有空，不如就定个时间吧。"

白英稍稍想了想："那就大后天吧，回头我和我哥说一下。"

孟娴看向车窗外，一幢被花枝掩没的别墅楼映入眼帘，不得不说，从外面看小南楼比身处其中的视觉效果更好。

白英见状，凑过去笑着问道："小南楼真的很美，是吧？"

是很美，她再没见过比小南楼更漂亮的房子了。

但对她来说，这花团锦簇、华丽壮阔的小南楼，更像是一座金丝笼。

铐住了她振起的羽翼，锁住了她自由的灵魂。

到家时，白霍还没回来。

白英接了个电话便匆匆离开了，孟娴上楼前看到了那个正在输密码锁门的女佣，她叫小蔓，是同期进到小南楼做活的几个女孩里最沉默寡言的，但和小琪的关系还算亲近。

说起小琪……自己好像有两三天没见到她了，她问正指挥人手

金丝笼

把修剪下来的枝叶归置起来的秋姨。但听孟娴问起小琪,她好像也不清楚:"小琪没跟我请假,不过家里面几个小姑娘的工资都是按天数计算的,人手也足,她上不上班是她自己的事。以前也有人一声不吭地就不来了,时间一长,只当是辞职了,中介公司那边会来人说清楚的。"

一般来说,主人家没人在意一个小女佣的下落,但秋姨没想到孟娴还是要求她派人把小琪找到。

"她不是无缘无故就失信的人,我怕万一有什么意外,"孟娴顿了顿,"至少要打个电话,让她亲口说请假或辞职。毕竟是在家里做事的,如果真出了什么事,也麻烦。"

既然孟娴都这么说了,秋姨也没再多说什么,应了下来。

"我上楼睡会儿,半小时内别让任何人上楼打扫做事。"

"好。"

秋姨的办事效率还不错,孟娴才上二楼,就看见她叫来了和小琪关系较好的小蔓,大概是电话没打通,想着从这个女孩身上能不能问出些什么。

而本应该在卧室门口就停下来的孟娴,步子未停,一直走到长廊尽头,又上了小阁楼。

小阁楼很静,像是从没有人来过一样,夕阳从顶窗照进来,空中飘浮着浅金色的微尘。

阁楼的密码锁还是上次看到的那个样子,孟娴走上前去,这次她输入了和白霍结婚的日子,可依旧显示密码错误。

她呼吸停滞了一瞬,然后抬手,又输了一串数字——1226。

十二月二十六日,那是她和白霍初次见面的日子。

"叮——"

一声提示音响,门开了。

她没有犹豫,慢慢推开门,本以为会因常年无人而落满灰尘的地方竟干净得很,而在她看到阁楼里的一切时,孟娴不禁顿在了

第一章 金丝雀

门口——

阁楼里有很多相框,且只有相框。房间内大大小小的相框至少有几十幅,但都没有挂在墙上,而是一幅又一幅地靠墙放在地上。

而其中摆在正中间最显眼处的那一幅,孟娴只看一眼便认出来那就是曾出现在她梦里的模糊照片。

照片以高大烂漫的木绣球为背景,中间站着一个穿白裙的女人,女人稍稍侧身,双手托住一簇绣球花,颌骨微抬,眼神悠远平静。那团绣球挡住了女人整个左肩和胸前,裸露在外的锁骨处垂落了几缕卷发,唯一的首饰是那两颗珍珠耳坠,似花苞盛开在她的耳垂,和白裙、木绣球交相辉映着。

孟娴走近,她终于看清照片上的人。

就是她自己。

这屋里所有的照片,每一张都有她。有的只有她自己,有的则是她和白霍同框的合照,还有几张巨幅的婚纱照。

照片上的白霍不像现在那么阴郁,那时的他看着她的目光是温柔的。

看来他们的确曾经相爱过,这一点,秋姨和白英没有撒谎。

但白霍眼里的矛盾情绪绝不是她的错觉,他爱着她,却又把昔日美好的定格都扔在角落里,可又不忍心让那些回忆落灰。

孟娴没多作停留,悄无声息地离开了阁楼。

临走前,她用裙摆把密码锁上的指纹擦得干干净净。

晚饭前,秋姨从外面回来了,为了完成孟娴的嘱托,她亲自跑了一趟。

"电话打不通,连小蔓都不知道小琪究竟是怎么回事,我只好按照她入职时写的地址找过去,开门的却是个男人。"

孟娴手里的筷子一顿,不明白秋姨什么意思,秋姨见状把事情原委一五一十地说了:"小琪被她前男友找上门了,那个男人赌博赌得

金丝笼

身无分文,被人追债追到江州,便把主意打到了小琪身上。这男人要钱不成,便直接潜入房中,小琪一个小姑娘怎么是他的对手,被他关在卧室饿了三天,就为了逼她把所有的钱都拿出来。刚开始他还诓骗我说小琪不在家,要不是小琪听见动静发出声音来,我差点就信了。"

听完秋姨的话,孟娴抿唇道:"人没事吧?"

秋姨又道:"没什么大碍。当时我感觉不对劲,也没在那男人面前纠缠,出来以后就报了警。小琪这会儿正在医院输液呢,想是饿了这些天再加上害怕,昏过去了。"

孟娴夹了点菜放到面前的碗盘中:"等这两天有空了,我去医院看看她。"

秋姨脸上的笑稍敛了一些:"太太,这个我做不了主的,你得跟先生说。"

孟娴笑了,笑得很浅:"我知道的,我会跟他说,不会为难你的。"

秋姨低眉顺眼地离开了,她太了解太太了,脾气好得过头,性格也软弱。不过这也是好事,太太这样的菟丝花,要是没有人保护怜惜,是会被人轻贱的,秋姨想。

这天晚上,白霍往家里打电话,说公司有事,会回家晚一些。

孟娴得知后,先是打发了想跟着她上楼的秋姨,又去尝试开书房的门。

初见的日子不对,那结婚纪念日……

孟娴输入结婚纪念日的日期后,"叮"的一声,门开了。

虽然白霍看起来不像那种深情到近乎犯蠢的人,孟娴推开门时却轻笑了一声。

他的确是。

天花板四周没有监控,孟娴环视一圈,和她预想中的样子大差不差,但不排除某处可能会有针孔摄像头的情况,他应该不会在这么重

第一章 金丝雀

要的地方不做任何防范措施。

孟娴只开了书桌旁的落地灯,然后坦然自若地在书房里转起来,看壁挂书架上摆放的中古杯子,看白霍摊开在桌面上的文件……

窗外,月亮慢慢高悬起来,月光照进书房,清冷幽静。

她很快就找到了自己的证件,同样没什么异常,但至少她可以确定,她目前已知的身份信息不是假的。

至于其他的……她大致浏览了下,都是些和股权金融相关的文件。

"你在干吗?"

孟娴身形一僵,回头看去,只见白霍正站在门口,神色莫辨地看着她。

孟娴的脸上没有一丝被当场抓住的慌乱,在白霍向她走过来时,她自然而然地把自己在看的东西放在桌上,笑着说:"怎么这么快就回来了?我还以为要等你很久呢。"

白霍盯着孟娴:"你在等我?"

孟娴原本眼神中还有些微的闪躲,闻言,嘴角微扬,脸上露出真诚的欣喜,像一个羞涩的少女:"我自己一个人太无聊了,就想着来书房等你。密码是随便试的,下意识输了那天你告诉我的结婚纪念日,没想到它就开了。"

她知道她此刻的谎话很是低劣,但纵使她嘴里没一句真话,纵使她偷溜进书房,他也不会呵斥她。

因为……他离不开她的。

白霍被孟娴轻轻地抱住了,他听到她说:"我想你了。"

他呼吸微滞,片刻后才反应过来眼前的一切是真的,他先是慢慢抬手,双臂环住她以后猛地拥紧怀里的人。

眼前这个女人,是他失而复得的妻子。

白霍心里忽然涌现出莫大的悲哀感,又混杂着狂喜。在孟娴主动踮脚吻向他的一瞬,这两种情绪达到了峰值。

金丝笼

白霍生得一副禁欲相,孟娴车祸醒来这段时间,夫妻两个可以说是发乎情止乎礼,最多做到拥抱接吻。

但现在,孟娴被抵在书桌前,只听得身后"啪嗒"一声轻响,落地灯灭了,屋里顿时一片漆黑,随后又一点点被皎白的月光盈满。

孟娴的视线不自觉地落在白霍流畅而坚毅的下颌线上,她听见男人压抑而隐忍地说道:"以前你最喜欢这样的环境,漆黑但要有月亮,你说这样的话,不论我在哪里,只要抬头看见月亮就会想起你。"

白霍忘不掉那晚的月亮,也忘不掉那晚的孟娴。

孟娴被他说得上头,气氛又烘托得刚好,她没有理由拒绝履行夫妻义务。不管怎么说,孟娴的确很满意白霍的脸和身材。

白霍的自律并不只体现在工作上,常年固定的营养食谱、健身计划,以及不容更改的行程安排……他活得仿佛是一个设定好程序的机器人。

孟娴见过白霍的身材,宽肩窄腰,肌肉紧致硬朗,坦白说真的很好。

当然,也容易让人沦陷。

虽说感情可以作假,但她脸上表现出来的爱意绝对是真的。孟娴能清楚感知到思绪末梢混乱起来的感觉,黏腻而迷离。

"白霍,"她叫他名字时语气温柔而蛊惑,"我可以。"

说完,她忽然真切地意识到他们是夫妻这个事实,比之前那些虚无缥缈的他人之言来得真切得多。

就趁着这月光,她会让他相信,她是真的爱他,真的依赖他。

第二章

什么时候爱上她的

金丝笼

白霍是什么时候爱上孟娴的,他自己都记不清了。

彼时他还年轻气盛,刚尝试接手万科集团的时候,还要应付母亲安排的相亲,可谓身心俱疲。白英放假回家,在他耳边叽叽喳喳地说大学生活有多好,很快他注意到了那个在妹妹的话中被高频提及的名字。

"孟娴,娴雅的娴。"

白英跃跃欲试,仿佛有一大堆跟孟娴有关的事要和白霍分享,但他拒绝了,他没兴趣。

整整半年,白霍经常听到这个名字,但白英一次也没有带人家小姑娘来过家里做客。

白英打小就喜欢带朋友回家,只要凑到她身边的无一例外。只可惜那些朋友都不长久,用白英的话说,她们都不真诚,做朋友没意思,末了还要再夸孟娴几句:"只有孟娴是真心的,她不图我什么,我送她再贵的礼物她都不要,带她去程错他们的聚会她也不去。我过生日,她用她自己种的花给我做了花束,还亲手给我做了蛋糕和一大桌好吃的菜。"

白霍看得出来,他这个单纯的妹妹已经被孟娴俘获了。

区区这点儿把戏,到她这儿就成了真心,未免有些可笑。

白霍唯一佩服孟娴的是,她没有像以前那些人一样急功近利,知道放长线钓大鱼,没有被昂贵的礼物和富家子弟云集的聚会折服。

他忽然对这个女孩有些好奇,但也只是好奇。

第二章 什么时候爱上她的

后来又不知过了多久,在佛罗伦大学的校庆典礼上,白霍被妹妹引荐着认识了孟娴。

那时她正在台上跳舞,穿着得体低调的礼服,双人华尔兹也被她跳出了不太一样的感觉。不是舞姿绝美,白霍曾在国内外大大小小的歌剧院见到很多舞团首席的表演,自然也看得出对方的舞蹈功力其实并不深厚。可她跳得从容优雅,身上的礼服带着些微细闪,雪肌淡妆,像沐浴在雾气里缓缓盛开的白玫瑰,璀璨又清冷。

"哥,她就是孟娴,我经常跟你说的那位,你看看是不是你心目中的理想型?"白英当时这样笑着调侃他。

白霍一言未发,他看着台上的华尔兹接近落幕,她埋头收手的一瞬,像极了白天鹅收敛翅膀。

她的确很接近他的理想型。

对于男女之情,白霍一直以来的态度都是可有可无的,所以这么多年,即使有过追求者,他也一直是孤身一人。他不需要过分漂亮的妻子,只要对方家世相当,乖巧温顺即可。

他没回白英的话,随口岔开了话茬儿:"你朋友看起来家教很好,家境应该还不错吧?"

白英闻言,沉默了几秒,随后坦言:"孟娴……她从小被亲生父母遗弃,是在孤儿院长大的,后来辗转上中学时才被收养,而且她只有养母。"

在谈判桌上波澜不惊、大杀四方的男人听见这话后少见地愣住了,这一刻,他似乎忽然意识到白英为何如此看重和孟娴的这份感情。

这样身世的女孩和豪门家的女儿做朋友,她本有很多机会可以攀高枝或是依靠白英摆脱贫穷,她明明应该比之前那些人更加迫切才是,可是她没有,所以愈加显得珍贵。

白霍承认之前是自己小人之心了,他开始正视妹妹的这位朋友,在对方下台来到白英身边以后,双方也第一次正式认识并交流。

"你好，我是孟娴。"她说完，就垂下了眼。

不到二十岁的小姑娘，态度是客气的，但也很疏离。眼神也不像白霍以前熟悉的那种仰慕崇拜之色，对她来说，他只是好友的哥哥，剥去这层关系后，他对她来说和周围那些擦肩而过的陌生人没什么分别。

她忽略他拥有的一切优越条件，就像她忽略白英可以带给她的一切好处一样。

校庆典礼结束以后，两个小姑娘约好了一起去吃饭庆祝。

白霍做主，开车送她们去餐厅，在车上白英还是说个不停，什么不起眼的东西她都能说上两句。白霍从后视镜看过去，孟娴的脸上一丝不耐烦也没有，时不时还会附和白英两句，说的话总是恰到好处，让人无端地觉得舒服。

他早已经记不清她们当时都说了些什么，只记得白英问孟娴是不是换了新的香水，她也喜欢时，白霍下意识深呼吸了一下。

那香气很恬淡，是一种清甜香氛，似果香，又掺杂着一点玫瑰花香。

"……就是一个英格兰的小众品牌，店开在泰晤士河边。下次再去那边听讲座，我带你去买。"少女很小声地和好友咬着耳朵。

白霍说不出那是什么感觉，明明那个香水并不名贵，但他只要一想起那天，那股香气就好像又会萦绕在四周。

后来，白英还是会经常提起孟娴，说她最近在某个西餐厅兼职弹钢琴；说她用自己攒下的积蓄学了一些基础法语；说她活得很努力，前不久又拿到了奖学金。

但白霍和孟娴自那天以后再没见过面，每天充斥在白霍生活里的人和事有很多，他很快就逐渐淡忘了孟娴的样子，对她的印象也只剩下一些单薄的形容词，譬如成熟、温柔、礼貌、上进，是个好孩子。

直到某天白霍飞去英格兰出差，在泰晤士河的游轮上莫名其妙地想起了孟娴，想起了她说的那个香水品牌，想起了她跳华尔兹时的舞步,想起了白英口中她的近况……

那记忆鲜活、生动,就好像孟娴一直在他身边一样。

而那若有似无的气味记忆就更清晰了,他不由得站在原地呆愣了很久,这感觉又奇妙又陌生。

回国后,当再听白英提起孟娴时,白霍第一次试探着提议:"人家平时对你那么好,你怎么不带回家做客?"

白英闻言犹豫了两秒,道:"我倒是想,就是怕她没空。你不知道她有多忙,又是学习又是兼职的,哪有时间专门来吃顿饭。"

白霍没说话,他很清楚,那一瞬间他心底滋生出了名叫"失落"的情绪,虽然只有一点,但却是史无前例的。因为以前的他几乎不会因为无关紧要的人而产生出异样情绪,就连亲妹妹都曾经说他是个冷血动物。

但不知道白英是怎么说的,孟娴最终还是来了。

那天他在卧室里换了好几套衣服,下楼时,正看到孟娴在客厅的隔断架旁,欣赏着架子上摆放的一套杯具。

那套中古玻璃杯具产于 20 世纪 30 年代,蚀刻花纹繁复精致,不知什么时候被白家拍下,留存至今,这曾是白霍爷爷最喜欢的物件儿,后被转送给白霍。在爷爷去世后,这套杯具也成了他的宝贝。

白霍是从不许别人碰那套杯具的,但那天,当他看到孟娴轻轻抚摸盘子上的花纹时,他没有出声。他就定定地看着那个出身寒微的年轻女孩,忽然意识到自己对她好像有了感情。

后来他们的确越走越近,他记得某个夏夜,他们情到浓时吻作一团,她忽然说她喜欢关灯看月亮,她告诉他"亲吻对于爱情来说是锦上添花"。

这代表着他既爱她的身体,也爱她的灵魂。

他爱她,爱到愿意把一切都捧给她,她说她想要,他就愿意给。他在心里默默想,未来他一定会娶她。

他说到做到了,所以她也应该说到做到不是吗?

金丝笼

只要结果是他想要的,他不在乎过程。

白英再来小南楼时,被白霍告知可以带孟娴出去透透气,也为马上到来的度假做做准备。

白霍给了妹妹一张卡,眼神注视着落地窗外正在花丛里徘徊剪枝的妻子,叮嘱道:"注意安全,别去人太多的地方,待会儿我让秋姨派个司机过来。"

白英看看孟娴,再看看白霍,今天大哥看起来心情不错,虽然还是不笑,但语气明显是愉悦的。

她心里那点儿古怪的臆测消失了,看这样子应该是没什么隔阂了,毕竟是夫妻,感情深厚,有什么过不去的,她这样想。

但她似乎还是有一丝顾虑,在离开小南楼前往市中心的路上,白英又冷不丁地向孟娴提起这件事:"我哥他是不是管你管得太过了?要是你也愿意这样的话,当我没说。要是他让你受委屈了,你就告诉我。"

她拉着孟娴的手,像很久之前受哥哥所托撮合他们时那样,既忐忑又想她们能通过这层关系做一辈子的、更亲密的朋友。但一瞬间,她忽然不知道自己当初做的决定是不是对的,她不想他们中的任何一个人受到伤害。

孟娴的余光落在驾驶座的司机身上,若无其事地摇头:"你哥他对我很好,不委屈的。"

话题告一段落,孟娴提出去医院看看小琪。白英常去小南楼,对小琪也印象颇深,听孟娴说出事情经过后也惊诧了很久,二话没说就让司机掉头去医院了。

反正白霍也没说去哪里逛,她只要没把人给看丢就行,白英心想。

二人到医院后,在小琪的病房里待了差不多半个小时。孟娴做主给小琪换了单人病房,又临时给她请了位护工。临走前,又往她的住院卡里交了足够的钱。

想起刚才在屋里小琪对孟娴感激涕零的模样，白英笑了笑："你对她倒是好，什么都想周全了，以后回了小南楼，她肯定唯你马首是瞻。"

白英虽是开玩笑，措辞稍显夸张，调侃着孟娴又收获了一个忠心的身边人。但孟娴像是默认了一般，脸上的神情怜悯中又透着无奈："她也是可怜。我听秋姨说的话，还以为只是挨饿，谁知道被打得那么严重。这么柔弱的一个女孩，也不知道那个男人是怎么下得去手的。"她语气轻飘飘的，"这种人，真该消失了才好。"

白英眼皮一跳，再看向孟娴，对方又恢复成平时她最熟悉的那个样子，仿佛刚才她眼神里一闪而过的凌厉只是自己的错觉。

白英想了想，觉得这倒也正常，毕竟听到这种事谁都会生气的，也算是人之常情。

她劝慰孟娴："我回去帮小琪请个律师，保准让那个男人牢底坐穿。"

孟娴这才笑出了声："那我先替小琪谢谢你了。"

白英的度假山庄临海靠山，她先是带着孟娴逛了几个专柜，又开始琢磨着买几套新泳衣。

"住的酒店里有温泉，我把视野最好的几处留着了，到时候……"白英兴致正高，只是话还没说完手机就响了，她看了眼来电显示后便接了起来，"喂，芸姨……"

也不知道电话那头的人说了些什么，白英的脸色"唰"的一下就变了，急忙挂断电话，拉着孟娴就往外走。

"出了点事，芸姨给我打电话说程错又在发疯。她远在滨州暂时回不来，让我去看一眼究竟怎么回事。"她拽着孟娴上了车，就让司机掉头："中央大道，Callous 会所。"

一路上，孟娴没问白英到底怎么了，她虽然一头雾水，但保不齐

金丝笼

是什么不能让外人知道的腌臜秘辛,这车上除了白英,她和司机都是外人。

到地方后,出了电梯二人就见包间正里三层外三层地围着保安,有人走过来对白英低语:"人从后门送出去了,程二没下死手。"

白英回头看了一眼孟娴,再开口时,声音明显压得更低了:"怎么回事?"

那人面露难色:"程二差点被秦明害了,他那脾气你不是不知道,眼里容不得一丁点沙子,当场就发作了。那么多人,没一个敢拦的……"

孟娴听到"秦明"两个字只觉得耳熟,下一秒便想起来,是去医院探望那次,听白英说起过的程错的朋友之一,那怎么会……

没等那人说完,白英就推开包间门走了进去。

孟娴紧随其后踏进包间的一瞬间,她倒吸一口凉气,仿佛一瞬间心脏骤停。她愣在原地,只见包间内满地狼藉,玻璃碴子碎得到处都是,地上还有一摊酒水,而程错则靠在沙发上仰面闭眼,身上的白色缎面衬衫还沾着酒沫子。

白英老是说程错疯,孟娴还当只是开玩笑,这样看来,的确不是假话。

孟娴见状就要退出去,却被白英一把拉住:"外面人多眼杂,乱糟糟的,你还是别出去了。程错跟咱们不是外人,没事。"说着,她便把包间门关上,屋里顿时格外安静下来。

她这一出声,程错才舍得睁开眼:"白英,你们怎么来了?"

他倒是平静,直起身子从桌上抽了根烟夹在手上,那指节修长,漂亮得像玉瓷一样。他拿起一旁的打火机,"啪嗒"一声,那根烟在他指尖开始星星点点地闪着红光,衬得他像个魅人的妖。

白英面色不虞:"我不来,等着你闯下大祸?到时候别说程老太爷,天王老子来了都不好使。你回来也这么久了,怎么行事作风还是这副鬼样子……"

第二章 什么时候爱上她的

"秦明在我酒里放脏东西,"程错冷冷地打断白英,他周围烟雾缭绕,孟娴明显感觉到白英身体一僵。

"所以……你喝了?"

程错嗤笑一声:"没有,秦明那鬼样子我在国外见多了,他经不住诈,自己招了。"

白英松一口气:"他为什么这么做?"

程错手里的烟已经燃了一半,他把剩下的烟摁灭在烟灰缸里:"前几年留学的时候在外边赌,把钱输光了,也不敢告诉家里,走投无路,就把主意打到我头上来了。"

程错不容背叛,也不容别人利用他,颇有几分"宁教我负天下人,不教天下人负我"的蛮横自负。

秦明想拖他下水,既然背叛了他,就该知道自己会有今天这样的下场。

白英也不知道该说什么好了,怪不得程错会下这样的狠手。

"对了,还有个惊喜呢,"程错看过来,扫了孟娴一眼,"你们白家也有一个,跟着秦明混了几次,被他供出来了。"

"你看,你是告诉你哥让他清理门户呢,还是我送秦明进去的时候带上他一起,让他们兄弟俩做个伴呢?"程错笑着,漫不经心地决定着他人的命运,让人看了不寒而栗。

白英的眉头此刻皱得仿佛能夹死蚂蚁:"你说的不会是我二叔家的白肃吧?"

这个名字孟娴有些印象,段位虽然没有程错高,但也是个十足的纨绔。

程错勾勾嘴角:"他那胆子怎么可能,我说的是你四叔家的白延。"

白英一下子愣住了,怕是自己听错,她又问了程错一遍:"白延?怎么会是白延?!"

白延曾去小南楼探望过孟娴,看起来是个阳光帅气的男孩,才

金丝笼

二十岁出头,谈吐得体,也是个礼貌圆滑的人。连白英都亲口说过,家里同辈的这些兄弟姐妹里,也就白延让人放心。

程错指了指身后的一个隐藏侧门:"白延是给秦明出主意的。我是看在白家的面子上才没动手,让人把他扔休息室了,你去看一眼吧。"

白英一秒都没有犹豫,站起来就朝程错指的方向走去,孟娴一转头,就看见程错正摇晃着酒杯,似笑非笑地看着她:"怎么每次我出事,都能看见你?"

所以他这是在嫌她晦气?

孟娴笑了笑:"我也奇怪,怎么每次见你,你都比上一次更狼狈……"

"小心,以后我们要见面的日子还长,你可要保重。别哪天自己把自己作死了,没命再讥讽我晦气。"但这后面的话她没说,显然程错听出来了。他不怒反笑,衬衣领口微敞,露出的锁骨让整个人有种妖冶的美。

明明上一秒两个人还在针锋相对,下一秒程错身上那股子莫名其妙的戾气又好像消散了,他重新躺靠回去,闭着眼低声呢喃,语气淡淡的:"听说你们明天就要去白英那个山庄了,闲着也是闲着,我给你和白霍准备了一份大礼,你可一定要去。"

孟娴没再出声,他说得这样不清不楚,不是吊胃口,更像是埋炸弹。就好像他什么都知道,但他就是选择躲在幕后看热闹。虽事不关己高高挂起,却又见不得事态平静,非要眼前这平静的水面激起动荡波澜才肯罢休。

真是……天生的坏种。

人都走光后,程错的耳根子也终于清静下来。他就静静地靠在沙发上,毫不在意自己身处什么样脏乱的环境。

周围实在太安静了,他不由得想起刚偷跑回国的那阵,程家被他搅得乌烟瘴气,他不得已去找白英,打着看望白霍妻子的好听名头,省得他老妈再闹。

在这之前,他只见过孟娴一次。

在白霍爷爷的葬礼上,对方素面朝天,但又唇红齿白,身穿一袭黑色长裙,鸦黑的长发倾斜而下,美得像一幅画。

他这才被告知前不久白霍结婚了,白霍毅然决然,不顾白家众人阻拦,娶了个普通人做妻子。

他看不出眼前这个女人有什么特别出彩的地方,但如果非要说的话——

程错记得举行葬礼时是盛夏,地点在半山,漫山的青绿郁郁葱葱,被细雨和薄雾包裹着。她孤身一人前来,打着黑色的伞,胸前戴着一朵白花。身形虽单薄,但眼神坚毅冷厉,根本不像旁人口中说的那种唯唯诺诺的穷人家的女儿,简直比他程家旁支的千金还像千金。

他听到周围人议论纷纷——

"她怎么来了?不是说白家不认这个儿媳,怎么还会让她来参加葬礼?"

"听说白霍到现在都还没回来,飞机出了事故迫降在中途不说,还失联了,不知是死是活。"

"那白董事长是猝死的,连遗嘱都还没来得及立。可怜白英母女俩,出了这么大的事,人都快哭死过去了,连个能主事的顶梁柱都没有。"

…………

偏生白璋唯一的儿子又被困在国外,娶的儿媳还是个没钱没势的,白夫人前脚因伤心过度休克,后脚那几个叔伯就拿出暂时转让执行董事一职的合同逼迫二十岁出头、刚死了父亲且大哥下落不明的白英签署。

现下的确无人主事,白家几个叔伯虎视眈眈,随时准备着趁白霍没回来夺权篡位。有他们几个在,外人休想插手白家的任何事。纵

金丝笼

使他想帮白英一把,可个个家族关系盘根错节,既于事无补也有心无力。

他们一堆人手握万科大量的股份,能不能正式上位,只看这次。

当白家就要变天之时,白霍那个被众人遗忘的妻子出现了,作为白家人,作为白霍的妻子、逝者的儿媳出现了。

但所有人都觉得,即便她来了又能怎样,不过是只能眼睁睁地看着。

胳膊拧不过大腿,再闹下去,白家那些人也不会听她一个外人的话,白董事长也得不了安息。

但孟娴没有闹,她只是去灵堂吊唁了公公,然后搀扶起白英,说白董事长生前唯一信任的律师马上就到,律师会带来遗嘱和遗嘱公证人,关于万科一切继承权的归属自然会有分晓。又说她不久之前已经和丈夫白霍取得联络,白霍走之前也给她留下了一众保镖,此刻正在外面守着,以防有人趁乱图谋不轨。而白霍此时也正在往回赶,让那些叔伯们不必"惊慌"。

她有备而来,带来的消息对白英来说无异于一针定心剂。

在场所有人,包括那些叔伯都没想到,在白家奄奄一息的时候,最后撑起残局的人竟然是白霍那个名不见经传,所有人提起都一脸微妙的妻子。

他说她总是游刃有余,皆因那场葬礼中他亲眼所见。

孟娴在当时那种情境下都可以从容不迫,挡在白英身前和那些老奸巨猾的白家人据理力争,毫不退缩,她又怎么可能是一般人。

耳边传来脚步声,程错飘远的思绪被硬生生地拖拽回来。他坐起身,看着眼前的男人从包间的另一间休息室里出来。

程错看了看眼前的男人,又看向他身后那扇半开的玻璃门:"差点儿把你忘了……"

休息室的玻璃门是单向的,从里面可以看到外面,反之则只是一

第二章　什么时候爱上她的

面普通的镜子罢了。

程错忽然意识到，傅岑在那间休息室里不仅看了场他的热闹，还阴差阳错地看到了孟娴。他忽然就笑了，仿佛觉得很有意思似的："怎么样？终于见到想见的人了是什么感觉？"

傅岑坐在一侧的单人沙发上，一身西装温润沉稳，微微一笑的时候，给人如沐春风的感觉。

他来见程错，却不巧出了事，只好先暂时去一旁的休息室避嫌，哪能想到会那么巧，竟然能见她一面。

"她没什么变化，"男人很平静，语气落寞而温和，"……白霍应该待她很好。"

真是答非所问。程错用舌尖顶了顶脸颊："她都把你忘得一干二净了，你还上赶着，值吗？"

傅岑听说孟娴转醒后就特意来求程错，求程错去看看那个女人。

程错不懂，为了这个女人，傅岑连为人师长的脸面都肯弃之不顾，值吗？曾相互陪伴十余年，到头来人家把你给忘了个彻底，现如今明明知道对方已有家室还心念至此，值吗？

程错忽然觉得自己大概是对深情和浪漫过敏，他不可怜傅岑，他只觉得傅岑很蠢。

程错本以为傅岑会反驳，傅岑当年做他钢琴老师的时候，每次他不愿意练琴时，对方都会用一套又一套找不出破绽的大道理来说服他。

可这次，他的那些大道理却说服不了他自己，真是可笑。

"这是我的事，是我心甘情愿，和她没关系。"傅岑望着程错平静地说，"程错，等你哪天深爱上一个人时，你自然就会明白了。"

子非鱼，安知鱼之乐？

这种无论如何都无法割舍的情感，它会附着在你的骨血和灵魂上，让你死，也让你生。

程错嗤笑一声："算了吧，我不会有那么一天的。"

他说得信誓旦旦，傅岑也不再多说什么。程错见状，用手机给他发了个定位："到时候白霍也会去山庄，但他待不了几天就要去国外参加一个很重要的竞标会议。孟娴这两天乖得很，所以白霍最近比较放心，要不然，今天你也见不到她。"

傅岑闻言，眼中闪过一抹刺痛的情绪后彻底缄默。

二人亦师亦友这么多年，程错总是能三两句话就刺伤傅岑的心，他知道傅岑最在乎什么——也许孟娴就是傅岑的劫数吧，他想。

不过这些事都和他无关，他只负责帮忙，顺便看看戏而已。

…………

从度假山庄到马场的这段路，白英逮着空就调侃白霍，白霍倒也没有一丝不悦，任由妹妹给他扣上"老婆奴"的帽子。

孟娴一只手被白霍紧紧地握住，另一只手则放在了双膝上。

半开放式的观光车可以把沿路的风光一览无余——马场建造得很宽阔，场地中有几个身穿骑装的年轻人坐在马上绕圈疾跑，围栏外还站了几个工作人员，除此之外，没什么闲杂人等。

白英拍了两张风景照，然后扭头和孟娴闲聊起来："我马术一般，小时候从马上摔下来过，有阴影。"

孟娴对马术一无所知，就算她没失忆，也不可能接触到这种富人家的小孩才能学的东西。她身旁的白霍看了她一眼，沉声接上妹妹的话："你那是自己贪玩，偷偷骑马去没人的地方胡闹，这才从马上摔下来。要不是程端发现了你，把你背回来，那可不单是有阴影那么简单了。"

白英耷拉下脸："哥，你怎么老是揭我底啊……"

孟娴有一搭没一搭地听着他们兄妹的对话，视线远远地落在马场中央的一道身影上。只见程错正驱马慢行，英伦风的骑装和手套衬得他仿若十九世纪欧洲的雅贵公子。从她的角度看过去，男人肩颈朗正，下颌微抬时，手里的鞭子让他整个人散发出一种居高临下的桀骜

第二章 什么时候爱上她的

贵气。

从白英那里,她听到过有关程锴的一些事。

程锴精通马术,留学时主修音乐,钢琴虽弹得一般,但在大提琴上的造诣却极高。平时无非就是玩玩音乐,买买超跑,吃喝玩乐可以说是样样精通。

但说实话,孟娴对此是有些诧异的。

程锴作为程家最受宠的长孙,程家难道就这样随着他胡闹?程老太爷又为何不把他往家族继承人的方向培养?

直到她看到程端,这个疑惑便瞬间迎刃而解了。

白英说过,程老太爷虽不喜欢小儿子程端,但更厌烦只顾醉生梦死的大儿子。

但奇怪的是,程老太爷却偏偏对大儿子生的长孙程锴爱护有加,要什么给什么,溺爱程度尽人皆知。但相对来说程端就没那么好命了,从小就被严格要求,稍不注意就会惹得父亲大怒。

程锴出车祸撞上护栏那天,程端刚在国外熬了几个通宵,签下一份收购合同。

孟娴眼底的笑意变得微妙起来,她长长地吐出一口气,收回了视线。

好暗。

孟娴一点点睁开眼,她发现自己不在酒店,而像是在一般学校中会有的那种杂物间或体育器材室。

四周静悄悄的,室内唯一的光线从没被报纸糊住的半扇玻璃窗透进来,空中浮跃着细小的微尘。

忽然,外面隐约传来琴声,忽远忽近的,像某种信号。孟娴站起来,推开门朝声源找去。

她不知道这是哪里,走廊明亮安静,她走过一间又一间锁着门的教室,微微生锈的门牌上分别写着"器材室""琴房""舞蹈练

金丝笼

功房"……

顺着琴声一路向前,到达声源处时,她抬头看去,喃喃道:"312……"

想来,琴声应该就是从这间屋子里传出来的。

门虚掩着,她轻轻一推就开了。而在门被推开的瞬间,室内的琴声陡然清晰起来,偌大空旷的琴房里只有靠窗处摆放了一架钢琴。

只见一个十五六岁的少年正坐在琴凳上弹琴,琴键上跳跃的指尖像是初春的鸟雀,灵动欢欣。他逆着光,微侧身子背对着她,普通的校服短袖也被他穿得很好看。

即使眼前的一切如此陌生,孟娴的心里却没有一丝慌乱,她平静而心安,定定地注视着少年。

大概是意识到身后有人,少年的琴声戛然而止,回头和孟娴四目相对。

他被光线包裹着的面庞清隽温润,即使坐着也能看出身姿颀长,浑身散发着温雅的气质。

少年笑了笑,语气温柔熟稔,他拍了拍身旁的软凳,眼底是藏不住的欣喜:"你来了?我今天给你带了新的琴谱,先教你弹几遍,然后你再自己练。"

孟娴没搭话,目光越过少年,她看到琴架上摆着一本崭新的琴谱。

窗外蝉鸣热烈,浓荫绿树在窗户上映成画,盛夏的蓬勃气息扑面而来。她就静静地看着那个少年。她明明不认得他,可不知为什么,她又总觉得好像在哪儿见过似的。她不自觉地对他生出信任,他向她招招手,她便控制不住地朝他走去。

没走几步,她的视角忽然变成了"局外人",那一瞬,灵魂仿佛被剥离出身体,她看着"自己"慢慢走过去,坐在那个少年身旁,被他带领着,生涩地弹动琴键。

孟娴这才发现,那个"她"也同样穿着校服,侧脸稚嫩,身材清瘦。

"她"问:"你想考哪里的大学,想好了吗?"

他说:"你去哪儿,我就跟着你去哪儿。"

"她"嘴角微扬:"傅岑,这可是你说的,不能反悔……"

…………

孟娴走近一步,想听得更清楚些,忽然间,一束白光将所有吞没,孟娴猛地睁开眼,虚幻的梦境和真切的现实之间强烈的对比让她产生了一种巨大的割裂感,房间里除了她微微粗重的呼吸声便再没有其他声音。

孟娴想起,不久前她说她累了,白霍便和她一起回到套房,说要看着她睡下,再去外面的书房开视频会议。她看了眼时间,发现自己才睡了不到一个小时,白霍应该还在忙。

她翻了个身准备再休息一会儿,但闭上眼睛,脑海里就全是刚才那个梦。

那应该是她的记忆吧,那个少年就是傅岑。

突然,身后传来推门而入的脚步声,孟娴既没睁眼,也没转身。

白霍慢慢走过来,俯下身双手撑在孟娴两侧,低头亲了下她的头发:"起床了,白英叫我们去吃晚饭。"

他好像已经发现她是在装睡,但乐于陪她演一场似的,眼角攒着微弱的笑意,看着她睁开眼坐起来,然后像哄小孩似的,牵着她的手带她出门:"走吧。"

白英和程错早就等在套房外,孟娴和程错对视一眼,对方却不着痕迹地错开了。

白英走到孟娴另一边挽住她胳膊,自然而然地道:"这里的餐厅还不错,主厨挺出名的,而且这个时间正好可以在餐厅欣赏外面的天空和海景。"

毕竟是东道主,也是这里高奢消费区的常客,自然熟门熟路。

一楼,偌大的餐厅里只有寥寥几个客人,悠扬婉转的提琴声回荡

金丝笼

在整个大厅。

孟娴下意识地看向玻璃窗外——暮色昏沉，明月将悬，的确像白英说的那样，景色很美。

程错坐在孟娴对面，和白英一侧。这顿饭吃得很安静，就连平时最活泼的白英也不怎么说话了，她时不时低头看看手机，打几个字笑一下。

快吃完的时候，外面的天色已经黑了。白英这才舍得抬头，笑眯眯地对白霍道："哥……程端他有公事想跟你商量，给你打电话，打视频你都不接，他没办法才求到我头上。那个对他很重要的，你就看在我面子上，接一下嘛。"

白霍漫不经心地喝了口酒："没空，一会儿吃完饭孟娴想去泡温泉，我要陪她。"

孟娴身体还未大好，不把人放在眼皮子底下，他没安全感。

白英撇撇嘴："过了今晚就来不及了。你和程端处理公事，我陪着孟娴不也一样嘛。再说了，我们两个在一起还有话题，你不声不响地跟个石头一样杵在旁边，多没意思。"

白霍面不改色，本想继续拒绝，只是还没说出口，他的左手被轻轻覆住。他转头，只见孟娴温柔地笑道："没事，你去忙你的吧，有白英陪我呢，还是公事重要。"

白霍眼里闪过一丝别样的情绪，他沉默了两秒，把脸转回去："好，那就这样吧。"

据白英说，山庄的温泉池都是天然的，一路走过去要路过几道石阶，路两边的绿植肆意蔓延，空气中浮动着草木和水汽的味道。

温泉池比孟娴想象的大得多，四周弥漫着袅袅热气，但真的入水后才发现水温并不是很热，对于夏天来说刚刚好。

跟来的服务员往池中倒了些类似精油的液体，白英闭着眼仰靠下去时喟叹一声，白皙的双腿在水中若隐若现。孟娴看向白英，问道：

第二章 什么时候爱上她的

"下午你去哪里了,怎么一直没见到你?"

白英马术不好,大概率不会去程错的马场。

她这一问,白英立刻打开了话匣子:"……球馆不好玩,打保龄球的地方有几个老男人,长得又丑眼珠子还乱瞟,实在让人恶心。我随便瞎逛,发现南边临海处新开了家酒吧,好多人在里面玩,我之前来时这家店还没开业,就进去看了看。"

白英睁开眼,看见孟娴的视线一直落在波光粼粼的水面上,笑了笑:"那里面装修得还不错,老板是个漂亮的混血姐姐,调酒技术特别厉害,有机会我带你去,很热闹的。"话音刚落,她又好像想起什么似的,"对了,我还在里面看见程错了,不过人太多,他没看见我。"白英想了想,"程错他没谈过恋爱,以前留学时有女生对他投怀送抱,他理都不理,说是不喜欢西方人的长相。国内过去的留学生,不论男女,大多都爱玩,因为他爸妈的缘故,程错有点感情洁癖,所以你懂的,想来这回是想通了吧。"

孟娴抬手拨动着面前的水,轻声开口:"以他的条件虽然没必要这样,但谁也说不准。"

白英失笑,从水里站起来说:"有些口渴,我去拿点儿喝的。你别睡着了,容易缺氧晕过去的。"说完,她就披了块浴巾离开了。

白英走后,孟娴任由自己更深地沉入水中,只剩胸口以上还露在外面,她放松着身体和大脑,试图厘清有些乱的思绪。

与程错短短的几次见面,对方已经明确表现出对她的轻视,甚至可以说嫌弃。说实话,她很在意程错说的那份"大礼",而且现在她是被动方,防不胜防。

周围很安静,汤池里的热气似乎愈加浓烈了,孟娴的意识逐渐昏沉,身体也在不自觉地向下沉去,水也一点一点地没过她的锁骨、脖颈……

耳边好像突然传来有人落水的模糊声响,仅存的意识让孟娴想睁开眼看看是怎么回事,可身体却沉重得好像被什么东西拖拽着一样,

金丝笼

怎么也动弹不了。直到一股巨大的力道猛地拉住她的手腕将她带出水面后,伴随着哗啦啦的水声,孟娴才终于后知后觉地清醒过来。

她发现救她的是个男人,对方此刻已经浑身湿透,气喘吁吁地,一只手还紧紧地抓着她。

孟娴渐渐恢复了清明,此刻,她也看清了对方的模样——

面前的是一个二十六岁左右的年轻男人,沾了水的短发乖顺地贴在额前,有着她梦里那个少年的影子,只是肩宽了些,面庞也更成熟,对她来说既熟悉又陌生。

她微怔,对方也并没有放手,气氛安静而僵滞。

或许他应该像梦里那样笑一下,那他就能和她记忆里的那个少年完全重合了,孟娴恍惚着想。

傅岑同样也在看着她。他试探着开口,眼里全是小心翼翼:"没事吧?"

孟娴认出这个男人就是傅岑,也是这一瞬,她忽然意识到程错说的"大礼"究竟是什么了。

孟娴仿佛被什么蛰了一下似的,猛地甩开男人的手,往后退了半步。她方才脸上的怔忪茫然已然散去,又恢复成平日里那种笑意不达眼底的薄凉模样:"这里是私人汤池,外人可进不来。"

她看他的眼神,冰冷得像是在看一个无关紧要的物件一样,她问道:"谁派你来的?"

大概是看出孟娴没什么大碍,傅岑松了口气,再看向对方时,他的嘴角勾起一抹苦笑,眼里的情绪带着怅然:"看来你真的把我忘了,还忘得这么干净……"

他说这话时,语调没什么起伏,好像这一切对他来说都在意料之中。汤池周围的灯不是特别明亮,映在水面上,银屑一样的水光又反射在傅岑脸上。

孟娴捕捉到了对方脸上一闪而过的悲伤,他似乎是想离她更近一步,但迟疑着,被她的冷漠狠狠地钉死在原地。

第二章 什么时候爱上她的

孟娴皱了皱眉，先不管她和傅岑以前是什么关系，现在她只知道程错要看她和白霍的笑话，而傅岑就是他最大的筹码。

难道非得把一切都搞砸了，那个疯子才会高兴吗？

孟娴没回傅岑的话，只是拢紧了身上已经湿透的浴袍："我不管你是谁，回去告诉程错，让他安分点，别再闹出这些幺蛾子。"

她的忍耐是有限的，要疯、要玩随他去，可他越来越过分，竟想往她头上泼脏水，搅得她家宅不宁，自己倒是事不关己地看热闹。

孟娴心里冷笑一声，抬眼一看，傅岑还是一动不动地站在原地。

她算了算时间，白英应该也快回来了，又道："别怪我没提醒你，要是被人发现你是擅自闯进来的，山庄的安保可不会善罢甘休。你在这里毫无意义，就算是程错亲自来了，也休想攀咬我。"

她语速不快，语气也并不重，可说出的每一个字都是冷厉的，理智到毫无感情可言。

脏水可以泼在任何人的身上，但她不行。

傅岑脸上的神情没有一丝波动，只是随着孟娴话音落下，他面庞微垂："不是程错让我来的，是我自己要来的……"

的确，对方甚至还劝过他，说现在不是时候，是他固执地以为只要二人见了面，孟娴就能记起他。

是他自以为是，不撞南墙不回头。

孟娴一愣，随后嘴唇微抿，气氛再次沉寂下来。

她看得出对方没有撒谎，因为她自己就是个彻头彻尾的骗子，当然最清楚骗子什么样。

忽然，轻慢的脚步声远远传来，孟娴瞳孔微缩，趁傅岑还没反应过来，她一把拉住他的手腕，将他带到旁边休息区后面将近一人高的花丛中。

她把食指放在嘴边比了个噤声的手势，声音也压到最低："看在你刚才救了我的分上，我帮你一次，不想惹麻烦就别出声，懂吗？"

说完，不等傅岑回应，她转身就走。走几步后又回头看了一眼，

金丝笼

确定那地方十分隐蔽,轻易看不到后面藏了人,才放心地走了。

白英回来的时候,看到孟娴正坐在汤池边,潮湿的黑发衬得她愈发惑人,清纯中又带着一丝性感。

白英拿了两个酒杯,酒液随着她的步伐在杯子里晃:"陪我喝点吧,这可是一级庄园酿出的勃艮第,之前我过生日,别人送的。"

孟娴眼神闪烁,余光注意着花丛那边,傅岑很安静,静得好像刚才他的出现只是她的错觉。

这个傅岑倒还算识相,虽然和程错是一路人,却比他正常多了,孟娴心想。

"去里面的休息区喝吧,"孟娴接过酒杯,"我不想泡了,听说休息区有按摩服务,正好可以试一试。"

白英眼睛一亮:"你不说我都忘了!我这个山庄的按摩服务很专业的,早该带你去试试了。"

二人一拍即合,白英没有一丝犹豫地原路返回。片刻后,周围再次恢复静谧,只剩下隐约的风声和蝉鸣。

按摩服务本来只是孟娴随口一说的托词,但她没想到这里的技师手法倒真的不错。

白英正想感叹两句,回过头却看见孟娴正拿着平板电脑滑动屏幕页面,好像在浏览着什么,她稍微凑过去问道:"看什么呢?"

"总统套房的服务细则介绍,随便看看。"孟娴轻声开口,"不过套房的服务好全面。"

这份服务细则的确十分详尽,甚至细节到每晚六点整,后厨都会派人专门给客人致电询问忌口,并同时告知当晚菜单,还会根据客人的口味做出相应调整。如果客人不想去餐厅就餐,他们还会提前准备好餐食,给客人送到房里。

这时白英旁边的技师笑着开口:"小姐,您是总统套房的客人

第二章　什么时候爱上她的

吧？致电询问菜色是总统套房的服务项目，其他客人如果想调整菜单的话，是需要自己主动线上下单升级服务的。"

孟娴"嗯"了一声，对白英说："白英，山庄内最近住总统套房的客人有多少啊？"

这个问题没人比白英这个老板更加了解了，她侧过身，语气慵懒："这一周的总统套房只住了程错、我，还有我哥你们两个。"

孟娴点点头，示意自己清楚了。

按摩结束以后，白英把孟娴送回房间时，白霍已经在房间了。

白英前脚刚关上门离开，后脚孟娴就被白霍从身后抱住了。

"怎么去这么久？"男人的声音温沉，呼吸有些灼热，宽阔的胸膛紧贴着孟娴的背。

他亲吻她的头发，用力地抱紧她。孟娴抬手摸了摸丈夫的脸，即使被抱得有些难受也没有一丁点抗拒。

不久后，白霍的力道松了些，整个人也不似刚才那般焦躁不安。

孟娴转过身，面对面仰起头问道："怎么了？"

她看出对方脸上的不悦，也看得出刚才那句话根本就不是他想问的。

白霍突然想起自己和孟娴刚结婚那时，她是个让人挑不出任何错处的妻子，她既是他的爱人，也是他的解语花，这样的她就算现在失忆了，也能轻易读懂他每一个微表情。

他语气惋惜地说道："竞标会议提前了，我只能再待两天。要不然你陪我一起去吧，就当旅游了……"

孟娴闻言笑了，她记得上次白霍跟她提起过，这场竞标会议的开设地点就在佛罗伦本校区所在的城市。

"好啊，我陪你一起去。"她欣然应允，"正好回佛罗伦看看。上次我因为出车祸导致没能回复聘书的事，总该向学校相关部门致歉说明一下，这样下次再应聘时才能顺利嘛。"

白霍听到第一句话后，微扬的嘴角便僵滞了，对方却笑得温柔，好像刚才的话只是随口一说。

他静默两秒："……嗯，我想了想还是觉得算了，出国舟车劳顿，你身体也才恢复不久，还是待在山庄吧，下次有机会再陪我。"

孟娴低眉顺眼地说了声："好。"

通过白霍自相矛盾的话，她想，聘书的事大概率有猫腻。

说是两天后再走，可白霍在第二天傍晚就急匆匆地出发了，据说程错的那通电话就是为了催他才打的。

白霍一走，白英就兴冲冲地来找孟娴，说要履行诺言，带孟娴去那家老板是个混血姐姐的酒吧。要是白霍在，他百分之百不会让白英随便带孟娴去酒吧玩，但现在他不在，自然管不了白英。

若是以往，白英大概率会叫上程错一起。他爱玩，又比较懂酒水类目，而且有个男生在也比较放心。但这次，白英没有叫他，两个人经过程错的套房门口时，白英直接略过了。

二十分钟前，孟娴给程错发了一条短信——

有关傅岑的事，我想和你谈谈。

但对方一直没回复。

"程错这几天可忙了，"白英撇撇嘴，"罗薇不知道从哪里得来的消息，知道程错在这里便也跑来了。现在程错正躲她呢，这两天都是让人把饭菜送到房里。"

白英之前跟她提过一次"罗薇"这个名字，据她说，罗薇倒追程错两三年了。

罗薇是罗家的独生女，虽然罗家的财力和地位远比不上白程两家，但胜在是科技产业，前景比较好，再加上罗薇的母亲为人圆滑，长袖善舞，在圈子里名声还不错。

"那小妹妹挺可爱的，虽然因为独生有点娇纵，但很有分寸。她爷爷和爸爸都是读书人,科学家那个阶层的,所以小姑娘也被养得挺清贵的。"

就是眼光不太好,怎么就看上程错那个怪胎了?白英忍不住腹诽道。

孟娴听完若有所思,嘴角微弯:"我还以为这世界上就没有他会怕的人呢。"

白英没听出孟娴话里的微讽,道:"人又不是冷冰冰的钢铁,怎么会没有弱点?"

孟娴浅笑,是啊,但凡是人,就一定能有东西牵制住。

度假山庄靠海,白天最热闹的地方自然是海滩,所以开在南边的酒馆就比较清净。

孟娴将视线落在店门口木牌上的店名"Darla"上,名字倒像是用羽毛笔写出的花体,飘逸灵动。

白英耐心解释道:"黛拉是老板的名字,她虽然是混血,但从小在国内长大,所以中文说得比英文还好。"

两个人刚走进店门,老板就认出了白英,踮着脚朝她们挥手,显然白英已经和老板混熟了:"嘿!白英!"

黛拉生得明艳,再配上她明显西方人的深邃长相和丰腴曲线,虽微微怪异但并不违和。

大概是很少在酒吧里看到孟娴这种清水型,所以黛拉看向她的眼神中满是善意的好奇。

交谈中,白英去了趟洗手间,除了角落里零星的几个客人,吧台处只剩孟娴和黛拉两个人。

黛拉给孟娴调了一杯颜色漂亮的玛格丽特,请她品尝。

孟娴浅啜一口,斟酌几秒,说道:"黛拉……我听说你这里有一些度数特别高的酒?"

黛拉正忙,闻言动作一顿,把手里的东西放下后,凑过来看着孟娴，然后一脸促狭地笑了："有！你可找对人了，我这儿的酒啊，一般人他还真买不来……"

她左顾右盼了一圈，然后附在孟娴耳边道："我是看你有眼缘这才告诉你的，我这里的酒是可以定制的，虽然贵一点，但是特别烈。"说着，黛拉停顿了一下，上下打量了孟娴一眼，"你一个女孩子买回去自己喝？"

孟娴面不改色，语气和善地开口道："不，我给朋友买，而且要最烈的。"

…………

白英从洗手间出来后，正巧看见黛拉和孟娴聊得投机，虽然听不清她们在说些什么，但看起来气氛不错。

黛拉看着孟娴把那一小瓶酒装进包里，最后仔细叮嘱道："这酒烈得很，一次不能喝太多。"

孟娴微微一笑："好，我知道了，不过还要麻烦您对我朋友保密。"

黛拉闻言道："放心。"

白英这时走了过来，问道："你们在聊什么呢？这么开心。"

孟娴晃了晃酒杯："没什么，黛拉调的酒很好喝，我夸了她几句。"

白英闻言，便怂恿黛拉也给她调一杯度数高的酒。这时，孟娴倒扣在桌上的手机发出"叮"的一声提示音响，她拿起来，唇角勾起一抹笑。

　　好啊，随时恭候。

还差五分钟到晚上六点整的时候，程错套房的门铃响了。他放下信息才编辑到一半的手机，起身去开门，而明亮的屏幕上显示着收信人正是傅岑。

从主卧到会客厅再到门口，走路用不到两分钟，程错打开门，只

第二章 什么时候爱上她的

见孟娴站在门口,安静地看着他。

"进来吧。"他侧过身,表情里带着一丝玩世不恭。

程错房内的会客厅和孟娴套房里的没什么两样,只是设计风格不同。程错和孟娴始终保持着距离,仿佛她是什么洪水猛兽一般,但说的话又带着一种虚伪的热情:"要喝点什么吗?我这里什么酒都有。"

他们关系不近,甚至连朋友都谈不上,他们也没什么仇怨,但就是无端地相互厌恶着。

孟娴一挑眉:"都可以。"

没多久,程错就端来了两杯酒放在桌上,这酒是他新打开的,是一个马场上的朋友送他的,说是新口味,他自己先前一直没有机会品尝。

孟娴率先开口:"是你让傅岑从江州跟过来的,对吗?"

虽然手段低劣幼稚,但的确够恶毒。

"这不难猜吧?我不是早就告诉过你,我会送你和白霍一份'大礼'吗?"他笑了笑,满不在乎道。

他定定地看着她:"所以这次你想谈什么?"

孟娴没出声,余光里,她看到墙上的指针指向六点,接着她的目光便转而投向程错身后的主卧。

"叮"的一声从卧室中响起,孟娴浅笑,的确很准时。

程错不得不从有些剑拔弩张的气氛中抽离出来,回到主卧,接通电话。

孟娴垂下眼帘,慢慢摊开手心,里面赫然躺着那个装酒的瓶子。

可能她也是个疯子吧,但要是想牵制一个什么都不在乎的疯狗,就只能给他一点教训。

偌大的客厅旁边就是一个下沉式吧台,孟娴走到浴室门口时,正好看到程错背对着她在用冷水泼脸。

程错那杯被孟娴调包了的酒,他喝掉了三分之二,他大概也想不到孟娴竟然有胆子教训他，真是个蠢货。

她往浴室的方向走去。

大概是听见了脚步声，程错动作停顿下来，呼吸明显粗重，不复往日那种漫不经心的矜贵模样："……我好像有点酒精过敏，我们改日再聊吧，我要去医院。"

孟娴慢慢走过去，程错仍毫无警觉，等他反应过来不对劲回头时，孟娴已经"啪嗒"一声，从外面反锁了浴室门。

他头晕目眩，但还勉强有些理智，见状皱起眉头："你干什么？"

孟娴笑了笑，然后摁下旁边触手可及的顶灯开关。

整个浴室内瞬间一片漆黑，他们两个人仅隔着一扇门。

"你现在的滋味怎么样，嗯？"黑暗中他只听到她尾音微扬的讥讽，程错的脑子瞬间清醒了。

"孟娴，你到底想干什么？！"他几乎是扑上去，拳头砸在浴室门上，伴随着"哐"的一声响，还有程错怒声的质问。

孟娴站在原地，冷静得仿佛是一个局外人："你不是一直都想看我和傅岑搅和在一起的好戏吗？你想看戏，可我也想啊。一直以来都是你搞出乱子，来看我的好戏，现在轮也该轮到我了吧？"

程错猛地后退半步，他张开嘴想反驳什么，但发不出声来，他只能剧烈地喘息着，头痛欲裂。

不知过了多久，他侧过身抵着墙，然后身体脱力般靠着墙缓缓滑落，如同一只落败的野狗一样坐在地上。

黑暗中，人的听觉会变得更加清晰，因此孟娴得以听清楚程错难受的喘息声。她打开灯，将反锁的浴室门拧开后，眼前的一幕令她眼里瞬间浮起浓浓的兴味——程错被突然大亮的灯光刺激得往后一缩，他那双总是漂亮的、倨傲的双眸因痛苦而变得恍惚。

孟娴讽笑，她还从来没见过他这副模样呢。

程错虽然狂妄自负到令人厌烦的地步，但他生得确实好看，这点是毋庸置疑的。

第二章　什么时候爱上她的

这时，门铃声突然响起，她又重新将浴室门反锁住。

送菜的男服务生穿着酒店统一的制服，摁了两下门铃后便低头恭顺地等着——他知道这里面住的人非同一般，身份和地位可能是他这辈子都不能奢望的。

但他没想到的是，开门的却是个温温柔柔的、很有气质的年轻女人。

"你好，是来送餐的吗？"女人问道。

服务员看了一眼女人身后，发现程错并不在，便答道："是，程先生又额外加了两道菜，我们后厨已经按照他的要求做好了。"

"先放在玄关吧，不用进去摆盘了，"她说着，稍微让开一些，"不好意思，因为不太方便。"

年轻的服务生微微一愣，然后忙不迭地点头，把放置晚饭的推车推进玄关就迅速离开了。

孟娴返回去，重新打开浴室门的一瞬间，她被一股力量猛地推到墙上，死死摁住。

孟娴瞬间全身紧绷起来，她本来只把今天的事当作一场报复，想象征性地教训他一下。

但现在，看见他因为喝下烈酒而痛苦难受的样子，她笑了。

因为她清楚地知道，他完了。

来度假的第一天，程错约傅岑在"Darla"喝酒。

对方虽然不知道他要用什么办法帮他让旧爱重新想起他，但傅岑明显是高兴的。只是聊着聊着，冷不丁地，傅岑问了他一个问题："你是讨厌孟娴吗？我怎么觉得你对她的态度有些……"

有些莫名其妙的不待见。

虽然后面的话傅岑没说，但程错知道对方就是这个意思。

他讨厌她吗？好像连他自己也不是很清楚。

程错对身边所有人的态度都差不多，他对世界上的一切都秉持着

金丝笼

无所谓的态度,眼神中也总是不经意地流露出虚伪和傲慢。不论是喜欢还是厌恶,在他这里都是比较奢侈的情绪。

因为他不在意,如果一个人完全不在意另一个人,又怎么会讨厌对方呢?

可是……他对孟娴的情感又很微妙。

傅岑是他的钢琴老师,教了他很多年,感情不算深厚,但也算程错为数不多的"熟人"之一了。在他的印象中,傅岑像个常年笑眯眯的老狐狸,心思缜密细腻,长着一张能欺骗所有人的温柔的脸,总是给人一种云淡风轻但又能觉得他不简单的感觉。

程错其实很不喜欢跟这样的人相处,这会让他有种内心想法无处遁形的感觉。但他又开除不了他,因为傅岑不会像以前的家教老师那样生气离职,更不会因为他的顽劣不堪而放弃他。

所以,程错一直觉得像傅岑这样的人,内心应该是很强大的。

早年时,傅岑的手机屏保一直是一张垂丝茉莉的照片。照片中,花开得很好,这个品种乍看上去有点像吊兰,不过又有点土,反倒衬得他一个年轻男人看起来像个看破红尘的老头。

"这是我和孟娴在收到佛罗伦大学录取通知书那天,我送给她的。"傅岑当时说这话时,眼睛格外地亮,"她把它照顾得特别好,对吧?"

孟娴……

还没在白璋葬礼上见到她之前,程错偶尔会听傅岑提起这个名字,但也只是名字,傅岑从不给他看对方的照片,捂得紧紧的。他只说他们在同一所大学,说他们的以前,说孟娴的性格和他们之间的互相陪伴。

他起初以为傅岑是占有欲作祟,不想让其他男人看到自己心爱的女人。直到后来,他在参加白璋葬礼时,才知道孟娴已经嫁给了白霍,而当身边的人对白霍的妻子评头论足时,他确定她就是傅岑口中的那个"孟娴"。那一瞬,他忽然明白为什么后来傅岑很少再提起

第二章 什么时候爱上她的

这个名字,就算有时下意识脱口而出时,眼里也会蒙上一层淡淡的哀伤。

孟娴对他的爱,明显没有他对她的深。对方可以为了白霍放弃他,他却还顾虑着白程两家关系亲近,不敢让程错知道孟娴的脸,也不想她的前程和婚姻不顺利。

一个聪明过头,一个蠢过头,他作为一个旁观者,只觉得好笑,仅此而已。

程错想起,自己以前还好奇过孟娴究竟是个怎样的女人,居然能被傅岑一直挂在嘴边。

在傅岑眼中,孟娴是一朵纯洁无瑕的白玫瑰,可美则美矣,傅岑却忘了玫瑰身上厚重尖硬的刺,迷人又危险。

程错决定不再对这个女人好奇,他可不想蹚进这趟浑水。

直到傅岑求他,说放心不下孟娴,因为傅岑认识的所有人里只有程错有机会见到她。

回国前,他在拍卖会上见到那幅画,画上明明是紫色的花瓣,却非要叫蓝色,他看到后轻嗤一声,第一个想到的就是孟娴。他拍下那幅画送给她,并非听说她喜欢玫瑰,为了两家关系才送,他只不过是想暗讽她一身是刺,表里不一罢了。

回国后,他每每见到孟娴,总是忍不住放纵自己,逞口舌之快,但他也不知自己为何要这样做,可能他还是有点在意她,但不是男女之情的那种在意,而是一种想把她整个人抽丝剥茧,揭开她虚伪面具的卑劣恶意。

…………

程错从梦中惊醒,在床上弹坐起来,他竟然梦到了以前,而且还第一次梦到了孟娴。

这不太合理。

他想着,后知后觉地抬头,发现孟娴就正对着他,坐在床尾的椅子上。对方坐得稳稳当当,双腿交叠,整个人靠在椅子靠背上,静静

金丝笼

地看着他。

程错不自觉倒抽一口凉气，五官拧巴在一起，脑子里过电影一般瞬间记起了昨晚的一切。

良久，他忽然掀开被子下床，简直一副要冲过去掐死孟娴似的架势，咬牙切齿："你一个女人，居然这么有手段，你要不要脸？！"

孟娴垂眸，把额前的碎发捋到耳后："奇怪了，你招惹我，我报复你，怎么只说我？"

程错一噎，迅速背过身去，一副不想看见孟娴的样子。

孟娴却在这时笑了，在程错笑不出来的时候，她笑得发自内心。他不是看不起她吗？不是总高高在上，睥睨蔑视所有人吗？

如今见程错这副吃瘪的样子，他再也不能目中无人，高高在上地看笑话了，因为他自己就是那个最大的笑话。

孟娴只觉得痛快，这是她失忆醒来以后第一次如此身心愉悦，她大张旗鼓地把快乐建立在程错的痛苦之上，因为他活该。

孟娴慢悠悠地再度开口，仿佛一夜之间，两个人的位置彻底颠倒了："你也看到了，我就是这么记仇，我为了保护自己什么事都做，你招惹我，我会像疯狗一样反咬回去。如果你还想保住你大少爷的体面，最好以后离我远些。"

面对这赤裸裸的警告，程错冷笑一声，转过身来："我是被你害的，就算事情闹大，单凭这一条，你以为你能独善其身吗？"

程错冷哼，她想威胁他？下辈子吧。

孟娴面不改色："我不过是买了瓶烈酒不小心让你喝下而已。但你想搅和得我家宅不宁，你安的又是什么心？换言说，你程家又安的是什么心？"

程错万万没想到她竟是在这里等着他，但他能怎么说？说找她是为了把傅岑带到她面前，让她想起旧爱？

白霍一定不会善罢甘休，不管是什么结果，只要事情暴露，就不可能善终。

第二章　什么时候爱上她的

他摘不干净的，永远。

孟娴站起来，打算离开："你会把酒店走廊里那些监控弄干净的，对吧？如果被白霍发现了的话，我就说你一直在我面前提起我的过去，提起傅岑，我只是因为好奇所以才想来找你问问，却不想你误喝了我买的烈酒，难受了一晚上，我顾及两家关系，才不得不看着你，怕你出事。你觉得，他会相信你，还是相信我？"

程错听完气急反笑，他活了二十几年，还是第一次体会到被人气到头脑发昏是什么感觉，可他偏偏又拿对方一点办法也没有。如果她不是白霍的人，他有成千上万种办法报复她，可惜她是。

"出去！"程错咬紧牙关，双眼发红，呼吸也重得不像话，好像孟娴再多待一秒，他就会发狂似的。

"不用你赶。"孟娴冷冷道。

她居高临下，似讥讽，似轻视地看了程错一眼，然后扬长而去。

回去以后，孟娴找到留在房间里的手机，给前台打了个电话，说不需要送午饭，也不需要保洁打扫。

她把自己关在房里，睡了个天昏地暗。

孟娴最近总是会在梦里记起一些断断续续的往事，有的醒来后就忘了，有的醒了以后还记得清清楚楚。

她偶尔会梦见白霍和白英，但更多的是傅岑。

十几岁的傅岑、二十岁的傅岑、教她弹钢琴的傅岑、教她跳交际舞的傅岑……

这次她又梦到了他，在梦里，孟娴看到了她失忆后不久在书里发现的那两张过期机票。

梦中，她身处一个陌生的房间，看布置应该是男子居住的卧室。房间里只有她和傅岑两个人，桌上除了那两张机票还有一大束包好的玫瑰花。傅岑在一边醒着红酒，间或着和她说两句话："……离婚协议他看了吗？怎么说？"

金丝笼

孟娴昏昏沉沉的,梦里的一切都是灰白色的,可她却真真切切地听到自己说:"……他什么也没说,不过应该会签字吧。我全都告诉他了,以他的性格,肯定恨不得立刻跟我一刀两断。但不会耽误去保加利亚的日子的,放心。"

白光骤起,孟娴悠悠转醒,她拿起手机,发现已经是下午了。这一觉,她足足睡了六个多小时。

手机上显示有三四个未接来电,都是白霍打来的,还有几条短信——

"还没醒吗?醒了记得给我回个电话。"

"我记挂着时差,特意挑的这个时间,想听听你的声音,好想你。"

"我尽快回去。"

孟娴打了回去,那边果然秒接,但这个时间,白霍那边应该是深夜才是。

"喂,白霍。"她语气柔柔的,含着一点刚睡醒时的慵懒愉悦。

电话里传出短促的微弱电流声,然后是白霍低沉的回应:"是我。"

孟娴一边下床一边解释道:"昨晚睡得太沉了,手机又静音,早上不想起,睡了个回笼觉一直到现在。"

说的话一五一十,信息量半真半假。

白霍显然对孟娴的主动报备很是受用,似乎没有因为她一直不回消息和电话而不悦:"我知道,我问过酒店的人了,你为了睡觉连午饭都没吃。"

孟娴从他的话中敏锐地捕捉到一个信息——白霍问过酒店,但他不知道昨晚的事。

看来程错已经把痕迹都处理干净了。

"对了,"白霍话锋一转,"我看你在酒店附近的酒吧里有一笔消费?酒吧里的酒度数很高,你身体不好,以后尽量不要喝。"

第二章　什么时候爱上她的

"嗯，我知道。"孟娴回道。

二人又聊了一会儿，白霍在挂电话前又叮嘱孟娴十分钟后开门，他给她叫了餐，让她记得吃饭，自此无言。

傍晚，白英兴冲冲地来找孟娴，说有乐队在沙滩举行小型演唱会，好多人去凑热闹，她也想去。

她拉着孟娴走到套房西侧的露台，从露台往下看，整个海滩和半面山景一览无余。远远望去，沙滩处的确聚了挺多人，好像还有人在围着篝火跳舞。

"走吧，你都睡一天了。"小姑娘晃着她的胳膊撒娇，孟娴恍惚，脑子里又急速掠过了一些以前的画面。

她最近越来越频繁地想起一些往事，虽然缓慢，但她的记忆的确在一点点恢复。

孟娴其实不太喜欢人多的场合，但她没有拒绝白英。二人在去沙滩的路上碰到了几个年轻男人，为首那人大概是认识白英，叫住她说了几句话。

"……我们几个在江州待着也是无聊，倒不如过来陪陪程哥。白英姐姐，山庄的温泉真舒服啊，还是您会享受。"那男人嬉皮笑脸地奉承着，孟娴记起之前曾在程错住的医院里见过他们。

白英环视四周："程错没跟你们一起吗？他人呢？"

此话一出，那几个男人一下子苦了脸，为首那人继续道："程哥一个人闷在房里不出来。我担心，进去看了一眼，屋里被摔得稀巴烂，还不让人收拾。我想把人带出来散散心，结果被他打了好几下，还给我撵出来了。"

闻言，白英嫌弃道："他又发什么神经？不用管他，过两天自己就好了。还摔我酒店东西，等着赔吧。"

那些人说完就走了，白英又嘟囔了两句，看孟娴不接话茬儿，索性不提了。等她一转眼看见篝火和乐队后，又高高兴兴地拉着孟娴玩去了。

金丝笼

四周聒噪，但白英很是高兴，孟娴温和的笑容面具之下是淡淡的疲惫和不耐烦。

不是对白英，而是对周围的一切，对那些麻烦的事。

她忽然很想一个人静静。

白英正随着音乐乱晃，感受到身边人的离去，她回头看向孟娴。

在夜里，她看不清孟娴的表情，只能看到她被篝火映照的侧影。她那温柔疏离的声音尤为清晰："我去那边买点水喝，马上回来。"

白英似乎看出孟娴心情不佳，没再阻拦："那你可要快点回来，别往海边去，别走远了。"

孟娴没有去买水，她一路向北，远离人群，来到一片礁石滩。周围只有零星几个人在捡贝壳，还有两对情侣依偎在一起说悄悄话。

夏夜的海风潮湿微咸，喧嚣遥远，海浪拍击在礁石上，激起大片白色泡沫。孟娴慢慢平静下来，坐在礁石上的一瞬间，她觉得这一切似曾相识，连风的味道都很熟悉。

身后传来脚步声，她下意识回头看，只见傅岑踩上礁石，似乎正要往这边来。

她立马站起来，想离开这里，却不料脚底打滑，身子一个趔趄，等她勉强稳住身形，脚踝处却传来一阵针扎般的刺痛——她的脚崴了。

孟娴微微咬牙，而傅岑已经走到她身边。男人身形修长，抬手虚虚地在空中扶着，有些犹豫似的问："你还好吗？"

"没事。"孟娴态度冷淡，蹲下身轻轻按揉起脚踝。

傅岑低头看了一会儿，半蹲下去，抬手揉按孟娴的脚踝："你手法不对，会越揉越肿的。"

孟娴下意识地往后躲了一下，但当傅岑的指腹再次摁在她脚踝上揉动时，那丝丝缕缕的痛感真的有所缓解，孟娴便乖乖不动了。

气氛安静得出奇，傅岑没话找话："……上次的事，谢谢你帮我。"

第二章　什么时候爱上她的

孟娴撇开视线,看向波涛汹涌的海浪,她隐隐嘲讽,言语间似乎有种说不出的郁气:"与其说是帮你,倒不如说是帮我自己。不过也挺巧的,每次遇到麻烦都是你救我。"

多一事不如少一事,她前路茫茫,不敢行差踏错一步。

傅岑看她一眼,低头笑了:"这次不是凑巧,是我一直在关注你。"

孟娴闻言看他,感受到她的目光,傅岑继续道:"因为我太了解你了,你不喜欢人多的地方,如果周围有海,你会更愿意去吹吹海风。"

他来礁石滩这边其实没有抱太大希望,只是想起孟娴以前喜欢坐在礁石上吹风,所以过来碰碰运气,没想到真让他遇上了。

周围很暗,孟娴看不清傅岑的表情,只觉得他那双狭长的、被月光映照着的眼,出奇地明亮。

"六年前,这里还不是富二代云集的度假山庄,只是个名不见经传的小景点。我们过来旅游的时候,你最喜欢的地方就是这片礁石滩。"傅岑像是怀念,像是惋惜,叹息轻薄到风一吹就没了,"可惜你全都不记得了……"

孟娴心口忽然刺痛起来,就好像脚踝处的痛转移到了心上一样。

自打她失忆醒来后,她不敢完全信任身边的人,那种孤立无援又四面楚歌的感觉,真的很累。

很多人都跟她提起以前,可他们又都或多或少地隐瞒着什么,他们并没有过多地哀伤于她失忆这件事,只有傅岑会因为她不记得以前的事情而难受痛惜。

大概他们以前的感情很深厚吧,不然她也不会和傅岑一起去保加利亚。

如果他不是程错的人就好了,他要是完完全全地向着她就好了,那她便可以把这位故人当作最后的慰藉或依靠。

想到这儿,孟娴心念一动。

第三章

玫瑰刺

金丝笼

程锴回江州不到两天，宁进就给他打了不下十个电话，不是邀他去酒局，就是找他打牌，一口一个"哥"叫得好不亲切。

先前，程锴和秦明走得近，秦明出事后他一直形单影只。如今，宁进大概是想取代秦明的位置，和程锴套近乎的手段可谓层出不穷。

以前，程锴眼里没宁进这号人。宁进家里开经纪公司，来钱快，但家底不厚，圈里人提起来多少带着些轻蔑；只是宁进他爸最近做地产投资赚了大钱，宁进又在程锴面前刷足了存在感，想不注意他都难。

宁进殷勤，跟着程锴跑到白英的山庄，当着众人的面被程锴撵出套房还乐呵呵的，回江州后还继续约程锴。

程锴烦不胜烦，最后松口了。

Callous会所的包间奢华靡丽，酒水味道四溢，细碎迷乱的灯光晃得人眼晕。

有宁进在，包间气氛明显活络得多，大家你来我往地吵闹着，只有坐在正中间的程锴安静地喝着闷酒，跟其他人好像不在一个世界似的。

也许是想让程锴开心，抑或是话赶话提到了，宁进说起他带着几个兄弟追随程锴到度假山庄，一不小心搞了个乌龙的事——

"……那女生一看就是喝酒了，还喝的是闷酒。长得倒好看，就是脾气太臭，撒酒疯认错人，咬得我胳膊没一块好皮……"宁进说起这件事时，俊朗的脸上带着说不清道不明的情绪。

这时，有人开宁进的玩笑："你可拉倒吧，肯定是你上去搭讪，不然人家漂亮小姑娘能认错？"

第三章 玫瑰刺

宁进立刻反驳:"先说好,是她喝了酒,后来还硬拉着我陪她一起喝酒……"

众人一听,哈哈大笑。程错游离在众人之外,正要举杯的动作微微一顿,本就不太明朗的脸色"唰"的一下沉下来,比刚才还难看几分。

对于孟娴教训完他拍拍屁股走人,他还得窝着火想办法去给她善后这件事,程错越想越气,他活了二十多年,什么时候这么窝囊过?

偏偏宁进他们聊得热火朝天,还没心没肺地一直笑。

"啪"的一下,杯子被程错重重地砸在玻璃桌面上,发出清脆的碰撞声,四周瞬间安静下来,众人闻声望去,只见程错阴着个脸:"有完没完?"

明显压着火气的话,让一大桌子人瞬间噤若寒蝉。他们不知道程错为什么突然发火,也不知道是谁又惹了这位祖宗,怎么现在凑在一起说点儿乐子,他都像只被踩了尾巴的猫似的?

宁进反应快,只愣了两秒就迅速换上笑脸打圆场:"程哥说得对,我一直说来说去的实在太吵,程哥说得对,我自罚三杯,给大伙儿赔个不是。"

程错长舒一口气,闷闷道:"算了,今晚我请,你们玩吧。我还有事,先回去了。"

言罢,他便离开了。

程错觉得自己有点儿不对劲。

但具体哪里不对劲,他又说不上来。他喝了酒,昏昏沉沉地睡过去,一睁眼发现孟娴正坐在他面前。

面前的孟娴不是那天笑里藏刀的讨厌模样,也没说那些能把他气疯的话。她只是侧身坐着,左腿平放,右腿曲起,双手慵懒地随意放着。

程错的思绪混沌起来,整个人变得非常迟钝,他看到孟娴朝他招了招手,笑得很好看。

她从来不会那样对他笑,她每次见他,不是面无表情,就是换上

金丝笼

那一眼就能识破的虚伪假笑。

程错不自知地朝孟娴走去，二人的距离一下子拉近，近到只剩一拳。

他是在做梦吗？

仅剩的清醒如同电光一闪，转瞬就消失得无影无踪。程错猛然惊醒，一瞬间，他分明感觉到自己的心脏似乎微微收紧了，也意识到自己又梦到孟娴了。

他这是怎么了……

程错翻了个身，醉酒前没来得及关的窗户大开着，清冷的月光映照一室。

他开始烦躁，甚至有些不安，就好像人在意识到某种未知情绪会给自己的生活带来改变时，会滋生出惶恐。

程错快疯了，孟娴这朵玫瑰的刺已经扎进他身体里，他像无头苍蝇一样想把那根刺找出来拔掉，可惜徒劳无功。

他发觉这根刺扎得更深了，甚至已经隐隐触碰到他的内心。

傅岑到深蓝餐厅时，程错已经到了，这让他颇为意外。

二人认识多年，他很熟悉程错的脾气秉性，这人恶劣至极，不放别人鸽子已经算不错了，守时的次数更是少之又少，像这样提前十几分钟就到约定地点等人，还是第一次。

点好菜，侍应生带着菜单离开，傅岑松了松领带："今天怎么想起约在这儿？"

往常，程错都会选在 Callous 会所，那儿是他的主场，他本人也说过不太喜欢约在公共场所谈事情。

"腻了，不想待在那儿。"程错漫不经心地回答。

"找我来什么事？"傅岑看起来心情不错，也不绕弯子，直奔主题。

程错犹豫几秒，闪烁其词地开口："以后和孟娴有关的事，我可能帮不了你了，我……"

他眼神躲闪一下，想了很久的借口还没来得及说出，就被傅岑笑着打断了:"没关系,你已经帮我够多了,以后我自己来就好。"

他意有所指,程锴眉头微皱:"什么?"

他帮什么了?自己明明已经被孟娴发现了。

傅岑微笑,眉眼弯弯,就像程锴刚认识他时的模样:"孟娴在山庄的时候主动跟我说话了,还要我和她保持联系。"

程锴嘴角的弧度僵住了,他好像忽然不会控制自己的面部表情,就像他搞不明白自己到底是以什么心情听傅岑讲这些。作为学生,他应该替他高兴;作为始作俑者,他应该兴奋即将上演的好戏;那……作为有些喜欢孟娴的男人呢?

看程锴表情古怪,傅岑眼里闪过一丝阴郁,但他并未表现出来:"程锴,这段日子谢谢你一直帮我。"他顿一顿,脸上的笑隐约透着一种欢欣,"这顿饭我请客,以后如果你有需要,我一定义不容辞。"

这一刻,程锴猛地回过神,直勾勾地盯着傅岑,竭力地想把语气恢复成以前那种看好戏时的微嘲暗讽或是幸灾乐祸:"你和她保持联系,白霍会不管吗?"

傅岑看着程锴,对方的话与其说是担忧,更像是阻止。

他并未回答,而是微微向后靠在椅子上,冷不丁地笑问道:"那一开始你为什么不说这话呢?

"小锴,这可不像你的行事作风。"傅岑语气凉凉,他意味不明地笑了一下,"该不会……是我想的那样吧?"

他想的是什么样,在场两个人都心知肚明。

程锴倏然握紧了手里的刀叉,他憋着一口气,胸口鼓胀得难受。他不知道自己在干什么,他也察觉到自己刚才就像个不值钱的蠢货。

他像是要证明什么似的,语气变得冷漠决绝:"你放心,我喜欢谁,都不会喜欢上一个有夫之妇,更何况还是你曾深爱过的女人。"

傅岑沉默着,等待他的下文。程锴微微咬牙,索性一不做二不休道:"我发誓行了吧!我绝对不会喜欢孟娴,现在,以后,永永远远。"

这顿饭吃了将近一个小时，临近尾声时傅岑接了个电话。

他压低声音："……回来的时候提前给我发消息，我去机场接你。好，那就先这样。"没说两句，电话就被挂断。

程错眼皮都没抬："傅信？"

傅岑有个亲弟弟，叫傅信，和傅岑感情很好。只不过因为父母离异，傅岑和母亲生活在一起，傅信则自小跟着父亲长大，高中时又出国留学，兄弟俩聚少离多。

程错已经有好多年没见过傅信了，算算年龄，应该还在上学，他问道："傅信读研了吧，学的什么专业？"

傅岑略微思索了一下："我也不是很清楚，大概是制药工程方面，阿信他对那些东西还挺感兴趣的。"

制药……程错脑海里不由得浮现出他对傅信的微弱印象——对方其实和他年纪相仿，但程错早熟，傅信沉默寡言，二人见过几面，对方安静内敛得像个正值青春期还没长开的小孩。

一晃都过去这么多年了，程错突然想起自己当初任性妄为，谁都没知会一声就偷跑回国的事。他觉得傅信应该没那么混，道："他应该还没毕业吧，怎么这个时候回国了？"

傅岑对弟弟还是很了解的，如果不是有要事，他不会轻易回来。比起自己，弟弟要稳重得多："我只知道是他的学校和佛罗伦大学有个交叉研究项目，而且他也不是一个人回来的，估计等这个研究项目结束就回去了。"

程错闻言，撇开视线。傅家这两兄弟，一个赛一个高深莫测。

他随便找了个由头，结束了这个话题。两人分道扬镳之际，程错无意间看到傅岑的手机里有两条孟娴发来的新信息。

对方似乎并不避讳他，不动声色地把聊天记录给他看："孟娴她想起一些以前的事了，虽然很少，但总好过把我完全忘了。"

傅岑眉眼间的愉悦是藏不住的，程错收回视线，没回他的话。

第三章 玫瑰刺

白霍出差回来，一身风尘仆仆，脱了西装外套后直奔楼上卧室。

正值盛夏，明媚刺眼的光线从四面八方照射进来。闻到熟悉的淡淡香味后，白霍那颗焦躁不安的心一点点平静了下来。

白霍的脚步慢了下来，他想孟娴有可能还在休息，他虽然想她，但也不愿吵醒她。

孤身在外的这几天，枕边空无一人的时候，吃饭看不到那张熟悉的脸时……白霍有后悔过。

他后悔当时应该带着孟娴一起去，不过想想还是算了，他和孟娴有的是以后，没必要在意这一时半刻的分离，他想。

孟娴果然在休息，不过不是在主卧，而是在二楼的露台。

露台是半开放式的，落地玻璃窗呈半环形。按照孟娴的喜好，露台上摆了地毯、沙发和书柜等，还有那只挂在一边的鸟笼，是让她闲暇之余打发时间用的。

她蜷缩在沙发上睡着了，环形露台的窗帘只拉了一半，地毯上扔了几本书。

白霍坐在沙发上，那触手可及的柔软就在身旁，他弯下腰轻轻抚摸妻子的脸。

她没有一点反应，应是睡熟了。白霍不满足，吻落在她额头，然后一路向下，蜻蜓点水一样地亲在她唇上。

他爱怜她，以至于爱不释手，他至今仍不知要如何填满内心深处那种像无底洞一般的爱欲。

只能尽可能地吻她，以获取短暂的满足。

…………

孟娴再睁开眼是被吻醒的。

自己明明是在露台的沙发上睡着的，现在却在卧室床上，大概是白霍抱她过来的吧，因为她闻到了他身上淡淡的沐浴液和水汽味道。

白霍发现孟娴醒了，俯身索吻。

孟娴很喜欢这个时候的白霍，平日里总是面无表情的脸上微微泛

金丝笼

红,薄唇隐忍又性感。

白霍心里的爱溢出来,交织着数不清的满足感。她就在他怀里,这让他可以暂时忘掉出差这段时间以来所有的难熬恐慌,比任何语言安慰都来得有用。

他的爱像密不透风的藤蔓一样缠绕着对方,她会在他身边一辈子,谁也抢不走。

这种想法无法追究溯源,非要说的话,大概是他们刚结婚的时候吧。

当初,小南楼上上下下挂满了孟娴和白霍在一起之后的照片,有两人一起去旅游的合照,有婚纱照,还有孟娴自己的写真。

走廊、客厅、卧室……白霍执着于炫耀他的妻子,无论走到哪里,他都带着她。

或许那个时候,他的爱情就已经开始有些往极端的方向发展了。

多年前的深秋,白霍动了心。

一夜之间,江州的温度骤降,一场雨淅淅沥沥地下了几天,风也萧瑟。

正好白英双休,白霍抽时间回了趟家。

晚饭时被问起近况,白英一边往嘴里塞米饭,一边含含糊糊地回:"都好都好,妈你别操我的心了……"

少女时期的白英明媚张扬得很,远没有二十几岁的孟娴稳重,除非是重要场合,否则很少能看见她大家千金的风范。白璋实在看不下去女儿那副饿死鬼一般的样子,皱着眉斥责:"吃那么急干什么?又没人和你抢。"

白英被饭菜噎个正着,急急忙忙喝汤往下顺:"爸,我刚知道孟娴换兼职了,我得过去看看,她脾气那么好,万一有人欺负她呢……"

白霍握着筷子的手一顿,再去夹菜时,眼神明显不再专注。

托白英的福,白璋夫妻俩对"孟娴"这个名字也是耳熟能详,只

第三章 玫瑰刺

是孟娴唯一一次来家里做客时二人外出了,没能见到。

"你朋友是遇到困难了吗?怎么好端端的不上学,要去兼职?"梁榆一边给女儿夹菜,一边问道。

梁榆是白璋的妻子,和丈夫一直互敬互爱,还生下一双优秀的儿女,被人捧惯了,难免有些心高气傲。她并不知道孟娴的身世,以为她又和以前那些小姑娘一样,是白英身后的小跟班。

白英擦擦嘴:"妈!我三言两语跟你讲不清楚,等有空了再说吧,我先走了。"

白英一走,梁榆扭过头看向白霍:"你妹妹的这个朋友,你见过吗?人怎么样?"

白霍沉默两秒:"孟娴人很好,温良上进,对白英也不错。"

梁榆笑了笑:"妈问的不是这个,她家境是不是很差啊,不然怎么会想到去兼职呀?"

梁榆是有优越感的,当然她也有资格优越。娘家和婆家都是累积多年财富的豪门,所以听见"兼职"这两个字,她迅速把女儿的这个新朋友划在了"可来往"的界线之外。

白霍眉头微皱:"孟娴她家境是不太好,她兼职是为了交学费,但是……"

但是她已经很努力了,穷不是她的错。

在白霍的印象中,孟娴一直把自己经营得很好。她用挣的钱和空闲时间来投资自己,有主见、有能力、有才华。

不熟的话,谁也看不出她家境不好。可一旦熟了,知道她吃过什么样的苦,便只会心疼且敬佩她。

可后面的话白霍没能说出来就被母亲打断了:"穷到连学费都交不起?!天哪,白英怎么会想到和这种人交朋友的……"

白霍平生第一次对母亲生出不悦,他记忆中的母亲一向优雅得体,如今却多少有些刻薄,一个"穷"字就可以让她否定一个人的一切。

"她考上和白英一样的学校,每学期都拿白英拿不到的奖学金,一边上学一边在高级餐厅兼职挣学费。"他顿一顿，看向梁榆，"妈，家里不需要白英去攀附有钱人，但需要一个优秀的女孩在她身边熏陶她，而孟娴就是最合适的那个人。"

白霍这话没什么攻击性，只是阐述事实。但梁榆好像被儿子教育得有些下不来台，闻言轻哼一声："再努力，还不是为了往上爬。接近我们白英，肯定是有目的的……"

白霍不吃她这一套，他自顾自地吃饭："我记得外公和舅舅的中兴生物早年也是腰部企业，和万科远不能比，妈你嫁到白家以后，中兴这才慢慢起势……"

梁榆陡然变了脸色，她当年嫁给白璋的确是高攀，白霍说得还算委婉了。当年中兴不过是个综合素质中等偏下的公司而已，当年白璋也不是白家第一顺位继承人，否则是不会娶梁榆的。

白霍看向母亲，语气沉然："有机会谁都想往上爬，这没有错。"

人望山，鱼窥荷，有机会谁都会想往上前进的。

梁榆彻底缄默下来，再不提这事。

…………

白霍第七次见到孟娴，已经初冬，在她换了新兼职的那家咖啡厅里。

他一直知道她聪明，懂得合理利用自身价值。她不做廉价的劳动力，除了在餐厅、咖啡厅弹钢琴，就是通过白英的介绍给有钱人家的小孩做家教老师。

他和旧友约在咖啡厅见面，进去时，弹钢琴的女孩还不是孟娴。半杯咖啡下肚，他再抬头的那一秒便注意到那张熟悉的脸。

不比上次见面时素静，她化了妆，整个人明艳许多。白霍想这应该是咖啡厅要求的，妆容得体毕竟也是员工形象的一部分。

朋友看他的视线频频落在相同的地方，看过去后，笑了笑："认识的人？"

白霍这才收回目光："白英的朋友。"

第三章 玫瑰刺

"不去打个招呼吗？"对方问道。

白霍顿了一秒，那个时候的他还不太明白自己内心深处油然而生的退缩和不自信是为什么，但他的注意力很快就被突然发生的变故吸引过去了。

琴声不知何时戛然而止，取而代之的是一个男人刺耳混浊的吵闹声："小姑娘，你叫什么名字？给个联系方式呗！在这儿弹钢琴能有什么前途？你跟着我，想要什么哥都给你买……"

男人生得五大三粗，大概三四十岁的年纪，满脸横肉，上下打量孟娴的眼神猥琐而露骨。

孟娴面无表情："不好意思，先生，我没办法同意您的要求。"

说着，她就要离开，周围的人都看过来，那男人瞬间恼羞成怒："你装什么啊，穿得这么漂亮不就是想找个有钱人吗？你弹钢琴他们给你多少钱，我给你五倍……"

男人吵嚷着，看孟娴无动于衷，竟然还想上手打人。变故发生得太快，在他挥出巴掌的一瞬间，孟娴只看到男人身后飞快闪过的高大身影，她下意识地闭着眼往后躲。

但预料中的巴掌没有落下，孟娴慢慢睁开眼，只见白霍紧箍着那男人的手腕，那男人憋红了脸，伸出去的手如何用力都抽不出来。相较之下，他那膀大腰圆的身材在白霍的身高压制下简直不值一提。

男人瞬间气焰全无，声音也一下子低了几个度，只低声咒骂着，要白霍松开他。经理和保安这时匆匆赶到，连声道歉，把男人带了出去。

临走前，经理把孟娴叫到一边："你今天先回去休息吧，让小冉替你，工资照发。"

按理说，这个时候已经没白霍什么事了，他正要离开，却听孟娴唤他："白先生。"

白霍回头，看到孟娴大衣里青白色的羊绒裙摆，她在他面前站定："白先生，谢谢你刚才帮我解围。"

金丝笼

　　白霍原以为还有下文，可对方也只说了这么一句而已，说完就要转身离开。忽然，他脑子里冒出一个念头，他甚至来不及思考，脱口而出："我送你回去吧。"

　　孟娴顿在原地，二人的视线在半空中相撞。

　　他又重复了一遍，语气中带着一丝自己都未曾察觉的期盼："我送你回去吧，外面在下雪，很冷。"

　　白霍记得白英说过，孟娴住在学校的双人公寓内，与她同住的女孩搬出去和男友一起住了，只剩她一人。

　　从后视镜看过去，孟娴坐得端正，她静静地看着窗外，身上萦绕着一种说不出的无奈。

　　可能她也被吓到了吧，他想。

　　等红灯时，白霍又从后视镜向后看去，孟娴垂着眼帘，眼里雾蒙蒙的。但她没哭，只是抬手用指腹慢慢擦掉了嘴上的口红。

　　那个动作落在白霍眼里，像被加了慢镜头。事实上他从未见谁在他面前做这种损毁自己妆容的、不体面的事情，可那一瞬间，他完全理解她这么做的原因——因为那个下流龌龊的男人，用她的美丽来羞辱她，而她不堪受辱。

　　回想之前，孟娴从未有过这样的一面。

　　她比同龄女孩要成熟稳重，微微一笑时，自信又落落大方，白霍很欣赏这样的人。她也从不主动提及她的身世和从小到大承受过的坎坷磨难，她的躯壳是坚硬的，经历了如此不堪的事，她只静默地垂低了腰肢，眼尾噙着一滴泪，却无论如何不让眼泪掉下来。

　　但她的血肉还是脆弱的，孟娴这时似乎察觉到白霍的注视，转头看向那面后视镜时，那滴泪便如断了线的珠子一样由着惯性夺眶而出。

　　像一滴火星，瞬间在他心口烧了一个洞。

　　小琪出院这天，孟娴想去探望。

第三章 玫瑰刺

白霍本想叫白英陪着孟娴，但白英临时有事，白霍既然答应就不可能反悔，于是暂退一步，约定下班后亲自去接孟娴回家。

孟娴心里清楚，白霍其实很像一个专注的猎人，可惜她对自己的定位不是猎物。

她给傅岑发信息，约他出来见面。

白霍派的司机把孟娴送到医院后就离开了，她打车去了和傅岑约好的咖啡厅，在路上时，她顺便翻看了佛罗伦大学官网的秋季招聘信息。

她本以为傅岑会坐在咖啡厅里等，没想到在门口就遇到了他。

"怎么不进去？"孟娴自然地笑了下，像是来见阔别多年的老友。

她的态度让傅岑微微松了口气，虽然还是生疏，但总算有几分当年的感觉了，是个好的开始，他回道："等你一起。"

这家咖啡厅是傅岑挑的，隐秘性不错。不同于大众常见的公共咖啡厅，这里每个位置之间都做了半包围式的隔断，架子上摆着绿植和书，很适合私密谈话。

忽然，外面响起跑车的巨大轰鸣声，引得众人纷纷往外看。孟娴下意识侧目，但只来得及看到那辆跑车银白色的一角。

"这家的蓝山咖啡很不错，尝尝。"侍应生端上来两杯咖啡以后，傅岑笑着开口。

孟娴端起来啜一口，的确香醇异常。

"对了，接下来有什么打算吗？"傅岑轻搅着自己那份咖啡，问道。

来的路上，孟娴还以为见面后傅岑会先跟她叙旧，毕竟从前几次见面来看，他们的过往对他来说挺重要的。

对方仿佛看出了她的心中所想，轻笑一声："叙旧的话以后有的是机会说，但你找我肯定不是为了叙旧吧，所以……有什么是我能帮上忙的，尽管开口。"

他很了解孟娴，如今他单靠那些已经忘却且无法证明真实性的过去来拉近二人的距离是不可能的，只有对她产生切实的利益，才能和

金丝笼

她成为一路人。

孟娴眸中眼波流转,再看向傅岑时眼里多了两分兴味:"我想重新回佛罗伦大学任教,可以吗?"

傅岑向后靠在椅背上,眼神自始至终都放在对面的人身上:"可以。"

他从钱包里抽出一张银行卡,推给孟娴:"这卡里有一百多万,是之前你在白英小姐的设计公司担任设计总监时赚的,密码是你的生日。你当时交给我,让我帮你理财。现在我还给你,看什么时候能派得上用场吧。"

她接过银行卡,至少短期内,经济上不用愁了。

孟娴原本对这次见面没抱太大希望,但现在忽然觉得,她好像可以给自己铺一条后路。

"程哥,刚才等红灯的时候,你往那家咖啡厅看什么呢?"

银白色的跑车已经开出很远,宁进还一个劲儿地扒着椅背往后看,但他没看出有什么稀奇,只好贱嗖嗖地追问程错。

"我以前怎么没发现你那么爱管闲事呢?我什么也没看。"程错目视前方,脸上没什么表情,"你那么疑神疑鬼,那我把你扔回去,让你看个够好不好?"

宁进瞬间噤声,捏着两指在嘴边做了个拉上拉链的动作。

程错用舌头顶了顶腮,黑着一张脸。

他一眼就认出那个在咖啡厅门口站着的,穿得虽然日常但一如既往整洁干净的背影是傅岑。

而在他旁边和他比肩而立,穿一条剪裁雅致的青绿色长裙,两边耳垂各坠着一颗小小的白水晶的女人……

程错眯了眯眼,在那女人转身进咖啡厅的一瞬间,他确定那个女人就是孟娴。

环佩青衣,盈盈素靥,看起来真般配啊。

程错看着他们一起走进咖啡厅,神色恍然,直到绿灯亮了,他才

第三章 玫瑰刺

收回视线,重新发动引擎。

到城西的盘山路口时,那里早聚了一堆人,十来辆超跑乱七八糟地停着。有眼熟的,也有陌生的,程错扫视一圈,没看见要找的目标。

"徐备呢?怎么没见他人?"程错又四周扫视一圈,开口问宁进。

徐备不算程错朋友圈里的人,说白了还是他的半个对手。徐家家底不太干净,近几年接连被官方整治,没落了不少。

程错自觉跟徐备不是一路人,但对方还算有魄力,不靠家里,自己赚钱买了辆价格不菲的超跑,这让他挺佩服的。而且徐备的车技也不错,有时能和程错打个平手,所以他也愿意和徐备比两场。

就是那人太花心,身上染的香水味从来不重样。

宁进听程错提起徐备,撇了撇嘴:"他上个月不是在温哥华加入了一个超跑俱乐部嘛,哪还有心情来这玩?"

程错吐出一口气,从总控打开了宁进那侧的车门:"你先下去吧,我想自己一个人跑两圈。"

宁进识时务,连忙下车了。

看宁进下车,有人三三两两地簇拥过来:"阿进,程哥还比不比了?哥几个等这么久就为给程哥捧个场……"

话还没说完,伴随着巨大的低沉轰鸣声,程错如弩箭离弦一般,开车扬长而去,只剩下银白色的残影和一地尾气。

宁进也很无奈,程错脾性是出了名的喜怒无常,上一秒高兴,下一秒暴怒,没谁能摸得清。

"你们先比吧,待会儿谁赢了去找程哥讨个赏,这里毕竟是他的场子,他会给的。"宁进摆摆手,说道。

讨的这个赏可不是普通赏钱,要么是新款跑车,要么是同等价值的游轮或别墅。

程错虽然脾气臭,但善后和补偿永远到位,是非常稳定的利益施予者,所以他身边的追随者可以说只多不少。

金丝笼

车窗外,风景急速掠过,程错耳后生风,心境反而平静下来。

仔细想想,傅岑能这么快和孟娴拉近关系,也是情理之中。以傅岑多年来对孟娴超乎常理的执着,再加上白霍最近比较忙,他总会有空子可钻。

程错失笑出声,眼里带着一层淡淡的讥讽。回忆起当年傅岑一身朗正地教他弹钢琴时,他可没想到多年以后能看到这位老师如此执迷不悟的场面。

但一想到孟娴,程错无论如何都笑不出来了,嘴角微微抽搐一下,那些说不出的微妙情绪不上不下地堵在他心口,压得他喘不上来气。

他自嘲地笑了笑,五十步笑百步,他又有什么资格批判傅岑?

想些别的事吧,他强迫自己。

开车时最忌讳烦躁不安,可那些乱七八糟的思绪硬是挥之不去。程错的脑子越发混乱,车开得横冲直撞,像是发泄一样,完全失去平日里赛车时那种游刃有余的畅快感。

绕场整整跑了四圈,程错这才慢慢平静下来。

他现在浑身的血都是热的,脱力般地靠在椅背上,喘着气闭上了眼。

"太太,吃水果。"小琪坐在病床上,把护工处理好放在她病床桌子上的水果盘朝孟娴推了过去。

"身体恢复得怎么样?有哪里不舒服记得及时跟医生说。"孟娴坐在病床前,神色温柔。

孟娴对小琪好得有点过头了,远远超过一个东家对用人的关心。知道的,明白她们是雇佣关系,不知道的,可能还以为她们是好朋友。

小琪受宠若惊,连连说自己恢复得很好,还不忘感谢孟娴给她交住院费,请护工的事。

"不用客气,"孟娴笑笑,眼神亲切,"自我车祸醒来,家里做事的女孩里只有你跟我关系近,对我来说,你就像半个家人一样。"

闻言,小琪眼里慢慢氤出湿气,再开口时,隐隐带着哭腔:"太

第三章　玫瑰刺

太,您对我真好,我都……我都不知道该怎么报答您了……"

她做这一行这么多年,从未遇见过这么善良的雇主,小琪看向孟娴的眼神里已经全是感激。

"说什么报答不报答的,太见外了,"孟娴顿一顿,"不过……"

见她似乎有些难以启齿,小琪眨了下眼:"不过什么?您说就是了,没关系的。"

孟娴抿了抿唇,斟酌了两秒才开口:"是这样的,本来我一小时前就应该来的,不过路上遇到认识的人聊了一会儿,所以来得就有些晚了。"

小琪连忙摆手:"没关系,您能来看我,我已经很高兴了。"

孟娴笑了:"那……待会儿白霍来接我时,如果他问起,你知道该怎么说吧?"

白霍疑心重,占有欲强是摆在明面上的事,小琪瞬间心领神会,明白了孟娴的意思,太太应该是为了避免不必要的麻烦,不想让白先生因为这些小事而烦恼。

小琪的神情果然如孟娴意料之中的那样,变得义不容辞:"您放心,如果先生问起来,我会跟先生说,您五点左右就到了,一直在这儿陪我聊天。"

孟娴勾勾唇角,眼里的笑加深了些。

她随便投放出去的那些不值钱的善意,这么快便有回报,她很满意。

傅岑是在十六岁那年和孟娴认识的,准确来说,是十六岁那年的夏末。

傅岑的母亲颜萍在他十五岁时和丈夫离婚,然后迅速改嫁继父苏怀仁。苏怀仁在云港市任副市长,傅岑也从一个普通人家的孩子,一跃而起,成了副市长的半个儿子,和苏家的一儿一女生活在同一个屋檐下。

入学第一天,孟娴以全校第一名的成绩上台做优秀新生演讲,傅岑坐在座位上昏昏欲睡。开学几周,班里的同学们大多数都混熟了,男生成群结队地打篮球,女生三三两两地牵着手接水,上厕所,只有

金丝笼

傅岑连自己周围坐的都是谁还没分清楚，更别提认识孟娴了。

如果别人非要问起来，他可能会模糊地说出一些自己对她的印象，譬如"大考小考都是第一名""人缘和脾气都很好""作为班长管理班级的能力也不错"，仅此而已。

就这样，成绩每每倒数、性格淡漠的傅岑在班里像个透明人，和受欢迎的好学生孟娴之间几乎没有交集。

他浑浑噩噩地混了半学期后，某天，他收到了一张字条——

放学以后，来艺术楼A区天台，有事。

——孟娴

周围人声鼎沸，字条上的字迹娟秀，傅岑再次确认了一下字条上的那个名字——孟娴。

彼时云港已经入秋，教室外比楼层还高的杨树叶片泛黄，空气中带着些干冷的味道，刚巧起风了。

傅岑把字条团成团，随手扔进了桌斗里。他并不想去找孟娴，因为类似的字条，傅岑每隔一段时间就会收到。少年虽沉默寡言，性格古怪，但他清秀好看的眉眼以及在这个年纪比起同龄人出众许多的身高，仍是他的优势。

而且他的确没空赴约，因为他的猫已经丢失两天了。

傅岑把能找的地方都找遍了，那是他最后的"财富"，他孤身一人，只有那只猫时时陪着他。

那是学校里的一只流浪奶牛猫，也就五个月大，安静乖巧，经常出没在艺术楼附近。他每天都去喂它，有时也会抱着它去琴房练琴。

他虽然是没人要的，但他的猫不是。

放学后，他又仔仔细细地把学校的每个角落都找了一遍，但还是没找到。

父母离婚的时候他没有难过；母亲带着他来到一个完全陌生的家

庭，在苏家被那父子三人当成空气和随意讽刺的对象时他没有难过；母亲说他是个不争气的拖油瓶时他也没有难过……可当相依为命的猫丢了，傅岑却蹲坐在艺术楼的角落里，一声不吭地抱膝蜷缩，直到太阳西沉。

不知过了多久，他耳边响起了轻微的脚步声，视线里出现一双洗到发白的帆布鞋。

"喵……"

仿佛惊醒一般，傅岑猛地抬头——孟娴就站在他面前，怀里还抱着他那只猫。

这是傅岑第一次来艺术楼的天台，以前，他除了琴房没去过其他地方。

孟娴的秘密基地很简陋，楼梯通向天台的小房子背后，里面有一个简易折叠的凳子，一个软垫，还有一个小笼子，里面还放了一个用罐头铁盒做成的奶盆。

"以前没有笼子和奶盆的，是堆堆来了以后才有的。"孟娴稍微整理了下地上随意放着的几本书，傅岑只来得及看到一些不认识的英文和数学符号。

他后知后觉："堆堆……是你给它取的名字吗？"

他还没有给猫取名字，他不知道取什么，也怕取了名字后和猫的感情更深厚，以后不能在一起，会很难受。

"嗯，"孟娴的目光投向傅岑怀里的猫，"最近艺术楼后面总有人闹事，那些人对它也不友好，我就把它抱上来了。"

原来她写字条约他过来是为了猫。傅岑低下头："你怎么知道猫是我的……"

她是怎么知道的？这一直都是他的秘密，艺术楼这边人少，他和猫在一起玩时也从来没碰到过别人。

孟娴低头翻书，抬眼示意傅岑看天台西侧的栏杆："早在你和堆堆没来这儿时，我就在这里练英文口语了。我想进学校的模联社团，

金丝笼

参加竞赛可以竞选保送候选人或者拿奖金。我每次站在那里背书,都可以看到你在楼下和猫玩。"

傅岑微怔,良久没再开口。

他一直以为他是孤独的,结果冥冥之中一直有人在某处注视着他。某种意义上,这大概也算是一种陪伴吧。

"如果我今天不来天台,你会一直等我吗?"冷不丁的,傅岑突然提到那张字条。

孟娴抬起头,狭长的双眼泛出淡薄的笑意:"我不知道,但我明天应该还会给你写字条。不过下次我会直接在字条上把事情挑明,省得你误会。"

傅岑脸一红,有种心思被看穿、自己还会错了意的尴尬。

"谢谢你救它,不过……今天艺术楼没人来,你把堆堆放在平日里它待的地方,留个字条就好了。为什么一定要当面把它给我?"他向孟娴发问,甚至下意识地接受了孟娴给猫取的名字。说完,傅岑忽然发现自己这话似乎有点不识好歹的嫌疑,又连忙补救:"我的意思是,你这么忙,没必要为了不熟的普通同学浪费学习时间。"

缄默两秒,孟娴看着他开口:"当面交还我更放心。再说了,我帮你当然要让你知道。"

她笑了笑,眉眼被侧照下来的夕阳映得格外温柔,少女身上的校服外套散发着轻淡的橙花香气和秋日的暖阳交织在一起,像某种青涩但尾调微甜的果子:"我可不愿意做无名英雄。"

…………

那天之后,傅岑发觉自己好像开始注意孟娴了。

她经常去艺术楼的天台背书,多数是英语;课间休息时,她也能不受任何影响,稳稳当当地做题;偶尔也会有不喜欢她的同学在背后说她的坏话,可能实在是挑不出毛病,他们只能说她"穷"。

孟娴穷到什么地步呢?

她是以特困择优生考进的重点高中,学杂费全免,老师还会帮她申请贫困补贴。她的穿着打扮和漂亮从不沾边，全校统一的校服、洗到发白的鞋子、黑色的素圈头绳，她从不戴发卡、手表之类的配饰，齐肩发有时披散着，有时扎成马尾，整个人素到不能再素。

这对于正值青春期的女孩子来说，应当是难以启齿的困窘，但孟娴不觉得。她吃食堂最便宜的饭菜，做题的时候用笔帽当发卡别好额前的碎发，她坦坦荡荡地领取属于自己的那份补助金……她只管走自己的路，旁人怎样她都不在乎。

傅岑还是第一次遇到这样的同龄人，他很羡慕她，羡慕她可以心无旁骛，羡慕她可以永远从容不迫。

于是，他把更多的注意力放在她身上，他对她有好奇心，想了解她的一切。

可能是有了盼头，傅岑在学校的日子也没那么枯燥难熬了。

不知从何时起，堆堆成了他和孟娴的"共同财产"，傅岑也默许了这件事。

有时他遛完堆堆，带它回到天台时，孟娴还在学习。他见状也不打扰她，把猫放进笼子里，靠坐在墙角睡觉。

他在家里总是睡不好，精神世界本就贫瘠荒芜的他，觉得人生没什么意思，活着也就只是活着而已。

虽然并不知道对方是怎么看待他的，但他只有孟娴一个朋友。

日子就这样一天一天地过去，他和孟娴还是"同学以上，朋友未满"的关系。直到初冬的某天，明明是一个阳光明媚的好天气，孟娴却破天荒地一整天都没有去天台。

第二天、第三天……之后的那些天她还是没有去，仿佛之前的一切没有发生过一样。

班里，傅岑坐在最后一排，孟娴坐第三排正中间。这样的距离对傅岑来说近在咫尺，却又远在天边，他其实很想问她为什么突然不去天台了，但又不知如何开口。

他的心像被放在温热的油锅上煎熬，浑身焦躁难安。他频频地往

金丝笼

孟娴的方向看过去,但对方始终没有回头。

下了课,孟娴从他身边经过,急匆匆地,看都没看他一眼。傅岑视线追随,隔着玻璃窗看见孟娴正在和一个男生面对面说话。

那男生穿着高二的校服,递给孟娴一个饭盒,两个人又笑着说了几句话。

傅岑前排的几个女生也注意到了,低声八卦——
"跟班长说话的男生,我在光荣榜上见过,戴眼镜也好好看啊。"
"他跟咱们班长是朋友吗?"
"不会是青梅竹马吧?"
……

不知为什么,傅岑的心里忽然空落落的,好像又回到了以前那被所有人抛弃的时候。

这种低落的情绪一直持续到放学,傅岑算好时间跑上天台,却依旧没有看到那个熟悉的身影,甚至连一直放在天台的书也不见了,只剩下堆堆在笼子旁边孤零零地趴着,和他一样可怜。

傅岑慢慢踱步过去,在笼子前蹲下,心里说不出的苦涩。

他想起前几天孟娴跟他开玩笑说他跟堆堆长得有点像,他当时还说她和堆堆更像。

沉默片刻,他抬手摸了摸正高兴地蹭着他的猫,声音低下去:"你还开心得起来,姐姐都不要你了。"

"谁说我不要它了?"

身后突然传来熟悉的声音,傅岑猛地回头看,孟娴逆光站在他身后,怀里抱了几本书,正有些不明所以地看着他。

很久以后,当傅岑回忆起那天时,还是能够清晰地感受到那种失而复得的狂喜。

年少时的感情好像总是诞生于不知不觉,却又让人猝不及防。

"我妈前两天生病住院了,我放学以后要去医院照顾她,所以没来;书被我拿走还给图书馆了,因为都背完了,要换其他的……"孟

第三章　玫瑰刺

娴一五一十地、耐心地回答了傅岑的每一个问题。

傅岑一边逗猫，一边假装漫不经心地继续问："那给你送饭盒的高二男生……是你朋友吗？"

孟娴思索两秒，才想起傅岑说的是谁："他是我邻居家阿姨的儿子，我在他家开的饭馆兼职帮忙，他妈妈有时候做了好吃的，就让他给我带一份。"她顿一顿，"我妈生病，我跟他家借了点钱，他就顺便问了下我妈的病情，别的没聊什么。"

说完这话，孟娴忽然发现傅岑周身的气场似乎变了，原本紧绷的状态一下子放松了下来。

谈话最后，傅岑递给孟娴一张卡，上面用小纸条贴着密码。

"朝我借吧。"他真诚地说。

孟娴从来就不是那种死要面子活受罪的人，更何况她现在的确需要钱。她没犹豫，接过卡："谢谢，以后我兼职挣了钱就还你。"

"不用还，"傅岑连忙开口，"因为我也有事想请你帮忙……"

孟娴实在想不出傅岑能请求她些什么，她一无所有，但她还是点了点头："你说。"

"你帮我补课吧，这些钱就当学费了。"他终于想出一个两全之法，一个可以拉近二人距离的办法。

而且，要是成绩好的话，至少下次调换位置时，他可以坐得离她近一些。

匀速行驶的车里静得出奇，孟娴习惯性地往车窗外看，白霍坐在她身旁，覆住她的左手，问道："想什么呢？"

白霍似乎有些微不悦，但又好像没有，他希望妻子能多关注自己一点，而不是整日里想着那些无关紧要的人或事。他已经让步了，让她单独出来看望家里的帮佣，所以她也应该把心收一收，现下只关注他一个人就够了。

孟娴转过脸来，轻浅地笑："我看外面绿化带里的花开得不错，

金丝笼

突然想起家里那些花了,没忍住多看了两眼。"

路边绿化带里的玫瑰和月季通常不讲究品种和颜色,只求量多,种得满满当当。每到花期,道路两旁花团锦簇,一眼望去颇为壮观。可惜只适合远观,近看的话,既不精致,颜色也俗。

白霍闻言,淡淡开口:"野花再香,终究比不上家花。"

小南楼种的那些藤本花卉都是名贵品种,盛开之时远不是"好看"二字可以形容的,堪称惊艳。虽然花期短还要付出更多心力去养护,但也因此显得更加珍贵。只不过这话从白霍嘴里说出来,孟娴莫名听出了一丝旁敲侧击的微妙意味。

"自己的花当然总是最好的。"她敷衍一句,仿佛听不出白霍的深层意思,让他有种一拳打到棉花上的错觉。

白霍笑笑,没再说什么。只是很快,他发现孟娴的手有些不对劲:"怎么没戴戒指?"

在孟娴车祸苏醒后的第二天,白霍就买了一对新婚戒给他们各自戴上。

"旧的既然找不到了,那戴新的也好,重新开始。"白霍当时这样说。

自戴上那天起,他就没再摘下来过。可如今,孟娴的手上却空无一物。

白霍脸色未变,但目光微沉,他直勾勾地盯着孟娴,似乎在等她给他一个合理又完美的解释。

明明出门前他是看着她戴上去的——她今天穿的长裙,戴的水晶耳环,都是他亲自挑好,亲手为她穿戴的。

她是他的妻子,也是独属于他一人的缪斯,他装扮她,说到底不过是通过另一种方式来满足他的占有欲。

孟娴知道白霍心中所想,她表情微愣,然后从包里的内袋中拿出那枚戒指,戴了回去。

"去洗手间的时候摘下来的,随手放到包里,忘记戴了。"她安抚

第三章 玫瑰刺

着他,但语气明显有些漫不经心,好像并未将这枚戒指放在心上。

他给的戒指,不过是对她的束缚,她想脱离桎梏,现在却不是最好的时机。她故意在他面前不戴婚戒,不过是她隐秘的、小小的反抗罢了。

白霍微微一笑,也不知有没有看出孟娴态度的变化,他摸了摸妻子耳边的头发,低声耳语:"下不为例。"

男人低沉的声音中带着一丝冷然,他固执地抓住妻子的手,细细摩挲着,好像他一放开,她就会消失得无影无踪似的,而他眼中那种暗沉黏稠的威压让孟娴不禁脊背发凉。

不与孟娴对视时,白霍脸上便没了笑;也或许是面对着她时,他已经用尽了所有的耐心。男人看向车窗外源源不断的观景花时,脸上像蒙了一层冰霜,眼中透出恶毒的厌恶。

他想起了家里那些花。

往年,每到结婚纪念日时,他和孟娴就会一起种下一株新的花藤,仿佛花开得越好,他们之间的感情就会越深厚。

他记得最清楚的,是二人结婚一周年时种下的"克里斯蒂娜公爵夫人"。

二人亲自照顾灌养这株花藤,就像养大自己的孩子一样,园艺师也没怎么经手。第一次复花时,孟娴剪了最好看的一朵,别在左耳上,抱着他对他笑,说会永远爱他。

现在想想,真是美好又虚幻。

当初和离婚协议一起到来的,还有园艺师告知他那株花快不行了的消息。那株花只活了几年,而孟娴的爱却比花期还要短暂。

他对孟娴说:"一周年时我们种的那株花生病了,快要死了。你走之前,至少陪我去看看它吧?"

可能是一时之间想不到可以挽留她的办法,也可能是慌乱之下的口不择言,他卑微到把一株将死的花拿出来作为筹码,心存幻想地,期待她能念起旧情。

金丝笼

但她面无表情:"死了就死了,挖出来扔掉不就好了?反正没了这一株,还有千千万万株替代品。"

白霍闭上眼,心口传来阵阵钝痛。直到今天,他也忘不了当初他是以何等心境听她说出那样的话。

草木无心,可他有心。他清晰地记得他对孟娴的爱,但想不起,他是从什么时候开始恨她的了。

黑云压城,闷热了小半个月的江州即将迎来一场暴雨。

客厅的壁挂电视正在播放天气预报,半开放式的厨房旁边就是餐桌,桌上已经摆了几盘菜,有荤有素,在明亮的灯光下显得格外色泽鲜亮,香气逼人。

傅岑穿着围裙,正料理着手里的鱼,手边的煮锅已经开始冒出热气,隐隐有沸腾之意。这时,傅岑听到玄关处传来了门铃声,他想不出谁会在这个时间找他。

监控显示屏在玄关拐角,傅岑放下手中的鱼,前去查看。可他只看了一眼,来不及脱下围裙,就连忙快步走过去给来人开门。

门开后,一个介于少年和男人之间的男生手扶着一个行李箱,长身玉立地站在门口,清冷的眉眼和十几岁的傅岑如出一辙。

"傅信?!"傅岑一脸惊喜,侧身道,"快进来,不是晚上的航班吗?怎么这么快就到了?"

他还想去机场接他呢,兄弟俩这么久没见面,他都快有些认不出弟弟了。

"航班提前了,怕你在忙。反正我记得地方,就直接来了。"傅信边说,边拎着行李箱走了进去。

进门后,傅信下意识地扫视了一圈——这里和几年前他来的时候没什么差别,甚至一些绿植和相框的位置都一模一样,而玄关矮柜上摆放的那幅合照……

他眼神冷下来,那是他和哥哥还有……孟娴。

第三章 玫瑰刺

傅岑关上门,看到弟弟的视线落在那张合照上,他笑了笑:"还记得她吗?孟娴姐姐。我记得你最后一次见她,好像是十三四岁的时候吧……"

傅信小傅岑五岁,第一次见到孟娴,是他十三岁那年在哥哥租的公寓里。

这么多年来,他和孟娴没说过几句话,只是偶尔见过几面而已。

"不记得了。"傅信语气淡淡,头也不回地拖着行李箱去了客房。

对于弟弟不甚热络的态度,傅岑早就习以为常,他一边用余光注意着灶台上的汤锅,一边在傅信身后拔高了声音:"你房间我收拾过了,新的睡衣和拖鞋在柜子里,稍微收拾一下,赶紧出来吃饭。"

活脱脱一个老父亲的样子。

傅信没回话,关上房门,开灯换鞋,一套动作行云流水般地完成后,手机"叮"的一声,他拿起来,是学校发布的消息——

全体成员,后天下午三点,南七号楼C区2206实验室,介绍分组以及计划交接工作,请务必准时。

敲门声响起,傅岑催道:"阿信,好了吗?先吃饭吧。"

他把手机锁屏,回道:"来了。"

傅岑厨艺很好,居家好男人的气质在他身上体现得淋漓尽致。看着桌上冒着袅袅热气的饭菜,家里也让傅岑打扫得一尘不染,这种"家"的氛围,傅信很久没有感受过了。

"还有一道汤,要再炖一会儿,先吃菜吧。"傅岑看起来心情不错,给弟弟递过筷子和汤勺,又给两人各倒了杯果汁才坐下。

"你什么时候去学校?我跟你一起,有点事要办。"傅岑问道,而他口中的"学校"自然是指佛罗伦大学。

"后天下午就去,导师已经和这边沟通好了,"傅信顿了一秒,"这个时间学校应该还在放假吧,哥你去学校办什么事?"

金丝笼

傅岑垂着眼帘："私事，跟你说你也不知道。"

他不想说，傅信也不追问，因为他现在关心的是另一件事。他抬眼看向傅岑："哥，你现在还在跟那个女人接触吗？"

虽然玄关和客厅摆的照片、垂丝茉莉的手机锁屏壁纸，还有提起她时傅岑的语气和态度已经说明了一切，但傅信还是想要一个答案。

傅岑闻言，夹菜的动作一滞，他没想到傅信会如此直接，抬头望去，正和傅信冰冷如机器人一样的目光撞个正着。但他的神情还是平静的，并没有因为傅信的话而露出羞愧的表情。

沉默片刻，傅岑嘴角的笑慢慢消失："你都知道了。"

傅信一直都知道，知道自己哥哥的心里一直装着那个女人。他嗤笑一声："她嫁的那个男人叫白霍是吗？他们的婚礼盛大到我想不知道都难，新娘的名字上了那么多次新闻头条，稍微查一下就知道了。"

"不是你想的那样。"傅岑脸色沉下来，试图用兄长的威严来增强他这句话的可信度，"这是我的事，和其他人没有关系。我是个成年人，我知道自己在做什么。"

"我看你是鬼迷心窍了。"傅信毫不客气，冷冷道。

在傅信的记忆中，傅岑好像一直被鬼迷了心窍一样。哥哥有着良好的教养和优异的学识，平时是温润沉稳的音乐教授，可一旦遇到和孟娴有关的事，他就开始变得不正常了。以前的种种也就算了，如今对方已经结婚，他还自我欺骗，固执得要命，那他就是愚蠢，就是糊涂。

傅岑张张嘴，似乎想说什么，但最终还是把想说的话都咽回了肚子里，只说了一句："我自己有分寸。"

孟娴想找那两张废票的时候，才发现连同夹着那本废票的书，都不见了。

秋姨在外面敲门，称白英小姐到了，让她快下楼。

白霍应该知道傅岑的存在，以他那眼里容不下一粒沙子的性格，

第三章 玫瑰刺

傅岑如今还能安然无恙，当真是匪夷所思。而且自那之后，她居然还意外失忆……

想到这儿，孟娴心头一凛，她发觉自己之前一直忽略了一些事——从她残缺的记忆来看，她当初决定与白霍离婚后陪傅岑去保加利亚，而离婚的日子和启程的日子很接近，以至于傅岑当时还担心会不会因为离婚事宜耽搁行程。

一个忙着离婚的人，在一切还没有尘埃落定的时候，为什么非要特意飞去国外看展？而看展的路上恰好出了车祸，还失忆了。

而且，白霍把她的照片都堆在阁楼，她刚醒时对她的态度也是冷漠中掺杂着淡淡恨意。看来她那不太完整的记忆没有出错，她和白霍绝对因为离婚的事闹得很难堪，但白霍和傅岑相安无事……

这中间一定发生了什么，就在她记忆空白的地方，孟娴想。

心里藏着事，孟娴下楼的时候还有些恍惚，白英已经走到楼梯口侧边了，她都没反应过来。

"想什么呢？"白英好整以暇地笑着，在孟娴面前挥了挥手。

孟娴微愣一下，这才从思绪中抽离出来，笑了笑："没什么，我刚睡醒，还迷糊着呢。"

白英自然地去拉孟娴的手，带她去客厅沙发坐下："下周我过生日，妈在老宅给我办生日会，我今天是来送请柬的。"

自家人的生日会，一般来说是用不上请柬的。但白英是个颇有仪式感的人，或许也可能是想找个借口寻好友聊聊天，她便亲自把请柬送来了。

请柬被白英放在桌子上，深绿烫金，边缘点缀着她叫不上名字的永生花，棕色火漆封边，很是精致。

"到时候程错他们都来，还有上次我跟你说的罗薇。"白英说着，似笑非笑，"……肯定有热闹看了。"

白家老宅。

金丝笼

孟娴对这儿是有些熟悉感的，老宅和小南楼的建筑风格很相似，但要更宏大庄重些，草坪空地的周围大得像迷宫，种了很多灌木丛和矮树，前后庭院没种什么花，绿植都修剪得一板一眼。

老宅后院的草坪上已经摆好甜品台和各式酒水，加上迎宾区、签到台，衣着光鲜的男男女女三三两两地聚成一堆，这简约而不简单的生日宴，倒和白英平日里招摇过市的风格不太像。

似是看出了孟娴的心思，白霍扶着妻子的腰，低声道："白英本想选个市中心的星级酒店包下来开生日派对的，被妈拦下来了。"

一路上遇到不认识的人，白霍就用这种只有两个人能听到的音量来告诉她对方是谁。和白霍结婚五年，许多人都认得孟娴，跟她打招呼时也都带着礼貌客气的微笑，但仍掩盖不住语气里微弱的敬意。她知道，这明显是因为白霍。

"白英呢，怎么一直没见她？"一直没见到宴会的主人公，孟娴忍不住问道。

白霍抬头看向二楼的某个房间："应该还在房里忙着化妆。程端今天也会来，往年这个时候他基本都在国外谈合作，很少有空，今年倒是赶上了，白英当然重视。"

看来白英对程端的心思已经是尽人皆知，孟娴也不再说什么，挽着白霍的胳膊，二人回到正门。正门处早有管家模样的中年女人等候着，看见白霍和孟娴以后笑着迎上来："小姐还在试礼服呢，距离宴会开始还有一会儿，您和太太去见见夫人吧。"

夫人……孟娴迟钝一瞬，这才反应过来对方说的应该是白霍和白英的生母——梁榆。

进去以后，孟娴才发现正客厅已经有人在了——程错少见地穿着西装，一只手插在西裤口袋里，站得规规矩矩，倒有些清贵公子的模样。而他身旁，程端正端坐着喝茶。

要不说白程两家交情匪浅，别人都在会客的地方等着，只有他们叔侄二人能待在主人的客厅里躲清净。

第三章　玫瑰刺

听见声音，程端和程错都下意识看过来。程端的目光先是落在白霍身上，然后才看了眼孟娴，他站起来，自然而然地和白霍打了声招呼。倒是程错，在看到孟娴的那一秒就把视线瞥向了别处，一声不吭，平日里那副吊儿郎当的散漫模样也消失得无影无踪。

"走吧。"白霍牵起妻子的手，随着孟娴转身的动作，程错的目光又移了回来。

据管家说，夫人正在露台和朋友聊天，可当孟娴和白霍到的时候，露台却只剩梁榆一人了。

这是孟娴失忆后第一次见婆婆，来之前她已经做好了被为难的准备，谁承想对方见了她却和气气的，脸上没有半分不悦。

"坐吧！小娴要喝茶吗？我让周妈送上来。"即将年过半百的梁榆保养得还像不到四十的样子，脖颈间戴的翡翠项链更显得她格外富贵。

孟娴坐在白霍身边，乖巧道："谢谢妈。"

"一家人说什么两家话，"梁榆说话不急不缓，一笑起来，眼角细微的皱纹凭空给她添了几分慈爱，"……之前出了事故，现在调养得怎么样？"

"好得差不多了，劳烦妈挂心。"

"那就好，"梁榆脸上浮出些真假莫辨的歉意，"妈一直不得空去看望你，不过听白英说你没什么大碍，今天亲眼见了，心里的石头这才放下。"

这话说得实在高明又好听，既聊表了关心，又弥补了自己没有去看望儿媳的过失。言外之意便是我不去看你是因为没空，但我心里一直记挂着你，所以你要记得感恩我这个长辈。

白霍安抚似的去握孟娴的手，另一只手则揽住她的腰，护短似的："妈，孟娴她知道您心里想着她，也很感激。不过白英从刚才就一直催她过去，您要是没有其他事，我就先带她去白英那儿了。"

孟娴垂下眼帘，退居二线，听白霍随口扯谎应付梁榆。

正好这时茶水送了上来，整个露台瞬间弥漫起一股淡淡的茶香。

金丝笼

梁榆朝站在一旁的周妈摆了摆手，对方心领神会。

在孟娴手里的茶杯还没放下时，梁榆再次开腔："知道你们小年轻聚在一起有话题，我人老了，插不上嘴。不过我看小娴今天穿得有点素，正好前阵子我得了个首饰，虽不算名贵，但胜在精致，不如就送给她，也算给白英这生日宴添点光彩。"

孟娴身上的礼服早在白英请柬送来的第二天就按照白霍的要求定制好了，礼服选用的是云贝光泽缎面，落肩叠褶的设计，穿上身，仿若通身覆盖了一层银灰月光，简约内敛。

"素"是绝不可能的，但在场没人打算反驳一二。

语落，周妈将手中的丝绒盒子在孟娴面前打开，盒子里面静静地躺着一枚钻石胸针。

等比大小的钻石错落有致地点缀成玫瑰的花形，外圈宛如竖琴的形状和中心的钻石玫瑰用细密的金丝连接，就好像竖琴律动的琴弦一般，光芒璀璨。

梁榆口中所谓的"不算名贵"，不过自谦罢了。

白霍亲手为孟娴戴上的这一刻，他眼里才终于浮出一丝笑意，看向她的眼神像是在看一件稀世珍宝："很好看，那我就替孟娴谢谢妈了。"

二人没在梁榆处待太久，还得了个精贵胸针，孟娴说不出高兴与否，她维持违心的笑，端得脸酸心累。

推开白英的房门，还没进衣帽间孟娴就听见白英活泼爽朗的笑声，这让她紧绷的心情放松了些。

白家……也只有白英心思少些。

此时，白英正对着镜子欣赏自己刚做好的头发，听见脚步声后，她朝后看，原本有些怠懒的神情瞬间变得欣喜，站起来朝孟娴撒娇道："天哪，你可算来了，我一个人在这儿都快无聊死了。在你之前，还来了几个人，待了一会儿我赶忙让她们走了，叽叽喳喳的烦都烦死了。我和她们又没什么感情，一张嘴就是奉承话，说得还特假。"

第三章 玫瑰刺

入目的一切,皆是流光溢彩、纸醉金迷。白英今天身着一袭淡粉色礼裙,层叠的薄纱和轻柔的羽毛交织,使得她的身体曲线若隐若现。在水晶吊灯的映照下,她脖颈上的粉钻项链溢彩流光,衬得她越发高贵明艳,像个公主。

白英把白霍撵了出去,独留孟娴坐在她身边,陪她进行妆造方面的收尾工作。

姐妹间难免聊着聊着就开始东拉西扯,白英越喜欢孟娴,就越看不上往她身边凑的那些人。

没人不喜欢被讨好奉承,可这个度要把握好,轻了达不到效果,重了适得其反。像白英这样的人,最能打动她的便是真诚。

但她不知,这世上什么都可以装出来,真诚自然也不例外。

孟娴只是笑笑,对白英的话不置可否:"寿星最大,今天是你生日,不用为了没必要的人不高兴。"

其实这话也没什么,但从孟娴嘴里说出来,白英就是受用。

造型师还在轻手轻脚地给白英扫腮红,她不能乱动,只能灵活地转动眼珠子左看右看。很快,她就注意到孟娴胸前的那枚胸针:"这个胸针好看,以前怎么没见你戴过?"

孟娴低头看了一眼:"刚才和你哥一起去见了妈,她送的,我也是第一天戴。"

白英"嗯"了一声:"上周她去国外参加了珠宝拍卖会,可能是那时候买的吧。"

…………

等到宴会开场已是傍晚,人来得差不多了,孟娴发现现在要比她刚来那会儿又多了不少人。这阵仗看着不像是生日宴,倒更像是富人云集的商业晚宴。但一联想到宴会是梁榆一手操办的,孟娴心中了然。

如果是白英自己办生日派对,那无非就是十几个关系不错的同龄人聚在一起包个酒店疯玩一场,跟过家家似的,梁榆可看不上。倒不

107

金丝笼

如借这个由头办个正经宴会,一来拉拢人情,二来还能彰显白家的财力和地位。

因此,这种宴会自然免不了你来我往,觥筹交错。孟娴陪在白霍身边见了几个相熟的合作伙伴,白霍和对方碰杯聊天时,她就安静体面地当陪衬。

宴会上也有几个孟娴眼熟,曾在财经新闻上见过的商业巨鳄,他们都是带自己的儿女来参加宴会的。见了孟娴,他们说话的语气出奇地热络,交谈间,孟娴才知道自己失忆前曾和他们打过交道,也是在像今天这样和白霍同框出现的时候。

孟娴脸上挂着笑,余光注意到梁榆朝着他们这边走来,她身边还跟着周妈。

梁榆压低声音,对白霍说:"今天家里来了贵客,大厅人多眼杂,不方便。你带小娴上二楼,白英也在,你们去见见他。"

他?究竟是什么样的客人,能让梁榆称为贵客?白家在江州商圈里几乎是金字塔尖的存在,能得白家重视的……想必是政界的人,孟娴猜想。

白家在交际方面向来缜密,父母之爱子,则为之计深远。

贵客在二楼的会客厅,梁榆一边上楼一边叮嘱白霍:"苏怀仁苏先生是近两年刚从云港市升职上来的,年纪不大却能升到这样的职位,很不简单……"

苏怀仁?这个名字……孟娴不着痕迹地皱了下眉,怎么这么熟悉?

她记得云港市是她的故乡,苏怀仁、云港市……

孟娴猛地顿住了脚步,几乎在她停下的一瞬间,白霍转头问道:"怎么了?"

"……我突然有些头晕,不舒服。不然你先陪妈去见苏先生吧,我见不见不重要的。"孟娴整个人虚弱下来,脸色微微发白。

"怎么会突然头晕?"白霍脸色微变,当机立断,"附近应该有医

第三章 玫瑰刺

院,我先送你去医院吧。"

梁榆一听,顿时就不乐意了:"小娴头晕是老毛病了,你急什么?我知道你疼老婆,可你也得分个轻重缓急不是。人家苏先生看在我的面子上来参加白英的生日宴,我还跟人家说要把你介绍给他认识,哪有主人放客人鸽子的道理……"

孟娴见状,也连忙接话:"我没什么大碍,休息一下就好了,你陪妈去吧,别让妈担心。"

白霍定在原地,直勾勾地看着孟娴,孟娴安抚似的摸了摸他的胳膊:"放心,我真没事。"

白霍仍旧盯着她,良久,他不怒自威,对周妈道:"带太太去一楼的客房休息,挑个安静些的,记得别让人打扰。"

周妈低眉顺眼:"是,先生。"

孟娴的病容来得快,去得也快。几乎是在周妈关上门离开的一瞬间,她就恢复正常了。

就在刚才,她忽然想起来苏怀仁的另一重身份——傅岑的继父。

当年她和傅岑在一起时,傅岑的妈妈还有他这个继父都是知道且见过她的。现下一旦见面,还不知道会生出怎样的事端。

虽然苏怀仁可能在来之前就已经听说了孟娴的名字,但天底下重名的人那么多,她敢打赌,以梁榆对她的轻视,只要自己人不到场,她才懒得主动提起。

屋里有些闷,孟娴脚步轻慢地开了门,用人都忙着在大厅和后庭招待来客,客房所在的偏厅静悄悄的。

这时,孟娴包里的手机响起短信提醒音,她拿出手机,看了一眼屏幕上显示的只有一段电话号码的来信,她知道,这是傅岑的号——

> 我来参加生日宴了,你有空能来见我的话,我在后院西南角的那棵棕榈树下等你。

金丝笼

　　他怎么进来的？孟娴愣了一秒，又想到了苏怀仁。估计傅岑是和他继父一起来的，虽然他和苏怀仁的关系不算亲近，但有他亲妈在，面上总归是要过得去的，带他来参加个生日宴不算什么。

　　见或不见对孟娴来说其实没差，但一想到她还有求于他……孟娴想了想，决定从侧门出去。连接侧门和偏厅的走廊仅有两间房那么远。

　　当宁进和程锴听到开门声，走到走廊看时，二人连一片衣角都没来得及看到。

　　"你看到刚才是谁出去了吗？"程锴喝得半醉，面色微醺，眼神很不清明。

　　"是工作人员吧？白英姐屋子里有一大堆造型师呢，人家要走，肯定是要从偏门出去的。"宁进闻言只掀起眼皮随口回应，他忙着打游戏，并不关心究竟是谁出去了。

　　程锴薄唇微抿，不太清醒的眼神固执地盯着侧门的方向。

　　他刚才在白家老宅里逛了一圈，根本没看见白霍夫妻俩，就连今晚的寿星也不见踪影。

　　不知为何，他忽然有种强烈的直觉，他觉得刚才出去的人，一定不是宁进口中什么所谓的"工作人员"。

　　"……我去看看。"程锴想了想，还是径直地往走廊尽头的侧门走去。

第四章

梦呓

金丝笼

孟娴最近时常会想起以前。

有时是一些模糊画面,有时是不知道谁说出的一句话,记忆恢复得没什么规律,可能在某个不经意的瞬间,她就想起来些。

但这种情况她没告诉任何人,偶尔白霍问起,她只说还是什么都想不起来。

有关傅岑的记忆几乎都是好的,以至于她如今收到他的信息时潜意识里的戒备会消散大半。

人是有直觉的,她觉得他大概率不会伤害她。

夜色旖旎,孟娴提着裙摆脚步轻快,喧嚣和嘈杂被她抛在身后,直到她看到那棵巨大的棕榈树下的傅岑。

对方穿了一身灰黑色西装,衬衫换成了T恤,缓冲了正装的严肃感,整体更偏向休闲,衬得他越发亲近温柔。

"等很久了吗?"孟娴主动同傅岑打招呼。

对方见了她,眼里先是闪过一抹惊艳,然后眉眼微弯,笑道:"没有,几分钟而已。"

只要能等到人,多久他都等得。

"今天是白英的生日,你单独出来,白霍……他会不会为难你?"傅岑深知白霍占有欲强,孟娴能来见他,他当然高兴,但他也不想她为难。

难得出来松口气,孟娴坐在后院的长椅上,漫不经心地道:"没事,他有重要的事要忙,顾不上我。你找我有什么事吗?"

傅岑顺势坐在她旁边:"你想回佛罗伦大学任教的事,已经办妥

第四章 梦呓

了,等秋季再开学,你就可以去上班了。不过要委屈你先从中层的任教老师做起。"

他身为一个院系主讲教授,是有权利举荐优秀应试者免试入校的。更何况孟娴本就是佛罗伦大学的优秀毕业生,也曾面试通过了一次,又资历过硬,他没费什么力气。

傅岑的办事效率这么快是孟娴没想到的。她很满意,再开口时语气里透着愉悦:"谢谢你了,傅岑。"

傅岑凝神看着她,心口有些发痒,他喉结滚动一下,一味地盯着她看。

他的眼神明亮而缱绻,像柔情漩涡,让孟娴有种微微眩晕的错觉;又像一根羽毛飘到了她心上,勾起了一丝不易察觉的波动。

…………

傅岑离开以后,孟娴才按照原路返回。只是她才拐过一个转角,就看到了站在树下的程锴。对方侧对着她,听见脚步声后目光随之扫了过来。光线昏暗,她看不清他脸上的神情,但……

他这是躲在这里偷听吗?孟娴顿时觉得有点好笑。

但她只是心里觉得好笑,却不想程锴先勾着嘴角讥笑出声:"陪完了白霍还要哄白英,中间还要抽空和故人叙旧,你这样左右逢源不累吗?我都替你累得慌。"

他语气轻飘飘的,好像这话只是随口一说,并不带什么个人情绪。

事实上,程锴也不知道自己为什么会说这种话。

他喝了酒,脑子不清醒,一路跟着孟娴出来,在转角处听到了傅岑的声音时,他像被钉子钉在原地一般,不自觉地躲在树下听完了他们的对话。

要是往常,看到这样的好戏,对他来说比喝多少好酒都刺激。可今天他笑不出来,只感觉嘴里微微发苦,让他口不择言。

孟娴听他说这话,既不反驳,也没生气,像是默认。她目不斜视地走过,仿佛眼里根本没程锴这个人。程锴觉得有种说不出的酸涩感包裹住了他，他站在原地，垂下的眼帘挡住了眼中的情绪。

他思绪正混沌着，不料原本马上就要擦肩而过的人却停在了他身边，转头看着他，问道："你喝醉了？"

"什么？"程错不明所以，他有些搞不清孟娴现在的意图。

下一秒，程错眼睁睁看着孟娴自然地抬手，像对待亲近的人那样，用手背的指关节轻轻触碰了一下他的额头，说道："你的脸好红，还很烫。"

她语速轻慢，说完的同时收回了手。

程错愣了，他呼吸一滞，眼睫微颤，脸上尽是不知所措，且一瞬间浑身僵硬了似的，一动也不动。

她这是在……关心他吗？

气氛忽然变得微妙起来，孟娴今天真的很美，裙子和妆容也都很适合她……程错的呼吸倏然重了一些，脑子里好像有两个小人在天人交战——一个让他警惕，另一个却怂恿他顺从心意。

程错的眼神越来越迷蒙，忽然他听到一声讥笑，猛地睁开眼，连连后退几步，看着孟娴的眼神惊恐中又夹杂着一丝后知后觉的羞耻。

孟娴气定神闲地整了整衣服，好像刚才那个轻声细语、关心他的女人只是他的错觉，她笑着说："你又不是第一次被耍了，至于表现得这么惊讶吗？"

"你！"程错恼羞成怒，却再也憋不出下文。

"时候不早了，我就不陪程大少爷逗趣了。"她抬脚欲要离开，又顿了顿，语气中似乎带着轻微的嘲弄，又似乎只是单纯地告诫，"不想被我耍，就离我远点儿，懂了吗？"

说完，不等程错回应，孟娴径自离去。

算着时间，白霍应该还没结束，孟娴便准备回周妈带她去的那间客房。她才轻手轻脚地推开门，就看到床边端坐的男人。

孟娴面上不显，但心都被吓得漏跳了一拍。

第四章 梦呓

听见声音，白霍抬起眼皮看过去。孟娴定在原地，被他意味不明的眼神看得莫名紧张。

"去哪儿了？"他沉声问，语调没什么起伏。

孟娴佯装镇定："屋里太闷，出去透透气。"

"怎么去了这么久？"白霍继续追问，语气听不出喜怒。

"回来路上，在庭院里看到一只小狗，挺可爱的，逗了他一会儿。"她说得真假参半，但她倒也的确逗了只"小狗"。

来参加宴会的也有梁榆的朋友，富太太们大多养了宠物，一个个地，把宠物当自家孩子一样宠爱，带来参加宴会的也不在少数。孟娴这么说，没什么不妥的地方。

白霍的表情柔和下来，像是信了，他拍了拍身旁的床："别站在门口，过来坐吧。"

孟娴闻言，走了过去。在距离床边还剩两步之隔时，她被白霍用力拽进怀里。男人用双臂紧箍着她，眼底的笑意明明灭灭："回来的路上，我突然想起来一件事，苏怀仁以前所在的云港市，是你的故乡吧？"

孟娴心底猛地爬上一丝怵意，他没头没尾地提这个干什么？

白霍继续冷声道："苏怀仁有个继子，是他第二任妻子的，姓傅。巧的是，我正好认识他。"

在知道傅岑这个人的存在前，白霍不知道"嫉妒"是什么滋味。

外人都说他是天之骄子，要风得风，要雨得雨。他也一直以为自己和心爱之人的感情坚不可摧，是能够白头到老的天作之合，犯不着去嫉妒谁。

可当他经历后才明白，真正爱一个人，怎么可能会不嫉妒。就连她多看别人一眼，他都不高兴，更别提她和傅岑之间还有那么多抹不掉的过去，光是想想，都令他窒息。

由爱故生忧，由爱故生怖。

苏怀仁今天不是独自一人来的，他带了他的一双儿女和傅岑。

115

金丝笼

白霍笑着，语气中带着试探："你难道不知道他吗？"

难道……还是被怀疑了吗？孟娴闻言，心想。

"我应该知道他吗？"她顿了一下，反问道，"还是说我们以前认识啊？"

孟娴平静地看着白霍，眼里透出疑惑。她正合格地扮演着一个失忆者，仿佛真的听不懂他在说什么似的。

白霍很想骗自己再信她一次，他也在极力地去压制内心深处阴郁的恶念，可他给了她这么多次机会，她还是不说实话。

白霍忽然笑了，他抬手摸了摸孟娴胸前的那枚胸针，眼中的沉痛一点点积聚，语气却反而温柔起来："这枚胸针是我买的，借妈的手送给你，是想缓和你们之间的关系，也是想让你高兴。"

孟娴闻言，脸色瞬间灰白一片。下一秒，白霍凑到她耳边，低沉的嗓音昭示着风雨欲来前最后的平静："你去见傅岑，你们说了什么，我都知道。"

眼睁睁看着孟娴脸上的从容破碎，白霍的理智也在逐渐溃败，他已经被嫉妒逼入绝境。

一瞬间，白霍仿佛回到了一年前，当孟娴冰冷而决绝地要和他离婚时，他才知道自己被欺瞒了多久。

假的，全都是假的。

那种有如剥皮抽筋一般的剧痛，如今竟要再次卷土重来……白霍抬手掐住孟娴的下巴，迫使她转头和他对视："你就那么想见他，嗯？"

孟娴没想到白霍的反应会这么大，她忽然意识到，不管她如何温顺，如何放低姿态去安抚白霍，他都不可能放她自由。他会踩着她的底线，逼着她成为一个不会思考，不会动弹，只能依附他而活的傀儡。

她其实完全可以再撒一个谎，她很清楚怎样能让白霍平静下来，可她忽然发不出声，铺天盖地的疲惫和隐匿在一身软肉下的反骨开始作祟，她紧抿着唇，一言不发。

等不来半句聊胜于无的解释，白霍气急反笑，薄唇压上妻子柔软的耳骨,气息滚烫:"不是跟你说过很多次了吗?为什么就是不听?"

孟娴下意识地想挣脱白霍的怀抱,却被禁锢得更紧,她转而去推他手腕。

白霍用另一只手将她的手腕握紧,冷冷地问道:"你怕什么?难道你跟他见面不仅仅是想求他帮忙?你难道还想和他旧情复燃?"

他明明知道她没有,但他还是问了。

话说出口,白霍的心就犹如被划了一刀,鲜血淋漓。

孟娴轻微颤抖着,良久,她轻轻放缓了推拒白霍的那只手。

不识时务不是她的做派,白霍现在什么都听不进去,即便激烈反抗,吃苦的只会是她自己。

见她顺从,白霍垂下眼睫,也不再多说什么。男人好看的眉眼阴鸷异常,他逼问她:"跟我保证,以后离傅岑和程锴远远的,我可以当今天什么都没有发生。"

孟娴轻咬下唇,眼里沁出一点湿润,却不开口。

这次是保证,下次是什么?要她自断双腿表明决心吗?

白霍见状,抬手捂住孟娴的双眼,捂得紧紧的,仿佛自欺欺人一般,吻住孟娴的唇。他眼里极快地闪过一丝痛惜,但心中又在自嘲冷笑。

这一切明明都是她的错,不是吗?

这一次,他已经足够小心翼翼地经营着自己的婚姻,却没想到,还是走到了这一步……

程锴孤身一人走到正热闹的露天庭院,头晕得厉害。他没有直接回侧厅,他知道孟娴在那边,回去的话说不定还要打照面,还是避着点好。

他其实不怎么管公司的事,所以,除了寥寥几个曾在酒局上见过他的人,其他都不大认得他。

见有端着托盘往来的侍应生,程锴把喝空的高脚杯放上去,又端起一杯新的,正要一饮而尽,忽然听到一个熟悉的名字。

金丝笼

"……白霍那个'三无老婆',是不是姓孟来着?她可真是好命,算是彻底摆脱原来的阶层了。"

"何止,简直是一步登天。不过能嫁进白家,也是她的本事。结婚五年,她还能把白霍抓得牢牢的,让他眼中只有她一个,普通人有几个做得到?"

"可不是,我今天真是长见识了,用钱堆出来的就是不一样,你看她,身上哪还有半点以前的样子……"话音未落,正说话的男人,肩膀被人拍了两下。他下意识转身,其他人也注意过来。

"不好意思,我想请问一下,你们说的'三无老婆'是什么意思啊?"程错似笑非笑地问道。

那男人不认得他,闻言皱了皱眉:"你是?"

程错笑了笑,站直身子:"我姓程,程错。"

男人还没反应过来,他身边的人已经脱口而出:"该不会……是华盛国贸的那个程错吧?"

江州有两大金融巨头,一个万科,一个华盛。虽然很多人没见过程错,但这个名字曾无数次跟随程老爷子的名号出现在华盛的财经新闻上,再加上他行事作风乖张古怪,所以多少他们还是知道一些的。

那男人恍然大悟般:"原来是华盛的程小少爷啊,实在不好意思,我们几个有眼不识泰山,您别见怪。"

男人的态度瞬间一百八十度大转弯,但程错不接他这奉承,又继续追问:"你先回答我,你刚才说的'三无老婆'是什么意思?"

他说这话,眼里已经微微带着冷意,那几个人面面相觑几秒,又想到白程两家是世交,被程错听到他们议论白家家事本就不好,谁还敢再回答这个问题?谁又敢去撞这个枪口?

"问你们话呢,刚才不是挺能说的吗?"程错尾音微扬,阴郁的眼神中夹杂着张狂,见还是无人应声,程错盯住他最开始问的那个男人,"你来说,刚才这话不是从你嘴里说出来的吗?"

见躲不过去,男人涨红了脸,开口道:"就……就是没钱、没势、

第四章 梦呓

没出身……"

后面的话他没敢再说,支支吾吾的。

"这样啊,"程错好整以暇地点点头,他顿一顿,看着他们,勾起一抹冷笑,"那像你们这样没钱、没势、没出身,还在主人家里说坏话的,叫什么啊?"

几人听程错这一番夹枪带棒的话,均是敢怒不敢言。他们再没有钱,出身再低,总好过孟娴;可他们在程错面前没资格说这话,如今的处境,他们无论是辩解还是沉默,都是自取其辱。

程错眼里闪过一丝鄙夷,继续对那个挑起话题的始作俑者道:"你说,以白霍对他老婆的宠爱程度,要是被他听到你们背后嚼他妻子的舌根,他会怎么样啊?"

白霍会怎么样他们不知道,但他们家里的公司肯定是不会好过了。那个男人的脸色"唰"的一下白了,说话也结巴起来:"程……程先生,我刚才喝多了,说话不过脑子,您别跟我一般见识……"

程错皱眉,撇过脸,一副不想再多看对方一眼的表情,冷冷地道:"滚。"

几个人瞬间作鸟兽散般落荒而逃,程错呼出一口气,转身就要往正厅去,可还没走几步,迎面就看见一个此刻不太想见到的人——罗薇。

罗薇先前一直追在程错身后,口口声声说喜欢他,他看不出她到底喜欢他哪里,只当她不懂事罢了。但被缠得烦了,看见对方他总是下意识地想躲。

可这次,罗薇却一反常态地没纠缠他。她神色匆匆,看见他后眼神闪躲着,连招呼都没打就跑了,好像身后有什么洪水猛兽似的。

这还不算完,罗薇前脚刚走,宁进就跑了过来,看见程错后打了个招呼:"……哥,我有急事,回头再跟你说,我先走了……"

程错一看,宁进追过去的那条小路,可不就是刚才罗薇离开的方向嘛。

金丝笼

什么情况？程错一脸困惑，直到进了正厅，看到靠在沙发上休息的白英。对方见了他很是兴奋，笑容微妙，一脸神秘地冲他招手："……来来来，跟你说个特有意思的事。"

正厅这会儿没什么人，周围还算安静，程错走过去坐在白英身旁的单人沙发上，脱力似的瘫了下去，整个人有气无力："说吧。"

白英看不上程错这散漫样子，撇了撇嘴才开口："宁进当初追着你去我山庄玩的那次，被一个喝醉的姑娘给咬了的那乌龙事，你知道吧？"

程错岂止记得，简直印象深刻。宁进当时虽只提过一次，但当时他正被孟娴气得不轻，所以自然忘不掉。

"那个喝醉的姑娘是罗薇。"白英说。

程错恍惚的眼神瞬间聚焦，整个人一惊，一脸不敢置信地看向白英。

白英见他终于有了反应，这才娓娓道来："刚才我在房间拆礼物的时候，屋里就我和罗薇两个人，她突然特别亲热地喊我白英姐，还问我认不认识一个人，听她描述，我总觉得这人在哪里见过。正说着，宁进敲门进来问我你去哪儿了，这两人一对上眼，那画面……"

白英一脸"你懂的"的促狭表情："我瞧宁进还挺在意她的。也巧，她之前缠着你的时候，宁进家里还没飞黄腾达，他也进不了你的圈子，不认得罗薇。这刚认识，就闹了这么个乌龙。我看他们两个之间，绝对有戏。"

这样戏剧性的事态发展，程错倒是真没想到。不过这样一来也好，他又少了一桩烦心事。

见程错好像并不是很在意，白英笑笑："小迷妹变心了，你不难过啊？"

程错闻言眼皮都懒得抬，继续闭目养神："有什么好难过的？我对她又没感觉，而且我看她根本不是真心喜欢我。我在国外的时候她有男朋友，回国了又开始说喜欢我，幼稚得要命。"

第四章 梦呓

白英听他这话，也不惊讶，只漫不经心地说："也是，小姑娘估计就是看你长得好看才追着你的，毕竟得不到的才是最好的。"她顿一下，话锋一转，"不过，你怎么突然像变了个人似的？我记得你以前不是很烦别人说这种情情爱爱的事吗？怎么现在倒是一副很有经验的样子，难不成你有喜欢的人了？"

话音未落，程错慢慢睁开了眼，他仰头，出神地看着天花板，声音低到不能再低："……我不知道。"

白英闻言，脸上笑意更盛："不知道，那就是有了。因为如果没有，你会直接否认。"

犹豫就是答案，答非所问就是答案。

白霍在咖啡厅帮孟娴解围那天，是那年的初雪日。

一开始只是鹅绒一样的小雪，等到车快开到佛罗伦大学时，雪却忽然洋洋洒洒地下大了。霎时间，天地间仿若只剩一片茫茫的白，冷风呼啸，雪花纷飞，谁也看不清谁。

商场门口巨大的显示屏在宣传着男女主角雪天定情的爱情电影，学校门口三三两两的情侣依偎着甜蜜拍照……初雪仿佛天生就应该和浪漫的爱情挂钩，而孟娴也隐约听见一些山盟海誓——

白头到老，此生不渝……

下车时，白霍贴心地帮她打开车门，在漫天大雪中取下自己的围巾，帮她戴上。

"天这么冷，别冻坏了。"这是来自白霍对她实际意义上第一次超出他们之间关系的关心。

围巾是陌生的，但柔软温热，熨帖了她冷到起鸡皮疙瘩的脖颈。她抬头，看到男人好看的眉眼和有如刀锋般冷硬的下颌，大衣里搭配的是禁欲的正装——明明看起来拒人于千里之外，但言谈举止又十分成熟温柔。

渐渐地，还围巾，请吃饭，再还人情……一来二去，你来我往，

金丝笼

等孟娴反应过来的时候,她已经对白霍有了感情。

爱上一个从内到外都极端优秀的男人不难,但如果对方恰好也喜欢她,那简直就是白日做梦一般的好事。

她那么擅长读懂人心,当然看得出来,她很清楚白霍喜欢她,并且他的感情出现得要比她更早。

这世上有离婚冷静期,却没有结婚冷静期,更没有恋爱冷静期。孟娴和白霍在一起这件事水到渠成又自然而然,好像她就该挽上白霍的胳膊,在白英惊喜的祝福中与他并肩同行。

他们相爱的过程就像一场不切实际的浪漫电影。孟娴虽出身低微,但有风骨,陪在白霍身边鲜少有露怯的时候。但她也时不时会在爱人面前软下语气,轻声细语地说,虽然她和他并不门当户对,但她会努力追赶上他的脚步,缩短他们之间的距离。

她说这话时笑得眉目弯弯,真诚而恳切,像是鼓足了浑身的勇气去爱他,而她也的确那么做了。

白霍完全找不到不爱孟娴的理由,他仿佛被下了蛊,视她为命定的爱人。

他第一次经历爱情,就遇到了一个除去家室,样样都合他心意的女孩。而钱和权对他来说是取之不尽、用之不竭的东西,她有没有都无所谓,只要他有就够了。

那段时间,白霍像是堕入了名为孟娴的深渊,他一直以来坚持的择偶要求,在波涛汹涌般强烈感情面前变得不值一提。也是在那时,他形成了习惯,只要孟娴不在身边他就处处不舒服,他将她的照片带在身上,把照片冲洗出来在房间摆得到处都是,如同一个不稳重的毛头小子一般,把恋爱谈得尽人皆知,以至惊动白家上下。

白霍的出格让白家注意到了孟娴,但他们根本不用细查,单凭孟娴摆在明面上的那些出身履历,白家就不可能无动于衷。于是他们开始如同流水线一般轮流约孟娴见面,就连表情都是如出一辙的微妙,大概他们也已经费心费力地劝说了白霍,奈何对方根本不听。

第四章 梦呓

不但不听,白霍甚至计划着和孟娴结婚。他特意选在恋爱纪念日那天向她求婚,后来再和白家人见面,孟娴的手已经戴上了订婚戒指。

梁榆气疯了,直接搬出撒手锏——如果白霍执意要娶孟娴,他就得放弃万科的一切继承权。他们会从白家再选一个孩子出来,代替白霍。

是单纯的威胁还是当真会剥夺白霍的继承权,至今已不得而知,只是当时白璋夫妇的态度异常坚决,大有和儿子抗争到底,宁为玉碎,不为瓦全的架势。

到这一步,孟娴对这段感情已经不抱什么希望了,甚至可以说,从一开始她就认为白霍会妥协。

那份继承权代表着一个普通人连想都不敢想的天文数字。数不清的地产股份、挥霍不完的家产、高高在上的地位……扪心自问,谁都不可能会轻易放弃。如果是她,她也会选择继承权,放弃一个出身卑微,除了情绪价值什么也不能带来的爱人。

她对白霍说"如果你要分手,我也理解你的选择"这句话时,是真心的。

那个时候的心动是真的,感情也是真的。

但人的感情,是这世上最没有定数的东西。她爱上白霍,就像一个猎人在捕猎过程中不小心爱上自己的猎物。

半梦半醒间,孟娴感觉到有人托着她的脸,轻轻亲吻。她被人拥入怀中,杯里的温水顺着她嘴边流淌进口中,接着她便听到一声轻到快要听不见的叹息。

闭着眼,她能感觉到自己的眼尾已经湿润。那些因失忆和时间流逝所缺失的情感随着记忆复苏而死灰复燃,白霍对她来说也不再只是一个苍白、无力、没有感情的掌控者,而是恋人、丈夫、爱恨参半的可怜人。

他们相爱过,也有过那么多美好的回忆,如今怎么会变成这样?

金丝笼

　　大概是天意弄人，人在受到精神刺激后，竟会想起遗失的记忆。

　　在如此难堪僵冷的气氛中，孟娴却想起了曾经和白霍恋爱时的美好，想起白霍对她表白的时候。

　　那时的他不像现在这般阴沉，脸上带着心上人定会点头应允的笃定，但又有些惴惴不安，让人看了心软。

　　包裹精致的玫瑰花、醇香的红酒、高定的雪花钻石项链，还有白霍眼里满溢出来的柔情和爱意……孟娴至今还能记得白霍当时语气里无法形容的殷切期盼。

　　"我不是很会说情话的人，但我真的很喜欢你。如果能有幸和你在一起的话，我想我会高兴疯的。"

　　他实在是太喜欢她了，喜欢到不知道该拿她怎么办才好——白霍总是这样形容自己对孟娴深沉到无以言表的爱。他用钱，用心，用一切自己能捧给她的东西来验证自己对她的爱，孟娴觉得没有人能对这样的爱无动于衷，包括她自己。

　　那时的她也曾多次心动，只是真真假假，谁又能说得清楚。

　　后来，他们之间又是为何会一步步走到今天的，她更不得而知。

　　孟娴昏睡到日上三竿才醒。

　　其实也不算睡，她中途醒了好几次，回忆和梦境交织在一起，乱糟糟的，让她分不清现实与虚幻。但无一例外的是，每次醒来时，白霍都躺在她的身旁，他的四肢像藤蔓一样缠绕在她身上，压得她喘不过气。

　　再醒来，白霍没在身旁，孟娴从床上坐起，发现身上的礼服被换成了睡衣，她慢吞吞地回想。

　　老宅客房里剑拔弩张地对峙过后，白霍抱着她从后门上车，连招呼都没打便急匆匆地离开了。回到小南楼，孟娴像一块轻巧甜腻的蛋糕，任他颠来倒去地摆弄，再从车里抱回卧室。

　　昨晚回来后，白霍一直很沉默，最后拥着她沉沉睡去。

　　那些光怪陆离的记忆像电影一样在她眼前过了个遍，脑子里一时

第四章 梦呓

涌入太多东西，撑得她头疼。

耳边传来开门声，然后是略微纷杂的脚步声，孟娴抬眼看，发现来者是白霍，身后还跟着秋姨。

他竟然没去公司，还穿了家居服，隐没了身上大部分的攻击性。

白霍走到床边坐下，手放在她睡裙的裙摆上，轻声问："睡这么久，有没有哪里不舒服？"察觉到白霍服软，孟娴瞬间硬气，勾勾唇角，缓了缓才开口，隐隐嘲弄："你说呢？"

在一旁忙着把清粥小菜摆到桌上的秋姨听不懂孟娴话里的意思，但白霍懂，他缄默了。

秋姨把饭菜放好后，走了过来："先生，太太要是哪里不舒服，我去请魏医生过来。不过太太还是要先吃饭，总不能空腹吃药。"

白霍闻言，似终于找到开口的理由，他慢慢握住孟娴的手腕，只字不回她刚才的问题："先吃饭吧，我让厨房做了你最喜欢的蟹粥……"

孟娴不语，默默撇过脸。秋姨以为夫妻俩吵架了，垂着眼睫一声不吭地走了，临走前还特意把门关上。

见她不愿理他，白霍面上没有一丝不悦，他轻轻摩挲着妻子的手背，柔声地问道："还生气呢？"

他看起来是如此的平静，甚至平静得诡异，就好像昨天什么事都没有发生过。

孟娴想把手抽出来，但不过须臾，她又放弃了。

白霍抓得太紧，她挣不脱。

"昨天的事，是我不对。"白霍罕见地软下语气，颇有些低声下气地道，"……我是气急了，没能控制好自己的情绪，我太爱你了，我害怕你会被别人抢走。你打我，骂我都好，但别不和我说话，也不要拿自己身体撒气，我会难受。"

如若是别的女孩，听见白霍这番说辞只怕已经心软。此时此刻，顺着白霍给的台阶下来，其实是最明智的解决办法，但孟娴不想妥协，她冷着脸，对白霍的低姿态不屑一顾："可你从一开始就没打算信任我。"

白霍的脸色一下子沉了下来，她要他信她，可她说的话，做的事又有哪样是可信的？

可他不能这么说，孟娴忘了和傅岑的过去，他求之不得，他当然不会提起任何和傅岑有关的事，更不能再用过去的事去伤害他好不容易维持正常的婚姻。只要昨天的事翻篇，他就依然可以粉饰太平，当作什么事都没有发生过一样，和孟娴好好过日子。

她发脾气也好，这至少说明她还没有彻底生气，或者说气已经消了大半。白霍微微笑了一下，好脾气地道："是我的错。"

孟娴不出声，就这样静静地看着他。"打完巴掌给个甜枣"这样的手段，他以为她看不出来吗？

她已经麻木了，不管白霍怎样对待自己，她都能为了好好生活下去而快速消化掉——但前提是她真的能好好生活下去，而不是作为没有灵魂的玩偶，没有人身自由的宠物。

妥协和退步是没有尽头的，因为得寸进尺才是白霍的本性。

"我累了，"孟娴盯着白霍的双眼，平静地说，"跟你在一起我真的特别累，累到喘不过气。"

白霍嘴角的笑瞬间僵滞，也不知是哪个字眼戳痛了他，他握着孟娴手腕的手猛地一紧，笑意越来越勉强："说什么傻话，我们都结婚五年了……"

五年夫妻，你现在说跟我在一起很累？

一瞬间，疯狂的情绪如同要挣脱牢笼的猛兽在白霍心底深处叫嚣着。他眸中神色起起伏伏，周遭气氛彻底沉寂下来。

"让我待在家里，阻断我的社交圈……"孟娴顿了一下，忽然笑了，"你下一步还打算做什么？如果这就是你想要的，那我无话可说，但你也不要指望一个被困住的傀儡能像正常人那样对你摆出好脸色。我们就这样吧，就这样一直折磨着过下去好了。"

白霍闭了闭眼，仿佛被妻子这副破罐子破摔的姿态刺痛了，再睁

第四章 梦呓

眼看着她时,他语气艰涩:"那你想怎么样?"

孟娴似笑非笑,神经也在这场拉锯战中变得异常紧绷:"我要回佛罗伦大学工作,一直待在家里,是个人都会疯的。"

语毕,房内只剩下无边的沉默。

就在孟娴以为这场谈判她已经输了的时候,白霍忽然垂下眼睫笑了:"好,我们各退一步,你原谅我昨天的冲动,我同意你去佛罗伦大学任教。"

再次置身熟悉的处境时,程错意识混沌。

他躲在小路拐角,不远处传来窃窃私语的声音:"……已经办妥了……谢谢你了……"恍惚间,他听完了全过程。

不料下一秒场景变换,原本应该是傅岑所在的位置,变成了他。孟娴的手背轻轻蹭过他的脸颊,她笑着说:"你的脸好红,也很烫。"

下一秒,他慢慢睁开了眼。

窗子被遮光窗帘挡着,卧室里漆黑一片,程错恍惚了好几秒,才逐渐平复因为刚才自己的梦境而乱了的心跳和呼吸。他不情不愿地接受梦到孟娴的现实。

程错懊恼地抓了抓头发,黑着脸,毫无征兆地把被子整个丢下床去,静默两秒后,他又泄愤似的重重地捶了下床。

烦死了。

忽然,程错放在床头桌上充电的手机冷不丁响了起来,他不耐烦地"啧"了一声,在看到屏幕上显示的来电备注后,他的表情微微一滞,最终还是选择了接听。

"喂,妈,"他的语气有些冷淡,好像电话那边的不是他的母亲,而是路边一个无关紧要的陌生人,"找我有事吗?"

柳芸在电话里发出一声怪笑,懒懒的,还带着一丝丝的嗲:"哎哟,看你这话说的,我没事就不能给我自己的儿子打电话啦?"

柳芸二十岁时生的程错,现如今也不过四十出头。江州上一辈的

金丝笼

富太太圈里，数她最年轻美貌，但程错不喜母亲这副做派，明明不是小门小户出身，但举手投足和神情语气中却处处透着一股子风尘味儿。

"你说话就不能正常点儿吗？"他冷冷道。

"哼！"柳芸嗤笑一声，"怎么跟我说话呢，没大没小，我可是你妈！"

程错本就烦躁，听她迟迟不说正事，一直在这里浪费时间，语气不免重了些："到底有没有事？没事我挂了。"

说着，他就要挂断电话，那边紧忙道："等等，有事有事！你这孩子真是，怎么脾气这么臭……"

程错皱着眉摁了免提："有什么事，说吧。"

对面清了清嗓子："老爷子生病了，今天早上的事，给你发那么多条短信都不回，我才给你打电话的。程端一听到消息，急忙飞回老宅了，跑得比谁都快。你倒好，一觉睡到现在，连医院都不来一趟。现在正是关键时候，你不在他床头尽孝，将来他立遗嘱，怎么能想到咱们……"

程错轻轻咬住后槽牙，打断了她："我爸去哪儿了？你那么想讨好爷爷，怎么不让他去？"

闻言，对方沉默了。其实程错不问也知道，那个男人放浪形骸，挥金如土，反正从小到大，他这个便宜爹不一直都是这样嘛。

他开始一阵阵地犯恶心，明明什么也没吃，但只要一想到父亲干的那些事，他就控制不住地想干哕。

程错是程老爷子带大的，从他记事起，就很少在家里见到过爸爸妈妈，大多数都是管家陪着，其他时候则会被接到程家老宅，而程端这个小叔是他唯一的玩伴。

他再开口时，语气里没有一丝一毫的感情，漠然得像个机器人："要争要抢，那是你们的事，和我无关……我会回去看望爷爷，但我告诉你，我对家里那些公司、股权从来就不感兴趣，我也不会和小叔争。我劝你们，趁早死了这条心吧。"

第四章 梦呓

日光驱散了夏日清晨的最后一丝凉气,晒得人头晕。傅信到七号楼C区的时候,耳边蝉鸣嘈杂,他推开实验室的门,里面空荡荡的,一个人都没有。

他还是来得最早的那一个。

他喜欢安静,安静环境有助于他专心做事。

傅信照例检查仪器,翻看记录数据的文件夹,等到他准备工作做得差不多了,实验室其他人才陆陆续续推门进来。

大家都是二十多岁的年轻学生,穿着实验室统一配备的白大褂,还有几张西方面孔。

其中一个留着暗棕色短发,五官立体而深邃的男生大概和傅信是朋友,他看到傅信正低着头冲洗试管,便咧着嘴角,走过去调侃道:"傅,昨天晚上我们都去酒吧玩了,你没来真的可惜……"

男人的中文口音有些蹩脚,但相对来说还算不错。傅信看了他一眼,又继续洗试管。少年清爽干净的声音响起,好似炎炎夏日里的一杯薄荷冰水:"看你这黑眼圈,又通宵了?"

"被你猜中了,不过没关系,我是快乐至上主义。"罗伊斯笑笑,无所谓道。

傅信早已见怪不怪:"快乐够了就认真点,上次的实验数据还没给我,今天务必要汇总出来。"

罗伊斯立刻苦下脸,哀号一声:"天哪,傅,你简直是个魔鬼。"

研究生是没有寒暑假的,否则罗伊斯这个时间应该在家里跟朋友一起拍网上爆火的整蛊段子,或是在做义工服务时遇到一个心仪的姑娘展开追求。虽然傅信一直认为他的兴趣爱好很低级,不过罗伊斯仍旧乐此不疲。

同样的,罗伊斯也不是很懂傅信的生活方式。在傅信的生活中没有任何娱乐项目,科研药品的精密剂量、配置等级就是他生活的重心和全部,这不是可怕的魔鬼是什么?

他们学校的小组成员以及佛罗伦本校派过来交流实习的研究生

金丝笼

里，只有傅信以高冷严肃、不苟言笑而著称，傅信基本上不社交，罗伊斯可以说是他为数不多的朋友之一。

罗伊斯叹口气，然后坐在傅信旁边的位置，准备完成自己的任务。傅信又像是忽然想起什么，转头看向罗伊斯："对了，佛罗伦马上就开学了，我邮箱收到通知，我们要跟他们一样上选修课。"

"为什么？！"罗伊斯怪叫一声，"我是作为交换生来参加科研工作的，又不是来上课的……"

"邮件上也说了，上课是为了加强人文素质培养，多方面综合进步。"傅信面不改色，其实学校说白了就是不想让他们太闲，否则人人都像罗伊斯这样一有空就去通宵狂欢，会大大影响任务进度。

最后，傅信聊胜于无地安慰了一句："你应该庆幸你不是佛罗伦本校的，只用选修两门课。"

话音刚落，他放在口袋里的手机忽然振动了一下，傅信暂时结束和罗伊斯的扯皮，拿起手机一看，是傅岑发来的消息——

今晚早点回来吃饭，我做了你喜欢的捞汁海鲜。

傅信推开家门，弯腰换鞋的时候，听到客厅传来电视剧的声音。

傅信在傅岑的公寓里住了没几天，就发现对方有个习惯——做饭的时候，客厅的壁挂电视一定要开着，不管综艺还是电视剧，看不看无所谓，但一定得播放着发出声音。

傅信把书包放在玄关的柜子上后，径直去了厨房。

此时，傅岑正忙碌着，把改好花刀的鲍鱼放进备菜盘里，然后手中不停地处理罗氏虾，一旁的透明玻璃小锅里还在焯着文蛤，空气中则弥漫着一丝熟悉的、只有傅岑会做的秘制酱料的香气。

傅岑见他来，笑着说："我记得以前，你放假来找我，我每次都给你做这个捞汁海鲜，这最适合夏天吃了。"

傅信垂眸看着玻璃小锅里被开水裹挟着，起起伏伏的文蛤，一言

第四章 梦呓

不发。傅岑抽空看了他一眼,问道:"怎么不说话,不高兴吗?"

傅信摇头:"没有不高兴,就是……"

他顿了顿,其实他就是不知道说什么好,也不知道该以什么话题作为开场。

傅信凝噎良久,终于再次开口:"哥,下学期我也要上选修课了,我报你的课吧?"

傅岑微愣一下,然后笑道:"可以是可以,不过我的课应该跟你的专业没什么关系吧,没问题吗?"

"没问题,一共要上两门课。一门公开课有专业限制,另外一门没有。"傅信回道。

闻言,傅岑点点头,也不再多说什么。他隐隐察觉到,傅信似乎在为不久前那场无端的争吵作补救。他了解自己的弟弟,从小到大,弟弟的性格一直冷漠得不像个正常人,也就勉强还把他这个大哥当回事,好歹亲近一些。

傅信离开厨房去了客厅,电视剧不知什么时候已经结束了,播放完片尾曲,接档电视剧的是一则社会新闻。

傅信视线虚无缥缈地看着眼前的电视,女主持人字正腔圆的声音慢慢传来,他靠在沙发上出神,嘈杂的电视背景音好像逐渐远去。

其实记忆中,在少年时期陪伴着他度过难熬苦夏的,不只有捞汁海鲜。

十八岁的孟娴喜欢做青梅酒,每年夏天都要做一些放在傅岑的公寓里。那年,傅信十三岁,虽然他的感性细胞异常迟钝,但也能察觉到傅岑很喜欢孟娴。

大概是爱屋及乌,他对孟娴的态度不算热络,但也不会完全漠视她。

后来,十四岁那年,他经历了变声期,个子也如雨后春笋一样猛地拔高,几乎快要赶上傅岑。暑假见面时,孟娴还笑着说他和哥哥长得太像了,她一时间都有些分不清了。

金丝笼

傅信想了想,其实那个时候他们兄弟俩也最多只有六分像而已。

现在,当傅信转头看向阳台玻璃里倒映出的那张脸时,他发觉,现在的他,倒是和哥哥十八九岁时候的模样有八分像了。

小南楼这两天风平浪静,当秋姨再见到白霍和孟娴时,两人又恢复了恩爱的模样。

自那天以后,白霍已经连续一个星期没去公司了,每天就待在家里陪着孟娴。虽然没有再折腾,但不过是换了一种方式的束缚罢了。

"入职的日子定了吗?"白霍一边问,一边往孟娴的盘子里夹了个虾饺。

孟娴倒也心平气和,对于白霍的让步,她见好就收:"正式报到的时间还没定,但给我发了邮件,说有空的话可以提前去教务处熟悉一下工作流程,还有分配公寓的相关事宜。"

佛罗伦大学会给本校的任职老师分配住宅,不过孟娴应该是用不到,因为白霍是不会让她住外面的。

白霍笑意浅淡,不达眼底:"我陪你去吧,佛罗伦中区分校的校长和我有些交情,我正好见见他。"

孟娴握着汤勺的手在半空中一顿,转眼看到白霍投过来的隐含深意的目光,两个人大眼瞪小眼地对视了一会儿,直到孟娴败下阵来,主动开口:"随便你,腿长在你身上,想去哪里都可以。"

白霍却真心实意地弯了弯唇,好像觉得她这种像小兽一样想反抗,最终却只能阴阳两句的无奈很有意思:"好,那就这么定了。"

语毕,身后传来轻微的脚步声,有人从孟娴的身侧端上一杯花茶,孟娴顺着余光看过去,才发现来者是小琪。

小琪身上的伤完全好了以后,又回到小南楼继续上班,察觉到孟娴的目光,小琪也看过去,冲孟娴感激地一笑。

等小琪离开后,白霍才淡淡道:"我记得她是叫小琪吧,听秋姨说,你好像很喜欢她,还帮她付了住院费?"

第四章 梦呓

孟娴听出他话里有话,眼神微沉:"她平时照顾我很用心,现在有了困难,我伸出援手无可厚非,有什么不对吗?"

白霍面上浮着一层虚伪的笑。她倒是好心,怎么不见她把心思多放在他身上一些?

过了半晌,他终究没有回孟娴的话,而是岔开了话题:"先不说这个了,吃饭吧,吃完饭还要去学校一趟。"

佛罗伦大学坐落在市中心,整座建筑群没有特定统一的风格,其建校时间悠久,既保留了翡冷翠意象的艺术礼堂,也与时俱进地建造了现代化的简约教学楼。

对孟娴来说,则是扑面而来的熟悉感。

她恢复了一些记忆,因此在踏进曾经待了很久的地方时,那些记忆便更加具象化,完整化。

偶尔有骑着自行车意气风发的学生从他们车旁边经过。不过,毕竟假期还没结束,校园整体上安静而空旷。

经过宽阔的广场,就是佛罗伦大学的图书馆,馆外几十级台阶以及八根大理石巨柱支撑着高高的檐顶,庄严而雄伟,而校长室以及教务处所在的二号楼就在图书馆后面。

上电梯时,孟娴被白霍牵住了手,直到进入办公区都没松开。

教职工办公室已经有人在,看孟娴的目光频频隔着窗户落在办公室里,白霍捏了捏她的手指,笑道:"等你正式报到那天,咱们就可以进去仔细看看了。"

咱们?难道下次他还要跟来?孟娴忍不住腹诽。

其实,白霍此行的目的很明显,他就是要带着孟娴来学校走一两次过场,让所有人都知道孟娴和他的关系,有那么多双眼睛替他盯着,他谅傅岑也不敢再往孟娴身边凑,除非他不想要他的教授职称和一世清名。

孟娴眼里闪过一丝微妙的情绪,不过她也没拒绝,由着白霍带着

133

金丝笼

她见了校长,还有正好待在学校里的音乐系的两三个教授老师。

佛罗伦大学的校长显然是把白霍当成了贵宾,引荐过孟娴之后,他们二人聊得十分投机。孟娴在一旁等得无聊,趁白霍不备,用力把手抽了出来。

白霍察觉,立刻转脸看她,孟娴见状指了指外面:"你们慢慢聊,我去下洗手间。"

白霍的表情放松了下来,又恢复成刚才那副好好老公的温柔样子,嘱咐道:"洗手间在走廊尽头,记得快点儿回来。"

快走出校长室门口时,孟娴还能听见他们在谈笑风生。校长正不遗余力地夸赞他们夫妻二人有多恩爱:"……白先生和您的爱人真是般配,都那么优秀,感情还这么好……"

后面的对话孟娴没听到,因为自动门已经关上。

世人虽然知晓"人不可貌相"的道理,但又永远改不掉用一个人的长相、出身以及能力来衡量他人品好坏的习惯——好比白霍这样的,在所有人眼里,大抵就是万里挑一的好男人。

但……谁又能想得到他是个执拗的疯子呢。

从洗手间出来后,孟娴隐约听见不远处传来一阵一阵的欢呼声,夹杂着篮球重重砸在橡胶地面上的闷响。

她的视线从窗户投出去,最终落在办公楼右侧的篮球场上。

巨大的室外篮球场被铁丝网隔成两个,其中一个热闹些,里面大概有十来个男生在打球,旁边观众席也有不少人在观看,应该都是留校的研究生,一派朝气蓬勃的样子。它隔壁的那个球场则空荡荡的,里面只有一个人,好像在练习投篮。

孟娴的视线漫无目的地在那两个场里来回穿梭,那个孤身一人的男生一直孤零零的,另一边打比赛的队伍派人过去,大概是问他要不要加入,他也没去。

好孤僻的性格,孟娴心想。

她定睛看了眼那人,对方的身形比例很优秀,虽然有些看不清

第四章 梦呓

脸,但整个人修长挺拔,身穿蓝白色的十二号球衣,每次跳起来扣篮的样子都很轻松。

这时,校长室的门开了,几乎是白霍从里面出来的一瞬间,孟娴转过身来。

"在看什么?"白霍低声问。

孟娴朝他走过去:"没什么,校园里的绿化做得不错,花花草草都长得挺好的。"

上车后,孟娴把副驾驶的车窗打开了,车里开着空调倒不热,但有些闷,她想透透气。

因为校园里车子限速,再加上车还没开到学校主干道,所以白霍开得很慢,慢到孟娴甚至能看清每一个经过的人的长相和表情。

突然,她视线中映入一道蓝白色的身影,那身影正朝他们的方向走过来,他的手里提着网兜篮球。孟娴一眼就认出他是篮球场上那个独自打球的男生,然而等她目光上移,看清对方脸的一瞬间,孟娴的瞳孔微缩,浑身涌起一阵毛骨悚然的幻灭感——这个男生和傅岑长得很像,几乎是一个模子里刻出来的那种像。他面无表情,但就是有种孤傲感,眼神冷沉,好似在睥睨所有人。

但他绝不是傅岑,若说傅岑是春日的暖阳,那他就是荒原上冷冽的风。

似乎在某一瞬,他也看向孟娴,和她对视。就这样伴随着风声,孟娴的视线和他的擦肩而过。

倒车镜里,那个身影渐渐消失,她后知后觉,恍过神,才想起回头去看。

"怎么了?"白霍发现妻子的异样,"看到认识的人了?"

孟娴这才收回视线,平视着前方:"没什么……"

孟娴知道,傅岑有个弟弟叫傅信。

在她想起以前和傅岑朝夕相处的日子时,难免也会顺带想起他身边的人。

但她对傅信的印象不深,有关他的那些贫瘠而寡淡的记忆,早已随着时间的推移而尘封在脑海角落里;要不是他长大后和傅岑过分相似的相貌,她可能永远想不起这个人。

分散的思绪慢慢收拢,孟娴将注意力重新放在眼前的花枝上。身边的小琪把她要的那把花剪递过来,见她一直盯着那花看,小琪那双像小鹿一样湿漉漉的眼睛含着笑意,道:"太太,这株藤本月季的名字叫'克莱尔奥斯汀',是园艺师前几天引进的新品种。"

在小南楼工作的这段时间,小琪已经从刚开始的不甚熟练逐渐转变成游刃有余,这里的大多数花,她都能说出它的名字和生活习性。

新品种啊,怪不得以前没在露台上见过,孟娴想。

她伸手去摸离她最近的那枝,上面已经开了三朵花,还有几个小花苞,小琪看见孟娴魂不守舍的样子,面上流露出几分担忧:"太太,您要小心点儿,别被花刺扎到手……"

孟娴突然身体一僵,明明是一句稀松平常的话,却好似在一瞬间戳到了孟娴的某个记忆点,她忽地顿住,脑子里快速地闪过一些尘封的画面——

一个陌生的女人穿着及踝的长裙,清瘦的手腕上挂着一只细镯,长发绾在脑后,怀里抱着一束包好的花。孟娴看不清女人的脸,就连她说话的声音都是时远时近的。

"……我们小娴真乖,要小心点哦,别被花刺扎到手了……"

孟娴眼神恍惚,心口也忽地抽痛了一下。

这是谁?怎么一想到她,她心里就好难受,这种欲哭无泪的沉闷感,是她以前从未有过的。

还不等她细想,放在一边的手机短促地响了两声,听提示音应该是有新短信。

孟娴看了一眼不远处的小琪,对方此时正忙着把剪下来的枝叶打

第四章 梦呓

扫干净,没注意这边。她点开短信,只见傅岑发来的信息上方,是她好奇心作祟时问出的那句:"我今天在佛罗伦好像见到你弟弟傅信了,他现在和你长得好像,我差点儿没认出来。"

下面则是傅岑的回复:"那应该就是他,傅信不久前才回国,最近要在佛罗伦待一段时间。他小的时候你见过他很多次,所以对他有些微弱印象也正常。"

孟娴看完后就把短信随手删了,好像什么都没发生过一样,低头继续修剪她的花。

等待开学的时间过得很快,中途白英又来了家里几次,听说孟娴要去上班,兴高采烈地拉着她说了很多以前她们一起上学的事,但仍旧只字未提傅岑,就好像她们上大学的那段日子里,傅岑完全没出现过一样。

白英在隐瞒。

孟娴的记忆中,白英曾在校庆那天问:"他校庆时要上台弹钢琴,你们那双人舞还跳不跳了?"

孟娴的钢琴和交际舞都是傅岑教的,除了他,她身边没有其他人同时符合这两个条件。

开学前两天,孟娴在家自己练习了一下讲课,倒也像模像样,有点为人师表的感觉。白霍晚上从公司回来,看见她还在整理电子教案,说不出什么意味地,幽幽地说了句:"要是太辛苦就别做了吧,我可舍不得你受罪,家里又不缺你那份工资。"

孟娴面上一丝波动都没有:"不辛苦,再说了,总待在家里无事可做我也无聊。"

她是不缺那份工资,可人活着无论如何要给自己留个退路,否则便没有底气,只能听天由命。

程锴闷酒喝了半晌,宁进才姗姗来迟,脸上还挂着荡漾的笑,看

137

得程错特别无语。

宁进笑得贱兮兮的，凑到他身边说："程哥，我跟小薇表白了。"

自从上次白英生日宴宁进和罗薇双双暴露以后，宁进便也不藏着自己的心思了。一开始他还顾及罗薇以前追过程错这件事，后来知道也就是闹着玩的时候，就开始肆无忌惮地追着人家跑了。

这年头，天上的鸟，地上的猫都是成双成对的，连宁进这种吊儿郎当的货色都能抱得美人归。这才多久，称呼都改了。

程错眼神闪烁："你表白了？她怎么说？"

"还没松口答应，不过也没拒绝呀。"宁进乐呵呵的。

程错把宁进从头打量到脚，语气凉飕飕的："我劝你别高兴得太早，我见过罗薇那些前男友，个个都比你高，比你帅。"

其实程错这话有些夸大，宁进长得还是很不错的，虽然不如程错那么精致，但也很帅气。罗薇那些前男友或许有比他健壮的，但绝对没有比他帅的。但程错就是看不惯宁进这嘚瑟样子，免不得要恶劣地刺激他两句。

但宁进压根没放在心上，他精得跟猴儿似的，一眼就看出程错是故意的，轻哼一声："哥，你别阴阳怪气了，我知道你是嫉妒我。"

程错脸色一沉："呵，真好笑，我嫉妒你什么？"

"你嫉妒我有人疼，有人爱。"宁进调侃道。

程错闻言，差点脱口而出：难道我没有吗？可话到了嘴边，他突然意识到，自己还真没有。

他都二十多岁了，还没情窦初开过，以前那些追求者也都被他的臭脾气给吓跑了。爹妈更不关心他，只在争家产、表孝心的时候能想起来他；而唯一疼爱他的爷爷，现在还在病床上躺着。程错想想，咬牙道："炫耀两句得了，没完了？"

宁进看出程错并不是真生气，他可是自诩程错的左膀右臂，现在见自己好兄弟心情不好，他能视而不见？

那必然不。

第四章 梦呓

"哥,我看你这像吃了火药似的,你有烦心事啊?你跟我说,我帮你想办法。"宁进凑过去,一副义不容辞的样子,

"就你?"程错瞥他一眼,虽然嘴上不屑,其实他心里已经有一点松动了。

说实话,宁进消息灵通,办事尽心尽力,算是程错朋友中最靠谱的了。

"说来听听嘛,万一我真能帮得上忙呢?"宁进再次抛出橄榄枝。

沉寂片刻,程错终于犹犹豫豫地开了口:"我……我有一个朋友,他最近有点不太对劲……"

宁进的表情耐人寻味起来:"哪个朋友啊,我认识吗?"

"你不认识。"程错否认得斩钉截铁。

"哦……"宁进促狭地笑了,"那你接着说。"

程错正色:"我那个朋友,他最近认识了一个女孩,那女孩……有男朋友了,但是我朋友和女孩之间发生了一些事,然后……他最近发现自己总把注意力放在那女孩身上,你说这正常吗?"

宁进认真地分析着:"哥,你这朋友不地道,怎么能想着挖人墙脚呢?"

程错像被踩了尾巴的猫一样,瞬间炸毛:"你太武断了吧!怎么能光凭几句话就断定我……我朋友喜欢那女孩呢?那就不能是其他的情感吗?比如不耐烦什么的,或者是因为有过节然后看见对方就忍不住生气那种……"

忽然前所未有地话多起来,他好像急于证明什么似的,绞尽脑汁地解释。

宁进还是第一次感觉程错像个蠢货,他打断了对方的发言,认真道:"要是真讨厌一个人,光是看见就觉得烦,怎么可能还会把注意力放在人家身上?哥,你那个朋友是不是还喜欢往人家身边凑啊?挨了冷眼不高兴,但下一次还继续没皮没脸地往上凑。看见人家姑娘和男朋友恩爱的样子,心里酸得不行了吧?"

程错表情一僵,好一会儿都没再说出一个字来。良久,他像失了

金丝笼

魂似的低声问:"……那怎么办?"

他喜欢上了别人的女人,怎么办?

宁进挑眉:"能怎么办,等人分手,然后想办法追求呗。"

程错眼神黑沉沉地看过去:"那要是一辈子都等不到呢?"

白霍、傅岑……只怕下辈子也轮不到他。

宁进表情玩味,他直直地看着程错,眼神忽然坚毅起来:"那就拼命争取。"

入职当天。

孟娴起了个大早,平时都是白霍先起床,但今天她的闹钟比白霍的早了十分钟。

吃过早饭,孟娴换了衣服站在衣帽间的落地镜前检查仪容,冷不丁被人从身后拥入怀中。她从镜子里看到白霍的脸,他抬手把她鬓边碎发挽到耳后,眼神柔情似水,说话的语气却截然相反,似亲昵似警告地低语道:"去了学校,你要乖。傅岑虽然是苏怀仁的继子,可苏怀仁并不拿他当回事。带他赴宴这种小事只是举手之劳,可你要想利用他,利用苏家来摆脱我,苏怀仁绝不可能答应。"

孟娴呼吸一沉,白霍的意思就是让她不要妄想,她一辈子都得和他在一起。

想到这儿,她眼里的雀跃消散两分,说道:"……我知道的。"

白霍笑了,似乎对妻子的回答很满意:"知道就好,走吧,送你去学校。"

……

佛罗伦大学已经开学一周了,校园里的学生们开始成群结队。孟娴从车窗往外看,好像在他们身上看到了十八九岁时的自己。

白霍离开以后,音乐系的院长照例带她认识了一下系里的其他教授和老师们,孟娴的目光扫视一圈,没看到傅岑。

"还有两位教授现在不在,院里有任务,派他们去其他大学交流

第四章 梦呓

学习了,等人回来你就能见到了。"院长和蔼地说道。

孟娴点头:"谢谢院长。"

院长见她这般恭顺,眼里闪过一丝意外,随即转身,叫来另一位老师:"小周老师,你来一下。"

被叫到的老师三十岁左右,通身打扮很干练,微卷的长发又给她带来一些恰到好处的女人味。

等人到了面前,院长扭头对孟娴道:"是这样的,学校里的大型公开课现在已经正式开始了,今天轮的是周老师的班,就先由周老师带你一节。小孟,你跟着周老师熟悉一下上课流程,这样的话,等以后自己上课或是和其他教授搭档上课的时候才能更加得心应手。"

…………

"……这边是音乐系的教学楼,平时系里的学生们都在这边上专业课。待会儿我们要上的公开课是在三号楼和四号楼那边,那两栋教学楼里的阶梯教室面积很大,可容纳一千多人……"

周冉事无巨细地娓娓道来,每到一个比较重要的建筑或设施旁时,她就会跟孟娴介绍,偶尔回头看向对方时,也笑得谦和得体。

她知道这位小孟老师大有来历,她虽然对财经和商业不大了解,但万科集团的名号她好歹还是听说过的。当时院长私底下悄悄告诉她对方是万科的总裁夫人,要她不着痕迹地照顾一下时,可把她吓了一跳。

虽然不懂对方为何放着好好的贵妇不当,偏要来做个老师,但她也万万不会怠慢,兴许有钱人家的富太太就这样呢,闲得无聊所以来体验生活。

正说着,对方忽然叫住了她,她堪堪停下,只见对方指了指另一个方向,说:"走这边吧,您刚才不是说上课的教室在三号楼 A 区嘛,走这边更近,而且可以直接从正门进。"

周冉这才发现自己光顾着讲话,连路都带错了,有些不好意思:"是啊,我都没注意……不对呀,孟老师怎么知道是这个方向的?"

金丝笼

孟娴笑了笑:"我本科和研究生都就读于佛罗伦大学,这是我的母校。"

可能佛罗伦校友这个身份比起万科总裁夫人显得有些微不足道,所以大家好像都自动忘记了,或许……连她自己都快要忘了。

周冉因为孟娴曾就读于佛罗伦大学这件事惊喜了一路,她研究生是在国外读的,说白了她待在佛罗伦大学的时间还不如这个新来的小孟老师呢。

二人到阶梯教室时,里面已经坐了一大半学生,有些嘈杂。周冉在一边调试扩音器,不多时,教室里响起了尖锐的调音声响,还伴随着回声。

"马上就要开始上课了,请同学们安静一下。上课前有个简单的考勤,我会随机抽查,点到谁的名字,谁举下手让老师看到就行。"周冉对准话筒,整间大教室都静了下来,周冉翻起手中那厚厚的一本花名册,开始随机点名。

"韩慈。

"孔坚。

"文子坤。"

…………

学生们一个接一个地举手示意,孟娴下意识环视一圈,然后猝不及防地在第二排看到了一张无比熟悉的脸。

傅信?他怎么会在这儿?

少年身穿白T恤和黑色长裤,整个人散发出一种干净的清冷感。不等孟娴反应过来,傅信的视线也悠悠地投了过来,和孟娴对视。但孟娴在看到傅信后的表情是微微惊诧,可傅信则是漠然森冷到好像完全不认识她似的。

比起他哥简直不讨喜一百倍,孟娴心想。她收回目光,也不再看过去。

第四章 梦呓

考勤检查结束后,周冉打开课件开始讲课,孟娴只需要坐在左侧的副讲台帮她把文件点开就可以。

孟娴无事可做时,就观察周冉讲课时的神态、动作,观察她什么时候会抑扬顿挫地讲课,什么时候会轻声慢语地引导学生思考。

课才上到一半,周老师摆摆手,让学生自主讨论五分钟,然后走到孟娴身边耳语道:"孟老师,不好意思。我家里来电话,可能是急事,我得出去一下。待会儿讨论结束,您接着我刚才的继续讲,就按照课件上的念就可以。选修课不像主课,主要是为了拿学分。"

孟娴点头:"好,你去忙吧,这里交给我。"

她有练习过,所以也不怯场,讨论结束后,她学着周冉的样子先简单作了一下自我介绍,便开始上课。

"那老师接着刚才的讲,众所周知,世界音乐的发展史中,比较脍炙人口的经典名曲——"她话还没说完,正前方的大屏幕投影忽地熄灭了,连副讲台上的电脑也卡成了白屏。孟娴一顿,下意识地站起来查看投影仪。

教室里也不复刚才的安静,已经隐隐弥漫起窃窃私语的声音,且有蔓延扩大的趋势。孟娴看了一圈,猜测是电脑和投影仪的连接出了故障,但周老师不在,她也没有经验,不知道怎么调整。

正当她一筹莫展,打算硬着头皮按照她在家练习时背的资料先补救一下时,傅信忽然从位子上站了起来,不急不缓地往讲台上走去。

孟娴不明所以,还没来得及说话,就见傅信手法娴熟地在电脑上敲了几个键,然后走到投影仪后方,不知拧动了什么,大屏幕便重新亮了起来,不出几秒,电脑和投影仪重新连接成功。

孟娴压低声音向傅信道谢:"同学,谢谢——""你"字还没说出口,对方便头也不回地走了。

一节课总算是有惊无险地结束了,傍晚夕阳西斜,孟娴也临近下班。她不想白霍再跑到办公室去,于是和他打电话约定在校门口

金丝笼

等他。

因为是周一,大部分学生这个时间还在上下午的最后一节课,所以校园里比较安静。孟娴走的那段小路更是幽僻,两边都是桦树林和灌木丛,蝉鸣声不绝于耳。

直到前面不远处这条小路好像走不通了,她脚步一顿,当机立断决定转身换条路。但这不回头还好,一回头竟然又看见了傅信。

他是在跟着她吗,还是只是巧合?

孟娴也懒得猜,索性走到他面前问:"你是傅信吧,还记得我吗?"

她本以为对方会矢口否认,毕竟他的态度摆在那里,谁知对方却面无表情地说:"……你都认得我,我当然也记得你。"

让哥哥喜欢了这么多年,即使被抛弃也执迷不悟的人,化成灰他都记得。

"你刚才为什么跟着我?"孟娴眉头微皱,直截了当地问。

傅信垂眼看她,反问道:"这里是公共场所,你怎么能断定我是跟着你来的?"

孟娴听他这样说话,也不生气。看在傅岑的面子上,她还能像以前那样心平气和:"好,先不说这个,上午的事……谢谢你帮我解围。"

或许是被她这样平静无波的反应激到了,也或许是因为别的,傅信再开口时语气里隐隐含着些嘲讽:"我不是帮你,你要是不好过的话,我哥也不会好过,我这是在帮我哥。我跟你什么利益关系都没有,所以你用不着假惺惺地对我说好话。"

现下,孟娴已经确定傅信对她有敌意。她心中冷哼,傅信这话,说得她倒像是个满口谎话,只会利用别人的骗子。

虽然……她的确是。

一连碰了几次夹枪带棒的冷钉子,孟娴没忍住轻叹了一口气,抬头看着他:"傅信同学,你说话一定要这么傲慢吗?"

傅信闻言一愣,许久才重新开口:"你既然已经嫁到白家,你又何必再磋磨他?等到了最后,你和白霍继续做恩爱夫妻,又把他置于何地？"

傅信说完，表情和语气都恢复了正常，好像刚才那种讽刺的情绪悄然消散了，现在的他看孟娴像是在看一个无关紧要的陌生人，也不存在什么敌意了。

所以他跟踪她，就是为了跟她说这些话？

孟娴神色冷淡，即使被这样指责，也完全没有产生任何异样的情绪。她知道，傅信劝不动他哥，所以只好换条路，跑来给她这个"罪魁祸首"一个下马威。

"你如果还念旧情，就应该早点放过他才是。"留下这句话，傅信便头也不回地转身离开了。

孟娴在原地站了很久，才在剧烈的蝉鸣声中慢慢回过神来。

只是还没转身，右侧的树林里走出一人，她定睛看去，那人竟是程错。

孟娴紧抿双唇，忽然感觉心有点累。她今天是走了什么狗屎运，怎么一个两个的，全都这么阴魂不散。

见他慢慢地朝这边走来，孟娴的表情变得古怪起来，她微微皱着眉，问道："程错？你怎么在这儿？"

这位大少爷好像和佛罗伦大学没什么关系吧？而且他又没有校园卡和通行证，是怎么进来的？

程错表情不悦，不知道的可能以为他一直都是这样阴晴不定，但要是宁进在场，就能看出他这明显是醋坛子被打翻了的语气和表情："怎么，怪我不该来这儿？我打扰到你跟傅信的好事了，是吧？"

这酸溜溜的语气和他口中对傅信的不屑，好像生怕别人不知道他对孟娴存了什么样的心思似的。

他是从白英那里得知孟娴现下在佛罗伦大学任教的，当时脑子一热，就跑来了，又费了不少力气才找到她，但谁能想到时隔这么久不见，她又给了他好大一个"惊喜"。

孟娴了解程错喜怒无常的秉性，她懒得跟他较劲，权当没看见

145

他，转过身自顾自地往回走。可走了没几步，就听见身后程错追上来的脚步声。

"等一下！"他叫住她，然后走到她面前拿出手机，在屏幕上点了两下，展示给她看。

手机里播放的是一个不太清晰的视频，不过能看清视频里的人是她和傅信。因为角度原因，从视频里看，会让人觉得他们离得很近，而且还是她主动走近傅信的。原本毫无逾矩的一段接触，被他这么一拍，倒好像她和傅信之间关系暧昧极了。

"如果这个视频被放到佛罗伦大学的媒体网站上，你猜会发生什么？"他似笑非笑，眼里说不出是什么情绪，"到时候白霍和傅岑肯定也都会知道，那他们……"

程错欲言又止，然后定定地看着孟娴。孟娴当然知道他想说什么，视频里虽没什么过分的画面，但架不住有心之人过度解读。再加上她和白霍、傅岑之间的三角关系本就微妙，现下好不容易才保持的平衡，定会被这个视频打破。

孟娴冷笑："你威胁我？"

程错坦然和孟娴对视，像一只终于亮出爪子和獠牙的小兽，他眼中透出势在必得的光芒："我这可都是跟你学的，你要是不心虚，觉得自己清白，还会怕吗？"

她那些拿捏人的手段，他倒是学了个七八分。

孟娴忽然有种被反噬的感觉，自己一直以来掉以轻心，起了逗弄之意的小狗不知何时已经开始学会跳起来咬人了。

有意思。

孟娴笑笑，整个人从有些剑拔弩张的气氛中抽离出来，身上尖锐的气息也尽数收敛："你什么时候拍的？我竟然都没看见……"

她轻声说着，然后不动声色地凑近程错。眼见对方的表情开始变得有些微微无措时，孟娴突然伸手去夺手机。

电光石火之际，程错像早有预料似的猛地抬手，一下子把手机举

第四章 梦呓

到她够不到的半空中,然后发狠般地抓住她的手腕将她拉近。他微微咬牙,语气森冷:"你要了我这么多次,以为这次还能成功吗?"

到底是咬人的狗不叫,孟娴一直以为程锴除了那张嘴以外没什么攻击力,她倒是小看他了。

"你想怎样?"冷静下来,孟娴只能和他谈条件,她倒要看看,他究竟想干什么。

终于等到孟娴说出这句话,程锴紧皱的眉头舒展开,但仍没有放开对孟娴那只手腕的束缚:"你还真是识相,能压制对方的时候就趾高气扬,一看情况不对,就知道服软了?"

他说着,一双漂亮的眼直勾勾地盯着孟娴。明明说的是控诉的话,孟娴却莫名地从中听出了委屈。

她想,大概是当初屡屡在她身上栽了跟头,他心里不平衡吧。

孟娴微笑道:"有话直说,别绕弯子。"

"从山庄回来后,我就没过过一天好日子。"程锴叹了口气,他顿了顿,目光沉沉,语气陡然激进,"说到底,要不是当初你算计我,我也不会……"

一句话尚未说完便戛然而止,程锴忽然意识到,自己冲动之下差点说了不得了的话,好在他及时收住了。

他说得虽不算明白,可孟娴一下子就懂了。她说他最近怎么这么奇怪呢,原来是想她了。虽然知道了程锴的心思,但她没有直接挑明,只是好整以暇地继续和他推拉:"那怎么办?不然你打我一顿,泄泄愤?"

她就是要他亲口说出来,要他为当初信誓旦旦说出的话付出代价,这样,他下次才能学乖。

孟娴本以为程锴又会炸毛,但这次竟然没有,对方堪堪放松了手中的力道,只虚虚地握着她的手,然后低下了头,垂下的眼睫挡住了眸中神色:"我不会打你。我可以什么都不要,视频也可以现在就删,只要你答应我……"他抬眼,定睛看向她,"你是怎样对傅岑的,就

金丝笼

怎样对我。"

其实，程锴打好的腹稿不是这样的。他很想对孟娴说，不知何时，他已经喜欢上她了。但孟娴的态度太伤人了，他的自尊心早在这段时间的逐渐醒悟中被不断撕碎、鞭笞，如今所剩无几。即便知晓是利用，他也无法忍受被她排除在外的滋味。他张牙舞爪地说出这番话，已经用尽全部力气。

可话说出口他就有些后悔了。孟娴外柔内刚，吃软不吃硬，他这样说，万一她生气了怎么办……

程锴没想到自己有朝一日会像今天这样，心甘情愿地丢掉所有的傲气和尊严，反复揣度一个人的心思。

原来感情竟是这样可怕的东西。

程锴面上不显，心里倒是忐忑，他看孟娴一直沉默，心一点点地被悬到了半空中，摇晃着，落不到实处。

但他不知道的是，孟娴还在盘算。

她想起早上出门前白霍的态度，他料定她没有办法摆脱他，也觉得他能把自己管得死死的。

可他忘了，江州并非只有万科一家独大。连秋姨都说过，程家的财力和地位绝不输白家。放眼整个江州，能跟万科抗衡的，怕也只有华盛。

孟娴收回发散的思绪，抬眼看着程锴，言笑晏晏，答应下来："……好啊。"

程锴先是一愣，然后瞬间被铺天盖地的狂喜淹没，"心花怒放"四个字就差写在他脸上了。

看他这样高兴，孟娴但笑不语。

争吧，最好打起来，看鹿死谁手。

谁赢都可以，反正她永远不会输。

第五章

有一点动心

金丝笼

入了秋，江州的天气还像盛夏时那样，蝉声依旧，炎热和骤雨两相交替。

白霍好像一夜之间忙碌了起来，早出晚归比以前更甚，偶尔他会在卧室里开视频会议，孟娴隐约听到什么"季度总结""董事大会"之类的字眼。

总之他最近肯定没那么多空闲时间盯着她，上下班接送也开始间断，她总算可以稍微松口气。

耳边传来闷雷的声响，孟娴从工位上抬起头，看了看窗外——外面天色有些昏暗，潮湿的泥土味道从半开的窗户缝隙中渗透进来，空气中的风已经带了一丝凉意，应该是要下雨了。

办公室的其他同事们开始低声商量着要不要早点回家，院长和系主任都出公差了，几个教授平时除了上课很少见到人影，此刻偌大的音乐系教职办公室里只剩下他们几个中低层的普通教师。毕竟他们今天的课已经结束，大家纷纷开始收拾东西准备回去。没多久，办公室里就没什么人了。

孟娴的教案还没写完，手机忽地响了两声。

这是她自己买的新手机，平时就放在办公室里不带回家，原来的那部用来应付白霍，现在的这个主要是用来和傅岑、程锴联系。

手机上的语音是程锴发来的："我听小叔说他要去万科和白霍谈个案子，估计要很晚。我去接你吧，我知道佛罗伦大学附近新开了一家很好吃的日料店。"

第五章 有一点动心

她回复了个"好",让他在校门口等。

忽然,她余光注意到身旁投下一道阴影,孟娴抬起头来的同时,不着痕迹地把手机息屏了。

她望过去,发现是傅岑。教授一般有独立的个人办公室,也不知道他是什么时候过来的,她都没察觉。

傅岑像幅画似的站在她身侧,眉眼温柔:"忙吗?要不要一起吃个饭?"

他知道白霍会在固定的时间接孟娴,就算本人不来也会派司机。这么多天,他一直没能找到和孟娴独处的机会。

孟娴迟疑两秒,微抿的唇轻启:"下次吧,今天没空,有点事要处理。"

傅岑眼中极快地闪过一丝落寞,但还是笑了笑:"好,那就下次。"

孟娴有些不忍心,她其实很信任他,但现在时期特殊,一旦事情败露,白霍若是报复起来,对程错来说或许只是皮毛之痛,对傅岑却是骨血之痛。

孟娴下定决心,拿起一旁的包:"那我就先走了,待会儿可能要下雨,你也早点回家吧。"

说完,转身就离开了。

目送孟娴离开以后,傅岑静静地立在原地,一动不动。

耳边传来阵阵闷雷的声响,傅岑的目光一寸寸挪过去,只见雨丝滴滴答答地落在窗户玻璃上,然后大雨倾盆,不过一瞬之间。

他明白这条路注定难走,可这是他自己选的,没什么好说。但他仍旧有种说不上来的感觉,好像胸口上压了一块巨石那般难受。

因为……以前的孟娴从来不会丢下他。

他心里这样想着,神色恍然,似乎陷入了回忆——

云港四季分明,到了夏天,温度不由分说地飙升。

金丝笼

高二那年的初夏,学校因为要扩招便建了个新校区,整个高三的师生都要搬过去。

那天学校广播通知下午放假的时候,傅岑他们班正在上一周一次的生理课。

窗外云层疏朗,绿树成荫,蝉鸣混杂着风吹树叶的簌簌声。傅岑一抬头,就看到孟娴正专心致志听课的模样。

如愿以偿,他成绩单上的名次离孟娴越来越近,也有了选座的权利——他现在可以坐在孟娴后面了。

广播还没结束,傅岑就听见其他班响起了震耳欲聋的欢呼声,等班里学生反应过来,也纷纷起哄。不过高兴归高兴,课还是要上完。于是众人又纷纷安静下来,百无聊赖地等待生理课结束。

生活老师是个不到四十岁的清瘦女人,说话总是不紧不慢的。在生理课上,她会讲到有关男女生理方面的健康常识,会讲到恋爱观,还会讲到青春期。

"……同学们要知道,学生的职责是学习,不要乱想其他事情。因为在这个阶段,你们的心理都还不成熟……"

傅岑的思绪免不得发散开来,脑子里乱七八糟的。

不知过了多久,他耳边忽然传来"咚咚"两下敲桌子的声音,傅岑猛地回过神来,才发现孟娴在看他:"想什么呢?放学了,走吧。"

傅岑环视四周,这才发现周围人已经走了大半,教室现在空荡荡的。孟娴收拾书包,时不时会回头看看傅岑的进度,然后适当放慢手里的动作。

他知道,她是在等他,因为二人每天放学后都要去天台一起补习,而这也是傅岑一天中最期待的时刻。

这天两人补习结束以后,他们并肩走在回家的路上,孟娴忽然道:"傅岑,晚上去我家吃饭吧,我妈邀请你来做客。"

和孟娴成为朋友以后,孟娴的妈妈孟青很快就知晓了傅岑的存在。对于他借补课之由在经济上救助她们家这件事,孟青十分感激,

第五章 有一点动心

隔三岔五就会让孟娴带傅岑回家,给他做好吃的,嘘寒问暖。

眉清目秀的少年点点头,兀自压下内心深处的喜悦,去孟娴家做客,是他第二期盼的事。

苏家的房子很大,却没有他的容身之处,只要他回到苏家,迎接的必然是苏家兄妹的漠视或冷嘲。而他的亲生母亲为了维护自己的第二次婚姻,也选择视而不见。

比起那个华而不实的地方,小而温暖的孟家才更像个家。

傅岑知道孟青是孟娴的养母,孟娴自己也不觉得这是件什么难以启齿的事。

她曾说:"是不是亲生的不重要,我妈养着我,也只有我这一个女儿,那她就是我的亲生母亲,更是彼此相依为命的人。"

他们到家的时候,一个来买花的客人刚走,孟青正低头记账,一抬眼便看见女儿回来了。

"今天怎么回来得这么早呀?"她笑得温柔,看到孟娴身后的少年,顿了一秒,语气瞬间变得惊喜起来,"傅岑也来啦!快进来!"

孟青爱花,便在这栋房子的一楼开了一间小小的花店,二楼则是母女二人居住的地方。二楼的客厅墙上贴满了孟娴的奖状,还摆了不少竞赛奖杯,放眼望去,处处窗明几净,一尘不染。之前孟青生病,花店一直没营业,家里才会入不敷出,只好找邻居借钱。但现在孟青身体已经恢复,花店就又热闹起来。

虽然是养女,但从母女二人的相处上完全看不出来。孟娴是比较有主见的人,但对孟青很恭顺,也从不让家里操心,相较起来,孟青似乎比女儿还要活泼一些。

孟青一边给他们倒茶,一边对着孟娴道:"小娴,妈妈要做晚饭,你陪傅岑看看电视。对了,我还给你买了条新裙子,放在你房间了,有时间记得试一下。"

孟娴喝了口茶,然后乖乖应声。

傅岑也渐渐放松下来,他也抿了口茶,当他不经意间看到孟娴被

金丝笼

茶水浸湿的、好看的唇时,不自觉地默默挪开了视线。

"我去试下衣服,你先看电视吧。"孟娴站起身,回房前又叮嘱道,"桌上的水果可以直接吃。"

"好。"傅岑应道。

过了一会儿,孟娴回到客厅时,身上的校服已经换成了一条淡蓝色的长裙。她坦然地半侧过身,给他看整体效果,神色淡淡道:"好看吗?"

傅岑呼吸微乱,开口道:"……好看,很适合你。"

孟娴朝他走过去,指了指桌子下面:"那里有剪刀,你拿出来,我把衣服吊牌剪掉。"

"好。"傅岑自然而然地答应了,对他来说,靠近她,帮助她是他的本能。

孟娴背对着傅岑,坐在他身边,少女修长白皙的指尖捏着吊牌,然后小心翼翼地把吊牌剪掉,随后又将剪刀放回桌上。

傅岑静默地等了几秒,一动不动,因为只要他一垂眼,就能隐约看到少女光洁美丽的后颈。

什么啊,他又在发呆吗?

孟娴感受到身后人的僵滞,侧眼看了一下。她发觉傅岑最近好像总是出神,也不知道在想什么,都被她看到好几次了。

她忽然回头,视线捕捉到傅岑眼中一闪而过的惊惶。两人就这样对视着,傅岑短促地呆滞两秒,紧接着红晕和无措在他脸上蔓延开来。

孟娴盯了傅岑良久,忽然笑了:"脸怎么红成这样?"

傅岑心里忐忑不安,难道她发觉他的心思了?但他又带着那么一丝丝的期望,她那么聪明,怎么可能会看不出来呢?

鬼使神差般地,傅岑薄唇轻启:"因为……"

"什么?"孟娴疑惑道。

傅岑眼神迷蒙起来,心跳加速。他看着孟娴顾盼生辉的双眸,这

第五章 有一点动心

一刻，他终于明白那些人为什么明知是禁果，还是会冒险去尝试。

禁果诱人，而他情窦初开，难以忍耐，却又不得不克制。

那句话他终究没说出口，却在心中呐喊了千次万次。

闷热了将近一周，云港终于迎来入夏以来的第一场暴雨。

教室外的走廊熙来攘往，穿着统一的校服，背着书包的高中生们纷纷放学，走廊的瓷砖地面上有很多脏兮兮的水痕，隐约还能听见有人小声抱怨着——

"好烦啊，我都没带伞。也不知道家里会不会有人来接我。"

"今天化学老师怎么布置那么多作业，今晚肯定写不完了。"

…………

这种嘈杂只持续了十几分钟，走廊便慢慢恢复了寂静，偶尔有一两个学生经过，响起一阵脚步声。

孟娴和傅岑照例是班里最后两个离开的，孟娴因为每天放学都去天台学习，便主动揽下了关灯锁门的工作。不过今天下大雨，天台肯定是去不成了。

"堆堆怎么样了？"孟娴一边问，一边把最后一本书塞进书包。

傅岑背靠在她桌子旁边，清秀挺拔得像棵白杨树："第三节下课时我就把它抱进笼子里放进小房子了，不用担心。"

傅岑帮孟娴拎着书包，在快走到教室门口的时候忽然开口，试探着问："今天还要不要补课？"

不久前，傅岑从苏家搬了出来，自己在外面找了一套复式公寓住。这套公寓是以他母亲的名义和身份租的，对方也没阻拦，毕竟傅岑离开苏家对她来说未尝不是一件好事。

而且……搬家以后，孟娴都还没有去参观过呢。

"我最近在学做菜，你来帮忙尝尝吧，点评一下。"他语气隐含期待，孟娴见状思索两秒，一边往外走一边回答道："好啊。"

二人打车回公寓，路上又拐到百货商场，买了很多菜。

金丝笼

傅岑那栋公寓楼配有电梯，可能是因为下雨，回家路上都没见什么人，电梯也顺畅无阻。到家后，风雨声被关上的门隔绝在外，四周静悄悄的。傅岑低头注意到孟娴的校服裤湿了。

"阿姨最近还好吗？好久没见她了。"傅岑一边问着，一边把早就准备好的拖鞋递给孟娴。

"好得很，昨天还跟我说，等我大学毕业她闲下来了要出国去旅游呢。"她笑一笑，闲聊起来，"说是要去保加利亚。保加利亚你知道吗？世界著名的玫瑰之都。"

傅岑不知道，不过他暗暗记下了："那到时候，我们一起带阿姨去好了。"

不知为何，他好像经常会设想他们的以后，他把孟娴放进自己的未来，他真的觉得他的人生在一点点美好起来。要不是孟娴，或许他到现在都还是一具不学无术的行尸走肉，他不知道该如何表达他对孟娴那种波涛汹涌般猛烈的情感，他欣赏她，敬佩她，感激她，同时也拼尽全力地想要保护她。

傅岑指了下房间门，说道："我去做饭，洗手间在那边，柜子里有新毛巾。湿衣服先别穿了，淋了点雨，衣服黏在身上很难受，会感冒的，先穿我的吧。"

说罢，他宽大修长的手便抓起一套白色衣服递了过去。

半开放式的厨房不知何时已经弥漫起一股饭菜香气，傅岑的汤也快炖好了，他转成小火，定好时间，便回自己卧室洗了个澡。

他冲澡稍微快一些，从卧室下楼，还剩几步阶梯的时候，看着坐沙发上擦头发的孟娴，脚步忽然迟疑了。

孟娴手上正忙着，听到一阵脚步声，她头也不回，勾着嘴角笑："还没擦干。"

她夏天不喜欢吹头发，只会用厚毛巾擦到半干。

"孟娴。"他沉声叫她的名字。

第五章 有一点动心

"嗯？"孟娴停下了手里的动作，语气慵懒得像只吃饱喝足的猫。

她的目光落在傅岑脸上，眼里慢慢汇聚起细碎的笑意。

不得不说，傅岑真的生得很好看，她长这么大，除了他再没见过第二个这么好看的男孩子了。

孟娴眼里的笑意加深了，她目光沉沉，每次看他顶着那张好看的脸蛋摆出那种或青涩迷茫，或破碎清冷的表情时，那种说不出的感觉就会从她的心底油然而生。

程错的车开到孟娴面前时，她抬头看了一眼天空，阴云更密集了，仿佛暴风雨下一秒就要来临。

上了车，程错脸上是显而易见的愉悦。

"那么高兴？"孟娴漫不经心地问。她恍惚意识到，她竟然真的和程错合作了，明明之前还是冤家关系，只能说世事难料。

程错闻言轻哼一声："为什么不能高兴？"

孟娴微微一怔，然后忽地笑了，那笑意柔软，又似乎夹杂着某种真假难辨的温情。她不再开口就是尖锐的讥讽之语，笑得像程错梦里那般温柔。

程错心头发颤，心跳越来越快。

他喉结上下滚动了一下，算了，他不能把孟娴置于为难的境地。

晚餐是程错订的。

程错来回摆弄着桌上的汤勺筷子，笑得像只猫，过了一会儿，他抬起头，注意力又转移到孟娴身上。

"我也不知道你喜欢吃什么，就把他们家的招牌菜都点了一遍。"他顿了顿，"……这次太急了，下次我好好挑一下，选一家最舒服，饭菜最好吃的……"

听到这话，孟娴心里失笑，这次还没结束呢，就开始想下一次了？

可真够贪的。

不过,她没时间跟他贫嘴,本来时间就紧,哪儿还能细嚼慢咽。

孟娴看了一眼桌上琳琅满目的饭菜,说道:"你自己慢慢吃吧,估计这会儿司机已经在学校门口等我了。"

程错一听,急了,三步并作两步小跑过去,握着孟娴的肩膀把她往回带:"晚不了,你吃两口再走,我去帮你把包拿来。司机在北门,咱们从南门进,绕一圈去北门,时间绝对够。"

孟娴无奈,纵容地叹了口气,最终还是妥协般坐在餐桌边:"真是怕了你了,我吃还不行嘛。"

外面的雨已经小了很多,孟娴实在没什么胃口,偏偏程错觉得她肯定饿,她只好每样菜都夹一点尝尝,就当接受了程错的好意。

回学校的路上,等红灯时,程错侧头看到孟娴正往窗外看,又不满道:"外面有什么好看的?"

话一出口,程错后知后觉,微微愣了一下。

他怎么变成这样了?以前的他什么都不在乎,现在却为了这点儿小事不高兴。

程错眼神闪烁,他这是做什么?高兴得昏头了?

刚才的愉悦瞬间荡然无存,程错胸口发闷,也不笑了,目光直视前方,像是想什么事入神的。

孟娴没发现程错的异样情绪,又或者说即使发现了,她也没打算管。程错的脾气一向阴晴不定,上一秒高兴、下一秒发狂都是常有的,要是次次都照顾他的情绪,她能照顾得过来吗?

安静的气氛一直保持到佛罗伦大学建筑群出现在孟娴视野中。程错算得倒准,不早也不晚,司机到北门的时间,他们正好从南门进去。

"在那棵树下停车吧,再往外开就该被看见了。"孟娴道。

学校里熟人多,程错被孟娴勒令不许下车。可她前脚下了车,程错后脚就把车窗降下一半,对她说道:"明天上午我给你打电话,要

第五章 有一点动心

记得接。我有你的课表，别想用上课来搪塞我。"

孟娴撑着伞，头也不回地往前走："知道了。"

蒙蒙细雨还在下，下课的学生们打着伞，三三两两地和她擦肩而过。还没等她走多远，隔着一条宽阔的校内马路，孟娴便看到了在马路对面静静站着的傅信。

他打着一把黑色的伞，面无表情地朝她所在的方向看来。孟娴瞬间顿在原地，对方好像已经站在那里很久了，周围人群熙来攘往，只有他像一座静默的雕塑。

明明隔得那么远，孟娴还是感觉到了傅信略带审视的目光。

他一定看到了，看到她从程错的车上下来，看到程错降下车窗跟她告别。

而这个人既不是他哥，也不是白霍。

回到家，孟娴又吃了一顿晚饭，等到快睡时，白霍还没回来。孟娴想起程错说白霍最近很忙，她也乐得清闲，便早早关了灯，躺在床上看月亮。

雨早就停了，月亮高悬天空，她翻来覆去，怎么也睡不着。索性穿着睡裙下床，到外面的露台上透气。

雨后夜晚的空气中带着凉意，孟娴顺着浮雕栏杆往下看去，发现花园里还有几个人在游荡，喷洒着什么，她仔细看了看，看到了小琪。

小琪手里胡乱抓了几朵花，一抬头，看见孟娴还没睡，便雀跃地踮起脚，朝她摆了摆手。

反正也睡不着，孟娴忽然生出逛逛花园的想法。

念头一出，孟娴连半秒都没犹豫，踩着明亮皎洁的月光走出了卧室。

二楼没人，走廊和一楼都还亮着灯，一楼大厅偶尔还会经过几个人。孟娴从侧门出去，没费什么力气就寻到了小琪。小南楼的花园大,小琪现在喷洒的这一片孟娴没怎么来过。她环视一周,借着灯光和月光欣赏那些开得正盛的花,许多花的花瓣上还挂着雨滴,显得愈发娇嫩。

看着看着,她忽然发现角落里有一株"煞风景"的花藤。

孟娴指着那株光秃秃的、只剩下枝干的不知名花藤,向小琪问道:"这株是什么花?怎么枯萎成这样?"

小琪思索了一下,道:"太太,这是家里唯一的一株'克里斯蒂娜公爵夫人',不过现在已经是半死的状态了。虽然枝干还没完全枯死,可连叶子都不长的花,和枯死也没什么区别了。"

听到小琪的话,孟娴突然想起,她刚醒不久时,秋姨曾问过白霍,那名叫什么公爵夫人的、已经救不活的那株花该怎么处理。

直到现在,她还记得当初白霍让秋姨挖出来扔掉时那毫无留恋的表情。

"既然都枯死了,为什么还种在这里?"孟娴问。

"我也不清楚,听以前负责花园的一个姐姐说,是先生不让拔掉的。"

小琪也十分不解,小南楼里那么多漂亮的花,又不缺这一株,而且都已经枯死了,先生又何必再留着呢?

听见小琪说是白霍的意思,孟娴忽然缄默了。她慢慢抬头,看向顶层阁楼的方向。

虽然小琪不知道,但她好像知道。

白霍的执念深沉且矛盾,他执意要留着这株半死不活的花,留着她的照片,也是要强留着她这个同床异梦的妻子。

这夜,孟娴睡得并不安稳。

她梦到和程错合作的事被傅信告诉了傅岑,这样一来,她唯一可信的人也离她而去了;视角一转,她又见到了以前梦到的陌生女人,依旧看不清脸,但她被那个女人抱在怀里,耳边传来一阵轻声呢喃:

第五章 有一点动心

"我们小娴最乖了,晚上想吃什么……";她还没来得及开口,转瞬又被一股力量扔到床上,白霍压上来,扼住她的脖子,口中吐出的每一个冰冷的字眼,都犹如催命符一般:"……你要是不同意,我现在就要他好看……"

孟娴怵然惊醒,慌乱急促的心跳还没平息,便感受到脸上微凉的湿意。

她下意识伸手一摸,不由得失笑。她这是怎么了,做个噩梦竟然还哭了。

孟娴翻了个身,卧室里一片死寂,白霍还没回来。她又翻了个身,最后还是选择躺平,看着天花板上斜照进来的月光出神。

傅信发现了她的秘密,他会去找傅岑吗?

但对此,她毫无头绪,在她眼中,傅信没什么表情,话也少,身上仿佛笼罩着一层迷雾,任谁靠近都只能从他身上感觉到"生人勿近"四个字,她实在看不出傅信到底是个什么样的人。

就这样,她乱七八糟地想着,不知何时睡着了。

再醒来,已经是清晨,孟娴实在没有困意,便下床简单洗漱了下。出来时窗外已经泛起鱼肚白,而卧室的门这时才从外面被人推开。

白霍看着有些疲惫,身上还沾着晨露的凉意,看见孟娴已经醒了,目光沉沉,叫人分辨不出暗藏了什么意味。

"怎么起得这么早,不多睡会儿?"他开口,然后脱下西装外套拎在手里,朝她一步步走来。

孟娴还没开口,白霍已经扔掉外套抱住了她,她闻到他身上萦绕着咖啡的苦香味,还有一丝浅薄的烟草气息。

听不到她回话,白霍将她又抱得紧了些,再开口时嗓音低哑:"我好想你……"

被白霍这样抱着,孟娴的双手在半空中僵滞,她忽然发现自己无法从善如流,像以前那样对他撒谎说"我也想你"之类的话。斟酌片

161

刻,她只好回答他上一个问题:"睡不着,昨晚很早就睡了。"

一瞬间,气氛陷入诡异的平静,片刻后,白霍道:"……睡不着的话,陪我躺一会儿吧,好吗?"

通宵的疲惫削弱了白霍素日以来的强势,孟娴从未见过他示弱的样子,除了他向她道歉那次。不过她心里也明白,那不过是表面功夫,他哄着她,只是不想两个人的关系继续恶化,而不是真的觉得抱歉。

而且那次道歉,也是肉眼可见的假。那时白霍的示弱,不过是权宜之计,但这次倒更像是霸权者偶尔露出肚皮的示好。

孟娴识相地说了句"好",白霍牵着她走到床边。孟娴的肩膀被环住,她顺势躺下去,白霍抱着她让她靠在他怀里。一睁眼,她便看见白霍那微微起伏的胸膛。

"也不知道最近怎么了,我老是想起以前的事。"他顿了一下,"我知道你不记得了,所以我才想说给你听。"

孟娴把脸埋进白霍怀里,瓮声瓮气地道:"你说吧,我在听。"

白霍再开口时,语气是少有的平和:"我们上一次这样,还是在北欧的一个雪山小镇里。"

"那时候我们刚结婚不久,那是蜜月的其中一站。"他轻笑一声,语气中带着些许怀念和怅然,"那个雪山小镇的房子你特别喜欢,尖顶,上面覆盖了一层厚厚的雪,屋里还有壁炉。我冲咖啡的时候,你就半躺在旁边的沙发上,抱着猫跟我聊天,说着说着就睡着了。"

听着听着,孟娴慢慢闭上眼,仿佛能从他的描述里听到篝火燃烧的噼啪声,还有窗外的风声。

"……那时邻居家有个红棕色头发的小男孩教你滑雪,你摔了两次,脸上擦伤了一点,我便不让你去学了。你还不高兴,好久没理我。"白霍声音很轻,轻到近乎是呢喃,"……我还记得,你想看日出,天不亮我就陪你出门,坐缆车去山顶。不巧的是,看完日出,下山的缆车坏了,你穿的靴子又不防滑,怕你摔着,我就把你从山上一路背

第五章　有一点动心

了下来。"

"……那天特别冷,你的脸冻得红扑扑的,却兴奋得不得了。回去的时候,还跟我约定,等以后有空了,还要再来一次。"说到这儿,白霍低头,吻了吻孟娴的发顶,"等我忙完这一阵,我们就去吧,好不好?"

过了半晌,迟迟等不到回应的白霍拉开了二人之间的距离,他发现,不知何时,孟娴已经睡着了。白霍哑然失笑,只好又躺回去,重新抱住怀里的人,然后安然睡去。

不知又过了多久,在听到身边人均匀绵长的呼吸声后,孟娴才在白霍怀里一点点地睁开了眼睛。

摆好碗筷,傅岑坐下时看了眼坐在对面一声不吭的傅信。

这孩子也未免太安静了些,家里多了一个人,跟没多也没什么区别。

傅岑想着,主动开口道:"阿信,你房间门什么时候自己上了锁啊?昨天晚上我大扫除,本来想帮你收拾一下房间,结果却打不开门……"

傅信看了自家哥哥一眼,又自顾自地吃起早餐:"不用帮我收拾,我自己来就好。"

他都这样说了,傅岑也不好多说什么。只是傅信还没吃几口,不经意间便注意到餐厅和厨房之间的隔断架上新摆了一幅相框。

相框里的照片是程锴和傅岑的合照,在某次国外比赛中,程锴拉大提琴得了奖,恰好傅岑也去观看了那场比赛,二人便合了张影。

照片中,程锴双手握着奖杯放在身前,傅岑则一只手搭在程锴的肩上。彼时的程锴还是个少年,裹着黑色丝绸衬衫的肩颈尚显稚嫩,远不如现在宽阔有力,但那时的他就已经长得很好看了,雌雄莫辨,微微笑着时,手中那个璀璨夺目的奖杯似乎都要被比下去。

"哥,这张照片以前怎么没见过,他是你朋友吗?"傅信忽然冷

金丝笼

不丁地问道。

傅岑的视线顺着弟弟指着的方向看过去,"嗯"了一声:"大扫除时翻出来的老照片。他以前是我的学生,不过他对钢琴没什么兴趣,更热衷于大提琴,之后我便没再教他了,我们算亦师亦友吧。"

傅信追问道:"他叫什么?"

傅岑一五一十地回答:"程锴,华盛国贸程宗柏的长孙。"

华盛和万科一样,是尽人皆知的企业集团,傅岑这么说,傅信一下就明白了。

傅岑笑道:"怎么,你认识他吗?"

沉默良久,傅信垂下眼帘,说道:"不认识。"

没多久,孟娴很快又在公开选修课上见到了傅信。

和她一起的是一个扎着干练的马尾、二十出头的年轻女孩。她将花名册递给孟娴,扫了一眼明显少来了一半学生的教室,说道:"孟老师,课外实践活动该布置下去了。这是我分好的名单,每位老师或助教负责五十个学生左右。名单电子版我已经上传到电脑,待会儿您投到大屏幕上让大家看看,或者在课程群里发一下都可以。"

孟娴点点头,表示自己知道了。

有了几节课的经验,比起第一次来这里上课那会儿她稳重多了,一节课没出什么差错就上了一大半。快结束时,她顺势提到了这门选修课最重要的部分——小组作业。

"实践活动,通过观看音乐剧、歌剧等形式亲身感受音乐魅力,让大家对本门课程有一个更深刻的认识。负责老师是固定分配好的,分配名单已经投放到大屏幕。但搭档可以自由选择,也就是在所属老师的剩余成员中,自行找一位同学组成小组即可,一个小组最多两人。下节课上课前把选好的搭档报给所属老师或助教,接着就自己所选择的剧目,写一篇一万字以上,含十张实践照片的报告交上来。报告的质量决定着你们的平时分,我们这个课没有期末考试,最终成绩预计会在期末考试周前公布。"

想了想，孟娴还是善意提醒了一句："……请大家认真对待，不要糊弄。如果挂科，下学期还要重修。"

话音一落，课堂上便响起一阵小声的议论，有相熟的搭伙成组，有落单的愁眉苦脸。不一会儿，下课铃响，大多数人纷纷站起来，随着人流走出阶梯教室。

孟娴也开始低头收拾课件和包，察觉到面前投下一片阴影后，她抬起头一看——傅信。

这时，其他人已经走得差不多了，那位助教也已经离开。教室内只剩下零星几个人，有人匆匆看了一眼，便离开了。

孟娴以为傅信是来问小组作业的事，耐心道："同学，你的课外实践负责老师不是我，是周冉老——"

"我知道。"不等孟娴说完，傅信面色平静地打断了她，"我想问的是另一件事。"

傅信定定地看着孟娴，脸上虽没有半分轻视或讥讽的神情，目光却锐利得紧："那天，我都看到了。所以说你除了我哥，还在和其他人接触。"

孟娴脸上客套的微笑慢慢敛去，傅信说的话不是问句，而是陈述句。但她没有因为傅信的冒犯而不悦，反而淡然道："你想说什么？"

"你在利用他，对吗？"他顿了顿，"你对我哥是利用，对白英是利用，对白霍也是利用，现在，你又要利用程家那位了。"

孟娴闻言，呼吸微窒。傅信说这些话时的语气很怪，仿佛他不是在说什么骇人听闻的内幕关系，倒像是在说"今天天气真好"似的感叹。

孟娴心底油然而生一股寒意，她忽然不知道该说什么好，只好定定地看着傅信。

傅信什么都知道，他洞察人心的本事甚至可能远胜过她。他是站在这剪不断理还乱的复杂关系之外的旁观者，他比任何人都清醒，看

金丝笼

得也更透彻。

从小到大，孟娴都是个合格的伪君子，周围人对她印象少有不好的；只有傅信，从一开始就未曾被她外表的无害蛊惑。

傅信本以为孟娴会否认，正常来说不都是这样吗，心虚的人往往会急着证明自己，矢口否认一切。

但不多时，孟娴微微笑了，傅信就这样眼睁睁地看着她坦然地点了点头。

"对，你全都说对了，我的确是这样一个不择手段的人。所以你要记得，离我远一些，千万别被我害了才好。"她温声说道。

闻言，傅信冷漠的面具逐渐破碎，他肉眼可见地愣住了。

孟娴这话，并不是赌气的讽刺或反驳回来的阴阳怪气，她的表情和眼神都无比真诚，好像真的在给他这个学生一个真心的建议似的。

她没有掩饰她所做的一切，似乎她就没打算掩饰。

而她越是以退为进，就越显得他像个咄咄逼人、不知所谓的恶人。

这一刻，傅信忽然意识到，或许他的担心根本就是多余的，哥哥和孟娴认识十年，她本性如何，他怎么可能不清楚。可他却还自欺欺人地爱着她，她就像一朵外表无害而美丽的食人花，谁爱上她，就一定被吃得连骨头渣都不剩，连灵魂也无法逃出生天。

这种时候，她竟然还能笑得出来："或者……你想揭穿我也可以，去告诉你哥吧。"

傅信眼睫微颤，然后慢慢垂下了眼。

第一次，也是最后一次，他打算把这件事当成秘密烂在肚子里："我不会说的，但我请你小心一点，别被我哥发现。"

因为他们两个都很清楚，如果这事暴露了，孟娴不会受到影响，为难痛苦的人，只会是傅岑。

实验室被白炽灯照得亮如白昼，四周静悄悄的，偶尔会响起一两

第五章 有一点动心

下试管碰撞的清脆声响,还有笔尖写在记录册上的摩擦声,除此之外再无其他。

其他人都到点走了,只有傅信还在实验室里。

他如今在忙的是他个人的研究课题,和这次交流学习的任务无关,所以要加班加点。

手上的显微镜还没调试好,白大褂右侧口袋里的手机忽然振动两声,傅信随手拿出来看,是傅岑发来的信息:"今晚我有约,不能回去吃饭了。你自己做一点,或者在外面吃。明天双休,哥再给你做好吃的。"

傅信目光沉了沉,最后什么也没回,将手机放了回去。

和谁有约?显而易见。

周五下午公休,全体师生都没课。老师们上午上完课后要开会,可一个原定半小时的教研会,被生生拖了半个小时。

孟娴桌上那本摊开的会议纪要写了半页,其中百分之八十都是废话。她将手机放在腿上,一低头就能看见程错不断发来的消息。

"我本来想今天下午去找你的,谁知道我妈从宁进那里套出我的位置,现在把我抓回老宅了。

"回头我一定要宁进好看!这个不争气的赔钱货,平时看着那么机灵,结果是个中看不中用的。

"家里这群老古董说话太无聊了,翻来覆去就那一套,烦。"

…………

隔着屏幕,孟娴都能想象出程错是怎样一副不耐烦又用尽全力忍耐的样子。他肯定皱着眉头,一副别人欠了他八百万似的表情。

孟娴回了两个无关痛痒的表情包,发现傅岑也发来了消息,要约她开完会去吃午饭。

教授不用参加这种会议,但傅岑一直等到现在还没走。

想起上次被拒绝以后傅岑失魂落魄的表情,孟娴晃了晃神,再反应过来，发现自己已经不知不觉间在聊天框里打了个"好"字，她只犹豫了半秒，就点击发送了。

没道理只有最贴心的人得不到想要的，不是吗？

才刚约定好，系主任终于发话，会议结束。

孟娴临走前回了趟办公室，把不能见光的那部手机扔进了办公桌的抽屉里。抽屉在推进去的一瞬间，手机似乎又收到了新消息。但身旁有人叫她，孟娴没去理会，抬头回应的同时，抽屉也顺势锁住了。

"孟老师再见，周末好好休息哦。"周冉道。

孟娴笑得温和："好，周老师也是。"

这时，被锁进抽屉里的手机在黑暗中又亮起来，是程锴的消息。

"我要跟你报备一下，我爷爷要我陪我爸妈吃顿饭，他老人家发话，我也不好拒绝。

"我本来都想好了要去找你的，这下全泡汤了。我跟他们一起吃饭，百分之百食不下咽，待会儿到了地方，走个过场我就跑，绝不多留。

"等我结束了，去佛罗伦大学接你好不好？咱们再另外找个你喜欢的地方吃饭，我还选了几个，你挑一个合心意的……"

傅岑预订的是一家做私房菜的餐厅，名字起得倒别致，叫"町山"。

门口的服务生一路引他们到包间，上楼梯，过走廊，餐厅内部装修清雅，连空气中都浮动着一股淡淡的不知名冷香。或许是隔音效果好的缘故，一路走过来竟似无人之境。到达室内也是一样，简约的插花和推拉式的包间门是偏新中式的风格，隐私性很好，坐下以后让人不由得放松了下来。

孟娴点菜时，眉眼柔软得让人看了心痒。

不久后，汤和菜一道道地被端上来，做得很是精致。孟娴对美食没什么研究，只吃得出味道确实好，和小南楼花高价请来的私人厨

第五章 有一点动心

师做的差不了多少。也可能是没有白霍和秋姨在旁边盯着,她心情轻快,食欲自然也跟着好了。

"前几天,我好像在学校里见到程错了。"正吃着,傅岑突然说道。

"也不知道是不是,那车开得快,一闪而过,但看着像他。"他顿了顿,偏头看向孟娴,"说起来,最近你们有见过面吗?"

程错和白英关系近他是知道的,而白英又喜欢去小南楼找孟娴。

傅岑想的是这一层,便随口一问,但这话孟娴听来,却以为傅岑在试探。

上一句说好像在学校遇到,下一句就问有没有见过面,这不是试探是什么?

孟娴筷子没停,道:"见过。"

"他没找你麻烦吧?"傅岑追问道。他想起之前程错在他面前提起孟娴时的态度,不禁有些担心。

"没有,他找我麻烦干什么?"孟娴语气轻飘飘的,尾音微扬,说这话时像是想起了什么有意思的事似的,浑身都散发着淡淡的愉悦。

傅岑嘴角一僵,半晌没接话,随后慢慢收回自己落在孟娴身上的目光,但不动筷了。

过了好一会儿,孟娴才发现傅岑情绪不太对,她看向傅岑,笑问:"怎么了?"

傅岑薄唇微抿,但听到孟娴问话还是勾了勾嘴角,说道:"没事,就是忽然想起不太开心的事了。"

人在没察觉到端倪的时候,对方什么异样行为自己都发现不了,可一旦发觉……

傅岑忽然想到,好像从度假山庄回来,程错就已经有些不对劲了。

那个一直信誓旦旦、满口保证要帮他的人,忽然改口说帮不了了。傅岑虽知道程错不是说话不算话的人，但那次反悔对方始终未曾解释缘由。然后便是此地无银三百两的毒誓，要多毒有多毒，好像生怕他不相信似的。

再者，程错以前对孟娴的态度还是敬而远之，甚至说有些厌恶都不为过。既然这样，孟娴又怎么会时常见到程错？

而最最重要的，程错自己包括程错的交际圈中，唯一和佛罗伦大学有交集的就是白英。可她已经很久没回去过学校了，那他去佛罗伦大学干什么？

从前许多细节，他没放在心上，也不敢放在心上。可现在看到孟娴提起程错时的态度，似乎所有的一切都已经昭然若揭。

"傅岑。"耳边传来孟娴唤他的声音，傅岑的思绪被拖拽回来，"怎么不吃了，饭菜不合胃口吗？"

傅岑定定地看着孟娴，过了许久都没回答她的问题，反问道："孟娴，我记得以前你跟我说过，对你来说，我既是恋人也是亲人，是最特别的存在。现在我想问问，这话还作数吗？"

明明胸腔里都还翻涌着酸涩的味道，明明四肢都因为那些有了答案的猜测而僵硬着。如果是孟娴失忆前，他对她的答案有十足的把握。可现在，她忘了很多事，他忽然不确定了。

孟娴看着傅岑，沉默片刻，忽然笑了："当然了。"

她刚才喝了几口餐厅特调的果酒，现在口舌生津，嘴甜得很。

孟娴整理了一下衣服，说道："好了，别胡思乱想了。我去趟洗手间，很快回来。"

她起身离开，可才拉开包间的门，就听见从外面传来一道熟悉的男声，声音不算大，但因为离得近，所以也能大概听清。

"……你能不能先别跟我说话，我懒得跟你吵……你还知道你是我爸，早干什么去了，小时候不管我，现在倒想管……"

那男声一如既往的冷漠，还夹杂着一些不耐烦和冷嘲。

孟娴站在门内，听出这是程错的声音，旁边刻意压低了但也在争

第五章 有一点动心

吵的中年男女的声音,应该就是程锴的父母。

真不巧,竟然在这里遇见熟人,还同时是他们两个的熟人。

如果此刻孟娴回头,就能看到傅岑脸上极其阴冷的神情——显然,他也听到了程锴的声音。

现下,孟娴当然不可能再出去了,于是她后退一步,重新把门拉上。

孟娴回头,发现傅岑已经朝她走过来,两个人都默契地保持沉默。可下一秒,关门的声音在很近的地方响了起来,他们和程锴最多一墙之隔。

"……在我们隔壁呢。"傅岑低声说。

傅岑死死地盯着孟娴,似乎想要从她脸上看出什么似的,可她面上没有半分异样的情绪,好像程锴对她来说只是一个无关紧要的陌生人。

但傅岑一点也不信。

和孟娴认识那么多年,他最是明白她,就算有什么情绪,她也不会表现在脸上。同样地,她笑,也很有可能并不是真的高兴。

见傅岑一直看着自己,孟娴似笑非笑地问:"怎么一直看着我?回去吃饭吧。"

傅岑的眉目舒展开来,男人温润如玉的脸配合恰到好处的平和眼神,嫉妒、难堪的情绪好似在一瞬间化为乌有。他重新坐回自己的位置,在孟娴走过来的时候,拉住了她,让她坐在身旁。

"干什么?"孟娴嗔笑一声,但也不恼。

傅岑用另一只手去够孟娴的餐具:"就这样吃吧,我吃饱了,想多看看你。"

"这样吃好不自然。"

傅岑却不以为意:"有什么不自然的,以前我们两个在一起的时候,我经常这样照顾你。"

孟娴失笑:"我又不是瘫痪了不能自理,怎么可能这么废物?"

171

金丝笼

"不是废物,"傅岑看着她,眼里仿佛酝酿着什么,"你虽然忘了,可我还记得清清楚楚。"

傅岑倒也不别扭,看孟娴对果酒青睐有加,他就又倒了一杯,端给她喝。

其实,孟娴刚才就是因为贪杯才有些想去洗手间的,不过为了不破坏气氛,她还是喝了,反正没什么度数,一小杯而已。

看孟娴喝完了酒的唇水润晶亮,傅岑眸色沉了沉,问道:"好喝吗?"

孟娴不明所以地回道:"好喝啊。"

但没过多久,她忽然醍醐灌顶般地意识到傅岑这般反常是因为什么。

他在吃醋。

吃程错的醋。

来的路上,程错就有预感,自己要和爸妈吵一架。

他不怕和他们吵,虽然不记得吵过多少次了,但也不差这一回。他只想着赶快结束,好去接孟娴。

可进了餐厅,关上门,没了外人后,他爸程绍却越说越起劲,骂完了程端还不够,又骂起亲爹来:"别以为我不知道他程宗柏打的什么算盘,想把万科交给程端?他做梦!我才是长子,要么给我,要么给我儿子!程端给我提鞋都不配……"

年近五十的中年男人褪去了不久前在病床前恭敬温顺的模样,横眉凶目,只五官能隐约辨出几分端正。若非如此,便只剩下看了就叫人生厌的精明和煞气。

程错听得头昏,胃里翻滚着,恶心劲怎么压都压不住。

程端和程绍不是一母同胞,因此程端才只比程错大了没几岁。程宗柏的原配在程绍二十多岁的时候就病故了,过了几年,程宗柏便娶了程端的生母。

第五章 有一点动心

程绍半辈子未曾有过半分建树,庸庸碌碌、自大张狂、挥霍无度,全靠程家家底撑着。

要说他唯一能比得过程端的,只有他已故母亲的家世,所以他一直看不起继母和亲弟,面上装的兄友弟恭,可私底下骂得比谁都难听。类似的话程错从小到大听过不少,别的也就算了,但程绍千不该万不该,骂到亲爸头上。

"你开的公司、挥霍花的钱,哪样不是爷爷给的?他要是撒手人寰,你还能活得起?"程错扯着嘴角的冷笑,挖苦的话直戳人肺管子。

闻言,程绍脸上的嚣张瞬间变成了愠怒,矛头顿时转向程错:"你说的这是什么话?!我才是你亲爹,吃里爬外的东西……"

程错扫了一眼旁边自顾自吃饭的柳芸,对方好似什么都听不见似的,眼里压根没有程错,任由丈夫辱骂自己的亲儿子。

她和以前一样,眼里看得见自己心爱的包包,看得见心爱的宠物狗,甚至看得见一件不值什么钱的首饰,但永远看不见自己的孩子。

他们这貌合神离的一家三口,表面看起来体面风光,其实内里早就烂了。

程错的胸腔顿时闷痛起来,甚至呼吸都有些困难。他沉声打断父亲,一字一句,都含着冰冷恨意和再明显不过的厌恶:"我没有你这样的爸。我这个你所谓的儿子,之所以能活到今天,全靠爷爷和家里的照顾。"他顿了一下,抬眼看着父亲,眼里是铺天盖地的讥讽和阴冷,"……如果没有他们,我早死在十二年前的冬天了。"

程绍愣了,满身的戾气和傲慢瞬间烟消云散。他的肩膀慢慢垮塌下来,看着程错的眼神也开始闪躲。一旁的柳芸筷子一顿,但还是没看过来。

程错见状,满心悲凉,只觉得可笑。

以前小,不懂事的时候,他一直以为天底下的夫妻都是像他爸妈那样貌合神离。

金丝笼

别人当然什么也不会说，可程错不止一次撞见那些肮脏的场面。程绍和柳芸夫妇俩，除了带给程错生命，还带给了他肮脏至极的人生第一课，而他以前的精神洁癖就是拜他们所赐。

这对夫妻不能给儿子正常的爱，甚至可以说只顾着自己享乐，从来没有管过他的死活。到头来，利用起他却头头是道。

他们不仅怂恿他去问爷爷要股份，要管理权，还想尽办法要他去争继承权。明明二人一丁点孝心都没有，却总是把自家儿子推出去"尽孝"。

在他们眼里，程错甚至算不得一个拥有独立人格的"人"，从始至终他就只有一个作用——维系他们那虚假至极的婚姻，作为他们争权夺利的工具。

"以后别再自作主张拿爷爷当挡箭牌，我不想见到你们，别说吃饭了，只是看见你们，我就觉得恶心。"扔下这话，程错径直起身离开，不管身后两人追出来的叫喊。

孟娴看着傅岑从通勤包里拿出湿巾、纸巾等物，帮她一点点擦干净嘴角。

察觉到她的眼神，男人表情温和地说："以前我经常会带这些东西，怕什么时候你急着用又暂时买不到，倒也派上过几次用场。"

孟娴舒了口气，她刚才似乎听见隔壁的门被拉开了，也听到了脚步声。现在重新归于寂静，大约是程错他们已经走了。

傅岑抬眼看她，孟娴沉默两秒，道："算了，我们走吧。"

她前他后，两人拉开包间门出去，才至走廊，旁边不远处的楼梯口传来脚步声，孟娴下意识回头，微微怔住——程错去而复返。

对方看见孟娴，先是一愣，随后目光后移，和傅岑视线撞上。电光石火的一瞬，他似乎全都明白了。

程错浑身生硬地僵住，不敢看眼前的一幕，可又不得不看——他要去接的人原来就在他与父母周旋争吵的隔壁，他竟没发现。

第五章 有一点动心

要不是走到停车场他才想起自己车钥匙忘拿了,原路返回,自己又怎能看见这样的场面?

看到孟娴如今静静地站在傅岑身旁,傅岑甚至摆出一副胜利者的姿态,程错咬牙切齿,目眦欲裂。他一步一步走近他们,忽然发觉自己有些喘不过气,五脏六腑都被铺天盖地的愤怒和酸涩占满,脚像灌了铅一般沉重,每走一步心口就被划一刀,细细密密的,疼得他倒抽一口凉气。

终于站定在二人面前时,他仿佛已经用尽了全身的力气。

"干什么?"傅岑看程错的眼神不像以前那样和颜悦色,像变了个人一样,态度冷淡而排斥。

这种剑拔弩张的时候,孟娴却忽然迟钝起来——他们二人如今撕破脸,说到底,她才是那个罪人。

对错难算。

再抬眼时,程错的眸中已全是阴鸷,他胸腔的怒火越烧越旺,几乎瞬息之间就烧掉了他全部理智。他平时虽喜怒无常,却少有真正动手的时候,但此刻他却想也没想就挥出拳头,破空之声还未落定,程错已经一拳将傅岑的脸打得偏向一边。

孟娴惊了一跳,再回过神,她看到傅岑抓住了程错的衣服领口将他摁在墙上,两个人都因对方心存暗恨,如今借这场冲突,正好痛痛快快地宣泄出来。

毫无争吵但彼此心知肚明,怒火一触即发,两个人随即扭打在一起。

孟娴太阳穴突突地跳,一时之间竟不知道该去拉谁,可总不能任由他们打下去,闹大了对她没有半分益处。

"够了。"她罕见地冷声,"你们要闹进去闹,别在外面丢人现眼。"

闻言,两人顿时停下了动作,程错率先甩开了对方。昔日张扬倨傲的小少爷如今脸上挂了彩,傅岑那张如玉般的面庞也好不到哪儿去,嘴角红肿渗血,衣服也在刚才的撕扯中变得凌乱。

金丝笼

比起傅岑，程错简直怒得如狂风暴雨一般，凶狠的目光挪到孟娴身上。僵滞片刻后，他回到刚才吃饭的那个包间。拿了钥匙出来以后，固执地对孟娴说："跟我走。"

他语气里是势在必得，仿佛谁敢再拦，他就豁出去跟谁拼命似的。

孟娴见状，连忙回头给试图追上来的傅岑一个安抚的眼神。见她皱眉微微摇头，暗示他别再轻举妄动，傅岑脚步猛地一顿，然后眼看着程错把人带走了。

车窗外的风景急速向后掠过，程错将油门越踩越低，从上车至今，他都一言不发。

"去哪儿？"孟娴问。

程错扯了下嘴角，微微撕裂的刺痛感袭来，他"啐"了一声，随后才开口："去我那儿。"他那儿当然不是指家，而是他自己在外面另买的房子。

孟娴侧目看去，听他语气闷闷的，这是还生着气呢。她从来不是喜欢撞别人枪口的人，见状也只好沉默下来，静静地等他消气。

到了这时候，她心里是有一点点愧疚的，但负罪感是半点没有。要说没心没肺到极点，大抵也就是孟娴这种人了。

到了地方，程错把车停进地下停车场后，他去开副驾的车门，一言不发地带她下车回家。

相较小南楼里里外外繁盛的花丛，程错的这套独栋别墅则显得冷清许多，内部装修也是极简的冷淡工业风，大色调让人看了就觉得阴郁。

孟娴不知道程错想干什么，但其实程错自己也不知道，只是当时气疯了，什么都管不了，只想着先把人带走再说。

进了客厅程错仍不开口，自己冷着脸坐下。

孟娴不想无谓地僵持下去："你有话要跟我说吗？"

第五章 有一点动心

程错撇开脸,表情沉闷:"你先不要跟我说话,我怕我会控制不住情绪,我不想跟你吵。"

说的话虽很冷漠也很有气场,可惜他话音还没落,肚子却突然传来"咕噜噜"叫的声音。虽然很短暂,但别墅里气氛安静,所以听得很清楚。

孟娴微愣一下,然后看着程错已经泛红的耳根笑开。

"你中午没吃饭吗?"她问这话时的语气像是在哄一个幼稚的、跟大人耍脾气的小孩。

程错这时候突然开始犯倔,头也不回地说:"你和傅岑就在我隔壁,你觉得我能吃得下吗?"

闻言,孟娴脸上的笑意更明显了:"这不能怪我吧,你不是结束饭局以后才看到我的吗?"

这次,程错沉默了,过了好久才回道:"……跟讨厌的人一桌吃饭,我吃不下。"

他这么说,孟娴就懂了。

豪门世家腌臜事多,程错会养成这样古怪的性格,想必他父母对他也是不管不顾的。想起从前程错偶尔提起他父母,表情都是一脸微妙的嫌恶,孟娴心里已经了然。

孟娴想了想,突然站起来,程错见状立刻回头,好像生怕她跑了似的:"干什么去?"

孟娴无奈,指了指厨房的方向,温言软语地道:"给你弄点吃的,要生气也得有力气生气吧。"

程错脸上的冷漠表情有些松动,像是想高兴又极力压抑着似的,神色倒显得有些别扭古怪。

孟娴一走,程错转身看着她的背影,挫败又无奈地叹了口气,苦着脸向后仰靠在沙发靠背上。

真是的,明明是想赌气不理她的,怎么她才说几句话,自己就立刻心软了。

金丝笼

程错家是半开放式的厨房,旁边还放了两个双开式的冰箱。她打开冰箱,发现里面的肉、菜、酒水还挺全,估计平时是请了钟点工过来打扫做饭的。不然程错一个人怎么收拾得了这么大的房子,冰箱里的补给应该也是钟点工放的,方便自己做饭用。

她好长时间没下过厨,不过基本的家常菜还是不成问题的。青菜拿在手里时,她脑海里忽然白光一闪:"……要学会做饭,什么都要学。但这不是为了让你用来照顾未来丈夫、孩子的,是为了我不在你身边时,你能不饿肚子,能照顾好自己……"

一些模糊的记忆在她脑子里急促闪过,等她想再仔细回想到底是谁对她说过这话的时候,却又无论如何都想不起来了。

实在想不起来,那便索性不想了。

孟娴拿了些简单食材,虽是第一次用程错家的厨房,却熟练得像在这里生活了很久一样。

程错等了一小会儿,正要站起来去厨房,就见孟娴端着一碗热气腾腾的汤面出来了。那面香气扑鼻、汤底澄澈,只表面飘着一层鲜亮油星,还放了青菜和煎蛋。

孟娴连碗带筷地将面放在程错面前的桌上,开口道:"我亲自下厨给你做的,吃吧,吃完了好好睡一觉。"

睡一觉起来,就什么都忘了。

他会慢慢学着接受的,一旦底线被拉低一次,就会有之后的无数次,这是经验之谈。

程错挑起一筷子面条,然后送进嘴里,发酸发苦的嘴里瞬间被香气溢满,饿到难受的胃好像也舒服些了。

"好吃吗?"孟娴低声问。

"好吃。"他诚实道。

明明就是很普通的一碗素面而已,和他以前吃过的山珍海味比起来简直不值一提,可不知是太饿了,还是今天用尽了所有的力气去争吵、打架,此时此刻他忽然鼻头一酸,竟有种说不出的滋味从心底涌

第五章 有一点动心

上来。

程错吃得慢,孟娴就静静地等着他吃完,反正白霍派的司机都是按照她平时下班的时间去接她的,他并不知道她下午公休一事,所以她还有时间。

终于,一碗面慢慢见底,孟娴也适时开口:"吃完了?那去睡一会儿吧。"

她这么一说,程错好像真的有些困了,也可能是今天发生了太多事,他也累了。于是孟娴带他去卧室的时候,他很顺从地接受了。

孟娴虽然是第一次来,但这种别墅的卧室一般都在一楼或二楼的正中间,她刚才去厨房的时候简单扫视了一圈,目测主卧应该在二楼。

果不然,上了穹形楼梯,程错反客为主,带孟娴走进中间的卧室。开了灯,室内明亮起来。程错和衣躺下,孟娴要去关灯,被程错叫住:"别走。"

孟娴在床边坐下,温声道:"不走,我陪着你。"

程错整个人安静平和下来,不多时,孟娴就听到程错节奏均匀的呼吸声——他睡着了。

程错十岁那年,是程绍一家最动荡的一年。

某天,程错不小心听到父母争吵,一直在说什么"离婚"之类的字眼,他知道离婚是什么意思。回老宅的时候,他看到爷爷抡圆了拐杖打在爸爸身上,骂他糊涂,骂他痴心妄想。

他年纪尚小,不懂继承权之类的东西,只知道爸爸在不久后,领回家一个阿姨。之后那个阿姨开始频繁出入程家,肚子也渐渐大起来。

程错有些讨厌那个阿姨,不是因为她被爸爸带回来,而是因为她虚伪极了,当着别人和爸爸的面对他温声细语,背地里却小声骂他。

她以为他年纪小听不懂吗?既然那么厌恶他,倒不如从一开始就

金丝笼

像其他人一样，避开他不就好了，何必装腔作势。

可他到底年幼，不知道那个阿姨并非莫名其妙地讨厌他，而是真心实意想他消失——只有程错消失了，程绍没了牵绊，她自然就能给她和肚子里的孩子铺一条平坦顺畅的光明大道。

于是那一年，程错最厌烦的事就是回家，因为家里永远都在发生着无休止的争吵、打骂。他冷眼旁观，心想倒不如还像以前那样，他们夫妻俩谁也不干涉谁的好，还清静些。

冬天最冷的那阵子，他放学回家后就会去程家后面不远处的湖边。那片湖离程家别墅有一段距离，虽然冷，但足够安静，这样他就不会听见那些人的声音。

可他万万没想到那个阿姨会从背后推他，或者说他从未想过人性竟能丑恶至此——落水的一瞬间，他凭求生本能努力挣扎出水面时，只模糊地看到对方冷漠的嘴脸，她居高临下地看着他，像在看一个死物。

湖水冰凉，彻骨的寒冷早在落水时就已席卷全身，冬日的厚衣服吸足了水，拖拽着他不停地往下坠。他想呼救，可每次张嘴都喝进去一肚子冰冷肮脏的湖水。渐渐地，他没有了挣扎的力气，四肢都冻僵了，胸腔气息淤积，他的最后一丝意识也开始逐渐消散……

好疼……好冷……有没有人来救救我……

救我……

…………

程错猛地睁眼，从梦里惊醒，冷汗已经把额前的碎发微微打湿，他睁大眼睛拼命喘息，这才慢慢从濒临死亡的极端恐惧中回过神来。

他又做那个梦了。

程错抬手揉揉阵痛的太阳穴，周围漆黑一片，遮光的窗帘还像往常一样拉着，一丝光都透不进来。周围很安静，静得让人心慌。

她……离开了吗？

什么啊，这就离开了……

第五章　有一点动心

程错不禁自嘲般地低低冷笑一声,也不知是在嘲讽自己的痴心妄想,还是嘲讽他把自己在孟娴心里的地位看得太重。

他掀开被子下床,凭借往日的印象摸索着走到门边,拉开门,然后走了出来。

也不知道他睡了多久,但天还没黑,只是临近傍晚。别墅内已经没什么光亮照进来了,他一路浑浑噩噩地走过去,脚下都是阴影。

才下楼梯,当视线落在客厅里那道熟悉的身影时,他瞳孔微缩,脚步猛地顿住。

她没走。

孟娴面前的桌上,多了一束插在花瓶里的鲜花。那是整体黑白灰色调的房间里,唯一的一抹彩色,好像以那瓶花为端点,周围冷清的一切都变得有了一丝人情味。

最后的夕阳从落地窗照进来,仿佛泾渭分明的分割线似的,这边是阴暗,那边是光明,她就坐在那儿,侧颜温柔恬静。

似乎是听到脚步声,孟娴转过头来,她逆着光,笑容明媚:"醒了?"

她浅笑着,摊开双手给他展示手里的创可贴和药:"我刚才出去给你买了药,回来的路上看到有花店,就买了一束。过来吧,我帮你上药。"

程错呼吸微窒,然后慢慢地抬起脚步。

他仿佛听到自己心理防线全面崩溃的声音,但他已经顾不上了,他终于从不见光的阴暗中一步步走出来,然后跌跌撞撞又义无反顾地朝她跑过去。

朝他心爱的,如今沐浴在阳光里的人奔去。

第六章

风雨欲来

金丝笼

这晚，白霍回家很早，和孟娴几乎前后脚。

大概是终于忙完工作，孟娴又准时到家，白霍看起来心情很好的样子。她坐在客厅喝花茶，他便坐在她旁边，让人给他也端了一杯。

"这段时间，在学校待得怎么样？"白霍问道。

孟娴耐心回答："挺好的，学生们很有礼貌，同事对我也不错。"

"你要是受了委屈，千万别忍着，一份工作而已，可有可无。"白霍说着，话锋一转，"对了，今天下午你手机怎么关机了？我打电话过去，没打通。"

孟娴面不改色地继续喝茶："没电了，有事要忙就忘了充，毕竟也没什么人联系我，其他老师有事都当面和我说了。"

闻言，白霍没再追问："下次要及时充电，联系不到你，我会着急。"

"知道了。"孟娴乖巧地回道。

他不无端找碴儿，她自然乖顺。

周末两天，白霍在家休息，仿佛日子又回到了以前那样，平静无波。纵使两人之间还是有诸多问题和矛盾，但二人心照不宣，埋得深深的，没人去打破这微妙的平衡。

两天时间一眨眼就过去了，周一白霍亲自送孟娴上班，他坐在后座握住孟娴的手，大掌温热，小心翼翼地摩挲着她无名指上的婚戒。

"公司的事今天就可以收尾了，晚上我来接你，手机记得充电，随时保持联系。"临下车前，白霍嘱咐道。

第六章　风雨欲来

孟娴头也不回地"嗯"了一声,没看到身后白霍隐含深意的目光。

孟娴到工位时,办公室里的老师有将近一半去上课了。她打开电脑正要备课,工位前忽然有人过来站定。孟娴抬头看,发现是那个之前跟过她几次的助教。

"孟老师,周冉老师前天查出了急性阑尾炎,要做手术,所以她不能带公开课的社会实践活动了。她手底下的五十一名学生,需要重新分配到其他几个老师手里。"她说着,又在孟娴桌上放下一份名单,"这是分给您的十一名。"

孟娴拿起名单扫了一眼,就听对方继续道:"报这门公开课的学生数量是单数,所以必定会有一个落单。那个至今也没找到搭档的学生,就是原来分给周老师的。周老师当时给出的解决办法是让那个学生一个人一组,由她亲自指导完成活动任务。"说到这儿,对方略微迟疑一秒,"不过现在,这个学生被分到孟老师您这儿了。"

虽然分配的确不均,但这倒也不是欺负孟娴。其他老师每人也都多分了十个,但因为是老教师,每天课程也比较多,相比之下孟娴轻松一些,大部分时间也都在办公室,的确是接手这个落单学生的不二人选。

"是吗?"孟娴思索了下,她的确不算忙,带个学生也不是什么难事,便答应下来,"好,我知道了。这个没找到搭档的学生,叫什么名字?"

说着,她视线下移,直接在表格中搜寻起来,而一旁的助教也开口说道:"是个交换生,叫傅信。"

与此同时,孟娴的目光也已经落在傅信这个名字上了。

还真是巧。

"所以老师您的意思是,我的实践活动要跟你一起完成?"傅信说着,目光投向站在讲台上的孟娴。

原来下课她突然叫住他,是为了说这件事。

"理论上来说,是这样的。当然,如果你实在不想,也可以去申请换一个老师,只不过审批可能需要一些时间。"孟娴回道。

反正她的职责尽到了,学生不接受,那就不是她能管的了,无论是挂科还是换人,都与她无关。

傅信不紧不慢道:"那我哥呢?"

当初,他是冲着傅岑才报这门公开课的,结果上课好几周了,傅岑亲自来教课的次数屈指可数。

孟娴早就料到他会这么问,已经有话等着了:"傅教授位高权重,也比较忙,需要经常参加校内外各种比赛讲座。公开课一般是挂着教授的名号,实则一部分的课是由助教或傅教授专业里的其他老师代上的。他连上课都没空,更不可能亲自带学生了。"

这个"其他老师"自然是指她和周冉几人。

傅信闻言,并未作声。

已经下课的其他同学从他们身边鱼贯而出,喧闹也逐渐归于平静。就在孟娴以为傅信不会再开口的时候,只见对方垂眼,定睛看着她道:"好,我知道了。"

见傅信这么利索地同意,孟娴倒是有点搞不懂对方了。她还没想好接下来要说什么,就见傅信拿下背着的书包,从里面掏出一个U盘。

"老师,您现在有空吗?这间教室下节课会空出来,如果您有空的话,我想立刻和您一起把选题定下来。我还有研究任务在身,不能耽误太多时间在这个上面。"男孩声音清朗,说这话时,手里的U盘已经放在了讲桌上,"这里面是我找好的几部经典音乐剧。"

大学一天四节大课,下午的课程中,孟娴一般只有一节,余下两个多小时,无非就是回办公室备课。想起傅岑提起过傅信是带着研究任务来佛罗伦大学的,孟娴也理解他,于是点点头:"可以,你毕竟不是这个专业的,又自己一个人,做小组任务难免吃力。我先教教

第六章 风雨欲来

你,后续你也可以轻松些。"

傅信点点头,很快调试好了投影,之后关掉了阶梯教室的灯。室内一片昏暗,只剩大屏幕还在亮着。

孟娴坐在第四排中间的位置,让她有种置身电影院的错觉。随着前奏曲的响起,她听出这是法国版的《罗密欧与朱丽叶》。虽然故事老生常谈,但配乐一响,那种无法逃脱的宿命感和破碎感便能迅速感染观众。

傅信在她旁边坐下,在她面前放了一沓纸质报告。其他的虽看不清,但封面上加粗加大的标题,孟娴可以确定就是正在放映的这部,她轻声道:"这一部音乐剧的确经典,音乐上两位主角的情感刻画也十分细腻。展现爱情的时候,悲伤抒情;家族对立的时候,激烈高亢……虽然是悲剧,但悲怆浪漫,作为这次作业的选题,挺不错的。"

孟娴评价中肯,毕竟是世界闻名的优秀作品,怎么夸都不为过。

"……浪漫,你觉得浪漫?"傅信闻言,低声反问一句,瞥眼看向孟娴。

孟娴不懂傅信是什么意思,无所谓地笑了笑:"你不这么认为吗?"

傅信转头,重新看向大屏幕,荧幕光在他脸上明明灭灭,他仍旧是那张面无表情的脸,以及没有一丝感情波动的眼神:"我不否认它的优秀,但我只觉得它是一部彻头彻尾的悲剧,没有浪漫可言。明明悲剧可以避免,为什么一定要一意孤行,被所谓的感情控制,一错再错。注定不能在一起的人,那从一开始就不要去碰好了。"

如果明知两个人之间隔着万水千山,那就不能想,不要想,这样自然就可以避免一切痛苦。

孟娴没接话。

于是两个人都安静下来,继续观看这场音乐剧。直到临近尾声,在周遭的寂静和面前荧幕的嘈杂声中,傅信忽然听到身边人低声开口:"我不认同你的看法。"

金丝笼

什么?

傅信扭头看她,这才后知后觉——孟娴是在回应他刚才说的话。

孟娴没有看向傅信,她目光直视前方,声音从容、轻缓:"……只要是人,就会有感情,人的感情千变万化,不受理智和任何规则控制。如果你自认没有感情,像个机器人一样,甚至觉得七情六欲都是负累……那么傅信同学,你是不可能欣赏得了任何音乐的,你上这门课也毫无意义。"

傅信呼吸一滞,久久地,再没出声。

傅岑没想到,这么快就又在学校里遇到了程错。

二人自上次打架分开后就再没联系,如今在佛罗伦大学的教职办公楼走廊碰上,一个准备下楼,一个刚刚上来。二人只对视一眼,就知道对方和自己有着相同的目的地。

程错表情复杂地撇开脸,率先躲开了对方视线,一脸说不出的丧气。

傅岑则神色淡淡,只是眸中凝聚着几分讥嘲。他薄唇开合,吐出的每一个字都含沙射影:"你还真是胆大。"

他好歹是孟娴的同系教授,正儿八经的同事,来找人完全说得过去。但他程错算什么?他还没跟他计较他当时把人带走的账,现如今倒自己送上门来了。

程错嘴唇嗫嚅几下,终究没有反驳出口——心虚虽然会迟到,但不会缺席。

看程错不作声,傅岑冷着脸不着痕迹地叹了口气。其实说到底,他们以前的感情真的不错,傅岑甚至曾真心拿程错当弟弟看。

没有利益冲突时,怎么都是好的,可一旦撕咬起来,什么情谊都忘了。

"算了。"傅岑闷声道,"早知今日,当初我就不该找你帮忙。"

或许就是因为他,程错才会和孟娴有交集。早知道会这样,他绝

第六章　风雨欲来

不会求到程错头上。

程错眼神微沉："你什么意思？"

"呵，"傅岑冷笑一声，微微咬牙道，"你说我什么意思？我后悔了，真是大水冲了龙王庙。"

这还是程错认识傅岑这么多年以来，第一次见他这样。

程错深吸一口气，不复平时吊儿郎当的模样，一脸正色："好，我承认这事是我做得不对，我敢作敢当，是我对不住你。但从今往后，我不会再顾忌什么了。"

傅岑板着脸，语气阴恻恻的："还用你说。"

就算他不提，傅岑也会说清楚。既然程错铁了心要来搅这趟浑水，那他也不必再顾及旧情。

真的说开后，程错反而释然，也卸下了心里那块名为"负罪感"的重石。

他早料到会有这一天，只是没想到来得这么快。

万科总部。

白霍看完手里最后一份文件，一抬头，发现自家四叔还坐在会客区一动不动，并没有因为他的冷遇而羞恼离开。

自白延入狱后，他们家与四叔一家已经不怎么来往了，不想今天对方却贸然找来，还一副死缠烂打的样子。

白霍抬眼，连站都没站起来，扬声问道："四叔今天找我，有何贵干？"

白琢还算是白家中比较精明能干的一个，胜在为人内敛稳重，不似另外两个兄弟那般张狂。只可惜当初伙同其他人在白霍父亲葬礼上大闹，尽管最后没出什么大乱子，但自此白霍见了他也没什么好脸色。

白琢见自家侄子这般疏离，一副摆明了不打算敬着他这个长辈的样子，倒也不生气，只笑眯眯地站起来，把他带来的一个密封文件袋放在了白霍面前的桌子上："这么久没见，四叔给你带了一份大礼。

金丝笼

当初阿延那件事,你不顾亲情作壁上观,四叔也不和你计较。你且好好看看里面的东西吧,叔侄一场,我实在是看不得你这样辛苦劳累却是给别人作嫁衣的糊涂样子。"

白琢佯装惋惜,鬓边微霜的面容极快地闪过一丝讥嘲,便转身离开了。他带来的人被白霍的秘书助理挡在门外,见他出来,忙迎上去,低声问道:"白总,东西都交给他了吗?"

白琢咬牙切齿道:"当然……咱们就等着看好戏吧。我不仅要程错付出代价,还要让白霍好好看看孟娴那女人的真面目!"

站在白琢身边的助理瞬间噤若寒蝉,不敢再开口触老板的霉头。

其实他一开始也是偶然看见程家那位少爷和白霍的夫人在町山餐厅吃饭,没想到老板会抓住机会命人将画面全部拍下来,又悄无声息地跟在他们后面,录下了二人同进同出的视频。

此时,白琢苍老且布满褶皱的脸上全是扭曲的恨意,他一想到白霍看到文件袋里的东西后会露出什么样的表情,便痛快地失笑出声。

白霍啊白霍,你也有今天!

最初,白琢刚得知白霍要娶孟娴这个普通人时,白家上下就对这个女人颇有微词。虽然最后几经波折,她还是嫁给了白霍,不过除了白霍兄妹俩,白家根本没人看得起她。就连白霍有意要将自己名下的股权转赠给孟娴时,他那位大嫂都是以死相逼,不许儿子这么做。

但二人结婚的两年内,孟娴一直安分守己,虽默默无闻倒也从无错处,所有人便以为这女人不过是攀附白霍的一株菟丝花,好拿捏得很——直到他的大哥白璋猝然病故。

当初,他们兄弟几个本没有争权夺位的想法,因白璋生前便手段长远,虽然给了他们股权和子公司,却从不让他们接触万科核心,并且此次夺权风险大,胜算低。

但孟娴找上了他。

他不知对方是何时盯上他们一家的,竟私底下偷偷收集了白延的把柄,用来威胁他——为了在白家能彻底站稳脚跟,也为了白霍和梁

第六章　风雨欲来

榆彻底信任她，她要他撺掇其他两个兄弟在葬礼上大闹一场。

而这场结果早就注定了的夺权大戏，老二老三至今还被蒙在鼓里。

果然，经此一事，他大嫂梁榆松口了，不再以死相逼，也算勉强接纳了这个儿媳；而白霍更是如愿以偿，把部分股权转让给了心爱的女人。

她还未给白家开枝散叶，得到的万科股份就已经赶上了白英的一半。孟娴她不仅是个狐狸精，还是个贪心至极的狐狸精。

所幸后来老天有眼，让孟娴出了车祸，还失忆了。他让儿子假意探望实则试探，得知她是真的什么也不记得了，他们父子这才放下心来。

本以为这件事就此了断，没想到半路又杀出一个程错，活生生把他唯一的儿子送进了监狱。

白琢对二人早就恨之入骨，如今好不容易抓到机会，他倒要看看，白霍会怎么折腾他们。

想到这儿，白琢的嘴角牵起一抹冷笑："他们俩，一个当初用我儿子的把柄威胁我陪她演戏，一个害我儿子在大好年华银铛入狱。如今他们两个竟然搅和到一起去了，简直太不把白霍和白家放在眼里了吧？既然这样，我就借白霍的手，也让他们吃点苦头好了。"

孟娴下班时才发现外面变天了。

遥远的天边阴沉沉的，断断续续地打着闷雷。如今已经立秋，下完一场雨，温度骤降几分。

孟娴上了车，发现后座空无一人。自从前不久白霍忙完公司的事，他就又恢复了早晚接送孟娴上下班的日常，但不知为何，今天却没来。

从学校到小南楼，不过十几分钟的车程。孟娴下了车，发现家里静悄悄的，往日每天都准时出来迎接她的小琪也不见踪影。

金丝笼

从前庭走到正厅,这一路上,孟娴没见到一个人,好像小南楼里的人瞬间全都蒸发了似的。孟娴继续往里走,终于在客厅看到了白霍,他坐在沙发上,面前桌子上放着一个牛皮纸袋。

怎么只有他一个人?

孟娴心里闪过一丝异样,但还是走了过去。靠近后,她发现白霍一直在盯着那个袋子,一动不动,仿若木雕一样。

大概是听见了脚步声,白霍的眼皮动了一下,但没抬眼看她,像失了魂魄一样,面无表情,直到孟娴在他身旁坐下,他才终于看她。

"秋姨她们呢?"孟娴前后扫视了一圈,问道。

"后天是节假日,我让她们都回去了。"白霍说着,脸上突然漾开微笑,"怎么坐得那么远,不是跟你说过,你跟我在一起的时候,要尽量离我近一些吗?过来坐吧。"

闻言,孟娴站起来,挪到白霍身边坐下。他还是以前那副样子,占有欲强得要命。

"晚上想在家吃还是出去?"白霍淡淡问道。

"都可以。"孟娴乖巧回答。

白霍低头,目光落在孟娴手上,眸子里带着浅薄的笑意,伸手握住她的手:"对了,听程端说,最近程家给程错安排相亲,他闹着不去,说自己有心仪对象,你知道这事吗?"

白霍怎么突然这么问?

迎着白霍似笑非笑的目光,孟娴不自觉地屏住了呼吸,后背也有些发凉,但还是努力镇定下来:"我怎么会知道?这话你该去问白英才是。"

说起白英,她倒是想起,她好像已经有很久没有见到白英了。

她正要开口问白英的事,忽然听到白霍低低冷笑,似讥讽,似悲戚:"你不知道吗?你怎么会不知道他心仪的人是谁呢?"

最后几个字,他咬得格外重。孟娴呼吸一滞,心脏骤停一秒,她竭力使自己的表情正常下来,但已经没有余力再思考该如何应对他

第六章　风雨欲来

的话。

倏地，白霍握紧她的手，不怒自威道："说话！"

孟娴不清楚白霍到底知道了多少，但她明白，对方定然是心里有数才会这样问的。如果只是捕风捉影、没有证据的事，他断然不会说出来和她吵架。

"我……"刚吐出一个字，孟娴的目光忽然落到桌上的牛皮纸袋上。她这才发现袋子是空的，里面的东西都被拿了出来，压在纸袋下面。

那是七零八落的一堆照片，大多只看得见边角，只有一张露出了将近一半，上面清楚地拍到她和程错从同一辆车上下来，而她表情正常，丝毫不像是被胁迫的样子。

她几不可察地倒抽一口凉气，在猛地回神这刻和白霍的视线直直撞上——对方死死地盯着她，眼底黑沉，仿佛深渊一样诡谲阴暗。

…………

孟娴是被拽上楼的。

怒火攻心，白霍反而出奇地平静，他按着她的肩膀，看她如惊弓之鸟一般，随即露出了一个扭曲又勉强的笑。

"你跟程错是什么关系？你们什么时候走得那么近的？"他顿一顿，嘴唇和眼睫都颤抖着，终于还是问出他最不愿意问的那句，"……你呢，你对他有感觉吗？"你瞒着我和他见面；你单独和他待了一个下午；你和他相处时会露出浅笑，面对我时却冷淡疏离。

如果说上次傅岑的事，他还能安慰自己他们只是旧相识，十年的感情不易抹去，见面在所难免，他可以原谅她。那这次呢？程错和她原本从无交集，就算以白英为契机见了面，也是正常的社交距离，从无僭越。

可他们还是搅和到一起了，到底是哪里出了问题？

"说！"白霍沉声逼迫道，他明明不想听，却如同自虐一般，明知接下来的每句话都是一把刀，他却仍要迎着刀刃而去，让自己清醒

金丝笼

地痛苦着。

到了这时候,孟娴已经不打算撒谎了。她说过很多真假参半的话,但如今白霍已经掌握了充足的证据,即使她说再多好听的漂亮话,白霍也不会像以前那样轻易地相信她了。

她更不能把一切都推给程错,他是她用来对付白霍的一把刀,纵然这把刀现在还不够锋利,可作为她手中最后的筹码,她不能失去他。

不知道僵持了多久,孟娴眼睫轻颤,最终垂下了眼睑,极轻声地,嗫嚅着说:"……对不起。"

只三个字,已经囊括了千言万语,她好像什么都没说,但又好像什么都说了。

看,这就是他愿意倾尽所有爱着的女人,他的好妻子!

怒到极致,白霍几乎已经麻木了,他平静地站起身来,居高临下地看着妻子:"你承认了……没关系,你是生病把脑子给病糊涂了,才会想离开我,我不怪你……"

孟娴闻言,猛地抬头,看到白霍素日里的温柔面具终于彻底破碎,眼中隐含癫狂之色。

"既是脑子糊涂了,那便想办法治好就是了。毕竟,谁让我们是夫妻呢……"

昨天夜里下了一整夜的暴雨,江州一下子冷了起来。

傅岑下了电梯,从走廊一路走到教职工办公室门口,从玻璃窗往里望进去,办公室内大部分人都换上了秋装,正低声讨论着明天的假期。

感应门向两边打开,傅岑刚踏进去就被室内的暖气包裹住,凉气被一应隔绝在门外。

"傅教授好。"有认得他的老师发现傅岑来了,主动和他打招呼。

傅岑点头示意,一转眼,看到熟悉的工位空空如也。

第六章　风雨欲来

怎么回事，他记得孟娴这个时间应该是没课的啊。

傅岑想了想，叫住刚才和他打招呼的老师，问道："不好意思，请问孟娴老师去上课了吗？"

"孟老师今天没来，生病请假了。"那人答道。

"生病了？"傅岑随即皱眉，怎么这么突然，明明昨天下班的时候还好好的，怎么一夜之间……像是想到了什么，他追问道，"那你知道她生的是什么病吗？她亲自请的假？"

那位老师摇了摇头："这个我也不太清楚，听说是孟老师家里打来的电话，直接跟院长请的假，好像是受了凉。"

"她请了几天假？"傅岑又问道。

"不知道，系主任找了另外一位老师暂时接替孟老师的工作，也没说替多久。"说完，对方就转身走了，而傅岑则站在原地逗留片刻，这才像是想起什么似的急匆匆地离开了。

小南楼。

白霍以孟娴的名义向学院请假，那帮人知道他是白霍，竟然没过问一句，直接批准了。

不同于上次的疯狂，白霍这次很反常。从昨晚她坦承到现在，他都没什么大的情绪波动，早上还亲自做了早饭端上来。

而现在，浴室里传来微弱的水声，白霍在放水，说要帮她洗澡。他态度平静，让她摸不清他想干什么。上次她不过是和傅岑见面，他就生那么大气，这次倒不声不响。

事出反常，她心里实在是慌。孟娴倒宁愿对方大吵大闹一番，而不是这样沉默着，让她猜不透他下一步想做什么。

不知过了多久，白霍从浴室出来了。他裹着件黑色的浴袍，衬得他身形高大，越发令人生畏。

孟娴坐在床边，白霍慢慢靠近，拿起一边搭在床尾凳上的薄外套，单膝蹲下，披在孟娴身上："昨天晚上下了一夜的雨，早上我看

金丝笼

花园里落了一地的花瓣,天凉,别感冒了。"

他越这样,孟娴越无所适从。

她突然发觉自己如今已经看不透白霍了,对方像一条阴毒且行踪不定的蛇,谁也不知道他下一秒会不会扑上来咬她的脖颈。

白霍抱起孟娴,大步走向浴室,对待她的温柔模样,仿佛是在呵护一朵娇嫩珍贵的花。孟娴嗅到空气中熟悉的精油香气,白瓷浴缸里,玫瑰花瓣被水流冲成一团,起起伏伏地漂在水面上。

孟娴一直没作声,直到被放进水里,温水包裹住身体的微微失重感令她瞬间战栗。

突然,白霍的表情变得冷厉压抑,他低声开口,一字一顿,声音嘶哑粗粝:"我一直纵容你,原谅你,你想要什么我都可以给你。为什么,为什么要这么对我?"

孟娴闻言,闭上眼把脸歪向一边,痛苦和无力这两种情绪糅杂在一起,让她倍感煎熬。

白霍见她逃避,脸色又阴沉两分,声音陡然拔高:"不许闭眼,看着我!你现在的痛苦,根本就不及我的万分之一!"

他所有的痛苦、求而不得都是她造成的,所以他疼,她也要跟着疼。

孟娴紧咬嘴唇,她早就预料到会有这么一天,贪婪之人终将要为自己的行为付出代价,她比谁都明白这个道理。

只是她没想到,白霍安静了这么久,原来竟是一直在酝酿着最后的发疯时刻。

但她逃不了,避不开,只能承受。

因为这是白霍施予她的——

背叛之刑。

白霍这场婚姻来得并不容易。

于他而言,爱不是负累,不是枷锁,是让他生出勇气和家族对抗的前提，是让他历经坎坷依然坚持要娶孟娴的意义。

所以他一直以为他的爱情是不俗的，他和孟娴是天作之合。以至于结婚以后，白霍还时常幸福地想，他们大概是命定的缘分，和古往今来无数对广为人知的有情人一样，好不容易在一起以后，他们一定会有一个幸福美满的"大团圆结局"。

可现实像一盆冷水，对着白霍那好不容易捧出的一腔赤诚，兜头泼了上去——孟娴并不爱他，她是个精明耐心的好猎人，用甜言蜜语架构陷阱，再用虚情假意覆盖。

她看着白霍一头扎进去，心里却只盘算着如何利用他。

可讽刺的是，他早在他们结婚三年时就已经有所察觉，却一直自欺欺人。

他们之间，原本就隔着重重欺骗、种种恩怨，婚姻勉强维持到今天，不过是他强求。

其他的暂且不论，但千不该万不该，她不该再去招惹程错。

他曾以为只要孟娴不记得以前的事，他们就能重新开始。可现在看来，他就应该从一开始就把她留在家里，反正她失忆了什么都不记得，更不辨对错。那样他便可以永远独占她，让她只能依靠着他过活，他就应该这样的！

他不会让她离开他，他会想尽一切办法，死也要把她绑在身边。

傅信到家时，才发现傅岑没有像往常那样比他先到家。

屋里静悄悄的，玄关鞋柜中傅岑的拖鞋还在。傅信回忆了下，学校这几天放小长假，傅岑应该没什么要忙的，他也从没提过有事要忙。

过了半晌，傅信决定先不去想傅岑的事，换了鞋往客厅走时，他听见外面传来似有若无的雷声，到阳台一看，发现外面的天色更加阴沉，比他回来时更甚。

不知道是不是入秋的缘故，这两天雨下得频，前不久才下一场，

金丝笼

现在又淅淅沥沥地下了起来。

傅信在阳台上收衣服,没一会儿,忽然听到开门声,他回屋一看,是傅岑回来了,只是对方明显一脸心事的样子。

傅信本没打算过问傅岑的私事,不过有件事他觉得还是有必要跟傅岑提一下。

傅岑有些魂不守舍,正要回房,却冷不丁地听见傅信叫住他:"哥,我回国前投稿的一篇论文通过 SCI 期刊的评估了,不出意外的话也就是被录用了。所以过段时间我要回去一趟,上线或者见刊前还有些后续事项要处理。"

傅岑闻言,回过神,愁容也消散了些:"是吗?那这是好事啊。"

他眉眼间终于有了一些笑意,略思索两秒,又追问道:"那具体是什么时候,那边告诉你了吗?"

傅信一五一十地答道:"大概一到三个月以后,不过到时候应该会提前过去。"

"好,这毕竟是你第一篇期刊论文,至关重要,提前几天回去也好,免得耽搁。"傅岑顿了顿,说,"不过我这几天有事要忙,不能跟你一起庆祝这件喜事了。等过段时间吧,等我忙完了,咱们再好好庆祝一下。"

傅信刚要开口,突然一阵电话铃声响起,他再度被打断。傅岑拿出手机后先是不着痕迹地看了弟弟一眼,然后才退避到阳台,关上阳台门,接通电话。

因离得太远,傅信听不清傅岑都说了什么,只自顾自地把刚收好的一堆衣服分成两份,拿着自己的那份回了房间。

关门的前一秒,他听见傅岑急匆匆的脚步声,以及随后而来的"咣"的一下关门声。

....

傅岑没想到自己还会再来深蓝餐厅。

想当初,他就是在这里听程错亲口发的毒誓。可事实证明,这毒

第六章　风雨欲来

誓什么用都没有，真到了这一步，程错又变成了坚定的唯物主义者，不信什么因果报应了。

他赶到的时候，程错早就在餐厅等着了。

说来也是好笑，他两次让堂堂程家大少爷候着，竟都和孟娴有关。

看见傅岑，程错脸上的焦躁不减，还不等傅岑坐下，就开门见山道："你联系上她了吗？我给她发消息、打电话都不回，都好几天了，人也见不到。我去探了白英的口风，她人在国外，也不知道小南楼里发生了什么，我没敢多问，怕她察觉。"

傅岑哼笑一声，心中五味杂陈。

风水轮流转，看着程错如同困兽一样，不得已求到他这时，他竟感觉不到痛快。

想了想，傅岑开口道："她没来学校，白霍给她请假了，说是生病，但我总觉得蹊跷。好端端的，没淋雨，没吹风，人怎会突然就病了？"

"……会不会是白霍搞的什么把戏？"程错明白过来傅岑的意思，不由得皱眉道，"我以前就总觉得他把她看得特别紧，神经病一样，谁知道这次是不是吃错哪门子药了……"

"那我就不知道了，"傅岑冷冷道，看程错的眼神并不和善，"怎么，你这就急了？这么多年，我联系不上她的时候多了去了。要都像你这样，急都急死了。"他嘴角漾出一抹嘲讽，好似很有经验似的，不知不觉间气势就占了上风。

冷不丁被刺一下，程错表情略显古怪，他知道傅岑这是抓住机会讽刺，脸色也瞬间沉了下来："一码归一码，正说事呢，你突然攀咬我干什么？"

程错似乎是又想到了什么，装模作样地清了清嗓子，腰板挺直："再说了，我跟你不一样好吗？你别忘了，上次在町山，孟娴是跟谁走的。"

金丝笼

"呵,"傅岑笑了,好像在笑程锴的幼稚,颇有种"就这么点儿事,你能吹一辈子"的嘲弄感,"你觉得我会在乎这种小事吗?我和她认识十年了,你才认识她多久。"

傅岑那漫不经心、气定神闲的样子简直和孟娴学了个十成十。

被踢到短板的程锴,脸上的得意瞬间消失,低声道:"装腔作势。"

傅岑依然一脸平静:"你看不起我装腔作势,无非是你连装都装不出来,因为你对她实在不算熟悉,更不如我了解她。"他顿了顿,再开口时,说出的话句句带刺,"其实你心里也清楚,我和她认识了这么多年,这份情谊根本不是你三两天就可以撼动的。你倒是想替代我,可惜你没那个资本。"

程锴闻言,脸色越来越难看,但傅岑仿佛看不见一般,大概是嘲弄够了,这才似笑非笑地把话切回正题:"还有,与其浪费时间来问我这么一个装腔作势的人,倒不如自己去小南楼看个清楚。来之前,我已经去过一趟了,小南楼固若金汤,连只苍蝇都飞不进去。白霍没去上班,正守在家呢……"

白霍从噩梦中惊醒时,床头的时钟显示已经是晚上七点,外面隐约传来了雨声。

他的目光漫无目的地游荡着,呼吸中尽是雨天清凉的味道。

孟娴躺在他怀里,已经睡熟了,但好像睡得并不安稳,额头冒着冷汗,五官微微扭曲在一起,整个人不安又无助。

他凑近孟娴的脸,细细端详着,看到她蜷缩成一团的可怜模样,白霍胸口又忽然泛起一抹苦涩。

不知道对方是不是在梦里也感受到了他的压迫气息,孟娴竟闭着眼小声呜咽起来,呼吸乱七八糟的,眼尾也细细密密地冒出泪珠来。

白霍瞬间慌乱起来,他看出孟娴是魇着了,正要叫醒她,怀里的人却猛地倒抽一口凉气,发颤的身体突然僵住,眼睛也睁开了。

第六章　风雨欲来

孟娴醒了，带着荒诞的梦境和越来越趋向完整的记忆。

所谓的"惩罚"结束，白霍又变回了那个对妻子极尽温柔的好丈夫。他轻轻吻去孟娴眼角的泪，似乎是无奈，又有些抱歉似的柔声安慰："是不是做噩梦了，怎么哭成这样？"

瞧瞧，多么体贴。

不知道的人，大约还真以为他是个天上有地上无的绝世好男人。这样的手段，有了第一次的成功经验，现在的他早已经驾轻就熟。

孟娴睁着眼，却不看白霍。她被他抱到怀里安抚，她慢慢收住哭腔，一声不吭，也一动不动。

白霍眼里闪过一丝异样，他稍微松开双臂，贴到孟娴鬓边，和她耳鬓厮磨："怎么不理我，说句话好吗？"

外面的雨势陡然变大，凉气从窗缝和四面八方的角落侵袭进来，孟娴好似能感觉到自己的身心都在慢慢变冷。

沉寂许久，孟娴终于缓缓开口："刚才做梦，我梦到好多以前的事……"

她语气微弱，但说出的话却让白霍在一瞬间僵住了——自从孟娴失忆，她从来没主动在他面前说起过以前的事，只有他、白英和秋姨他们给她提起的份儿。偶尔白霍也会问她，但她一直说她什么也没想起来。

如今孟娴没头没尾地忽然提起，白霍惴惴不安，心中闪过诸多猜测："是吗？那你都梦到什么了？"

孟娴闭上眼，没有直接回答他的问题，声音艰涩："白霍，其实车祸后醒来那会儿我就发现你对我态度古怪，还总是莫名其妙地让我待在家里，哪里都不让去。那个时候的我什么都不记得，只能靠猜……但现在我知道了，你一直不甘心，一直恨我，是因为我骗了你，利用你，对吗？"

屋内一片死寂，只有风雨声时不时冲撞进来。白霍脸色苍白，过了许久，他艰难吐字道："你……想起来了？"

"是。"孟娴点头。

白霍闻言，认命般地闭上眼："想起了多少？"

"从我们第一次见面，直到结婚第四年的年初，你和我，"她顿了顿，垂下眼睑，"夫妻开始离心的时候。"

孟娴一直是个唯利是图的人，这一点傅信说得没错。

她目光长远，不在乎一时的付出。她如愿得到了白英的一腔真心，本就是打算借她的人脉资源往上走，实现阶层跨越。

而白霍不过是她小小计谋里，一枚意外的棋子。

这世上优秀的女人有很多，纵使她勉强算是他的理想型，她在白霍眼里也不是独一无二的。

可她有白英。

她占据了天时地利人和一切优势，或许这也是老天爷对她的眷顾。

人总不会一辈子苦命的，对吧？

但她没想到白霍会那么快就喜欢上她，于是她便顺势调整自己的计划，因为和白霍在一起，对她有百利而无一害。

可纸终究包不住火，这世上没有哪个男人会愿意被心爱的人利用。虽然在她能记起来的时间线里，她和白霍感情出现裂缝并不是因为他发现了真相，但后来发生的事不用想也知道。

而白霍为何会这样乖戾阴郁，对她会有如此强烈的占有欲，也就有了最合理的解释。

"不是的，不是婚后第四年，也不是你想的那样。"白霍忽然开口否认，声音沙哑，隐含一丝疲惫，又似乎夹杂着某些不可说的隐忍。

察觉到怀里的人身体一瞬的僵滞，他叹息一声，苦笑道："我从来就没有因为你利用我而恨你，更早时，我就已经发现你当初是骗我的了。但是你既然决定要骗我了，为什么不认真一点，再骗我久一些呢？你要是打定主意骗我一辈子，我肯定不会拆穿你的，永远不会。"

白霍从小性格寡淡，人也无趣严谨，因此比同龄人都成熟稳重得多，所以他心里一直都明白——这世上所有美好的誓言，都只是人们表达当下情感的方式，并不能作为稳妥的承诺去相信，去在意。

可当他爱上孟娴，他便完全失去了理智。

到后面，与其说是她在骗他，倒不如说是他在帮她骗他自己。

当初，白霍在隐约发现孟娴的算计时，就如同被判了死刑的困兽一般，痛苦了一段时间。但最终，他还是选择装作什么也不知道。

他伪装得很好，他们依然是琴瑟和鸣的夫妻。

因为对他来说，钱、权都是身外之物，这些东西他早就多得数不胜数，如果可以用来换取一些他在乎的东西，他定会拱手送出。

但他恨的、怨的，从来就不是这些。

他恨的是，到最后她厌倦了。她想离开他，抛弃他，连骗他都懒得骗。她的态度一日不如一日，她开始谋划着全身而退，所有的誓言都灰飞烟灭。

至于傅岑……

他其实很早就知道了傅岑的存在，纵然心里不快，但他们两个都是过去式了，也早就断了，他就从未追究过什么。直到孟娴跟他提出离婚，为了伤他甚至不惜亲口坦白当年利用、欺骗他的事实，他这才开始彻查一切。

看见傅岑全部资料的那天，白霍知道了孟娴和傅岑的过往，知道他们青梅竹马、互相扶持，知道他是她的钢琴老师，是她的华尔兹舞伴，是她少年时期美好的回忆，更是永远守着她的忠臣。

他坐在车里，手里那一沓资料被他揉得不成样子。

他全都知道了，知道他们碰杯喝酒，知道她安定下来后要去保加利亚看玫瑰，知道她一直欺瞒着他。

他不甘心，又怎么可能甘心？

白霍从来没有这么恨一个人，恨不得咬其肉，饮其血。

自白霍说出那些肺腑之言，二人之间就长久地沉寂着，直到外面

金丝笼

突然传来不知什么人的嘈杂喧闹声,这一室寂静才终于被打破。

白霍松开孟娴,从床上坐起来:"我去看看外面怎么回事,你乖乖待在这里。"

白霍一走,卧室里更加安静,孟娴坐在床边,旁边的落地窗映照出她那张苍白的脸。

突然,孟娴身后传来了开门的声音,她还以为是白霍去而复返,可一转头,发现竟是几天不见的小琪。

"你怎么来了?"孟娴轻声问。

小琪慌里慌张地,脚步放得很轻,边朝她走边还回头看,仿佛生怕谁会突然进来似的:"太太,先生吩咐了不让任何人进主卧,可我……我放心不下太太你……"

小长假结束,小琪再回来上班时,发现小南楼已然变了天。往日恩爱不疑的夫妻古怪异常,在其他用人的闲言碎语中,小琪一点点知道了真相。

虽然以前她就隐约察觉不对,可她还天真地以为先生只是管得宽了些,可能是感情太深厚了。再不然,说他一直以来高高在上惯了,习惯控制身边的人,也说得过去。

可如今这情形……

她眼睫微微发颤,眼里氤氲出泪花,脸上都是畏怯和惊吓,看着孟娴苍白的脸,十分心疼:"先生他怎么能这么对您,我……我去告诉白英小姐……"

听小琪提起白英,孟娴苦笑一声,拉住小琪的手腕,说:"别去了,白英她在国外,你怎么找她?再说了,他们才是一家人,你跟她说也没用的。"

她不是自不量力的人,也从来就没奢望过白英帮她。只可怜小琪不明就里,还以为白英真的能为她豁出去和亲哥哥抗衡。

小琪闻言,眼泪唰地落下来:"那怎么办啊,太太?"

孟娴垂下眼睫,随后又看向泫然流涕的小琪,抬手擦了擦她的眼

第六章　风雨欲来

泪，安慰道："别人都不敢进来，只有你敢，我已经很欣慰了，至少在这个家，我还不是完全孤立无援的。"

小琪吸吸鼻子，自己把眼泪擦干净，表情也坚毅起来："太太，我知道您一定不会坐以待毙的，有没有什么是我能帮您的？"

看到孟娴脸上微微讶异的表情，小琪的嗓音微弱但十分坚定："当初，要不是太太您记挂着我，我早死在那个禽兽手里了。我人微言轻，一直没有机会报答，现在您有了难处，我就是拼了命，也要帮您。"

孟娴眼里极快地闪过一丝难以察觉的情绪，但她最终只是笑了笑，拉过小琪的手："为今之计，也只有最后这条路了……我想让你替我办两件事。"

还在楼梯上，白霍远远就听到楼下大厅里的吵闹声。

"……程少爷，我们白英小姐她不在这儿啊，她真的不在。先生吩咐了不让任何人上去打扰，你就别为难我们下面的人了……"

"那我要见白霍，我知道他在家，让他出来，我看今天谁敢拦我……"

白霍矗立在楼梯上，冷眼看着程锴在下面闹——程宗柏念程锴是长孙，又不得父母疼爱，从小就对他多有娇纵，如今竟把他惯成这样无法无天、不知天高地厚的样子，竟然还敢在别人家高声叫嚣。

"吵什么？"白霍声音浑厚低沉，正闹成一团的几人瞬间安静下来，抬头看向他。

秋姨见到白霍，急忙走到楼梯口："先生，程小少爷说要找白英小姐，守门的以为他们约好了就把人放进来了。我跟他说白英小姐不在，他还非得要上楼去找您，我们几个实在是拦不住啊……"

"秋姨，我有话要跟程锴说。"白霍扫了眼程锴，眼神如刀，仿佛早已看穿了对方似的。

找白英？找他？只怕都是借口吧。

金丝笼

秋姨连忙低头称是，带着其他几个人离开了。偌大的客厅瞬间安静下来，只剩下程锴和白霍。

"你刚才不是吵着要见我吗？有事快说。"白霍沉着一张脸，话音刚落，就看见程锴下意识地看了一眼二楼的方向。

"家里就你一个人吗？"

他还在演戏，可惜耐不住性子，意图也太明显，开口的第一句话就暴露了目的。

白霍眼中瞬间掠过一丝戾气："你是不是想问，孟娴去哪儿了？"

被白霍意有所指地反问，程锴脸色未变，来之前他就已经猜到白霍很可能是发现什么了，而他刚才那不善的态度也说明了一切。

既有了心理准备，此刻被白霍拐着弯地拆穿，程锴脸上无一丝惊讶，他敛气屏息道："既然你都知道了，还问我干什么？我要见她，确认她的人身安全。"

白霍眼神微厉，仿佛听到了年度最好笑的笑话一般，语气里带了几分轻视："你要见她？还要确认她的安全？那我倒想问问，你以什么身份说的这话？凭你也配？"

程锴闻言，眉头紧锁："哪条法律规定我不能见她？你那么害怕外人探望，难道你对她做什么了？"

白霍死死盯着程锴，面对对方沉不住气的质问，他表情毫无波澜："她生病了，需要在家静养。再说了，我能对她做什么？我和孟娴夫妻感情深厚，整个江州尽人皆知。"

程锴心下一凛，看来白霍是绝不会让孟娴见人了。他对自己抱有这么大的敌意，显然是什么都知道了，可他还这么气定神闲，一副能把孟娴吃得死死的样子……综上种种，程锴只想到一种可能——白霍用了什么法子使孟娴服软。

凭白霍的财富和手段，做到这一切实在轻而易举。他最后说的那一句话，摆明了他有足够的底气，不怕程锴张扬出去，因为任何人都不会相信他白霍会苛待自己心爱的女人。

第六章 风雨欲来

程错瞬间愤懑:"她可是你妻子啊,你怎么能这么对她?"

白霍注视着程错,眼神几乎称得上仇视:"她会落得如此境地,还不都是你害的?我没有去程家找你,是给白程两家保留最后的体面,你倒好,还敢厚着脸皮找上门来?怎么,真觉得你有你爷爷撑腰我就动不了你了?"

程错瞳孔一缩,整个人瞬间变得凶狠起来:"你敢?!"

白霍冷冷睨他:"你以为我不敢吗?你未免有些太看不清局势了吧?说到底你不过是一个没有实权的废物,你小叔程端都不敢跟我公然叫板,你算什么东西?

"你有什么资格跟我抗衡?你有的我都有,你没有的我也有。难不成你想跪在程老爷子面前,求他帮你吗?

"看在白英的面子上,我给你自己滚出去的机会。否则,别怪我不留情面,要是被别人攮出去,只怕你要把程家的脸面都丢尽了。"

被他这样轻描淡写地羞辱,程错垂在身体两侧的手紧握成拳,脸色也变得难看无比。可白霍说的又都是实话,令他无从反驳。他咬着牙,过了半晌愤愤道:"我告诉你,今天就算是死,我也要见到她。"

程错一步步走过去,气势汹汹又义无反顾。突然,正厅的门被推开,还未见人,先闻其声:

"小错,你在这儿胡闹什么?!"

来人正是程端,身后还跟着秋姨等人——连她们这些人都知道,天底下能治住程家这混世魔王的,除了程老爷子也就程端少爷了。是以在程错闯进来时,秋姨便急忙派人去联系了程端。

程端一步步走来,面色凝重。他已经大体了解了眼前的情况,但他压根儿来不及惊诧,现下要紧的是赶紧把程错带走,不能由着他把这种事闹得更大。

程错冷眼看着程端靠近,自家小叔的突然到访并未打消他要见孟娴的念头,可惜没走几步,他就被程端一把抓住了胳膊。

程端几乎用了十成十的力,压低声音警告程错:"你疯了是不是,

金丝笼

跑来白家闹什么？如今你爷爷还在病床上躺着，你难道想气死他？！"

程错脚步一滞，握紧的双拳微微颤抖，但终究没再往前。

程端抓住机会，回头吩咐他带来的人："小错喝醉了酒，脑子糊涂了，把人给我带回去，不许他再撒酒疯。"

程错根本没有拒绝的余地，安保人员一左一右地走过来准备将他拉走。被他硬生生躲开。他抬头看了白霍一眼，眼中狠厉异常："用不着，我自己会走。"

白霍神色淡淡，就这样眼睁睁地看着程错扬长而去。

程端让他带来的人跟上程错后，又走到白霍跟前，脸上带着些歉意："对不住，小错他年轻气盛，什么也不懂。这次回去，我一定替我大哥严加管教他，绝不会再叫他跑来小南楼胡闹。"

程端看似给白霍道歉，但却一直避重就轻地替程错圆场面。既然他程端想要体面，他给就是："程错胡闹也不是一天两天了，我还不至于跟一个小孩计较。只不过，你平时有空的时候，还是多照看一下你这个侄子吧，省得他下次再闯下大祸。"

白霍这话隐含深意，程端是聪明人，怎会听不懂？

话音落下，白霍也不等程端回话，便自顾自转身，回卧室去了。

小琪没想到，孟娴要她见的人竟然是个二十岁出头的学生。这时她才忽然明白，在电话里，对方为什么要约在佛罗伦大学附近的咖啡厅了。

见对方有些冷淡，小琪主动开口："你好，我是给你打电话的人，我叫林琪。"

傅信抬起眼帘，淡淡回道："傅信。"

"我知道，太太跟我说过的。"小琪声音微怯，眼前这人她虽是第一次见，年龄也小，但身上却莫名有种让人敬而远之的冷冽气场。

太太给了她两个电话号码，其中一个就是傅信。在电话里，她约傅信见面，一开始对方还以为她打错电话，欲要挂断。可当她提到

第六章　风雨欲来

"孟娴"的名字后,他还是答应了她的约见。

"她让你找我,有什么事吗？"傅信问道。

闻言,小琪陷入了回忆。几天前,太太说傅信是她的学生,向他求助,或许还能得来一丝转机——

"小琪,我想让你替我办两件事。

"第一个号码的主人名叫傅岑,你联系上他,问他我出车祸前是否把一份股权转让合同存放在他那儿了；如果有,你让他替我好好保管,千万别丢了。

"另外,跟他说我一切还好,让他别担心,切记任何时候最紧要的是护好他自己周全。"

至于第二件事……小琪从包里拿出一样东西,放在傅信面前："她说,你看见这个,自然就明白了。"

那是一个雕镂颇为精致的黄铜书签,上面用花体英文刻着《罗密欧与朱丽叶》中的一句话——

　　我借着爱的轻翼飞过园墙,因为砖石的墙垣是无法把爱情阻隔的。

傅信拿起那枚书签,看了一会儿,平静的眼中终于闪过一丝波澜——当日,孟娴说他没有感情不能领悟音乐后,她便从图书馆替他借了一本《罗密欧与朱丽叶》,而这张书签,就是那本书里夹着的。

他忽地冷笑一声,她这是把自己比作不能与爱人相见的朱丽叶,还是把傅岑比作等不到爱人的罗密欧？都这种时候了,她想让他帮忙,都不忘把傅岑推出来利用一把。

小琪惴惴不安地等待着,不知过了多久,傅信才终于又抬起头来,神色也恢复成刚开始的冷淡模样："……说吧,她想让我怎么帮她。"

小琪闻言微微一愣,转而脸上浮现出喜色。

…………

金丝笼

日子还在一天天地过。

白霍发现，相比上次，孟娴开始"学聪明了"。或许是知道自己理亏，也或许是吃够了苦头，她没闹什么脾气，只安安静静地待着。

她整个人也柔和下来，不再吵着要去上班，独立，在他抱着她去洗澡，去吃饭的时候，她还会主动搂住他的脖子。

这种润物细无声的讨好极大地取悦了白霍，他知道孟娴一定明白"过刚易折"的道理，她永远不会为难自己，就像韧如丝的蒲草一样。

但事情过去了半个月，孟娴还是不被允许出小南楼。

她没有手机，不能上网。于是，孟娴整日窝在卧室里看书，天气好了去看看花，煮煮花茶，偶尔还会拉着白霍陪她一起看电影。

他们之间好像又回到了她车祸失忆刚醒来的时候，而这中间发生的所有插曲，再没人提起。

那段在佛罗伦大学任教的日子，于她而言像做了一场虚幻而短暂的梦。如今梦醒，只叫她更加认清现实罢了。

日子渐渐过去，等天气冷到要穿大衣的时候，白霍已经开始正常上班了，不过他每天都会很早回家，看见孟娴在做事情，他便会陪她一会儿。

孟娴偶尔会在小琪那儿听说傅岑和程锴的近况。傅岑倒还和以前一样，只是程锴有了些变化。

"我前几天看到新闻报道，听说程家那位小少爷开始回总部任职了。所以现在外面的人都在猜，华盛未来的继承人究竟是程端还是程锴。"

程锴以前一直吊儿郎当，不堪大用，他本人也对接任家族企业没什么兴趣，所以这么多年，所有人都以为程端会执掌大权。可现在，程锴这个更受宠爱的长孙半路杀出来，华盛的风向可能要变了。

"程端在华盛那么多年，根基深厚。程锴年纪轻，底子薄，又对公司事务一无所知，什么都要从头学起。他要和他小叔争权，哪有那么容易？"孟娴淡淡地说着，端起眼前的茶杯，轻啜一口。

第六章　风雨欲来

这时，秋姨的声音从一楼远远地传来："……先生回来了，太太在二楼露台看书呢，您过去吧。"

二人相视一眼，小琪连忙从孟娴身边站起来，走到另一边的侧厅楼梯，悄无声息地下楼了。

小琪前脚刚离开不过两分钟，白霍就来了。他身穿大衣外套，整个人笔挺宽阔，大步走来时，脚下生风。

如果他不是一个极端偏激的控制狂，孟娴或许还会觉得这个连外套都没来得及脱就急匆匆地跑来见心爱之人的男人，真的能成为一个很好的伴侣。

"在看电影吗？"白霍走近，视线落在不远处播放电影的荧幕上。

此刻，荧幕画面正暂停着。他叫不出名字，只知道这部电影最近好像很火，他在回家的路上，看到不少宣传海报。

孟娴"嗯"了一声，等白霍坐到她身边，才按下播放键。

电视的声音不大，二人就这样静静地看着。孟娴以前看电视时，喜欢将音量调高，以至于傅岑在厨房都能听得真切，他有时还会趁做饭间隙和孟娴一起看一会儿。后来，不知从何时起，孟娴活得如同一只惊弓之鸟，安静温顺得过分，就像大多数时候都空旷寂静的小南楼一样麻木。

电视的音量也再没调高过。

白霍以前也经常看书和电影，但几乎不看和爱情有关的。和孟娴在一起后，他发现她还算喜欢这类题材，这才慢慢养成习惯，还会在院线上映新片时主动邀请她一起去看。

白霍已经不记得陪孟娴看过多少部爱情电影了，以至于他对这类电影的套路了然于胸，几乎看个开头，就能猜到影片中的矛盾、高潮和结局。相较于之前，这次还算新颖一些，只不过到了后半段应该要催泪的片段时，一直互相包容的男女主忽然争吵了起来，将对方和自己好不容易亲手抚平的伤痛重新揭开。分开时，人们好像总是爱说一些难听的话，也正是因为太了解，所以每句话都能戳痛对方。

果然，大多数故事到了最后，都难免落俗，他和孟娴也是一样。

白霍看向孟娴，她正专注地看着电影，连他靠过去也没反应。

眼看二人之间的距离越来越近，孟娴却忽然转头，似乎是想要和白霍说些什么，和对方视线相接的一瞬，她微微怔住。

白霍此时已经离她很近，他目光向下，落在孟娴的唇上，喉结情不自禁地滚动了下。

在他就要吻上去的时候，孟娴却移开目光，扭过头去，道："突然有点想喝酒了，我记得酒窖里有一瓶奥松庄的干红，我去拿。"

说完，孟娴刚站起来，就被白霍一把抓住了手腕。

孟娴见状，回过头，脸上挂着笑："你也要喝吗？那我拿两个杯子。你先把电影暂停一下，等我回来再看。"

白霍抬头看她，似乎想从她脸上看出什么，但见她表情毫无异常，即便被他盯着也坦然浅笑，于是他慢慢松开手，道："叫其他人去拿就可以了，何必亲自跑一趟？"

孟娴低头整理了下刚才坐出褶皱的裙摆："太麻烦了，她们这会儿正准备晚饭呢，反正我也躺一天了，骨头都快躺散架了，正好走动走动。"

她这话乍听上去虽善解人意，但言下之意不过是"难不成我连去酒窖走一趟都不行吗"？

白霍大抵也听出来了孟娴的意思，也没再多说什么，收回了手："那你去吧，快去快回。"

拿个酒当然用不了多长时间，白霍坐在原地静静等了一会儿，没多久孟娴就回来了。他回头看时，孟娴正把红酒倒进醒酒器里。

电影临近尾声，白霍的目光落在醒酒器中猩红的酒液上，余光有一搭没一搭地注意着荧幕："再过几周就到你生日了，想怎么过？"

孟娴低眉顺眼道："你来定就好了，我都可以。"

白霍思索片刻，唇角勾起些微笑意："那就再去一趟那个北欧的雪山小镇吧，就是当初我们度蜜月时去的那个，正好十一月中下旬那

第六章 风雨欲来

边就下大雪了。"见孟娴没说话,白霍便又继续道,"而且你以前不是很想学滑雪吗?这次去了我教你,好不好?"

白霍温言软语,空气中也适时地弥漫起红酒的醇厚香气,气氛正好时,孟娴却慢慢地抬眼看他,然后无声地笑了笑:"太远了,其实在家里过就可以。你在公司那么忙,没必要为了我的生日就舟车劳顿地跑到国外去。"

白霍闻言,眼里掠过一丝深意——她不去雪山小镇,是不想去还是不想和他一起去?如今她这般推三阻四,就这样不情愿和他独处?

"那就等从雪山小镇回来后再办生日宴,就在家里办,请几个朋友,简单庆祝一下。"他自顾自地敲定最终计划,自认为两全其美。

孟娴看着白霍的模样,忽然想起当初白霍抱着她,跟她讲度蜜月时的美好样子。可现在再去一次,终究物是人非。她想了想,没再反驳,妥协道:"好。"

这个话题告一段落,孟娴倒好酒,将其中一杯递给白霍,对方稳稳接住。两个人轻碰酒杯,玻璃清脆爽朗的声音短促响起,随后归于寂静。

孟娴喝酒并不贪杯,今天也只打算浅酌几口,可白霍却一杯接着一杯,像喝闷酒似的。偶尔他还会回头看向孟娴,见对方盯着屏幕,连眼神都不侧过来一下,欲言又止,最终还是什么都没说。

一时间,气氛有种说不上来的怪,二人仿佛走入了一个四面碰壁的怪圈,有前路,有后路,也有转圜余地,但就是犹如困兽一般,踌躇不前,闷得人喘不过气来,拿眼前这光景一点办法也没有。

这酒其实度数不低,白霍这般不要命似的喝,没一会儿后劲儿就上来,很快就醉了。虽然平时白霍也应酬,但他位高权重,有的是人替他挡酒,所以真实酒量只能说一般。

白霍只觉得头晕目眩,浑身烧得慌。而那平时总是冷静沉着的面庞如今挂着醉酒的酡红,喉间凸起时不时滚动一下,脖子上的青筋时隐时现,透出一丝野性的美。

金丝笼

他时而清醒,时而迷乱,平日里的禁欲气质早已荡然无存,取而代之的是一种说不出的情欲之色。

看到白霍这副模样,孟娴有些怔然,她似乎听见了自己心跳加速的声音——自从恢复了过去的记忆,她偶尔也会不由自主地对白霍产生一些复杂的爱意。可她面上不显,趁白霍醉得几乎不省人事的时候站起来,再次离开了。

过了十分钟,她折返回来,长裙随着她走动的步伐轻柔摇曳,颠倒着映入白霍模糊的视野。

他看着她走近,坐在他身边,把手里端着的那杯温热的液体给他,说:"这是蜂蜜水,解酒的,喝了就不难受了。"

白霍接过水杯,杯壁还有些微微灼手,仿佛残留着孟娴的温度似的。恍惚间,他好像又回到孟娴刚答应他的告白,和他在一起的那段日子。

那时候的他还没坐到如今的位置,在公司时也处处被父亲和几个元老级的董事压一头。当年应酬难免,有时候喝多了酒,头痛欲裂时,孟娴就会调一杯蜂蜜水给他解酒。

他轻啜一口,还是很甜,但他却喝不出以前的味道了,只觉得有些发苦。

忽地,白霍自嘲地笑了,原来苦涩的从不是蜂蜜水,而是求而不得的他。

思及此,他将蜂蜜水一饮而尽,放下杯子转而抱住孟娴,将头靠在她的肩膀上,声音说不出的喑哑:"我困了,想就这么抱着你睡。"

孟娴就任由他抱住,一动不动,她平静地将手抬起,轻轻地放在白霍的后背上。

"睡吧。"她轻声呢喃着,目光落在被喝完了的蜂蜜水杯上。

宁进被程错一个电话从台球厅叫出来的时候,正是晚上十点半。他算了算,这应该是这周第七次了。

第六章　风雨欲来

自程错回到华盛任职后，这个"小祖宗"就跟变了个人似的。车也不玩了，娱乐场所也不去了，天天不是泡在公司就是在家里处理工作。

宁进虽然也爱玩，但他一直对家里的公司很上心，好多项目也都是跟着他父亲一起完成的。不像程错，从一开始就是个甩手掌柜。有些东西弄不懂时，免不得要请宁进帮他看看。

可怜的宁进，上完自家班，还要去程错那儿加班，还是没工资的那种。

"别委屈了，等我拿到乐山的开发项目，只和你们宁家合作，到时候多少钱都挣回来了，还差这一时？"程错从一堆文件里抬起头，皱眉看着宁进，虽然语气还是往常那般张狂，可眼神却透露着沉淀过后的坚毅。

宁进闻言，乖乖熄火。他是亲眼看着程错一步步回到华盛的，其中曲折虽不算太多，可要接手自己以前从来不过问的各项事务，还要做强做好，这其中艰辛自然不必多说。可过了这么久，程错竟没喊过一句累，夜以继日，一心扑在工作上，人都憔悴了不少。

宁进知道程错有野心，不甘心只是管理几个子公司，想在总部拿到至关重要的大项目，爬到和他小叔相同，甚至更高的位置。

一开始时，他其实并不知道程错为何突然转性。但他人脉广，消息又灵通，很快就知道了程错去白家大闹一通的事。再一联想到先前程错问他的问题，他这才醍醐灌顶，也明白了为何程错每次见到孟娴都态度古怪，别扭矫情，还在白英宴会上替她出头羞辱那些公子哥。

仔细想想，其实程错的心思早已昭然若揭，只是谁又会往那方面想呢？

果然，当他再旁敲侧击地问时，对方并没有像往常一样骂他胡说八道，而是默认了。

得到肯定回答后，宁进惴惴不安了好久，他是真的怕自己因为知道了这等秘密而被白家或程家威胁。可现在程错既开口应承要带他一起"玩",他又忽然觉得,这段日子受的这点儿苦都算不了什么了。

乐山地皮开发可不是什么小项目,一旦中标,日后所带来的收益,足以使他们宁家的公司实现质的跨越;再者,如果真攀上了程家这条"大腿",日后背靠"大树"好乘凉,他们宁家想要成为炙手可热的龙头企业,那必定是指日可待。

不过宁进惯是个得了便宜还卖乖的主儿,闻言撇了撇嘴,道:"你是真狠啊哥,你为了那位,连白家都能舍弃。可程家怕是不行吧,你就不怕你小叔他们——"

话还没说完,程错满不在乎地打断道:"与谁合作不是合作?我既没和白家作对,也没坑害程家,不过是白程两家这么多年一直捆绑在一起,他们才觉得肥水不流外人田,这钱就理应给白家挣罢了。"程错顿了顿,再开口时语带讥讽,"可我偏不,他白霍那么厉害,应该也不在乎这点儿钱吧。"

宁进闻言瞬间噤声,却忍不住暗暗腹诽:这小祖宗还挺自信。

过了几秒,程错像是又忽然想起什么似的,看向宁进道:"对了,我让你打听的事,你打听到没?"

宁进一下子坐直,道:"那当然了,程哥,我办事,你放心。白霍马上要带孟娴出国,不过不是定居,行程只有几天。待他不在本部的时候,我们大可把白琛、白瑱他们几个白家子公司的丑闻都曝出来,就算不能重创万科,但让他们股价下跌几个点还是可以的。"

话音一落,程错嗤笑一声:"华盛与万科本就是平起平坐,他以为他能一直一手遮天吗?"

白霍在白家独揽大权太久,殊不知,万科要是没有他白霍坐镇,他那些蠢货叔伯们分分钟就能把家族企业败个精光。这么多年,要不是白霍杀伐果断,那几个子公司早就坚持不到今天了。

程错垂下眼帘,想起刚才宁进提起白霍要带孟娴出国的事,又问道"……他们要去哪里,你知道吗?"

"不是很清楚,这次行程,白霍没告诉任何人,我只知道他把那几天的原定日程都推了,还让家里人提前准备行李什么的。"宁进低声道。

程错笑了笑:"你手伸得倒是够长的,不过你这样帮我,不会后悔吗?我可是不顾两家旧情、背刺世交的人,不是什么好东西。"

宁进闻言,摸了摸鼻子——程错心里倒跟明镜似的,他还以为程错不知道自己什么德行呢。

但吐槽归吐槽,宁进正了正脸色:"我宁进也从不是什么良善之辈,不帮理也不帮亲,谁对我好,我就帮谁。"

天下熙攘,皆为利往。当初程错不嫌弃他家底薄,把他当朋友,现在他自然也会鼎力相助,更何况对方还许给他那么大的好处。

程错闻言,收回目光,回头看向窗外鳞次栉比、流光溢彩的高楼,外面的世界寂静而繁华,但她却不能出来看一看。

思及此,程错道:"过几周就是她的生日了,我要你帮我办一件事。"

不知不觉,孟娴已经睡了一路。

下飞机时已经是傍晚六点多,从市区开车到那个她总是记不清名字的边陲小镇,至少要半小时。

白霍不想被别人打扰,因此一个助理都没带,这次出行也全是亲力亲为。

孟娴习惯性地扭头去看车窗外纷纷扬扬的飞雪,通往小镇的路不算崎岖,除了一条宽阔的公路,路两边皆是山高林密的峰峦,被白雪覆盖成片,显得格外恬淡安静。

"马上就到了,三四年过去了,也不知道隔壁卡文一家是否还住在那里。"白霍说不出是怀念还是怎么,忽然开口说道。

孟娴的视线仍落在车窗外的风景上,淡淡回应道:"应该还在吧。罗比那孩子现在也该有十五岁了吧,兴许已经如愿进入滑雪俱乐部了。"

金丝笼

　　白霍听到这个略有些陌生的名字，思考了两秒才想起罗比就是邻居卡文家的小儿子，也是那个留着一头红棕色短发，说要教孟娴滑雪的小男孩。

　　看来……她是真的想起来了。

第七章

眷侣还是怨偶

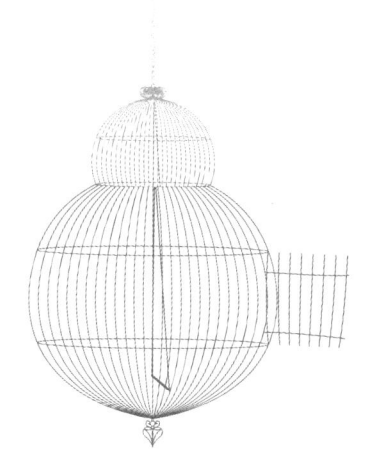

金丝笼

到达目的地时，小镇已经被黑夜笼罩，星星点点的橙黄色灯火，映照着仿佛永远下不完的雪。

这么晚了当然不可能再去隔壁打扰，孟娴被白霍牵着手进入房子里。犹记得当初来这里度蜜月时，白霍原本说要住在市区的酒店，毕竟环境更好些，但孟娴说住民宿才更能体会当地的风土人情，白霍便也纵着她，两个人这才跑到这遥远的小镇住下。

这么多年过去，房间里的摆设还和以前一样，整体干净整洁，像是提前打扫收拾过的。

虽然外面天寒地冻，屋里倒还算暖和。欧洲很少有人装空调，这栋房子里也没有，不过房子有壁炉还有太阳能供暖，就算脱了外套，孟娴也不觉得冷。

两个人去卧室各自收拾自己的行李，白霍收拾到一半时离开了卧室，等孟娴收拾完，便闻到空气里奶油浓汤的香味儿，还掺杂着一丝咖啡的苦香。

壁炉里的火焰噼里啪啦地燃烧着，风雪声被隔绝在屋外，虽然也能听见，但温暖的室内让人极有安全感，听雪声对孟娴来说就当是消遣了。

白霍煮的浓汤正咕嘟咕嘟地冒泡，如同他那让人逃不开的独占欲一样浓稠。他一面看着汤，一面注意着他的咖啡，看到孟娴，他还能抬起头，抽空冲她笑一笑。

"明天上午，镇上的猎户会将麋鹿从山上驱赶下来，要不要去看？我记得你以前很喜欢。"白霍在厨房远远地说道。

孟娴躺靠在沙发上"嗯"了一声，她面上虽然很平静，乍看上去好像还是那副永远温柔从容的样子。但仔细观察就会发现，她的眼神略微空洞，整个人仿若一个美丽柔软的玩偶，在这么些年里一点点失去了主心骨和填充物，变得麻木不堪。

她的那份平静，在白霍近两年的磋磨中逐渐变了味道。

孟娴仰面看着天花板，不禁开始想，前二十五年的人生路，她从没走错过一步，那她究竟是怎么一步步走到如今这般身陷囹圄的处境的？

她从小卑微如蝼蚁，任人宰割，费尽心力苟活数年，十几岁时在她所能接触到的人里，她挑中傅岑，靠他的助力，也靠她自己的努力，她考上佛罗伦大学，一脚踏进精英人群。

可她想要的远不只是有学识，有社会地位，而是在这个基础上，继续向上流动。

于是，她又选择了白英。靠着白英，她结识了一些人脉，耐心等待着机会。十几岁才开始苦学的钢琴和交际舞以及其他特长，对她来说不过是向上流靠近的敲门砖罢了。

可就在这时，白霍出现了，她面前突然有了一条捷径。就这样，孟娴被爱情的欢愉和急切的利欲熏了心，她没有仔细斟酌就决定和白霍在一起，如愿进入了上流阶层。

傅岑年纪轻轻当上教授，才华横溢尽人皆知；傅信二十出头就是科研天才，享誉中外。他们都很优秀，可他们若是和白霍这等人周旋，却还是会碰壁，会束手无策。而她想要的，就是像白霍这样的高度。

可她还是错了。

她选错了人，她应该选一个更好掌控的，否则她也不会像今天这样被动。

她高估了她自己，更低估了白霍。

孟娴在白霍这里受的苦，说到底是她自己活该。从古至今，想要得到什么，就一定会同等地失去些什么，她从白霍那里受益越多，白

金丝笼

霍就会从她身上索取更多。

商家从不做亏本的买卖,她得意忘形,竟以为自己在达到目的后,还能从白霍手里全身而退。

如今想想,实在可笑。

突然没了动静,白霍从厨房出来,发现孟娴已经睡着了。

他有意想提起从前,和她叙叙旧,可一时之间竟然不知该从何提起,只好将孟娴抱回卧室,让她先安心睡着。

夜里,孟娴从睡梦中醒来,发现身边空无一人。她从床上坐起来,摸黑走出卧室,最终在阳台上找到了白霍。

隔着落地的玻璃门,孟娴看到白霍站在门外,身上只披了件单薄的外套。他没发现她就在身后,只独自站在漫天风雪中,双手搭在木栏杆上,指尖似有一点星火红光,丝丝缕缕的细烟渐渐隐入冷风中。

孟娴见状,悄无声息地回去了,却无论如何都睡不着。不知过了多久,她听到开门声,紧接着是轻微的脚步声。

感受到身旁的床垫凹陷下去一些,她发觉是白霍半跪在床上帮她披了披被角。

白霍伸出手,似乎是想摸摸孟娴的脸,但在即将要触碰到时,却在半空中猛地停住,他收回了自己寒凉的指尖。

他轻手轻脚地躺下,直到身上回暖,才侧过身,把背对着他的孟娴轻轻揽进怀里。

…………

第二天一早,天放晴了。

孟娴一睁眼,就看见窗外阳光照在漫天白雪上,冷冽却又折射出灿灿金辉。

他们居住的房子在小镇边缘,从后门出去有一个小型观景台,在那儿可以看见山脚下那片随处可见的雪松云杉,那浓郁的黛绿色在一片雪白中更显生机勃勃。

想起今天要去看麋鹿,二人吃过早饭就出发了。对孟娴来说,沿街的商铺有种淡淡的熟悉感，店里卖一些纪念品或滑雪用具，但没想象中那么热闹。

仿佛是看出孟娴心中所想，白霍拉着她的手，温声开口："现在还不到旅游旺季，上次来正逢一年四季中人最多的时候，不过这次也还好，有麋鹿表演可以看。"

就这样，二人有一搭没一搭地聊着。孟娴一边往上坡走一边东张西望，欣赏那些在国内少见的欧式木屋，白霍则亦步亦趋地跟在她身后，姿态闲适，大衣外套松松地挎在臂弯里。

要是孟娴此刻回头，就能发现白霍落在她身上的目光专注又温柔，和不久前发疯的样子大相径庭。

二人闲逛了一个上午，看过了成群的麋鹿灵巧漂亮地奔驰在山路上。中午吃过午饭，白霍正收拾碗盏，孟娴听见外面传来了敲门声。

白霍还忙着，孟娴便站起来准备去开门，她还没走到玄关，就听见外面传来一道稚嫩又兴奋的男声："太太，我是罗比。好久不见，您还好吗？"

孟娴闻言，脚步顿时轻快起来，连忙打开门。

来人真的是罗比，他那头红棕色的短发一如当年明艳张扬，琉璃一样的眸子和深邃的五官可谓是等比放大，记忆中的小男孩如今已经长成意气风发的少年了。

男孩微微弯腰朝孟娴示意，脸上挂着明媚的笑容："太太早上好，昨天我妈妈就说她看到您和您的丈夫来了，我还不敢相信。待今天上午在家里亲眼看到后，我才知道妈妈没有骗我。"

孟娴闻言也笑了，侧过身示意罗比进屋，道："你好，好久不见了，你变得很帅气。"

罗比不好意思地挠挠后脑勺："过去这几年，您学会滑雪了吗？"

孟娴眼里极快地闪过一丝落寞："还没有，我居住的地方不像这里有这么多、这么厚的雪，而且我也没机会学。"

罗比闻言，顿时眼前一亮："那我可以教您，镇上最大的滑雪场从

金丝笼

前天开始就全天开放了,有很多人在那里滑雪,我们可以玩到晚上。"

闻言,孟娴脸上的笑慢慢消失,她慢慢垂下眼帘,又回头看向不远处站在半开放式厨房的吧台旁边的白霍。

此刻的他也正在看着她,察觉她的注视,白霍依旧面无表情。

孟娴的心一点点沉了下去,她眼看着白霍从厨房慢步走过来,她几乎可以预见接下来会发生什么。看来他又要罔顾她的意愿了,对吧?

可意料之外地,白霍站定以后,脸上慢慢浮现出几分笑意,他握住孟娴的手,温声道:"去吧,你不是早就想学滑雪了嘛。"

罗比在十四岁那年就加入了心心念念的滑雪俱乐部,当年那个身高才到孟娴腰部的小孩如今已经长得比她还要高了,尤其是他抱着护膝朝孟娴走来时,乍一看,真的很像一个小大人。

罗比先教了孟娴几个基础动作,不过,孟娴光是踩在双板上就已经有些站不稳了,罗比见状,就扶着她先挪动了两步,等她稍微适应一些后,便做了个简易的示范。

还没等孟娴反应过来,对方已经滑了下去,速度极快,一瞬间就离她远远的了。

不远处的休息区,白霍坐在凳子上看着孟娴,眼神明明灭灭,叫人无法分辨他眸中的情绪。

孟娴身上的滑雪服稍微有些厚重,她试探性地在平面上滑了两圈,这才来到一处雪面整齐,坡面也比较平缓的地方。

此时,罗比已经绕着整个滑雪场滑完一圈了,如今返回起点,看到孟娴还在原地,不由得笑道:"您不要太害怕,用你们国家的话说就是'万事开头难',可只要开始尝试,就算受伤也是值得的。这样吧,那边可以俯瞰整个小镇的雪景,您先滑到那里,我会在那儿等着您,加油。"

说完这话,罗比笑得像个小太阳一般,指了指东边小镇的方向后就离开了。

早些时候,白霍并不想孟娴学滑雪,一方面是担心她在学的过程

第七章 眷侣还是怨偶

中受伤,另一方面也是因为占有欲,不想让她接触其他人。

孟娴心里明白,白霍这次妥协,只不过是不想破坏这次出行的气氛。但孟娴也并不是真的想要学会滑雪,她的心态更像是一个处在叛逆期的小孩,她无法逃离自己的监护者,但又不服管教,于是只能在一些无伤大雅的事情上和对方对着干。

想到这儿,孟娴心一横,双手用力,顺着斜坡就滑了下去。

耳边风声急促,快速前行的失重感令她头晕目眩,或许是因为做足了准备,这次尝试还算成功,滑到一半她摔得人仰马翻,不过这也算意料之中。

白霍远远看见孟娴摔倒,瞬间腾地站了起来,准备去阻止她继续滑。可还没走两步,他堪堪顿住,最终还是坐了回去——记得上次他怕她受伤,阻止她滑雪,她跟他生了许久的气。现在两个人处境微妙,他再想做什么更是畏首畏尾。算了,叫她吃点苦头也好,知道疼了,才明白谁才是为她好,谁又是真心为她着想。

他以为孟娴摔个几次,自然就知难而退了,却不想她摔了无数次后,他预料中对方那苦着脸回来找他的场面也没发生。摔得多了,她竟还熟能生巧起来。白霍见状,脸色越来越沉,眼里涌动着若隐若现的阴冷。

在罗比的带领下,孟娴像模像样地穿梭在整个滑雪场,就好像没了他的约束,她反倒自由自在地欢快了起来。滑到最后,孟娴差点儿都要忘了白霍的存在,虽然这一天不知道摔了多少个跟头,可终究还算是勉强学会了个皮毛。

中途,罗比被认识的朋友叫走参加比赛去了,孟娴也滑累了,就自己一个人跟跟跄跄地往休息区挪。大约剩十几米的时候,她刚停下准备歇口气,肩膀和腰就被人同时扶住了,她抬头一看,竟是白霍。

白霍蹲下身,小心翼翼地帮孟娴解开滑雪服、双板和护膝,看着孟娴冻得通红的鼻头和脸颊,他竟然出人意料地没有发火。他转身在孟娴身前蹲下,好脾气地道:"我背你回去吧,给你煮点热汤,暖暖

金丝笼

身子。"

孟娴恍惚了一下,好像一瞬间又回到了几年前他们度蜜月那会儿,那时的他们没有那么多隔阂,也还不是一对怨偶,而是真心爱护对方的眷侣。

白霍耐心地等着,直到感受背部压上一点重量,脖子也已经被双臂环住后,他笑了笑,双手从背后托住孟娴,随后站了起来:"抱紧,要走了。"

踏着积雪,沐浴着夕阳,这相依相偎的两人在这一刻美得像是一幅画。

就在快要走出滑雪场的时候,二人突然被一个拿着相机的小女孩拦住了。对方看起来和罗比差不多大,脖子上挂着相机,微微凌乱的卷发蓬松而稚嫩,白皮肤上那零星几颗可爱的小雀斑,让孟娴无端联想到上午见到的麋鹿。

"你好,请问你们是来这里旅游的吗?"女孩声音甜美,乖巧问道。

"是,有什么事吗?"孟娴温声细语地回答着。

女孩闻言,随即拿出一张照片,递了过来:"这是我刚才拍摄的作品,入镜的是您和您的爱人。这一幕很美,所以我就拍下来了,想送给你们。我觉得你们一定很相爱,希望你们能喜欢。"

孟娴接过那张照片,白霍也侧眼看过来——

照片中,白霍身形高大,正逆光微笑,背着孟娴的样子好像他背的是世界上最珍贵的宝物。而孟娴虽然没笑,但表情明显是松弛舒适的。猛地一看,真的很像一对相爱多年的眷侣。

孟娴还没来得及出声,就听白霍笑着对那女孩道:"拍得真好。谢谢你,我们很喜欢。"

女孩闻言,瞬间雀跃起来,步伐欢快地离开了。

回去的路上,两个人谁都没有说话。孟娴趴在白霍的背上,把那张照片翻来覆去地看了一路。

不到一周的行程一眨眼就结束了,二人爬了雪山,看了日出日

第七章 眷侣还是怨偶

落,坐了雪橇,吃了当地的特色美食……白霍从始至终都对孟娴百依百顺,两个人没有争吵过半句。

就这样,孟娴做梦一样地去到雪山小镇,然后又做梦一样地回到江州。

下飞机的时候孟娴刚睡醒不久,整个人晕乎乎的,腿还在发软。

小南楼的司机来机场接机,孟娴上了车后还想再睡一会儿,却听见白霍接了个电话,叫了白英的名字,言语间透露着白英应该是已经回国了的信息。

挂了电话,白霍感受到孟娴投过来的目光,就知道她想问什么,便开口道:"白英这次回来是为了给你过生日的,不过她刚回国,住处还得收拾收拾。她跟我说明天来看你,我已经让人准备好了,大后天你过生日,咱们好好庆祝一下……"

后面白霍似乎还说了些什么,只是孟娴被卷土重来的困意弄得不太清醒,也就没听进去。

再醒来时,她已经在家里的卧室了,入目的一切都很熟悉。

有关雪山小镇的一切明明就发生在昨天,但于她而言好像已经过去很久了。她下意识地动弹了下,发觉身后有人,她被对方搂在怀里,离得太近,她能够很清晰地感知到对方的心跳和呼吸,还有他身上的温度。

也不知道现在几点了。

孟娴想从白霍怀里挣脱出来,却没成功,她的思绪好像和身体断联了似的,整个人也因为刚睡醒而变得迟钝。

白霍睡得浅,孟娴刚睡醒时动的那一下已经把他从睡梦惊醒,于是他开口问道:"醒了?"

孟娴的目光堪堪落在床头柜上摆的闹钟上,现在虽不到七点,但已经是翌日清早了。自打她昨晚在车上睡着后,她竟然一直到现在才醒。

看来疯玩几天,她也是累坏了。

金丝笼

月余不见，白英变得不像孟娴记忆中那样明艳生动了。

孟娴心里有些不解，按理说白英是出去游玩的，这么些天大抵天南海北都跑了个遍，就算会因为舟车劳顿憔悴一些，但依她养尊处优的地位和爱玩的性格，此刻应该是兴高采烈地拥着孟娴的胳膊，和她讲在国外遇到的趣事才对。

事出反常必有妖，但孟娴不好主动开口问，只好让小琪再去泡一壶花茶，又支开了客厅的其他人。

待只剩下她们两个人，白英要是想说也有机会说，要是不想说孟娴也懒得过问，毕竟她早已自顾不暇。

白英明显有些心不在焉，看周围人都走光了，这才把目光挪到孟娴身上。

须臾，她轻声开口："孟娴。"

孟娴放下手中那杯还没来得及喝的花茶："怎么了？"

白英又看了眼楼上："我哥他不在家吗？"

"他前脚去公司，你后脚就来了。"孟娴笑道。

不知道是不是孟娴的错觉，白英听完她的话，似乎不着痕迹地松了口气。她转移话题，开口时顿了一下，但还是踌躇道："对了，我前阵子听说你恢复了一些记忆，那……那……"

看白英举棋不定的样子，孟娴浅笑道："怎么吞吞吐吐的？你想问什么，直说就好。"

"算了……"白英闻言，却忽然泄了气，眼神闪躲开来，倾身自顾自地去倒桌上的花茶。

白英不问，但孟娴想答。她收回视线，直视着前方轻声开口："你是不是想问我有没有想起关于傅岑的事？"

白英闻言，手上的动作猛地顿住，但她不敢看孟娴，只一味低着头，用轻到不能再轻、微微发颤的声音问道："你……你都记起来了？"

孟娴恢复记忆，自然会想到当初白英在她身边同她讲以前时，从来没提过傅岑的事。

第七章 眷侣还是怨偶

他们三个同为大学校友，白英和傅岑虽算不上朋友，可有孟娴这个中间人在，好歹也算是点头之交。白英比任何人都清楚傅岑对孟娴的感情，但她还是选择对失忆的孟娴隐瞒，是何居心，自然明了。

说起来，当初孟娴能和白霍在一起，白英也算半个媒人。孟娴以前没想那么多，婚后才知道白霍很早就对她有意，甚至比她知道的还要早。如此看来，当初白英的撮合之举，多半也有白霍的授意吧。否则像他这样的人，除了自己愿意，旁人又有谁能左右得了他。

气氛陷入诡异的平静，过了半响，白英垂着眼，苦涩一笑："我就知道，早晚会有这么一天。"

当年，得知大哥对好友有了异样的情愫时，她比谁都高兴，一心想着能和最好的朋友成为一家人，亲上加亲，简直不要太好。她当然知道傅岑的存在，也隐约听孟娴说过一些旧事，可人哪儿有不自私的，她觉得全天下只有她哥才能配得上孟娴，于是她就睁一只眼闭一只眼，只当傅岑是孟娴的青梅竹马罢了。

后来，傅岑果然悄无声息地淡出了孟娴的生活，白英也就渐渐忘了这个人的存在。她见证白霍和孟娴从相知到相恋的过程，也知道他们是好不容易才结的婚，了解他们所经历的一切磨难。

可令她没想到的是，她以为的天作之合，婚后不过五年就要分崩离析。

当白霍告诉她孟娴和他提了离婚的事时，孟娴正在医院抢救。大哥告诉她，孟娴要和傅岑出国，他在国外追她的车，才导致孟娴出了车祸。

医生亲口告诉她，孟娴极有可能失忆，能不能再好起来也要看后续的恢复情况。

她也有她的私心，孟娴是她最好的朋友，她想孟娴留下来，也想帮白霍遮掩，当作什么事都没发生过，让他们俩继续在一起。

于是她答应白霍，帮他隐瞒一切他想隐瞒的事。

但她早该意识到白霍不正常的！一个男人，发觉妻子想要和自己

金丝笼

离婚后,第一时间想的不是搞清楚状况,而是跑到国外去追车;在知道对方很可能失忆以后,竟然还决定撒谎强留对方!如果不是有着极端偏激的执念,谁会做到这种地步?

可当时的她太慌乱了,根本来不及思考就答应了下来。直到前段日子,她得知哥哥几次三番强制孟娴,甚至还发了好大的脾气……她这才明白,白霍已经疯狂至此。

"我哥……他不想离婚。他跟我说,只要你醒来以后,身边的人不提傅岑,你把他忘了,自然就不会想着离开了。

"生日宴那天,我在老宅见到了傅岑。当时我就知道,他一定是来找你的。就算我们所有人都隐瞒他的存在,可他毕竟还活着,又怎么可能一直瞒下去。"白英说着,表情开始愈发不自然,像是愧疚,又像是无奈。

"所以那个时候我心里就清楚,离你猜到真相也不远了。你那么了解我,肯定也想到了吧?我出国这段日子说是去旅游,其实就是在逃避现实。"白英说着,脸上的那一点笑意显得更为勉强。

她谁也帮不了,被夹在中间,处境微妙又为难。她以为她躲得远远的,不参与他们之间的纠纷,就不会影响自己和孟娴的感情。

沉默片刻,孟娴深吸了口气,木然地开口:"所以,白霍对我做了什么,你都知道?"

白英闻言,苦笑道:"世上哪有不透风的墙,自己家的家事,我想知道还不容易吗?"

小南楼上上下下这么多双眼睛,他们会对着外人三缄其口,但对她不会。

是她错了,是她一步错,步步错,才害得大哥和孟娴吃苦。

或许从一开始,她就不该帮大哥撮合,到后来更不该欺骗孟娴。她明知白霍疯狂,还把孟娴一个人留在国内独自面对这些事情。这场最初就不被看好的婚姻,早在孟娴出车祸的时候就应该彻底了断。

白英恍惚了一下,忽然想起她和孟娴十七八岁的时候——

那时正值盛夏，她们刚认识不久。孟娴总是穿着布料柔软的长裙，长发编成松散的鱼骨辫垂在胸前。二人并肩走在学校的林荫路上，斑驳碎影洒落在身，孟娴歪着头冲她笑，笑容明媚得比那天上的骄阳还灿烂。

她都快忘记，孟娴有多久没再那么笑过了。

说不出的情绪一股脑地涌上来，白英顿时眼眶发酸，她大口喝茶，仿佛做了十分艰难的决定似的："我这段时间，在国外看了很多城市，风景很好，也适合长期居住，那些地方的政策我也都了解了……"她顿了顿，再看向孟娴时，眼里暗潮涌动，"……如果你想，我就帮你离开这里。"

离开这座禁锢你的牢笼。

白英离开后，孟娴坐在沙发上出神，直到耳边传来脚步声，她回头看去，发现是小琪。

小琪轻手轻脚地走近，把手里的东西递给孟娴，是一小袋粉末。

除了傅信，大概没有人比她更熟悉这东西了。

第一次，她放在了那杯蜂蜜水里。而这段时间，她有时放在茶里，有时放在牛奶里，也都看着他喝了下去。白霍对她也并不警惕，大概是身居高位久了，不明白"会咬人的狗不叫"这个道理。

这东西的影响并不起眼，可只要连续服用，累积起来，很快就能让人有心无力。

"太太，先生今天晚上应该不会回来了。万科旗下有好几个规模还算大的子公司，一夜间被曝出来很多负面新闻，听说还要被检察。虽然我不懂财经、金融之类的东西，可是看新闻说，万科的股票跌停了……"

小琪说的这些，自然就是程错派人做的。平日里，万科作为江州的龙头企业，法务公关一向厉害，就算有黑幕也不会有人冒险捅出来。可惜这次要和他作对的是程家人，白家那几个叔伯做过的事更是惊动了上面，要摆平可得费些力气。

虽然不过是几家子公司，可毕竟是万科旗下的，一荣俱荣，一损俱损，白霍不会眼睁睁地看着它们被毁。

"好，我知道了。"孟娴道。

虽然早已料到程错会有所动作，但没想到竟来得这么快，她当初选择让他帮自己，也算是选对了人。

小琪离开后，孟娴正襟危坐，又不由自主地想起刚才白英说过的那些话——

"他不想离婚……"

"帮你离开这里……"

她眉头一皱，太阳穴开始突突地跳，闷痛感袭来，像一柄利刃插进了她的头颅，疼得她五官都有些微微扭曲。一瞬间，孟娴脑海中好像突然多了些什么，把她的意识搅得昏昏沉沉、天翻地覆，脑海里也瞬间掠过许多或熟悉或陌生的画面。

孟娴眼前一暗，上半身不受控制地前倾下坠，眼看就要一头撞到面前的桌沿时，她终于清醒过来，下意识抬手扶住桌边，勉强用一只胳膊支撑住身体，随后发出"哐"的一声。

她大口呼吸着，额头冒出细密的冷汗，眸子也一点点清明起来。

白英说的那些，她都想起来了，可她的记忆，却和白英的话有些出入——白霍对白英撒了谎，或者说，他所谓的坦白也有所保留。

孟娴的确在他们结婚的第五年年初向白霍提出了离婚。

协议离婚的时候没什么不愉快，二人也算体面。她一直都是这样，做好打算，在心里想好了，才会挑合适的时机平静地说出来。

其实她和白霍也没什么好谈的，夫妻共同财产这个问题早在婚前他们二人就当着白璋和梁榆的面签了协议，除去后来赠予她的那些股份，孟娴几乎没什么所谓的"夫妻共同财产"。当然，如果她和白霍做一辈子夫妻，那他的一切都会是她的；可一旦离婚，白家那些雄厚的资产她也只能拿到九牛一毛。

第七章　眷侣还是怨偶

　　她甚至可以把这些利害都搬到台面上来说，以白霍的身家条件，失去一个没那么爱他的女人，对他来说不过是皮毛之痛。这世上多的是比她更优秀，更配得上他的女人。

　　但彼时，桌子上放的那些财产公证、离婚协议，白霍看都不看一眼。从头到尾，他只是看着她，问了这么一句话："孟娴，你我之间的这几年，在你眼里到底算什么？"

　　孟娴记得，她当时没有回答，因为连她自己也不知道。

　　她的确爱过白霍，但她当时的心情却是恨大过爱，恨不得立刻逃离他。她也知道他想听什么，可她就是说不出口，因为如果不把过去所有的感情全部撕碎，他们两人是没办法了断的。于是她亲口告诉他，说她一开始接近他，就是为了把他当作跳板。

　　"当时白霍什么也没说，不过应该会签字吧。我全都告诉他了，以他的性格，肯定恨不得立刻跟我一刀两断。"她是这样和傅岑说的，可事实证明，她再次低估了白霍。

　　在她见过傅岑，并和他确定了保加利亚行程的当晚，白霍发了狂。

　　他以签好离婚协议让她回家去取的借口将她骗回去，等她察觉不对劲时才发现小南楼所有的人都被遣走了，偌大的别墅只剩下她和白霍。

　　就和前不久一样，她被他拽回卧室，他扼住她的后颈，逼她亲眼看着面前的直播画面——傅岑的车后则紧紧跟着另一辆车，白霍竟派人实时监控着傅岑。

　　至今再回想，孟娴甚至还能记起那种史无前例的恐惧感，一时间她除了央求白霍，没有别的办法。

　　在白霍的逼迫下，她亲口承诺不再见傅岑，最终对方松了手，伏在她颈窝沉默良久，道："明天，我带你出国。"

　　他甚至发出最后通牒，嘴里吐出的每一个冰冷字眼，都犹如催命符一般："你要是不同意，那我只能采用我自己的手段，来让你这辈

233

子都见不到他。"

就这样,白霍带孟娴出了国。一是为了远离傅岑;二是为了在国外,白霍可以更好地控制她。他的劣根性和偏执的占有欲,早在那个时候就暴露了。

再后来发生的一切,就像白英说的那样,孟娴受不了那种被操纵的生活,在开车离开的过程中被白霍追车,最终导致她失忆。

一瞬间,很多以前她不明白的事情在这一刻迎刃而解了。

但唯有一点她仍旧搞不清楚——她当初到底为什么会向白霍提离婚呢?

她绝不可能是为了傅岑,她对傅岑的感情虽然深厚,但还远没到这种地步,否则当初她也不会投入白霍的怀抱。

难道真的是因为厌倦了?可她做事一向缜密,不会什么都不考虑就贸然把自己置于不利的境地。离婚对她的谋划来说百害而无一利,甚至很有可能导致她前功尽弃;除非实在忍不下去,否则她大抵不会因为这些情绪就和白霍闹到不欢而散。

而且,当初的白霍并不像现在这样癫狂发疯,即便是较之普通人占有欲强了些,也不至于到无法忍耐,非要离婚的地步。

孟娴越往深了想,脑子就越像针扎一般疼,她把所有的记忆连起来,这才忽然发现——自己的记忆好像从婚后第四年一直到她和白霍提离婚这中间,有一段完全空白的地方。

而这段日子到底发生了什么,她一无所知。

白霍这晚果然没有回来,只是来了通电话,说要在公司加班,让孟娴不必等他,早点休息。

而且不止今天,甚至第二天白霍都没有回来。

虽然不知道程错到底耍了什么手段,让白霍焦头烂额成这样,不过坐山观虎斗的感觉还不错。

孟娴生日那天,整栋小南楼的用人一大早就开始忙碌起来。秋姨

第七章 眷侣还是怨偶

送来早点的时候，对孟娴说："太太，先生凌晨打来电话，说会尽快回家，下午白英小姐和程端先生也会来。"

仔细回想，孟娴好像还真没几个特别要好的朋友。她从学生时代起就是这样，看起来人缘不错，跟谁都合得来，但又和谁都保持着明显的边界感，没什么深交——除了傅岑和白英。

孟娴也不想邀请太多无关紧要的人，所以白霍一开始就没打算声张。孟娴本以为也就白英和程端会来，没想到午休起床，换了衣服下楼时，却看到程锴也在。

这么多天不见，程锴看起来没什么变化，只是带着些疲惫。他姿态慵懒地靠坐在沙发上，视线在触及她的一瞬间，又明亮起来。

他对面的白英背对着楼梯，没发现孟娴已经下楼，此时还在和程锴说笑着——看来，白英只知道傅岑，并不知道她还利用了程锴……

察觉到程锴的目光，白英这才转过头来，看见孟娴后脸上漾开笑容，人也跟着站起来："大寿星可算是下来了，让我们几个好等。"

几个人各怀鬼胎，程端用余光盯着程锴，但面上却不显情绪，只站在白英身边得体地微笑着，看起来倒是郎才女貌。

孟娴看着白英，也不知是问谁，开口道："对了，宁进没跟你们一起吗？"

宁进自从跟程锴一起混，基本上有白英和程锴的场合都能看见他，她这随口一问，倒有点像没话找话。

白英张张嘴，还没来得及开口，却被程锴抢了先："我让他去取我给你准备的生日礼物了，马上就来。"

此话一出，气氛瞬间一滞，连不知情的白英也不禁侧目。

她分明记得程锴以前和孟娴之间关系可并不算融洽，如今这话也未免有些太过殷勤。

照理说这种时候，孟娴多少应该避下嫌，可她非但没有，反而笑着接上程锴的话："是吗，什么礼物？"

程端眼里迅速划过一丝惊诧，接着就听程锴用微微雀跃的语气回

金丝笼

道:"惊喜,现在还不能说,到时候你就知道了。"

一脸懵然的白英夹在几人中间,先看看程错,又看看孟娴,表情有种说不出的古怪。

不知过了多久,作为话题中心的宁进还没来,白霍倒是回来了。

白霍脸上的疲惫之色比程错浓重得多,眼下淡淡的乌青和毫无血色的嘴唇,都昭示着他这几天是如何费心费神,呕心沥血。

他进来后目光扫过所有人,最后落在程端叔侄二人周围,简单和他们打了个招呼。

一如往常的疏离冷淡,好像不久前他和程错在小南楼所发生的一切冲突都烟消云散了。

其实,大家谁都不想维持如此虚伪的体面,但又不得已而为之。

白霍心想,既然程端说他会管教好程错,那他暂且信他一次。更何况今天是孟娴生日,他也不想她难堪,有什么账,都等过了今天再算。

"你们继续聊吧,我回房间收拾一下。"白霍这两天都待在公司,虽然办公室里设施齐全,可今天毕竟不是寻常日子,至少得换身衣服。

白霍说完就转身上楼了,他没叫孟娴陪他一起,毕竟有白英和程端在,谅程错也不敢造次。

他正这样想着,倏然眼前一黑,大脑如充血般瞬间失去意识。他脸色苍白,身体也随即沉重地下跌,整个人像被子弹击中,猝然倒下。

"哥!!"白英惊惶尖叫,第一个冲了过去,而正在外面和厨房忙碌的人闻声也都跑了进来,客厅瞬间陷入一片兵荒马乱。

孟娴是在白英之后来到白霍身边的,她看着白英费力地将白霍扶起来,可才凑近就被白霍猛地抓住了手腕。他此刻看起来虚弱极了,脸色也灰败得不像话,眼神却锐利异常,他死死盯着孟娴,嗓音沙哑,语气早不复往日的中气十足:"我没事,可能是加班太累了,回去休息一下就好了。"

第七章　眷侣还是怨偶

这一句话，他都是喘了好几口气才说完。孟娴目光上移，注意到白霍额头上冒出的冷汗，开口道："让魏医生来一趟吧，累成这样，怎么也要让医生看一看。"

一旁的秋姨如梦初醒："对，对！我这就给魏医生打电话！太太，您和白英小姐先扶先生上楼吧，客人我会派人招待。"

白霍目光虚浮，整个人都好像在强撑，听到秋姨这话，他手上用力，扯了一下孟娴："白英留在这儿招待客人，你陪我上楼吧。"

孟娴的手腕被握得生疼，她不明白，白霍都成这样了怎么还有这么大的力气。可众目睽睽之下，她一丁点反抗的余地都没有，只能顺势扶着白霍，和他一起上楼。

主卧的门被关上，所有人的声音和目光都被隔绝在外，白霍提着的一口气一下子消散，宽阔的肩膀垮塌下来。孟娴扶着他躺到床上，掖好被角后转身，想去倒杯水给白霍，可才侧过身，却又被抓住裙摆。

白霍："不准走。"

孟娴头也不回，声音轻得不像话："身体不舒服就应该等医生来，我在这儿也没什么用。我去帮……"

白霍仿佛被瞬间戳中痛处，直接开口打断了她："怎么，不想待在我这儿？"

孟娴闭了闭眼，声线微冷："你能不能别总是胡思乱想？我没想下楼，只是想帮你倒杯水。"

白霍扯了扯嘴角："你最好是。"

铺天盖地的厌倦和疲惫在这一刻席卷了孟娴全身，而刚看到白霍虚弱时心里涌出的一点心软也荡然无存。她再次戴上假笑的面具，浑像一只听话的笼中鸟，顺从道："你不舒服，就别生我气了。我以后一定会乖乖听话的，你先休息，把身体养好，好吗？"

白霍一向见好就收，和孟娴拉扯这多次也早有经验，他表情放松下来，终于不再咄咄逼人。

金丝笼

大概过了十几分钟，那个姓魏的家庭医生终于急匆匆地赶到了，经他诊断，白霍应该是劳累过度才会变成这样，便给他打了吊瓶。为了让白霍好好休息，孟娴请医生在给他开的药里加入了一些安眠成分。

医生离开以后没多久，白霍便沉沉睡去，孟娴这才从主卧里出来。

此时走廊一片寂静，她背过身关门，还没松开门把手，便被人从身后拽住，孟娴低低惊呼一声，随即耳边出现了一道清朗的男声："嘘，是我，别怕。"

听到是熟悉的声音，孟娴这才卸了挣扎的力道。

许久不见，程锴脸上尽是思念，他拽着孟娴走到不远处的走廊拐角，试探着问："白霍这段时间没有为难你吧？"

为难？怎样算为难？

孟娴嘴角牵起一抹弧度，柔顺地笑道："你说呢？他都发现了，难不成会放过我？"

"是我不好。"程锴表情一僵，随后丧气般地垂下了眼，他顿了一下，语气又急切道，"不过你放心，我现在已经回华盛了，不会一直没用的。早晚有一天，我会掌权。"

孟娴不语，程锴却似乎已经沉浸在他自己的幻想中了："那你呢，他那么欺负你，你想跟他离婚吗？"

孟娴闻言，笑问："离了怎样？不离又怎样？"

程锴薄唇微抿，少顷答道："若是离婚，你就自由了。到时候，你想去哪玩我都陪你，我也给你种满园子的花，还要给你建一座比小南楼还大的房子……"

孟娴没接话，但也没打断程锴，她静静地听着程锴的美好愿景。他现在正处于感情最浓烈的时候，他不用考虑任何后果，也不顾及任何人，什么话都说得出来，什么事都做得出来。

她对此并不觉得奇怪，因为当年的白霍也是这样的。

可她早已不是当年的孟娴，程锴畅想的这些美好未来，她不稀罕。

第七章 眷侣还是怨偶

白霍再醒来时，天已经黑了。

卧室里静悄悄的，一片昏暗，有微弱的月光透过落地窗照进来，显得格外冷清。

这时，他隐约听到外面似乎传来喧闹的人声，嘈杂得很。

他没开灯，只披了件外套下床，推开落地窗走到凸形露台的栏杆处，一低头就看见程端、白英、程锴、孟娴还有秋姨等几乎所有人都聚集在院子里。

他仔细看了一圈，听到两个小姑娘叽叽喳喳地欢呼，说什么程小少爷送的生日礼物是烟花。

突然，"砰"的一声巨响打断了他的思绪，白霍下意识抬头望向声源处——只见黑暗的夜空瞬间明亮，盛大绚烂的烟花竞相绽放开来，天地间哗然一片，有一种无与伦比的美。

白霍喉咙瞬间干涩，垂眸便看到被烟花余晖照得明明灭灭的二人，程锴和孟娴正并肩站在一起，就好像他们才是一对夫妻。

半响，那连续不断的、仿佛永远放不完的烟花终于告一段落，白霍刚要抬脚离开，就听耳边再次传来一阵惊奇的欢呼声，他脚步一顿，重新抬眼向上看——只见几百架不知从何处来的无人机陆续升起，于半空中汇聚成片，在夜空中闪烁着耀眼的光芒。它们缓慢变换着阵型、队列，最后一点点汇聚成一幅人像。

那是一个女人侧脸的立体轮廓，简笔画一样的线条，却把她的相貌特点勾勒得惟妙惟肖。除了人像，夜空中还有由无人机拼成的、漫天绽放的玫瑰。甚至在队形的变换中，"她"还会低头浅笑，笑容惊艳又动人。

那个"她"明明就是孟娴的样子，只要是熟悉她的人，一眼就能看得出来。

什么生日礼物，这分明是挑衅。

白霍死死抓着栏杆，浑身的血液仿佛开始逆流，怒到极致时，他竟然看着他们失笑出声。

金丝笼

好，好极了！

原本看在程家和程端的面子上，这次程错在背后搞的小动作他没打算闹大，可既然程错不识好歹，狂妄至此，那他就跟他不死不休。

生日会结束时已经很晚了，程端说老爷子想见孙儿，他今晚要带程错回老宅。言语之间，发现白英隐有醉意，又说先送她回家。

于是，白英、程端和程错上了同一辆车，所有人直到离开都没再见到白霍。程错倒是依依不舍地一步三回头，也不知是在看谁，最后还是被程端死死拽着胳膊拖上了车。

一路上的气氛很沉闷，白英似是有心事，又似是醉了，只一言不发地闭眼小憩；而程端则脸色微沉，时不时看一眼坐在副驾驶的程错。

直到把白英送到家，程端打发了司机，坐上驾驶位，车里只剩他和程错二人时，他才终于冷冰冰地开口："你那些花招，都是跟着宁进学的？怪不得一开始他没来，原来是在准备这些。"

他瞥了一眼程错，握着方向盘的手紧了几分，表情有些怒其不争："……你还嫌上次那件事闹得不够大是不是？你非得把白霍逼急了才高兴是不是？"

程错目视前方，丝毫没有被程端的话吓到："我的事情自是我一人承担，和小叔有什么关系？你放心，就算闹到爷爷那里，我也绝不会牵连你。"

他不懂程家何必要怕白家，两家相辅相成多年，很多资金链和产业链都捆绑在一起难舍难分，没有谁比谁更厉害一说，白霍凭什么那么大口气，笃定他程错不敢抢人？

"他对孟娴不好，人前装成一个好男人，背后怎么对她的你知道吗？我想救她，有什么错？"程错说得义正词严。

程端被程错的发言搞得头昏脑涨："白霍对孟娴再不好，他也是她的丈夫，他们两个只要一天不离婚，人家就是名正言顺、受法律保护的夫妻，你算个什么东西？我拜托你清醒一点行不行！你之前回华盛，我还以为你终于知道上进了，结果你就是为了掌权以后给白霍使绊子？你以为你做的那些'好事'别人都不知道吗？白霍的手段没用在你身上，那是看在程家和老爷子的面子上，你以为他是怕你？！"

听到他最后一句话，程错终于冷眼看了过来："我从来就不认为白霍会怕我，我也知道他手段狠辣，跟他作对我断然讨不到好处。"他顿了顿，似是想到了谁，眼神瞬间柔软下来，声音却仍坚毅，"……可若是有朝一日，是白英，她被人夺走了，难道小叔你会坐以待毙，为了表面的体面和气就放弃她吗？"

程端被这么一噎，目光凛然地看向程错，却没反驳。

如果是他，他也会去夺，而不是眼睁睁地看着白英落入他人的怀抱。

他深吸一口气，闭言专心开车，太阳穴隐隐抽痛，他刚才那些长篇大论的说教，怎的忽然就被程错这三两句歪理推翻了？但他还是要把这件事跟程错说清楚："我知道我现在说什么你都听不进去。你想要华盛，小叔不会跟你抢，但你不能用华盛和万科作对。小错，你早已经不是三岁小孩了，公司也不是你可以拿来邀功争宠的玩具，你更不能拿整个华盛几万人的前途去赌一个不确定。"

这话程端说得太满，就好像把华盛所有人的命运都系在程错一个人手上。虽然程错知道小叔的话是危言耸听，但他还是沉默两秒，然后答应了下来："知道了，我有分寸。"

"爷爷他很想你，不过这个点回去他应该已经休息了，明天一早你就去他房里，但不许惹他生气。"程端最后叮嘱一句。

程错松一口气："知道。"

程错在小南楼洋洋洒洒地做那些事，又是烟花又是无人机庆生，他什么心思，但凡长了眼睛的人都能看出来。

结束以后他倒是拍拍屁股走了，可孟娴还要留下来面对白霍的怒火。

她一边上楼，一边不着痕迹地叹了口气。她对程错的乖张举动

金丝笼

倒也说不上怨怼或生气,只是颇有些无奈罢了。说到底,程错也是可怜。她为了自己的私心在他身上作了不少孽,既被她拖下来蹚这趟浑水,还连带整个程家都不得安宁。可他却对她的谋划一无所知又心甘情愿,反倒叫她生出一星半点的愧疚来。

回去以后,白霍并没有像孟娴预料的那样朝她发脾气,他平静得让孟娴有种事发时他还在昏睡,根本没有看到那一幕的错觉。

可她心里清楚,事实并不是这样的。就在所有人都沉浸在烟花的盛况中,欣赏拍照之时,她看到了站在露台上的白霍。彼时,他一半的身体都隐藏在廊柱后面的阴影里,俯视着他们的目光阴寒又冰冷。

看孟娴站在门口踌躇,白霍坐在床上朝她招了招手,微微笑着说:"怎么不过来?门口又不能睡觉。"

又是这样,他只要一露出这种笑容,她就不由得想起前两次他先是隐忍怒气,引她过去后才开始发疯的样子。

孟娴有些抵触,但还是极缓慢地,一寸一寸地挪过去,最后站定在白霍身前。

他刚要抬手,孟娴却像被吓到了似的瞬间后退一步,白霍微愣一下,脸色没变,握住孟娴手腕令她上前,没骨头似的抱住她,闭上眼,靠在她腰间,语气温柔又诡谲:"别怕,这次是他的错。"

是那个不知天高地厚的程错的错。

孟娴不知道白霍葫芦里到底卖的是什么药,起初她还不安了很久,但之后她发现对方好像真的没打算对她做什么,洗过澡后还自顾自地吃了医生开的药,便安安静静地睡了过去。

后半夜,在一片皎白凉薄的月光里,孟娴猝然惊醒。

小琪蹲伏在她床边,手里拿着一件她的外套,声音轻得仿佛快要听不见一样:"太太,到时间了。"

她微微一愣,倏然后知后觉——对啊,计划行至今日,现在已经到了该走的时间了。

黑夜漆漆,秋夜的凉意从空气中侵袭至孟娴全身,她动作轻快地

第七章 眷侣还是怨偶

穿上外套，踩着月色，和小琪离开。

走到卧室门口时，她不由得回头望了一眼——床上的人因为助眠药物还在安睡，丝毫未曾察觉怀里的温度早已消失不见，空气中还浮动着玫瑰花的幽香，这些是孟娴再熟悉不过的一切，但现在她即将与这一切告别。

小琪发觉孟娴没跟上来，回过头来，小声问道："太太，怎么了？"

孟娴收回视线，姿态柔软但决绝，三步并作两步追上小琪："……没事，走吧。"

小南楼上下一片死寂，静得人发慌，除了头顶的月光，二人再看不见其他任何光线，直到抵达正门口，外面路灯昏黄的光芒才照在她们身上。

"密码是我从小蔓那里骗来的，秋姨她们都睡熟了，没有人发现我。等事情结束了，我就自己跟秋姨承认，大不了辞职，我也认了。"她呼吸急促地说着，表情透着慌乱。

不久前，小琪跟她说她有办法弄到门禁密码，但她没想到，小琪的办法，竟是这样破釜沉舟。

说话间，门开了。

小琪眼神惶恐，一边看着孟娴出去，一边又频频回头看，仿佛身后有什么正在追赶而来的洪水猛兽一样。

直到那辆停在路边等候多时的车开过来，载着孟娴扬长而去，她这才松一口气，瘫软地靠在冰冷大门上。

更深露重，小琪打了个寒战，她目光微微呆滞，无意识般地低低呢喃出声："……走吧，走得越远越好。"

程家老宅。

程老爷子作息一向规律，醒来后听说最疼爱的孙子回来了，就立马让人去叫，一点也不管年轻人一般这个时候都沉浸在梦乡里。

于是，程错昏昏沉沉地被人叫醒，简单洗漱了下，连睡衣都没换

243

金丝笼

就去了爷爷的住处。

程家宅子大,年代也比白家那老宅更久,里三层外三层的,乍一看像是民国时期的洋楼,庄严肃穆得叫人看一眼就喘不过气来。

程错这一路走来碰见了几个老宅的人,个个安静沉稳,手里端着茶盏、早点之类的东西穿梭在宅子各处。

程家掌权者程宗柏住老宅主卧,准确来说是他自己一个人住一栋小楼,一楼用来见些关系亲近的客人,二楼则是卧室和起居室。

程错到的时候,卧室的门正敞着,空气中弥漫着一股淡淡的茶香。床上半躺着一位大概七八十岁的老者,虽眉眼苍老但精神矍铄,通身有着和程端如出一辙的闷葫芦气场,一点儿不见几天前程错来看望他时的一身病气。

老爷子身体还算硬朗,要不他那个便宜爹也不至于这么急着想继承家业。

听见声音,程老爷子慢慢掀起眼皮看向来人,虽然老爷子已经满脸横纹,但眼神依然锐利如刀,即便程错这个混世魔王到了他爷爷面前,也只有偃旗息鼓的份儿,<u>丝毫不敢造次</u>。

"来了。"程宗柏淡淡开口,语气沧桑雄浑。

程错走到床边,一副恭顺姿态:"爷爷既然身体不舒服,怎么不多睡一会儿?"

程宗柏轻笑一声,目光落在程错的睡衣上:"你是想让我多睡一会儿,还是你自己想多睡一会儿?"

程错站得规规矩矩,立在那里像棵挺拔的小白杨,声音也朗利:"都有,我想让您多睡会儿,自己也想多睡会儿。"

程宗柏哈哈大笑两声,视线却一寸寸变冷:"……你都快把万科搅得天翻地覆了,我还睡得着?"

程错闻言,表情一滞,房间里的气氛也陡然僵硬下来,他这才发现爷爷已经不看他了,眼里也没什么温度,表情虽看不出喜怒,但他这个最受宠的孙儿何尝见过爷爷对他这副态度?

第七章 眷侣还是怨偶

这些年，程宗柏对别人再威严、再刻薄，见了程错也是笑逐颜开的。

见程错一声不吭，程宗柏脸上隐现愠怒，语气却仍平静："呵，我老头子也真是没想到，有朝一日，我程家还能出一个大情种呢。"

程错原本低眉顺眼地站着，听老爷子话里有话，猛地抬眼看去。

"你是不是想问，我怎么知道你的这些事的？"程宗柏沉声道，他语速缓慢，说话间目光平视前方，似乎在忍耐着怒火，又似乎没有，"你别忘了，我还没死呢。华盛可是我倾尽一生，呕心沥血打下来的，它发生了任何事，我都一清二楚。更别说你做事根本就没想遮掩，我都能查到，只怕白霍那边也早就查清楚了。"

这话刚落，老爷子陡然拔高腔调，再压抑不住情绪地冲着程错怒道："想我程宗柏一世英名，怎么就生出你爸和你两个蠢货！你现在是在背后使阴招，下一步是不是就要和万科决裂？你竟然为了个女人，要拿我程家百年基业去和白家斗？怎么，你要跟白霍斗个两败俱伤，把华盛全败光你才满意是不是？！"

程错一言不发，垂下眼，看着是放低了姿态，可腰背却倔强地挺着，好似并不认同爷爷这话。

程宗柏又怎么会看不出来？他长舒一口气，皱着眉厉斥："你糊涂！"

程错虽不以为然，但他绝不会梗着脖子和最疼爱他的爷爷吵架，于是只能沉默以对，一副"我知道错了，但我就是不改"的样子。

程宗柏眯了眯眼，紧皱的眉头自始至终不曾松开，突然他高声冲屋外喊道："来人！"

随即就听到纷繁杂乱的脚步声，有三五个壮汉模样的安保人员冲进来，程错眼里划过一丝惊惶，他回过头来，脸上尽是不敢置信，可还不等他发问，程宗柏已经不容置喙地冷声下达了命令："给我把他关到房间里闭门思过，什么时候想明白了，什么时候再放他出来。"

踩着清晨的露水，家里负责早饭的人已经行走在小南楼上下了。

金丝笼

其中一个大概三十岁的女人轻手轻脚地走到二楼露台,打算给太太养的金丝雀喂食。

可远远地,她看见那高悬在半空中的笼子敞着门,脚步一滞,随后一路小跑,走近去看——笼子不知什么时候被打开了,笼中的鸟儿早已不见踪影。

她转身就要去找家中管事的秋姨,可才到走廊,就听到主卧的方向传来重重的一道摔门声,紧接着出现的是先生慌乱奔走下楼的背影。

白霍刚醒就发现孟娴不见了。

昨天是她生日,虽然发生了程错那件事,他很不愉快,但怕她应激,他什么都没做。结果第二天一睁眼,房间里空荡荡的,除了他以外再没有第二个人的气息。

他抑制不住地慌乱起来,在偌大的卧室找了一通——浴室没有,衣帽间没有,露台没有,到处都没有!

"孟娴!"白霍每打开一扇门,就要喊一声妻子的名字,他盼望着能得到对方的回应,哪怕是冷淡的一句"我在",可根本没有。

白霍怎么找也找不到孟娴,他急得一颗心都快要提到嗓子眼了,心里不祥的预感也越来越强烈。

秋姨看他一通疯找,终于察觉出不对劲,转身吩咐其他人也去找,自己则行至白霍身前:"先生……"

白霍身上还穿着睡衣,本就有些枯槁的脸上隐隐透出急切:"太太人呢?你们有没有看见她?"

秋姨一愣,随即答道:"我们一直在一楼,没见太太下来过。"

最后一丝希冀彻底破灭,白霍脸上罕见地露出几分茫然,忽然,他又像是想起什么,转身快步就往楼上跑去,只剩下秋姨几人留在原地。用人们仿佛预感到出事了,一个个讳莫如深,大气都不敢出。

白霍几乎是踢开书房门的,此刻的他像一头处在暴怒边缘,即将发狂的狮子,往日运筹帷幄的沉稳全部消失得无影无踪,他有目的性地直奔其中一个柜子里翻找起来，须臾，他猛地停下了动作——不见了，孟娴的护照、身份证还有其他一些重要的证件，全都不见了。

白霍脸色苍白，眼底隐隐酝酿出有如风雨欲来前的阴沉，他咬紧牙关，放在桌上的双手紧握成拳，用力到颤抖。

她竟敢逃，她怎么敢？！

听到身后传来脚步声，白霍冷着脸慢慢转身，是一个他还算眼熟的人，他曾见过她给孟娴的那只金丝雀喂水。

来人颤颤巍巍地把手里提着的笼子举起来，给白霍看，说："先……先生，太太的金丝雀也不见了，明明昨天晚上还在的……"

那笼子明显是人为打开的，除了孟娴和这个喂鸟的人，不会再有第三个人敢自作主张打开。

看来这只野生的金丝雀，是被她亲手放的。

那只不受圈养的鸟儿终于丰满了羽翼，离开牢笼，重获自由了。

早在白霍第二次发疯，让孟娴连学校都不能去，彻底斩断她自由的那刻，她就开始计划逃跑了。

白霍要的是一个全心全意爱他，依附他的心意而活的孟娴，可她不是。她天生薄情，触犯白霍底线多次，他绝不会放过她，就算眼下饶了她，日后也要日日磋磨她，和她算以前的账。

她所有自以为谋划好的退路，在白霍那里都可以被轻易斩断。既然已经无计可施，那就必须要离开，就算之后被找到也要离开，白霍是不会变的，任何反抗都不做等同于洗颈就戮，只怕真要是到了那时候，她不崩溃也得疯。

孟娴有钱，口语还算不错，也有在国外生活的经验。所以趁白霍虚弱，且被程错折腾得焦头烂额的时候，她是最有机会钻空子的。警方需要人员失踪二十四小时才会立案调查，到那时候她早飞到国外并辗转几个城市了，他白霍在国内势大，可到了外面照样鞭长莫及。

再者说，她已经把个人证件都带走了。没有证件，白霍是不太好

金丝笼

查她的航班的,但也不是完全不能。不过就算查到了又怎么样,想凭一条航班信息在异国找人,无异于大海捞针。

这些计划,她没有告诉任何人,就连小琪也只知道她是要离开,但不知道她要去哪儿。白英似乎有要帮她的意思,可她不敢信。不过白英倒是和她想到一起去了——移民。

有了护照,她可以在一个国家停留一到三个月不等,她完全有时间挑一个适合居住的地方,在当地买房,办理定居。

从她一开始托小琪找到傅信,再到她主动要求请医生来家里,让医生给白霍的药里加入安眠成分的药剂,她所有的谋划都是为了最后这刻——她既要报复他,也要为最后的离开创造机会。

走一步看一步可能会穷途末路,但走一步看十步不会。

下飞机以后,孟娴即刻买了新的手机和电话卡,购汇以后从银行取出现金,直到坐上出租车去预订好的酒店的路上,她整个人才慢慢松弛下来。

再看窗外这有些陌生的一切,她忽然有种自己在做梦的不真实感,她居然真的就这么离开了。

她选的这个城市不算特别发达但也不太落后,这儿的人生活节奏较慢,也不会有人关注她这么一个不起眼的人。

到酒店时,已经过了午饭时间,孟娴饿得胃疼,于是拐弯去了附近的面包店买了些吃的,出来时街口的拐角处多了几个行为艺术家,还有安坐在一隅拉大提琴的。

孟娴往酒店里走的时候,脑子里还不受控制地想起街角处大提琴的旋律,还有很多关于程错的事情。

从她第一次见他,到昨天他明目张胆地向白霍挑衅,他们一起走过的每一步几乎都充满着她的算计,而程错战战兢兢地走入这圈套里来,还以为自己会是那个例外。

纵然傻得可爱,但也着实可怜。

她这人薄情寡义,向来不择手段,见人说人话,见鬼说鬼话。可当初

第七章 眷侣还是怨偶

程错找上她,她敢说她没有一丝丝动心吗?敢说没有过一丝丝失神吗?

她不敢。

因为只要是人,就会有感情,人的感情千变万化,不受理智和任何规则控制。

酒店的墙上挂了些大小不一的油画,办理入住时,孟娴的目光无意识地游离着,最后落在一幅蓝玫瑰上。

准确来说,是不怎么蓝的灰紫色玫瑰,色调雾蒙蒙的,和当初程错送给她的那幅很像,只是画风不太一样。

她目光下移,看到右下角写着作品的名称——*Blue Rose*。

"你好,"孟娴开口,问前台的金发女人,"请问这是什么花?"

小南楼从来没种过这种色调的玫瑰,她只对那些浅色的品种颇有些研究,但并不知道这是什么花。上次问秋姨的时候,她也没得到准确的回复。

那位女士回头看了一眼,态度礼貌地告诉孟娴这花的英文名——Blue Vague(蓝色迷漫)。

孟娴笑了笑,问出那个似曾相识的问题:"明明是紫色的花,为什么要叫蓝色迷漫?"

显然,孟娴不是第一个问这个问题的人,对方闻言无奈地笑了笑,但还是耐心解释道:"因为玫瑰花没有产生蓝色色素的基因,无法生长出蓝色花瓣;虽然玫瑰有数千年的工栽培历史,迄今已培育出很多品种,但无论怎么培育,都只能创造出最接近蓝色的蓝紫色,始终没有纯正的天然蓝玫瑰的身影。所以'*Blue Rose*'在很多俚语中也用来比喻'不可能'的事情……而之所以取这样的名字,我猜,或许是明知道不可能,但还心存某种美好的期盼吧。"

Blue Rose,原本就是不可能的事。

孟娴微微怔了两秒,随后垂眸无声地笑了。

有些事情,或许从一开始就是注定的。

金丝笼

半个月后。

孟娴已经辗转换了三个城市,身处异国他乡,周围都是陌生面孔,她偶尔也会难受,感觉心里空落落的,但和自由相比,这点难受倒也不算什么。

在外面逛了一圈后,孟娴回到酒店,进房间以后躺在沙发上足足放空了半小时,然后洗澡,换好衣服,便躺在床上联系傅岑。

她记得他的电话号码,也只记得他的。

拨出去没几秒,那边就接通了:"喂?"

时隔这么久不见,再听到熟悉的声音,孟娴心里有点说不出的苦涩,她稍微控制了下情绪,开口道:"喂,是我。"

那边的人明显呼吸微滞了一下,再开口时,远不是刚才那漫不经心的语气,而是带着浓浓的急切:"你还好吗?你现在在哪儿?我……"

"我很好,"孟娴淡淡地打断了他,"我现在在国外,自己一个人。你不用担心,我能照顾我自己……倒是你,这半个月里白霍有没有找你,为难你?"

傅岑隔着电话松了口气,白霍忙着找孟娴还来不及,哪里有空把注意力放在他身上?

"你没事就好,我很好,他没有找我麻烦。万科几个子公司的事前段时间闹得沸沸扬扬,不久前才平息下来。"他顿了顿,继续道,"对了,你跑出来的时候应该没带多少钱吧?把账户发我一下,我给你转些外汇……"

"我有钱,"孟娴再度打断他,"你忘了,当时还是你把那张卡还给我的。"

傅岑大概是后知后觉自己关心则乱了,只好讪然一笑,语气也慢慢恢复成平日里那样,有一搭没一搭地问了些孟娴的近况。

"那我们随时保持联系,要是遇到什么困难,记得第一时间告诉我……过段时间我调休,到时候我去找你吧,我们见一面。"傅岑舍

第七章 眷侣还是怨偶

不得挂断电话,最后叮嘱道。

孟娴闻言"嗯"了一声,算是允许了。

傅岑沉默片刻,再度开口:"……孟娴。"

"嗯?"

"……我好想你。"傅岑声音微哑,低沉而透着磁性,说出这四个字,那份深沉的思念便仿佛已经穿越大洋彼岸来到她身边。

孟娴抿唇,翻了个身,手机贴近唇边道:"嗯,我也想你。"

江州的气温似乎在逐渐回暖,路两边银杏树的叶子开始泛黄,夕阳和微风里也有了深秋的味道。

安排好学校的事,傅岑离开时才下午四点多,时间还早,他一边往校停车场走,一边给孟娴打了个电话。

自从和她取得联系,他就经常给她发短信或是打电话。孟娴在那边闲着也是闲着,每天不是在查阅了解一些地区的定居政策,就是去当地风景不错的地方打卡拍照,这让两人都有种苦尽甘来的感觉。

挂断电话后,他心情不错,开车回家时,一路上都未曾注意到后面有一辆黑车紧跟着他。

下电梯的时候,傅岑接到了傅信的电话,对方说今天晚上要在实验室通宵,就不回去了,等明天下午回家收拾行李。

他们兄弟之间打电话,一般都是傅信先挂断,听到那边传来忙音,傅岑一手拿着未灭屏的手机,另一手握着钥匙开门。

钥匙才插进去,他身后原本静谧的环境传来轻慢的脚步声。

傅岑下意识地想回头看,可还不等他转身,后脑勺便被瞬间击中,沉重的闷响伴随着眼前一黑,他整个人已经倒在了地上。

因惯性而摔到地上的手机屏幕已经有了裂痕,但还在亮着,随即就被人捡了起来。

孟娴去听了一场音乐会。

金丝笼

她逃出来有半个月了，国内却一点动静都没有。傅岑也说，白家把女主人失踪的消息捂得很严实，外面听不到一点风声，他们甚至很有可能根本就没报警。

她起初还会一天换一家酒店，以防被白霍找到，后来索性就不那么疑神疑鬼了。

可能白霍已经厌烦了，也有可能他在忙着把那几个子公司扶回正轨，根本没空和她折腾。

孟娴的下一站是瑞士，于是她一个下午逛了好几家古着饰品店，买了些精致漂亮的小玩意儿和两件衣服才回酒店去。

经过一条梧桐大道和一家咖啡厅就到达了她现在住的酒店，此刻酒店大厅空旷安静，这个时间只有零星几个人进出，都是很明显的西方面孔。

孟娴来到前台，和酒店的人交代："今晚我需要一份晚餐，麻烦您备注送到我的房间里去，我住413号房。"

那个五官浓艳的卷发女人似乎是认得孟娴的，闻言冲她笑笑，也没有要求查看她的房卡："好的，今晚会准时送到您的房间。不过，您确定只订购一份晚餐吗？"

孟娴一怔，问道："什么？"

前台的目光穿过孟娴落在她身后，她仍然笑得明媚："您的丈夫也来了，不过酒店不能泄露客人隐私，所以他就坐在会客区一直等着您，已经等三个小时了。"她语气里是盖不住的浓浓艳羡，"冒昧提一句，您的结婚证照片真的很漂亮。当然，他也很帅气，预祝您二位这次旅途愉快。"

孟娴闻言，如坠冰窟，她浑身僵硬，脸上微弱柔软的笑意顷刻间烟消云散。

丈夫……

白霍！

她心跳加速，说不出的恐慌感瞬间席卷全身。孟娴不敢回头，仿佛这一转身，就是万劫不复，可她别无他法，僵滞片刻，她只能艰难缓慢地转过身体。当视线越过酒店大厅高大廊柱的遮挡时，她终于看到那道端坐着的、被她忽视得彻底的熟悉的身影。

明亮的水晶灯高高地悬挂着，白霍就坐在沙发上，淡金色的灯光映照着那张微微苍白的脸庞，他抿唇看她，刀削斧凿般冷硬的下颌绷得很紧。

因为离得太远，孟娴看不清他深邃的眼底到底是什么情绪。

她思绪短暂宕机，整个人像没了知觉一样，明明有无数个念头叫嚣着让自己快跑，可她站在那里，一动也动不了。

白霍终于站了起来，高大的身形一如既往，一步、两步，朝她走来。

孟娴回过神来，转身下意识就往正门的方向跑去，可没跑几步，急促的脚步声由远及近，她的胳膊也被猛地抓住。

白霍低声，用只有他们两个人能听到的声音威胁道："你再往前一步，我就要让傅岑好看。"

孟娴闻言，脚步一顿，回头不敢置信地看着白霍。

见她回头，白霍的嘴角牵起一抹古怪的笑意，但语气仍旧平和："来之前，我已经派人找他去我那儿谈谈了，你知道的，我从不食言。"

一找到孟娴所在的位置，他立刻就想到了这个办法——可以让她乖乖听话，跟他回去的办法。

刚刚和孟娴说话的酒店人员似乎隐约察觉到他们之间怪异的气氛，她从前台正中间慢慢走过来，对着孟娴问道："女士您好，请问有什么需要帮助的吗？"

白霍垂下眼睑，看了一眼酒店人员，又重新看向孟娴，然后拿出手机，揭开屏幕后，将一张照片拿给她看——屏幕上赫然是昏过去的傅岑，他的头低垂着，虽然拍得很清楚，但看不出周围环境是哪里。

孟娴呼吸一滞，一种说不出的恐慌感顿时揪紧了她的心脏。

这个时候，那个金发碧眼的酒店人员已经走到两人面前了，而白霍也适时息了手机屏幕。酒店人员眼神疑惑地看了看这个刚才还被她

金丝笼

夸奖帅气的男人,然后转向孟娴,再次询问道:"女士,您是不是遇到什么困难了,需要我们帮忙吗?"

沉默片刻,孟娴撇过脸:"不用了,谢谢。"

见她识相,白霍眼中的沉郁散去,他松了松手上的力道,轻轻地牵着孟娴的手腕,操着一口流利的口语,对着那个不明真相的女人,语气温柔到让人头皮发麻地道:"不好意思,我和我妻子之前有些矛盾,吵架了,所以她还在生气。"

对方闻言,随即了然,表情也放松下来,转身回去了。

白霍低头看着孟娴,眼神平和道:"好了,既然闹够了,就跟我回家吧。"

听他这话,孟娴终于仰面看他,表情带着一丝好笑:"你觉得我是在闹?"

如果不是他用傅岑威胁她,她甚至可以在大庭广众之下撕开他虚伪的面具,她虽然不会和他同归于尽,但也绝不会这么简单就受制于他。

可终究棋错一着,白霍精准地拿捏住了她的七寸——她孤身一人,只剩下傅岑这个不是亲人却胜似亲人的陪着她了。

难道就因为她妥协了,所以她拼了命远离他的行为在他眼里就是闹?

白霍一言不发,他好像只要抓到了孟娴这个人就行,她什么情绪在他这里都不能激起他一丝波澜。

他拉着孟娴往外走,低声道:"这些事回去再说,车在外面,只要上了车,我就让你和傅岑通电话。"

第八章

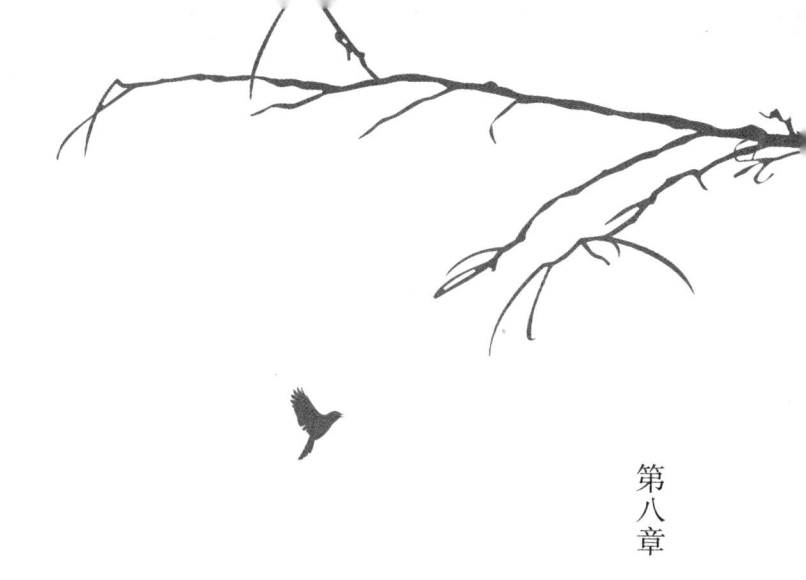

反方向的钟

金丝笼

　　白霍食言了。

　　上车以后，他从始至终一言不发。孟娴被一路带到一栋陌生的房子，然后从车上被拉了下来。

　　进了屋，关上门，孟娴被推到沙发上坐着。

　　早在来之前，白霍就在傅岑的手机上看到了以前孟娴偷偷给傅岑发的那些短信。没想到傅岑之前舍不得删掉的东西，最后成了瞄准他和孟娴的致命武器。

　　"这半个月，我把能找的地方翻了个遍。孟娴，你可真够狠心的，跑了这么远，可惜……"白霍顿了一下，倏然用力握紧了孟娴想挣脱出去的手，"可惜还是被我查出来了，要找到你的具体位置，可费了我不少力气呢。"

　　他微微咬牙，唇角的笑阴冷到瘆人。

　　孟娴无意再和他争辩这些，她脑海里闪出刚才看到的那张照片，傅岑肉眼可见的虚弱，嘴角都流血了，她呼吸微微急促："你把他怎么了？"

　　白霍扯扯嘴角："不用担心，毕竟我还要用他来牵制你，不会太为难他的。"

　　孟娴脸上佯装的镇定破裂几分，声音也不知不觉拔高了两个度，她咬牙道："这是你和我之间的事，你凭什么迁怒他？"

　　白霍定定地看着她，嘴角勾起一抹冷笑："迁怒？如果我今天还不能找到你，那他受的苦就不止你看到的这些了。你说，他要是再也

第八章　反方向的钟

不能弹钢琴了，会怎样？

"对了，还有程错，你的账我也在他头上算了一笔。程宗柏为了安抚我，让程错在家里跪了两天两夜，他现在已经被剥夺了好不容易到手的职权，还被关在家里，自身难保了。

"以后，但凡你离开一次，就会有人为你的行为付出代价。

"这次是傅岑和程错，下次就是林琪了，明白吗？"

孟娴听完，身体开始克制不住地颤抖，脸上那维持了多年的从容彻底烟消云散，她恐惧又痛恨地看着白霍，眼神仿佛淬了火。

这已经是她第二次这么看他了，从前不论怎样争吵，孟娴为了把日子过下去，也会虚伪地顺从他。

想到这儿，长时间的怒火和恨意压抑到极致，白霍陡然发了怒，他扯过孟娴，拽着她往临近客厅的一个房间里去。

孟娴挣扎起来，用尽力气挣脱白霍的桎梏。可对方不为所动，仿佛她越反抗，他就越兴奋。孟娴流出泪来，豆大的泪珠扑簌簌地往下落。

"你哭什么？"白霍回过头来，一边冷笑，一边掐住她的下巴令她直视他，嘶吼出声，"你伤我这么多次，现在还想抛下我。我没有路可走了，我原本也不想跟你走到这一步的。孟娴，是你把我逼疯的，是你！"

孟娴浑身的皮肉因剧烈的拉扯而感到生疼，听到白霍这话，她脑子里那根名为理智的弦彻底断裂，歇斯底里道："……那你就跟我离婚啊！你为什么不和我离婚！"

如果孟娴还有理智，面对盛怒的白霍，她不会说出这样的话来自讨苦吃。可是她现在懒得演了，因为她彻底绝望了。

白霍冷笑一声，声音冰冷如鬼魅："离婚？我劝你趁早死了这条心。孟娴，你想要从我这里得到什么，我都可以给。唯独你要和我离婚这件事，永远不可能！生生世世，我永远不会放过你……"

"啪！"

金丝笼

孟娴再也克制不住,用尽全力,扇了白霍一巴掌。白霍被打得脸歪向一侧,脸上很快浮起淡淡的红印。

顿时,四周瞬间陷入死一般的寂静,在谁都看不见的地方,白霍的表情一点点狰狞起来,他猛地甩开手,孟娴便因为惯性,后坠般地撞到了墙上。

"砰"的一声闷响,钝痛感瞬间传遍四肢百骸,孟娴吃痛地闷哼一声,随后无力地靠着墙滑坐在地上。

人永远无法预知到下一刻会发生什么,孟娴的头突然翻天覆地地疼痛起来,从被撞到的后脑开始,连带着心脏也像是被一柄刀狠狠剖开,脑海里一片空白,那双惊恐的、泛着红血丝的眼睛慢慢地、一点点地失去了焦距……

意识再度恢复时,她面前站着那个在她记忆中总是看不清脸、长发被绾在脑后的女人。她仍然抱着一束花,温柔地笑着,不知道是在对谁说话——

"我女儿,那肯定是这世界上最好、最优秀的女孩。"

女儿?她的女儿……是谁?

纷杂的思绪混乱地叫嚣着,零碎的记忆再度拼凑成型,这个女人叫孟青。

孟青二十岁出头时,丈夫就去世了,她孤身一人,在孤儿院上班。

二十六岁那年,她在孤儿院门口捡到一个晕倒在地的、脏兮兮的小女孩。那天特别冷,下着暴雨,她抱着这个晕倒的小女孩连夜跑到附近的医院,让垂死的女孩捡回了一条命。

那个小女孩看上去七八岁的样子,从记事起就被人贩子逼着乞讨,在那不是人待的地方熬了三四年,才逃了出来。

孟青把她带回了孤儿院,从此这个女孩就是孤儿院里众多无父无母的孩子之一,跟着其他孩子一起叫她妈妈。

因为从小无人管教,刚来到孤儿院的小女孩像个不通人性的小狼，护食凶狠，还偷东西。但是被抓住后就一边流泪一边笑，哀求院长妈妈饶了她。

所有人都嫌她古怪，不愿意管她，只有孟青给她擦眼泪，问她为什么要那么做。

"因为我怕挨饿，不抢的话，就没得吃了。"她说着，把袖子捋起来给孟青看她的伤，"肚子叫的话，也会挨打。"

她会哭，是为了求饶；会笑，是那个控制她的人贩子教的。

她要学会在人群中一眼找到最有钱、穿得最好的那个人，只要卖个笑，就能得到钱和吃的。

自那天起，孟青就辞去了孤儿院的工作，同时也带走了那个小女孩。

"我没人要，你也没人要，那不如你做我女儿吧，这样你和我就都有人要了。"她蹲下身，浅笑着对小女孩说道。

自此，孟青收养了小女孩，从无到有，一点点教她识字，教她处世之道和一个正常的人应该有的活法。

"人只有先学会自救，然后别人才能救得了你。你要好好上学，你上多久，妈妈就供你多久。"

孟青没有食言，一直信守承诺，而小女孩也终于如她所愿出落得亭亭玉立，文静又坚毅，温顺而不懦弱，知道自己想要什么，比她见过的所有孩子都懂事听话。

孟青活了半辈子，为了把这个女儿养大吃了不少苦头，但直到把她送去大学，她也只对她提了唯一一个要求："等你有空了，和妈妈一起去保加利亚看玫瑰吧，我也只有这一个心愿了。妈妈等着你。"

熟悉的声音渐渐消失，孟青慢慢地、一点点转过身来。

孟娴突然开始无意识地流泪，而她也终于在铺天盖地的疼痛和模糊的思绪里看清了对方的脸。

音容笑貌，一如往昔。

孟娴呜咽着，喉咙里发出急促的喘息，整个人如同失声般无声地

金丝笼

痛哭起来。

是她啊,自己是她的女儿啊!

养育她的母亲,她这辈子唯一的家人,死于她结婚后的第四年年末。

最终,孟青都没能等到和她去保加利亚的那一天。

母女缘分,半生则尽。

家里静悄悄的,傅信关上门时,发现玄关平时放他们兄弟两个的钥匙的地方空空如也,看来傅岑不在家。

傅信买的是明天的机票,他在这边的实验也算告一段落,可以回去处理论文的事了。

推开房门,入目都是黑灰白的冷色调,一尘不染的屋子里除了桌边几幅相框外再无任何装饰,但也只有那几张照片还算为房间带来了一抹亮色。

文件袋、书、衣服,他规规整整地收好放进行李箱,可刚收拾到一半,手机便响了,是个本地的陌生号码打来的。

他接起来,电话那边传来一道女声:"喂,你好,请问是傅岑先生的家属吗?"

傅信放下手里的衣服:"是,我是他弟弟,有什么事吗?"

"是这样的,傅岑先生他出了车祸,伤势不算太重,而且抢救及时,已经没什么大碍了。只是现在他还在昏迷中,您有空的话,尽快来医院一下……"

后面的话傅信没听到,他甚至连电话都没来得及挂,就冲了出去。

室内也重新恢复静谧,只留下未收拾完的行李,和走得匆忙没来得及关的房门。

…………

傅岑所在的是一家私立医院,而车祸发生的地方是在一个监控死

第八章　反方向的钟

角。据医院人员说，肇事者是酒驾，从伤势来看，应该是对方开车撞倒了作为行人的傅岑，然后又无意识地将他拖行了一段路。该事故肇事者全责，对方已经交了所有治疗费用，被警方带走做笔录了。

傅信坐在病床前翻了一下病历单，没看几行眉头就皱了起来——这些伤势，怎么有些不太像是车祸撞击导致？倒像用钝物人为击打造成的。

他想着，病床上脸色苍白的人不知何时睁开了眼睛，傅信察觉傅岑醒了，立刻站起来，往前凑近一些，关心道："哥，你醒了？我去叫医生。"

傅岑无力地眨了下眼，刚苏醒时无神的双眼缓慢聚焦，最后看了旁边的傅信一眼。

经诊断，傅岑受的都是外伤，医生说，只要人醒了就没事了，后续跟进康复治疗，大概率也不会有什么后遗症。

医生离开后，傅信关上了门，回来时接了杯温水，放在了床头桌上。

目光落在那微微起伏的水面，傅信耳边只剩下医疗仪器的声响还有傅岑低微无力的呼吸声。等到水面完全平静下来，一丝波澜都没有，傅信才垂下眼，开口问道："哥，你根本不是出车祸，对吗？"

傅岑早该猜到会有这么一天的，白霍能走到今天，稳居高位把万科治理得井井有条，必然不是等闲之辈，他怎么可能会放过他？

他闭上眼，说道："是白霍派的人。"

傅信眼神微冷："为什么？"

傅岑和孟娴的事都这么多年了，如果要动手，白霍不会等到现在，难道是孟娴她出了什么事？

"孟娴跑去了国外，白霍找不到她。"傅岑声音沙哑，脸色惨白。

"但她联系了你，所以白霍才会找来？"傅信舒了一口气，除此之外，他想不到别的原因。

傅岑突然苦笑一声："是，但也不是。"

金丝笼

"到底怎么回事？你还瞒了我多少？"傅信眼神微凛，他需要知道一切，现在岌岌可危的不只是他哥，恐怕连孟娴也……

他必须知道一切，这样他才能想办法。

傅岑一点点睁开眼，他恍惚一下，看着天花板，良久，终于开口，声音轻得不能再轻，像从遥远的过去传来似的："孟娴身边这几个人，我只恨白霍。我陪着她走过这么多年，结果却一朝替他人做嫁衣，你能想象那种感觉吗？"

当然，白霍也只恨他，对方找人教训他不只是为了泄愤，也可能是为了用他来威胁孟娴。所以白霍教训他和孟娴联不联系他关系不大，就算她谁也不联系，白霍也照样能找到她，并且迁怒于傅岑。白霍就是被嫉妒和占有欲冲昏了头的疯子。

傅岑心里清楚孟娴的心思和算计，他知道对孟娴来说，程错就是她用来转移白霍注意力的工具。可他从来不了解，白霍在孟娴心里到底占着什么样的地位。

当时，他和孟娴像亲人一般在一起走过了四年多的时间，虽然孟娴从来没有明确表态，但他已经默认了他们是男女朋友关系。孟娴也曾有过两三个追求者，但各方面都不如他。傅岑本以为他们会一直这样走下去，等到了谈婚论嫁的年纪，她就会嫁给他，两个人在一起一辈子。

直到白霍的出现。

白霍就像是一列错轨的火车，猝不及防又势不可挡地闯进孟娴的人生。

等他后知后觉发现不对劲的时候，已经晚了。他曾见过他们一起出现时的画面，也在各大新闻媒体上见到白霍的身影。荧幕里的他们看起来是那么般配，孟娴也很开心。

这是傅岑长大以后，第一次体会到如此深沉的无力感。

他知道孟娴的野心，也知道她唯利是图的劣根性，所以他没办法阻止孟娴靠近白霍，也不愿她因此疏远自己；他更不可能像以前对待

第八章 反方向的钟

别的情敌那样击退白霍,因为白霍不论是家世还是地位都压他一头,而且对方甚至很可能根本就不会把他放在眼里。

想到这儿,傅岑紧闭双眼,低声道:"是我自己选择了退出,我不能成为她往上走的绊脚石。"

至少这样,她还会心疼他,会因为愧疚继续和他保持联系,即便是做一辈子的朋友。

忽然,傅岑猛地睁开眼,微微咬牙,眼神不复往日的温和,罕见地露出一些凶狠怨怼:"但我眼睁睁地看着孟娴嫁给白霍时,你知道我有多恨吗?我不甘心,只要她在白霍身边多待一秒,我就多煎熬一秒。所以我离开江州,回了云港一段时间。

"在云港,我去见了孟娴的妈妈,孟青。她认得我,也知道我和孟娴曾在一起过,且一直以为我会是娶孟娴的那个人。她很不喜欢白霍,说他们两个人门不当户不对,白霍又太强势,孟娴嫁过去一定会受欺负。"

当初因为孟青的话,傅岑仿佛抓到了最后一根救命稻草似的,索性一有空就回云港,代替孟娴照顾起孟青来,渐渐地,孟青便把傅岑当半个儿子看待。

傅岑心思重,但在孟青面前从未表现出来。有了孟青,孟娴三不五时回家看望母亲时,总能碰上傅岑。

那时的他觉得,有了这层关系,他和孟娴之间的情谊永远不会断。

随着日子不断过去,孟娴慢慢得到了她想要的一切,她彻底踏进了白霍的圈层,结识了诸多人脉,忙着敛权,忙着镀金。

可惜,她和白霍的婚姻也很快出现了问题。

白霍城府深沉,孟娴追逐名利的脚步又太匆忙,他会察觉出来也在意料之中。白霍的确不会因为孟娴的心思和算计就同她离婚,可他会因此起疑心——孟娴到底是爱他拥有的,还是爱他这个人。或者说,她真的爱过他吗?

由爱故生忧，由爱故生怖。

白霍把自己困在名为猜忌的陷阱里，以为孟娴做什么、说什么都是有利益目的而非爱他。他想要她真心的爱，也唯恐她哪天会离开他。于是，他越是害怕恐慌，就越是逼迫、折腾孟娴，他的爱密不透风，勒得孟娴喘不过气。一开始，孟娴不明就里，还能耐心地顺着白霍，劝慰他，哄着他，可日久天长，她慢慢疲惫、厌倦，直到终于受不了了，态度一日比一日冷淡，而白霍就一日比一日过激，俨然已经成了一个死循环。

而孟娴和白霍发生的这一切，再没有人比傅岑更清楚，他知道，他一直等待着的机会来了。

"孟青阿姨人生中最后的日子，是我陪着她走完的，因为当时白霍发疯，不让孟娴出门。阿姨被确诊为急性脑出血的那天，我给孟娴打去的电话，是白霍接的。"傅岑低声说。

"他可能看到了来电显示，所以接通后只说了句'离孟娴远点'，就直接挂断电话，把我的联系方式拉黑了。孟娴被困在小南楼，消息闭塞，直到孟青阿姨过世，她都没能见到妈妈最后一面。"

几句话轻飘飘的，却概括了一场阴差阳错的惨烈悲剧。

说到这儿，傅岑看向傅信："你说好不好笑，她被白霍那么对待，都可以为了继续利用他忍着不离婚，可白霍却自寻死路。"

孟青是孟娴唯一的底线，也是压死她的最后一根稻草。

白霍知道真相的时候已经晚了，他追悔莫及，可孟娴哀莫大于心死，除了谈离婚的事，她不再和白霍说一句话。

从始至终，傅信都沉默着听哥哥讲述当年的真相，直到这时他才看向傅岑，目光沉沉，直截了当地问："其实你当年也有私心，对吗？"

白霍不知其中缘由，如果他知道，绝不可能犯下这样的错。而傅岑如果真的想，总有机会把消息透露给白霍或孟娴，可是他没有，他选择了将错就错。

第八章 反方向的钟

傅岑闻言笑了,那笑声很轻,但又莫名有些瘆人和扭曲:"谋事在人,成事在天,那是老天爷在帮我。"

要怪,就怪白霍太自以为是吧!他夺走了孟娴,那让他付出一点代价也正常吧?

被傅信皱着眉死死盯着看,傅岑舒了口气:"别用那种表情看着我,我再恶毒,也不会害孟娴最在意的人。阿姨弥留之际,一直是我守在病床边照顾,她得的是急症,坚持不了几天,也根本没救了。"

别说孟娴,就算是神仙来了也救不活孟青。不过没关系,他已经替她尽孝了,他会陪她去保加利亚,替孟青完成遗愿。他会让白霍知道,只有他傅岑才是最适合孟娴,并且能永远陪在她身边的那个人。

傅信从未见过哥哥如此疯狂的模样,他冷声反问:"既然你握着白霍这样的把柄,她失忆后你为何不直接告诉孟娴她母亲的事,这样岂不是事半功倍?"

"我能说什么?她什么都不记得,我就算说了,对她来说也只是几句话而已,什么作用都起不到。而且……"傅岑顿了顿,"我也舍不得。"

傅岑舍不得让孟娴再承受一次丧母之痛,让孟娴离开白霍,他想别的法子就是了。他敛气屏息,不知道是在对着傅信说,还是自言自语:"从相识那年开始,我守在她身边整整十年。我和她都知道,这辈子,她的身边一定会给我留一席之地。我就是要和她的骨血心肺都纠缠在一起,让她不能割舍,我做到了。

"这就足够了。"

孟娴再醒来时,已经身在小南楼的主卧。

恢复全部记忆时,她疼昏了过去,而昏睡的这段时间,孟娴做了个很长很长的梦。之前经历的一切,她在梦里又活了一遭。

孟娴不想醒来,醒了就再也见不到她的孟青妈妈了,但她还是不得不睁开眼,面对这一切。

金丝笼

回到现实,恍若隔世。

白霍就守在床边,看到她醒了,他的脸上极快地闪过一丝喜色,紧忙凑过来:"孟娴,你醒了?有没有哪里不舒服?我让魏医生在楼下候着了,要不要让他来看看……"

话音落下,房间内唯余无边的沉默。孟娴只是睁着眼睛,专注又虚无地看着头顶的天花板,眼泪从眼角无意识地滑落下来,安静而麻木。

白霍似乎极轻地叹息了一声,又似乎没有,他坐过来,伸出手想帮孟娴擦眼泪。而这时,她才终于有了反应,就在他伸手探过来这刻,她偏头躲开了。

白霍的手僵在半空中,进不是,退也不是。他不由得想起当初,刚得知母亲去世时的孟娴也是这样,整个人像被抽魂夺魄了似的,不吃不喝,不哭也不闹。

直到孟青火化那天,她在殡仪馆大哭一场后,才终于恢复清醒,然后开口说的第一句话就是:"离婚吧。"

他永远记得她第一次跟他提离婚的时候,那看着他的眼神——空洞,没有一丝波澜,没有恨也没有爱,就好像对她来说,他完全是一个陌生人。

那是白霍第一次体会到害怕的滋味,他宁愿她恨他,也不愿她和他形同陌路。

他拼了命隐瞒的,除了傅岑就是这件事,可孟娴在昏迷中一直叫妈妈,他就知道,他连这件事也瞒不住了。

浓烈的后怕和惶恐在这一刻飙升,他忽然隐约意识到,他和孟娴之间,似乎已经彻底走入了绝境。

脚步声和推开门的声音由远及近,是秋姨和小琪来了。

看样子,白霍倒是没有为难小琪。只是在她看见孟娴的一瞬间,眼圈就红了——孟娴帮她从那个人渣手里逃脱,可她却没能帮孟娴从白霍的手里逃脱。

第八章 反方向的钟

"你以前不是很喜欢小琪吗？"白霍声音低柔，罕见地把姿态放到最低，"以后让她天天陪着你，不必去花园了，好不好？"他顿了顿，又道，"等你好了，再去佛罗伦上班，想去哪儿就去哪儿好不好？我以后再也不限制你了，不生气了好不好？"

一连三个"好不好"，白霍几乎卑微到了极点。他所做出的这些妥协，若是放在以前，简直是如天方夜谭一般的事，可如今被他当成条件摆出来，却再也得不到孟娴侧目一顾了。

他终于学会服软，他想跟她说他知道错了，他会改的，只要她给他一次机会。

可孟娴没有，从头到尾，她都一动不动，目光不知是落在窗外还是何处，总之就是不作声。白霍要给她喂水或是喂药，她也无声反抗。到最后，白霍一口水、一粒药都没喂进去，他没法子，只好带着所有人出去了。

屋里一片死寂，不知道过了多久，孟娴从床上坐了起来。

她赤足踩在地上，走出卧室，她听到一楼传来白霍和魏医生说话的声音。二楼则静悄悄的，一个人也没有。她扶着楼梯栏杆，一步一步往最高处的阁楼走去，轻慢寂静，像一只垂死的枯蝶，又像是一具行尸走肉的躯壳。

阁楼的天台几乎少有人来，但也种了十几株藤本，孟娴走到边缘处，俯瞰着楼下。很高，摔下去不说粉身碎骨，但一定殒命，可她浑然不怕似的，目光平静地望着下面。

很快就有人发现了她，惊呼一声后小跑着冲进正厅，不多时孟娴就听到一阵沉重急促的脚步声，越来越近，越来越近……

白霍在冲上来的这刻心脏漏跳了一拍，然后猛地刹住脚步——孟娴就坐在那只有一人宽的栏杆上，颤颤巍巍得如同风雨里一根没有依附的花枝，好似下一秒就要坠落。

"孟娴！"白霍脸上尽是惊恐，"你做什么？快下来！"

"……你再往前一步，我就要掉下去了。"她看着他开口，差不多的话，不久前他才说过，如今两人位置调换，白霍终于也尝到了那种感觉。

白霍被孟娴这句话钉在原地，一时慌乱到极点，他口不择言起来："是因为当年那件事吗？你听我解释，我不知道，我真的不知道，我如果知道的话，怎么会……"

"现在说这些还有用吗？"她冷冷地打断他，"你早干什么去了？"

从始至终，白霍根本就没觉得自己有错，他只是害怕她会离开他。如果真的知错，他不会带她去国外限制她；不会在她离开后追她的车害她出车祸；更不会在她失忆后撒这么一个弥大大谎掩盖自己的过错，掩人耳目。

甚至，同样威胁她的手段，他都用了两次。

白霍闻言，无话可说，孟娴回头看了他一眼，微微一笑："这儿挺高的，摔下去一定会死吧？"

白霍声音沉痛："你不会死的，我也不会让你死。"

"是吗？那你看着好了。"她无所谓地笑笑。

无所谓了，怎样都无所谓了，因为她实在太难受了。她只要想到白霍害她不能见到孟青最后一面，她的灵魂和肉体都疼得仿佛被重物狠狠碾过一遍。

只要是在他身边，她连呼吸都觉得无比困难。

他们二人如果继续捆绑在一起，只能你死我活的纠缠。他们之间，总要有一个人，为当年的恩怨和这些年的种种做个了结。

到此为止吧。

"我真的不想死。只要你跟我离婚，我就不用死了。可如果我真的自杀，那你就是逼死我的凶手。"她语气轻飘飘的，好像嘴里说的不是她的命，而是楼下一株没有血肉的花草。

他们两个都明白，她若身死，他便是那唯一的刽子手。

他们两个结婚，从一开始就错了。她错了，他也错了，这场婚姻，更是大错特错。

第八章 反方向的钟

她错在被地位权势蒙蔽双眼；错在她明知自己不能给白霍他想要的爱，还嫁给他；错在她嫁给他以后，忙着继续往上爬，总以为来日方长而忽略了妈妈；错在她太贪心，又要婚姻权钱，又要四处逢源。

她当然不会把所有的恨和错都推给白霍，她只想离婚，脱离他，脱离这个让她窒息痛苦的地方。

白霍此时连呼吸都在颤抖，他像被一瞬间抽干了浑身的力气一样，蚀骨剜心得疼。他眼前发黑，脸上全是绝望。

怎么会这样呢？他和孟娴怎么会一步步走到今天？

白霍恍惚，忽然想起当年，他第一次见到孟娴的时候，那时她在高台上跳舞，微微一笑的模样，胜过这世间一切美好的事物，或许那个时候他就已经动心了。

他明明是爱她的，从他爱上她的那一刻起，他就发誓会一辈子对她好，结果到最后，伤她最深的反而是他。

不知从什么时候起，他们两个之间早已面目全非了。走到如今，不过是互相伤害，他们彼此都举着利刃刺向对方的最痛处，爱到极致，竟落得一个两败俱伤的下场。

白霍目光微微涣散，他忽然有种强烈的预感——她这次是真的要离开他了。

她已经什么都不在乎了，哪怕是她自己的命。

如果再强求下去，她会以最惨烈的方式彻底离开他，不是今天，就是明天。

他已经穷途末路了。

见白霍一直沉默，孟娴面无表情，但慢慢松开了自己抓在两边栏杆的手。白霍见状呼吸骤停，情急之下，那句话也脱口而出："我答应你！"

他说完，喉咙里猝然溢出腥甜的血味儿，说出的一个字，都好像从身上生剜下一片肉似的。

人死之前，会回光返照，想起自己这一辈子所有的事；人分开的

金丝笼

时候也是,很多年代久远的,在记忆的长河中逐渐模糊了的事情,会在诀别的这刻清晰起来。

白霍曾在心里认定,他这一生都不会放开孟娴的手。在她注视着他,眼里攒着轻浅笑意的时候;在她第一次扑进他怀里,被他用大衣整个包裹住的时候;在他们在一起后第一次接吻,第一次相拥的时候……

他曾经说,就算是死他也不会放过她。

他说得出口,便以为自己真的能做得到,想不到自己竟然也会有亲手放走她的一天,他更想不到有朝一日,"离婚"这两个字会从他嘴里说出来。

他害怕他真的失去她,比害怕她离开更甚。

撕心裂肺到极致,他怔怔地落下泪来:"……我答应你,离婚。"

等一切都尘埃落定时,已经是一个月以后,二人结束离婚冷静期了。

她和小琪告别,对方也从小南楼辞了职。孟娴留给小琪一张卡,里面有一些钱,不算很多,但足够她好好生活一阵,算是对她的答谢和补偿。

五年的股权持有、分红总额,全部折合成钱汇入孟娴账户。孟娴也在离开的当天找傅岑要回了当初的股权合同,同时签下了归还协议。

一纸离婚证,自此,她和白霍一刀两断。

所有轰轰烈烈的前尘,好似一夜之间都成了过眼云烟。

她从未这么轻松过,就像终于割舍了身上那块早已腐败的烂肉,抑或是粉碎了以爱之名禁锢着她的枷锁,逃出生天。

孟娴离开江州那天,只有白英来机场送她,对方又哭又笑地抱着她,跟她道别,那些痛苦的过去她一个字都没提。

"好好的,以后想我了就联系我,天南海北我都去见你。"白

第八章　反方向的钟

英道。

孟娴也说不出自己是释然还是怎样,她以欺骗的初衷靠近白英,又被她欺骗一次,彼此也算两清。即便当初那些情谊真真假假说不清楚,可白英终究在她人生中留下了浓墨重彩的一笔。

只是,天底下没有不散的筵席。

办完乘机和托运手续,过了安检,孟娴便进入候机厅等待。

偌大的候机厅一眼望不到头,玻璃墙外还能看到刚刚起飞的飞机,无数的人和她擦肩而过,走着走着,她脚步顿住,目光缓缓落在对面那人身上。

"傅信?"

事实上,孟娴都快想不起来自己上次见到傅信是什么时候了。

"你要回英国吗?"孟娴没看坐在她旁边位置上的傅信,语气没什么波澜地随口问道。

她去找傅岑要回合同那天,也是顺道去看望他。他们谈了谈,傅岑跟她提到傅信,说他马上要发表期刊论文了,不日就要回佛罗伦本校。

傅信同样目视前方,身上有种介于少年和男人之间的气质,清隽明朗。他的语气同样没什么起伏,不过没有正面回答她的问题:"你呢,你要去哪儿?"

孟娴闻言,缄默着,整个人仿佛静止了。

她不说话,傅信却有话要说,他压低声音,视线定定地看着眼前:"我从我哥那里知道了当年的事,全部。"

这话还真够直接,连半个弯都不愿意拐。孟娴眼神一暗,声音随即冷了两度:"所以?"

傅信薄唇微抿,须臾,他语气反而罕见地柔和了两分:"我跟你说这些,不是为了揭你的伤疤,更不是为了让你排斥我。"话音落下,他轻轻地舒了一口气,"放松一点,我没有要伤害你的意思。"

金丝笼

"我……"他顿了顿,"我哥他不放心你一个人回去,但是他有伤在身不能出院,伤筋动骨一百天,我代替他照顾你也是一样的。"

听到是傅岑的交代,孟娴身上的尖刺瞬间收了回去,良久才道:"我妈妈的忌日快到了,我要回云港祭拜。"她看向傅信,"你还是回你该回的地方吧,我这么大一个人,难道还能丢了不成?再说你不是要赶回英国,忙你论文发表的事吗?哪儿来的时间替你哥照顾我?"

孟娴忽然有点搞不懂傅信,她印象中的傅信不会做这种计划之外且对他没什么利益的事情。他傅信是什么人啊,是没有七情六欲,游离在凡人之外的高冷冰山;是感情的天敌,更是理智的代名词,亲哥被打到住院,他都不带掉一滴眼泪的。

迎着她疑惑的目光,傅信的姿态又恢复成往日里的那种淡漠,只是这次又多了些无所谓:"那个可以延迟的,不重要。"

孟娴闻言,心里失笑,全世界多少人梦寐以求的期刊论文,到了他这里,就成了不重要。

她懒得和他再费口舌,淡淡道:"随你。"

照傅信的性子,回云港大概率也只是为了让傅岑能安心养伤,做做表面功夫而已,不会真的跟她有什么交集。更何况腿长在他身上,她也管不了。

上飞机的时候孟娴就和傅信分开了,虽然都是头等舱,但隔得远。她把手机关机,戴上眼罩,飞机起飞时她便已经沉沉睡去。

这一睡,就是一个小时。

孟娴是被舱内广播叫醒的,下飞机时已经傍晚,云港比江州的温度要低一些,冷风中已经有了初冬的味道,夕阳倒是很好看。

孟娴拖着行李箱,没走几步就听到后面有人追来的脚步声,在离她身后一米处又慢了下来。

对方又恢复成那个正常的傅信,就那么跟着她,和她永远保持着一米的距离。

第八章 反方向的钟

孟家这个小房子，连钥匙都是孟娴从傅岑那儿拿过来的。

老房子因太久没有人住，空气里都浮动着灰尘的味道，除了地板，所有家具都用防尘布盖住了，入目白茫茫的一片。

孟娴回过头，看向身后把自己的行李搬进来后，又回身去门外搬她行李的傅信："你不回你哥在云港的住处，跟来我这儿干什么？"

孟娴表情微微古怪，对傅信的行为很是不解。

"我忘记带那边的钥匙了，进不去。"他对答得倒是流畅，说话的工夫已经把门关上了，"拜托你收留我一晚，明天我出去订酒店。"

说着拜托，可他语气里一点央求的成分都没有，是谁看了都不会心软同意的程度。

"你现在就可以出去订酒店。"孟娴直言不讳道。

傅信站在原地，表情还是没什么变化，只没头没尾地，淡淡说了这么一句："当初你身陷囹圄，找我帮忙，我二话不说就帮你了。"

孟娴这才想起来，自己还欠他一个人情。

"好吧，"她松口答应，"那就一晚。"

孟娴这次回来，还没想好之后该怎么办，但只要一天没到忌日，她就要一直住在这里，所以还是要简单打扫一下。

"我住主卧，你住次卧，次卧以前是我的房间。"孟娴说着，把扫把塞到傅信手里，"去吧，自己动手，丰衣足食。"

言下之意——你住的地方别指望我给你打扫。

傅信倒是没什么异议，只是他刚进次卧不出一分钟，就又出来了，接着喊了一声孟娴的名字："有围裙吗？灰太多。"

真难伺候。孟娴想着，从旁边厨房的柜子里拿出一件："只有这个了，是我以前用的。"

她没抓稳，那件叠好的围裙随即抖落开来，瞬间展露了它的全貌——粉色的，上面还用白毛毡印着两只猫咪。

傅信皱了皱眉，沉默了。

做了几秒心理斗争，傅信最终还是接过了那条粉色围裙，穿在了

金丝笼

身上。他个子高挑，原本尺寸合适的女式围裙穿在他身上，虽然明显不合适，但却莫名地中和了他冷漠的气质，有种古怪的协调感。

果然，时尚的完成度还得靠脸。

孟娴忍了又忍，最终还是在转身时，嘴角没忍住抽搐了一下。

因为厨房还没收拾出来，二人便点了外卖，算是解决了晚饭。吃过饭，二人各回各屋，关上门，小小的客厅就变得很安静。

傅信躺在床上翻来覆去，毕竟这是孟娴的房间。

他不由自主地想起以前，他第一次见到孟娴时，她穿着校服，手里拿着几枝傅岑送她的花。

十八岁的孟娴稚气未脱，笑起来时就像她手里那些含苞待放的花一样柔软。傅信闭上眼，仿佛有种孟娴就躺在他身边的错觉，毕竟这好歹是她睡了十几年的床。

可当他睁开眼后，所有暧昧幻想消失，眼前只剩下冰凉月光，除此之外空空荡荡。

傅信忽然觉得有些渴，他借着月光下床，推开卧室门，来到客厅后发现主卧的灯还亮着，有淡黄的光从门缝里溢出来。他脚步轻慢地走过去，想敲门问孟娴有没有水，他刚抬起右手，又不知为何，生生顿在了半空中。

傅信迟疑了几秒，终于还是没有敲门，把手收了回来。

他背过身，轻轻地靠在门旁边的墙上，微微仰头，一边看着漆黑一片的眼前，一边听着房间里隐约传出来的压抑哭声。

他就这么一动不动地、静静地守在这儿。

须臾，空气里响起了一声几不可闻的叹息声。

虽然是冬天，但上午太阳当空的时候还是挺暖和的。

傅信被从窗帘缝隙中透进来的阳光刺得睁不开眼，他稍微缓了缓，入目便是对他来说有些陌生的环境——房间整体虽然有点空，但很整洁。书桌被防尘布盖住，一边的书柜透过玻璃门能看到里面摆着密密麻麻的书。房间陈设简单，环视一圈就能明了都有什么。

他慢吞吞地下床，拿出自己准备好的新牙刷，准备去卫生间洗漱。路过客厅时，他看到主卧的房门还紧闭着，傅信不禁想，难道孟娴还没起？

正想着，饥饿感传来，傅信这才想起自己不会做饭。

以前在国外时，他都是随便对付一下早饭或者去熟悉的餐厅买早点，回国以后有他哥，他也基本没操过这种心，可现在只有他和孟娴，想了想，在离开之前，傅信敲响了孟娴的房门："我下楼买早饭，帮你带一份，起床吧，今天天气挺好的。"

他等了两秒，里面没有回话。

算了，不起就不起吧，待会儿把早饭给她送进去。他记得傅岑说孟娴喜欢喝红枣山药粥，那就给她买份粥，再买点其他的，傅信这样想。

说实话，要是罗伊斯能听得到傅信的心声，肯定会大跌眼镜。要知道，像傅信这样冷血的人，对自己实验室里的小白鼠都没这么用心。毕竟那小白鼠还服了他的药，关系着他科研任务的成败呢。

傅信换了鞋，临关门前看了一眼主卧的方向，但主卧内还是没有一丁点动静。

他收回目光，顺手拿走了孟娴放在玄关柜子上的钥匙，关门离开。

下楼的时候，外面路上已经有来往的行人了，路不算宽，两旁的香樟树倒是长得高大。隔壁也有人推着婴儿车出来溜达，是个六十多岁的老奶奶，看见傅信，低低地"呀"了一声。

"你是小傅吧，傅岑对不对？你从江州回来啦，小娴她有跟你一起吗？"平日里闲来无事的老人冷不丁看见认识的人，问题便像连珠炮似的蹦了出来。

看来应该是认识孟娴母女的邻居，傅信态度淡淡，也不像他哥那样摆出虚假温柔的微笑，微微耷拉着嘴角道："您认错人了，我不是傅岑，他是我哥。"

那老奶奶一愣，大概也发现了傅信和傅岑外貌上的不同，讪讪一笑："这样啊，不过你跟你哥长得可真像啊，我都没认出来。现在仔细看看，还是能看出来不一样的……"

说着说着，她可能也发现傅信不太想继续跟她闲聊，便转移话题说自己要带孩子去公园，急匆匆地离开了。

买完早饭，傅信回到孟娴家，房子里还是他走之前的那副样子，他将早餐放在餐桌上，又去敲主卧的房门："孟娴，孟老师，你醒了吗？"

对方仍旧没有回应，傅信想起昨晚听到孟娴的哭声，不禁眉头微凝，又敲了一次门，比刚才还更用力了些，不过还是没有人回应。

怕孟娴出什么事情，傅信直接说道："不好意思，我进去了。"

按下门把，门被他从外面轻轻拉开，视线落在屋里的一瞬间，傅信微怔在原地。

虽然早已想到这是孟娴妈妈孟青的房间，但真的见到后，还是有种说不出的滋味——屋内的墙上是奖状、奖杯和一些笔迹稚嫩的简笔画，桌上摆着一本翻开了的相册。除此之外，其他东西都还没有来得及掀开防尘布。

触景伤情，她昨晚不哭才怪。

傅信的视线迅速转移，落在床上微微隆起的那部分。他放轻脚步，慢慢走到床头，然后坐在床边。

孟娴睡得很不安，这么冷的天，她额头还冒着汗，脸色微微苍白，呼吸也不均匀。

静默两秒，傅信还是选择伸手推醒孟娴。可推了两下，发现孟娴一点反应也没有，他眼神一凛，连忙用手背覆在孟娴额头。

"怎么这么烫？"他低声呢喃，眉头已经皱了起来。

这时，孟娴悠悠转醒，但还是一副不太清明的模样，连看着傅信的眼神都是恍惚的。迷糊中，她好像隐约见到了傅岑，于是费力地张

第八章 反方向的钟

嘴,极轻声地唤了句:"傅岑,你怎么来了……"

傅信闻言,放在孟娴额头上的手一僵,连带整个人的气场都不如刚才柔和,他低声反驳:"我不是他。"

他也不知道孟娴听到没有,但对方总算是睁大眼睛,人也彻底清醒过来了,只是说话还是有气无力:"……是你啊,不好意思,我把你当成你哥了。"

她现在是个病人,病糊涂了认错人也很正常,更何况傅信长得又真的很像十八九岁时的傅岑,傅信想了想,舒口气,开口问道:"你穿衣服了吧?"

孟娴正挣扎着想坐起来,闻言顿住身体,看向他:"啊?穿是穿了……"

好端端的,他突然问这个干什么?

在傅信的人生信条里,处理重要事务时,他从不会犹豫踌躇,拖拖拉拉,想清楚了就会立刻执行,解决问题是根本目的。是以他在得到肯定回答后就直接绕到床尾,拿下孟娴挂在衣架上的外套,再折返回来,说:"你应该是发高烧了,我们昨天才刚回来,家里没有任何测量体温的东西,也没有退烧药,就算有也不好找,所以当务之急是去医院退烧。"

他一边说着,一边把孟娴从床上拉下来,再给她披上外套,把她往客厅里带。整套动作行云流水,把孟娴都搞蒙了,甚至想不起来要说什么。

他一边走,一边继续说道:"我刚才去买早饭的时候,看到附近有一个小型医院。线上打车到楼下大概需要八到十五分钟,这些时间足够你吃一些早饭,这样等你到医院的时候,就不必空腹吃药了。"

孟娴被傅信轻轻按坐到椅子上,才刚要开口讲话,面前已经摆好了一碗粥。

"喝吧。"傅信说。

看到是红枣山药粥,孟娴嘴里那些想说的话一下子便消散了,她

277

金丝笼

微微出神,好一会儿都没动那碗粥。但在傅信的注视下,她还是拿起勺子喝了一口。

傅信一边查看手机打车订单,一边用眼角余光看着孟娴:"怎么样,好喝吗?"

孟娴点点头,道:"好喝。"

但她说着好喝,却只喝了几口,就放下了勺子。

临走前,傅信又拿了件厚外套,在楼下等孟娴换衣服。

孟娴下楼的时候,看到明亮温暖的冬日阳光把傅信整个人包裹起来,他呼吸起伏,四周弥漫起细微的白雾。

二人到了医院,挂急诊,量体温,等孟娴回过神来时,她已经打上了点滴,傅信一手端着用医院的一次性水杯接的温水,另一手拿着刚开好的药,依次递给她。

"你是高烧,打点滴退烧会更快一些。"傅信说着,视线落在孟娴苍白憔悴的脸上。

孟娴"嗯"了一声,就算是回应他了。

输液室人不多,除了他们,就只剩另外一对小情侣,是男孩生病,此刻正打着点滴,靠着女朋友的肩睡着了。

傅信其实不太懂他们为什么那样,想睡的话完全可以躺下,靠着肩膀岂不是很不舒服?他又想起孟娴当初暗讽他不懂正常人的感情,于是他试图努力理解那个男生的行为,并得出结论——可能是生病导致人的心理防线脆弱,容易对亲近的人产生依赖。

他回头看看身旁的孟娴,又看看那对情侣,脸色没变,只是在一片寂静中,傅信忽然冷不丁地开了口:"……你困不困,要不要靠着我睡一会儿?"

孟娴微微涣散的眼神瞬间聚焦,她回头看向傅信,眼底是淡淡的不敢置信。良久后,她轻声回绝:"不用,我不困,谢谢。"

"哦。"傅信在孟娴话音落下的一瞬间就撇开视线了,努力忽略掉心里那些微不可察的失落,他又添一句,"我没别的意思,只是随便问问。"

他不说这话还好，一这样说，孟娴忽然察觉到了不对劲。

说真的，傅信和她非亲非故，能照顾她到这份上，已经远远超出她的预期了。她是感激他的，但"只是随便问问"这六个字隐含了太多情绪，还带了点如小孩子一般赌气的情绪似的。

孟娴勉强扯着嘴角笑了笑："我不困，但是很无聊，你能陪我说说话吗？"

傅信一下子就回过头来，像一瞬间充足了气的玩偶，虽然面上不显，可眼睛明显亮了，但仍旧端着素日的淡漠姿态，傲娇地说道："……也不是不可以。"

孟娴原本只想哄一下傅信，可真要问她想说什么，她又好像说不出来——江州的一切她都不想再提，待在云港的那几年好像也没什么特别的。而且傅信跟在傅岑身边，可能也都知道，她更不知道从何提起。

察觉到孟娴语塞，傅信用只有他们两个人能听到的声音，低声问出一个他很想知道的问题："我给你买的红枣山药粥，你不喜欢吗？怎么只喝了一点？"

傅信爱打直球这点，孟娴是知道的。当初在学校的时候，他能直言不讳地说她是在利用所有人，课外实践活动还批判世界级的音乐剧太感性化时，她就知道他是这样的人了。只是没想到，对方竟然直到这种程度。

孟娴抿唇，微微向后，靠在墙上，大概斟酌好了，才轻声地娓娓道来："我其实很讨厌吃红枣，尤其是放在粥里的，每次都会挑出来扔掉。"她说着，调整了一下正在输液的那只胳膊，使它能更舒适一些，"你应该知道吧，八岁以前，我还只是个没人要的孤儿，因为从小营养不良落下了胃病。后来我被收养了，我妈妈她听说红枣山药粥养胃，就时不时地做给我喝。"

说到这儿，像是想起什么，孟娴轻笑一声："我真的很讨厌红枣，

金丝笼

所以我就撒谎,说我不吃这个粥是因为它有枣核,它没有枣核我就吃了。"

她偏头看向傅信,轻轻地笑了:"很讨人厌对不对?我觉得我妈她也听出来我是在找借口了。那时候家里条件不好,而且市面上也很少卖没有枣核的红枣,基本上买不到。

"我以为我再也不用喝那个讨厌的粥了,可我没想到,第二天它还是出现了。"

笑着笑着,孟娴表情却苦涩起来:"我妈妈她用刀一点一点地把枣核剔出来,然后再切碎做成粥给我喝,就是为了让我没办法把红枣挑出来。"

孟青从不跟她吵架,她扳正女儿所有坏习惯的方式都很温柔,但又不容改变。

"后来我就喜欢上喝这个粥了,我妈她做得真的很好喝。"孟娴慢慢闭上眼,眼泪随着呼吸从眼眶中滑落下来,"她去世以后,我就再也没喝到过去掉枣核的红枣山药粥了。"

这件事,她没有告诉过任何人,连白霍和傅岑都不知道,因为这已经是很久远,在她小时候发生过的事了。

随着她话音落下,傅信也跟着沉默了好一会儿,再开口时,语气里有些无措:"对不起,我没想戳你痛处的。"

"我知道。"孟娴释然一笑,"其实说出来,我心里好受多了。仔细想想,她活着的时候,我们母女在一起的日子也很快乐。"

她不是接受不了人的生老病死,她只是遗憾,母亲弥留之际,她却没有陪在身边。

她是个不合格的女儿。

傅信眼中闪过一丝复杂的情绪,张了张嘴,但终究没说出口。

他不知道该怎么安慰孟娴,这种时候,说什么话都好像在说风凉话,他无法感同身受地理解她的痛苦哀伤,又怕自己说错话惹她更伤心。

第八章　反方向的钟

逝者已矣，大概也只有时间能抚平那些伤口。

挂完点滴以后，两个人一起回家。

傅信把孟娴赶到阳台晒太阳，接着关上阳台门，开始大张旗鼓地扫除。

阳台上放了张双人沙发，孟娴半躺在沙发上，看傅信穿着那个有点可笑的粉色围裙和满屋子的灰尘做斗争。

孟娴没打算阻拦傅信，她孤身一人，还生着病，有一个免费的劳动力，不用白不用，反正他是自愿的。

身上被晒得暖融融的，孟娴躺在沙发上，不自觉地蜷成一团，透过阳台玻璃门，看着屋内走来走去的傅信，没忍住勾了勾嘴角。

不知道是不是因为退烧后太疲乏，孟娴竟躺在沙发上不知不觉地睡着了，她好像又回到了很多年前的某个冬日午后，她在妈妈的怀里昏天黑地睡过去的日子。

等她再醒来时，已经傍晚，金黄的夕阳温热，她坐起来，发现身上多了一条厚毯子，阳台门也开着，客厅被斜照进来的夕光铺满，地面被拖得干干净净。

她走出阳台，经过客厅来到厨房，此时餐桌上摆了两盘菜，还冒着袅袅的热气。

这时，厨房的半面帘子被掀开——傅信端着一个小锅出来了。

看见孟娴，他语气淡淡道："醒了，晚饭已经好了，坐吧。"

孟娴乖乖坐好，傅信又返回厨房，拿了碗筷出来，他掀开小锅的一瞬间，孟娴表情明显一愣——那是一锅红枣山药粥，是剔去了枣核的红枣，切碎以后做成的红枣山药粥。

孟娴鼻头一酸，说不出的感觉瞬间盈满了五脏六腑，她看着傅信不太熟练地盛粥，视线转而落在他的双手上——他那一双十指不沾阳春水的、用来做实验的、金贵的手如今已经贴上了两个创可贴，手背还有一片明显是被烫伤的不规则红痕。

金丝笼

　　似乎是察觉到了孟娴的视线，傅信把粥放到她面前后，就把手背过去了，他沉声道："抱歉，我是第一次给别人做饭，没什么经验。不过粥和菜都是按照食谱做的，调料写得不太准确，我就自己随便放了。"他顿了顿，目光又落在那碗粥上，"但这粥肯定好喝，你尝尝。"

　　孟娴拿起勺子，舀起一点粥送进嘴里——粥炖得很黏稠，熟悉的味道也在一瞬间溢满了整个口腔。

　　她微垂着头，喝了一口又一口，不知何时，眼泪忽然就无声地滴进了碗里。

　　难喝到她都哭了？傅信一看，皱了皱眉，语气也开始透着不自信："很难喝吗？"

　　孟娴哭得正难受，傅信这话一出，她摇摇头，一边抬手擦眼泪，一边道："好喝的，是我自己的原因。"

　　"那你……"

　　"别问为什么。"傅信才刚说两个字，就被孟娴轻声打断了，她眼圈还红着，声音也透着微微的沙哑，"看在你做晚饭的分上，老师再教你一件事。如果有一个女人在你面前哭，不要问为什么，要么抱住哄她，要么暂时离开使她免于尴尬，因为任何人都不想在别人面前露出这么狼狈的一面。"

　　听了孟娴这话，傅信似乎陷入了沉思。须臾，他站起来，在孟娴还没来得及抬头看他的时候，抬起手，然后动作无比轻柔地把她揽进了怀里。

　　刚回云港那天，孟娴曾说傅信只能在她家待一个晚上，但事实上，她也再没有提过让他离开的话。

　　傅信这个人平时看起来挺聪明的，有时候却又有种说不出的笨拙——人际交往方面的意识一塌糊涂，教都教不会，简直像个被设定好程序的机器人。

　　可他毕竟有血有肉，别人说过的话他听一遍就记得，不会也知道学,现下也正努力地去体会所谓"正常人"的感情。

虽然笨拙,倒也真诚。

孟娴最终没有推开他,年轻男人的怀抱宽阔而温暖,即便被她揪紧衣服,把肩膀都哭湿了也一声不吭,默默承受了她所有的负面情绪。

孟青忌日那天,天气很好。

孟娴拒绝了傅信和她一起去墓园祭拜的要求,她买了妈妈最喜欢的花,独自一人来到墓园,坐在墓前和妈妈说了一天的话。她没有哭,一直在微笑,因为她怕妈妈看见了会难过。

她也终于好好地和母亲作了道别。

孟娴回到家的时候已经是傍晚,天色昏暗下来,风把她的头发吹起来时,空气里明显已经有了冷冽的味道。

傅信开门倒是及时,他手里还拿着没来得及放下的大汤勺,屋里很暖和,光线明亮,和刮着冷风的室外是两个极端。

"研究什么呢?"孟娴放下包,将外套脱下挂在玄关衣架上,第一次主动开口询问傅信。

傅信在她身后关上门,把寒冷隔绝在外,回道:"新菜,我突然发现做饭还挺有意思的,和做实验差不多,烹饪方式大致一样,可以举一反三,只要控制好调料的量。"

他这样一本正经地回话,倒把随口一问的孟娴给逗笑了。

淡淡的饭菜香气飘来,二人走到餐桌前,傅信一边把碗筷摆上桌,一边跟孟娴有一搭没一搭地闲聊——

"下午我去商场买菜的时候,听见大家都在说云港今晚会下雪,是今年的初雪。"

"这个时候了,也该下雪了。"

"也是。"

"你能喝酒吗?商场今天搞活动,可以凑满减。我没拗过那个销

金丝笼

售员，被迫买了很多酒水和饮料。"他面无表情，但又好像有点无奈地说。

孟娴略微思索一秒，欣然应下："可以啊，正好我也很久没喝过酒了。"

"酒留在饭后喝吧，天气预报说今晚八点下雪，到时候可以一边看雪一边喝。"他顿了顿，看向孟娴，目光里有种说不出的专注和期待，"要一起看吗？"

话音才落，孟娴便抬眼看向傅信，可惜二人的目光并未撞在一起——在察觉到孟娴视线变化后，几乎是她看过去的一瞬间，他便躲开了视线。

上次被拒绝的经历还历历在目，而傅信那被拒绝后的表情语气也如吸烟刻肺般，停留在孟娴的记忆里。

"可是吃完晚饭我还想洗个澡……"孟娴说完，偷偷用眼角余光观察傅信，只见他垂下眼，表情虽然没什么变化，但整个人却由内而外散发出一种失落感。

孟娴心里的恶趣味得到了满足，她装模作样地轻咳一声，道："不过，洗过澡以后应该也才八点多一点，可以陪你看雪。"

傅信嘴唇微抿，不悦的情绪瞬间消失，似笑非笑地道："其实你不用勉强，我自己一个人看也没什么。"

孟娴心里失笑，傅信这全身上下，也只有嘴最硬。

"不勉强，是我自己想看。"在孟娴自己都没意识到的时候，她的语气里已经隐含着一丝微末的纵容。

孟家这个老房子的浴室是最普通的那种淋浴，停了将近两年的水电也是在回来那天晚上才重新通上的。

不过提前开了暖气，浴室也不算冷，热水浇在身上，洗去了孟娴一身的疲惫。也不知洗了多久，孟娴擦干身体正穿衣服时，只听耳边暖风的声响骤停，眼前也瞬间陷入一片漆黑。还未来得及适应黑暗的

第八章　反方向的钟

眼睛无所适从地眨了眨，缓了几秒后，才隐约看到从浴室窗外透进来的微弱月光。

是停电了吗？

手机不在身边，孟娴没来由地有些慌乱，她在一片漆黑中摸索墙上挂的衣服，一边胡乱往身上套。她猛地拉开门跑出去，下意识地喊道："傅信，傅信……"

忽然，惶然的呼喊在下一秒戛然而止，一片黑暗中，她的背被精准无误地披上了一件厚重的大衣外套。

"我在这儿。"傅信声音低沉，虽然还是平日里那种没什么起伏的漠然声调，可此刻听来，却莫名让她有安全感。

"应该是天冷，附近居民区都开暖气和空调，电压负荷过重所以跳闸了。"他打开自己手机的手电筒，带孟娴回房，"你先回去，我去楼下看看。"

直到回了卧室，没擦干的头发往下滴水，滴到了身上，孟娴才回过神来，然后就听耳边传来"叮"的一声，屋子重新恢复了明亮。

傅信回来的时候，听到卫生间传来吹风机的声响。门开着，他站门口，稍微倚靠在门框上，静静地看孟娴对着镜子吹头发。

可能是因为刚才停电，跑得急的缘故，她里面只穿了一件棉质的秋冬款睡裙，外面则穿的是他刚才随手拿的自己的大衣外套，有点大，不过还是盖不住她裸露在外的小腿。

他的视线渐渐上移，最后落在镜子中映照的孟娴的脸上——不知道是不是刚洗完澡的缘故，她的脸有些红，像被热气熏出来的那种白里透红，再配上那双明眸……

傅信微愣，后知后觉，连忙转过身离开了。

孟娴吹完头发来到客厅，就见外面已经下雪了，下得还挺大。鹅毛一样的飞雪纷纷扬扬地从天上飘下，傅信已经坐在阳台的沙发上等她了，沙发旁边的小几上摆着两瓶酒和两个玻璃酒杯。

孟娴在他身旁坐下，冷风配冷酒，倒有种别样的感觉。

金丝笼

说是看雪,这两个人就真的只是看雪,谁也不说话,只静静地看着窗外的漫天飞雪,时不时地往杯里添酒,再默契地碰一下杯。

一时间,除了呜咽的风雪声,就只剩碰杯壁时那清脆的玻璃碰撞声。

差不多过了一个小时,雪还没停,孟娴从沙发上站起来,脚步不稳地往屋里走去。傅信看着她的背影,狭长的眸子里明明灭灭。

孟娴酒量不好,又贪杯,之前还喜欢做青梅酒,放的最多的配料是白酒、青梅和白砂糖,也不顾度数高低。喝醉以后倒也不撒酒疯,只是迷迷糊糊的,会把人认错。

傅信收回视线,抄起桌上他那半杯酒,一饮而尽。

没想到过了这么多年,她那破酒量还是没变。

傅信一直等到雪停才回到房间,只是关上门转身的刹那,在看到床上躺着的那抹身影时,他的脚步明显一滞。

此时,孟娴正侧躺在床上,眼睛时而睁开,时而闭上,脸颊酡红,眼神不算迷离但也绝对不清醒。

很明显,她喝醉以后忘记了这个房间现在是傅信的,习惯性地回到了自己住了十几年的卧室。

傅信走到床尾坐下,回头看了孟娴一眼,又转过头去,像是不敢看她,声音也含着一丝隐忍:"喝醉了?你房间在隔壁,不在这儿。"

原本躺在床上一动不动的孟娴忽然坐了起来,她声音低柔地呢喃出声:"傅岑。"

傅信脸色一沉,整个人仿佛被兜头泼了一盆冷水,他低声地、微微咬着牙反驳道:"我不是他。"

孟娴看着傅信的侧脸,似乎透着些疑惑和审视,又似乎没有,两个人的视线就这样在半空中撞上,继而胶着。

气氛沉寂而微妙,但谁都没有先收回视线。

与此同时,江州。

第八章　反方向的钟

傅岑把钥匙扔在玄关柜上的时候看了一眼墙上的挂钟，现在是晚上九点四十七分。

他拒绝了医生留院观察的建议，选择回家休养，他会定期去医院做复健，但实在不想继续待在医院了，于是便拖着病体回到了家。

家里意料之中的安静，这个时间，傅信应该在爱丁堡那边的青年公寓看书，或是把自己关在实验室里熬夜吧。傅岑这样想着，打算待会儿给孟娴打个电话，问问她的近况。

当初他重伤住院，不能跟孟娴一起回云港，这几天他无数次想跟对方联系，又怕她深陷丧母之痛没心思搭理别人，索性便没打扰。如今孟青的忌日已经过去了，他觉得自己大概是时候给孟娴打个电话了，和她商量一下去保加利亚完成她母亲遗愿的事。

走到客厅，傅岑的视线落在了傅信房间虚掩的门上。

这个房间本就是给傅信准备的，所以当时他自作主张给房间门上锁，傅岑也没说什么，只当是弟弟长成大人，有自己的隐私了。

想到这儿，傅岑不禁失笑，同时推开了门。

他还以为照傅信的脾气，这小子会把自己的房间上了锁再走呢，毕竟他一向不喜欢傅岑动他的东西，就算是帮他整理内务也不可以。

房间内一如既往地整洁，一点多余的装饰都没有。他环视四周，目光忽然被桌上的几个相框吸引。他慢慢走近，定睛一看，发现其中有一张合照——那是傅岑二十岁时，拉着傅信和孟娴一起拍的，他那儿也有一张。但准确地说，这张和他的那张又有些不一样，因为合照里只剩下两个人，而原本在合照最右边的傅岑则被剪掉了。而另外几张，都是单人照，角度一看就是偷拍的。

傅岑看着照片里的人，有些不可置信——

每一张都是孟娴。

傅信看起来不像是会被感情或欲望操纵的人，但事实是他很容易在感情上失去理智。

金丝笼

准确来说,当对象是孟娴的时候。

孟娴二十岁那年,傅信即将迎来自己十五岁生日,傅信和父母没什么太深厚的感情,也就傅岑带给过他亲情的温暖。所以他从外地赶回云港,只是想和哥哥一起过这个生日。

那时候的傅信刚过变声期,身体仿佛一夜之间拔高,五官也长开了很多。那时的他不仅长得像他哥,就连声音和身高都差不多,再加上兄弟俩如出一辙的穿衣风格,可以说如果只看侧脸和背影的话,真的不太好分清他们兄弟俩。

孟娴看他第一眼就笑着说:"傅信和哥哥长得太像了,都有些分不清谁是谁了。"

而她身后,正拎着生日蛋糕的傅岑这才把注意力放在弟弟的外貌上,然后温柔地笑着附和了孟娴一声。

傅信一声不吭,转身回了哥哥给自己准备的客房。他站在卧室卫生间的洗手台前照了又照,还是觉得不像。

至少,没那么像。

这年夏天,傅信照例在云港过了一个暑假。盛夏最闷热的时候,他每天傍晚都会下楼去附近的体育馆打球,那个时间也是傅岑出门买菜的时间。

只是那天下午,他来到体育馆后,才发现里面在维修,闭馆了,他只好拎着篮球回家了。

一般这个时候,孟娴会习惯性地在客厅看电视,或是坐在阳台的吊椅上看书,可那天她却忙着开封她的青梅酒。傅信开门进去时,屋里静悄悄的,客厅的桌上只摆了一瓶喝得只剩个底儿的青梅酒,还有一个歪倒了的玻璃酒杯。

阳台偶有潮热的穿堂风吹进来,那杯子便骨碌碌地在桌子上滚动起来。

他在回房前看到了主卧里的孟娴。

主卧的房门大开着,孟娴双手撑着身后的窗台,头颅极尽后仰,

第八章　反方向的钟

展露出白天鹅般纤长秀美的脖颈。她好像在吹风，也好像在透气，总之应该是醒酒的方式。

傅信愣住了，他应该后退，回自己的房间里去的。可是他迈不开步子，视线无意识地胶着在那道曼妙身影上，眼神发直。

幸好，孟娴没发现他。

她身后的窗外绿意葱茏，蝉鸣热烈。那窗台才到她腰际，她就那样慵懒地仰面撑起上半身。她身上穿的是一件白色的蕾丝吊带长裙，左侧从膝盖处开了叉，而当她膝盖微微弯曲时，修长白皙的腿便从裙侧露了出来。

二十岁的孟娴很喜欢梳鱼骨辫，蓬松柔软的发辫垂在一侧的胸前，碎发被风吹得凌乱，但又有另一种说不出的美感。夏日傍晚的夕阳照在她身上，微热，那些碎发便被薄汗黏在白腻的脖颈和漂亮的锁骨处。

傅信看出来，她喝醉了。

孟娴也并不是一直保持一个动作，她偶尔也会背过身去，趁着醉意迷离时轻笑着转个圈，自顾自地沉浸在自己的世界里。她手边那半扇薄纱窗帘被风吹得扬起，时而裹住孟娴的半个身子，时而轻飘飘地将她整个覆盖住。

那是一种无法形容的、若隐若现的美。

一时间，天地万籁俱寂，他仿佛只能听到自己震耳欲聋的心跳声。

后来孟娴还是看到了他，但站得远，又隔着一层纱帘，她便把他当成傅岑了。

"站在门口干什么？过来啊。"她轻笑着，冲着在门口的少年招了招手。

傅信胸口鼓胀，他鬼使神差地一步步走了过去。孟娴撩开窗帘朝他走来，青梅酒的香味被风带进他的鼻腔，下一秒，傅信猛地瞪大了双眼——

金丝笼

孟娴轻轻地吻了他一下,蜻蜓点水一般。

"辛苦了,我睡一会儿,晚饭再叫我。"她语气熟稔地说,就像平日里对待傅岑那样。

说完,她便转身躺到床上去了,只留下傅信呆愣在原地。

孟娴醒来以后,就把这件事忘得一干二净。傅信很讨厌这种明明两个人都参与了,最后却成了他一个人的秘密的感觉,更何况他还要把这个秘密烂在肚子里。

他不知道自己对孟娴到底怀有怎样的心情,但他知道自己对她来说只是男朋友的弟弟,仅此而已。

可他不想只做孟娴的"弟弟",以至于后来好一阵子,他都故意不叫孟娴"姐姐"。

可很多事情不是他不想就可以改变的。

偶尔,傅信也会有一些莫名其妙的恶念涌出——孟娴应该也没有很喜欢傅岑吧,不然她当初怎么会认错他呢?

那时候的他还不知道这种情绪叫嫉妒,感情方面他开蒙晚,即便有了不该有的感情,他也会用更深重的理智来压制这些感情。

可他不知道,年少时的那些妄念早已如同野藤般疯长,蓬勃地在他心底阴暗处深深扎根,至今也未能彻底拔除。

他和孟娴之间,注定隔着天堑,隔着他仅剩的亲情。

再后来,十七八岁的时候,他又见了孟娴一次。但那时的她已经结婚了,嫁的男人和他们也根本不是一个世界的。

他哥还以为他不知道这件事,以为自己瞒得很好。但他怎么可能不知道呢,因为他一直在偷偷关注她。

可傅信不想让自己变得如哥哥那么不堪,更何况他和孟娴之间的距离早就拉得更远了。不出意外的话,他这辈子都没机会把自己的感情宣之于口。

于是,他强迫自己死了这条心。

当初回到江州,他百般阻挠傅岑,甚至调大电视音量故意让傅岑听见那些新闻，就是要提醒傅岑，孟娴是白霍的妻子。可有时候，连他自己都分不清，他这么做到底是为了让哥哥清醒，还是借这个冠冕堂皇的理由发泄自己多年来的嫉妒；又或者说，他到底是在提醒傅岑，还是在提醒他自己。

明明悲剧可以避免，为什么一定要一意孤行，被所谓的感情控制，一错再错。

注定不能在一起的人，那从一开始就不要去碰好了。

如果明知两个人之间隔着万水千山，那就不能想，不要想，这样自然就可以避免一切痛苦了。

…………

这是他的看法，也是他的决定。

说来可笑，他自己懦弱，不敢直面内心卑劣的感情，到头来却一味去为难勇敢追爱的人。

年少时那份情窦初开的喜欢，被他亲手扼杀在摇篮里。

而今，孟娴重新孑然一身，死灰复又重燃。

第九章

苦夏

金丝笼

　　孟娴似乎短暂地恢复了一下清醒。她深深地看了傅信一眼,然后低着头准备离开。

　　傅信看她这样,有些懊恼地闭了闭眼,但就在孟娴经过他,要离开的时候,他突然伸手从侧面拽住了她,没过脑子直接脱出口一句:"别走。"

　　"你认错了人,就想这么走了?"他声音温柔而低沉,似乎还隐隐带一丝委屈。

　　当年,她醉酒误亲了他,害他被困在那些妄念里多年,不能自拔,用尽全力苦苦压抑。现在又是因为醉酒认错了人,发现弄错后转身就逃,那他算什么,这又算什么道理?

　　"那你想怎么样?"孟娴声音软绵绵的,人看着也迷迷糊糊的,可能根本就不清楚自己在说什么。

　　他想怎么样?他想做的事情多了去了。

　　可是他说不出口,傅信抿着唇,一言不发地拽着孟娴,就是不让她走,沉默着要求她给出一个解决方案,抚慰他受伤的心灵。

　　孟娴不甚清醒地看着他,只觉得傅信这副样子很好看,清隽的脸配上少年气的鸦黑短发,孟娴恍恍惚惚,有种自己回到过去、见到了十八九岁的傅岑的错觉。

　　"你知道我是谁吗?"他非常认真地盯着孟娴,"我,我哥,你能分得清我和他吗?"

　　孟娴一愣,眼里闪过一丝挣扎,但又很快消失不见。

第九章 苦夏

她无法形容那种恍惚,像置身于一场旷世大梦,眼前人的眉眼和记忆深处被深深掩埋的那张脸重合在了一起,乍一看和傅岑很像,但又不是傅岑。

傅岑看她的眼神是温柔如水的,不会是淡漠中夹杂着不可控的欲望,傅岑更不会踟蹰在门口,而是会直接走进来抱住她。

原来……当年那人是傅信。

是她认错了人。

"傅信,你是傅信。"孟娴轻声说道。

是在公开课上帮她解围的那个傅信;是追随着她从江州到云港,面冷心热的那个傅信;是在一片漆黑中能精准地找到她的那个傅信;是眼含期待,请求她陪他看初雪的那个傅信。

后半夜,云港又开始下雪,直到翌日清晨也没停。

外面冰天雪地,而孟家这小房子的小卧室里却温暖如春。

她认出了他,他可以留在她身边了。

以前想都不敢想的美梦,如今成真了。

一场雪下到中午才放晴。

傅信正在厨房忙碌,冬日的阳光从阳台照进来,周遭一片静谧,让孟娴有种暖融融的松快感。闲得无聊,孟娴一个人坐在沙发上看电视,胳膊半倚靠在沙发扶手,有一搭没一搭地打着瞌睡。

傅信从厨房出来,看到的就是这样一幕,他小心翼翼地走过去,脚步轻慢,半跪在沙发旁边,也没吵醒孟娴。他眼里闪过一丝笑意,一身清冷像冰雪消融般覆盖了一层薄薄的温柔,视线流连在对方身上。

突然,刺耳的来电铃声打破了这静寂的美好氛围。

孟娴从小憩里猛然惊醒,表情还带着一点迷蒙,直到手机铃声又响两秒,她才后知后觉地去够放在桌上的手机。

而傅信已经看到屏幕上的来电显示了——傅岑。

金丝笼

他垂下了眼睑，抬起身子坐到孟娴身旁，孟娴接了起来："喂，傅岑。"

她声音柔软，还隐约带了一丝喜悦。傅信自己都没察觉到，此刻他浑身已经微微紧绷起来，刚才那种愉悦轻松的神色早已消失得荡然无存。

日子过得太好，以至于他都差点忘了傅岑的存在。

"……嗯，你身体好些了吗？"孟娴说道。

"我啊，"她顿一下，"云港下雪了，应该比江州冷……嗯，好，你也照顾好你自己……好，再见。"

挂了电话，傅信终于抬起眼皮，目光沉沉地看向孟娴："我哥他说什么了？"

孟娴无所谓地笑笑："也没说什么，就问了问我的近况。他腿伤得很重，想回云港也回不了，让我照顾好自己，说过段时间回来看我。"

"那你接下来有什么打算，想好了吗？"傅信知道孟娴大概是不会回江州了，留在云港的话，只怕她也不甘心。

孟娴脸上的笑意敛去，正了正神色："应该会先去一趟保加利亚，打算在那边逗留一段时间。我手上还有些钱，应该足够我创立一个工作室。我想做一个自己的花艺品牌，正好可以去保加利亚看看市场情况。"

"佛罗伦那边呢？你辛苦得来的工作，不要了吗？"傅信轻声开口问道。

孟娴似乎早就在等着他问，几乎在他话音刚落时就开口道："佛罗伦在国外有很多分校区，我查过了，在职期间可以申请调任。我还没被学校解聘，等确定在哪个国家定居了，就申请调任到那儿的分校区就好。"

这些天，她闲来无事，其实也一直有在思考未来的去处，想来想去，这个办法是最两全其美的。

第九章 苦夏

与其攀附资本，不如自己试着成为资本。

傅信薄唇轻启，话还没说出口，门铃突然响了。

孟娴表情意外，问道："这个时间，会是谁啊？"

难不成傅信订了什么上门派送的东西？

傅信也是一脸迷茫，起身说道："你歇着吧，我去看看。"

孟家的房子是老房子，门上也没有猫眼，开门以前，傅信猜了几个可能会来敲门的人，但他万万没想到，门外站着的人会是傅岑。

傅信顿时愣在原地，而傅岑的脸上是从未有过的阴沉，他的视线越过傅信看向他身后，然后轻飘飘地回到他身上。

傅岑声线紧绷，沉声开口："你怎么在这儿？"

来之前，他就猜到傅信没回爱丁堡，而是来了云港。可如今亲眼所见，傅岑的心如坠冰窟。

胸口和四肢受伤的地方传来一阵阵闷痛，傅岑脑子里顿时乱七八糟地冒出来许多猜测。他不想往最坏的情况上想，可他不得不那么想。

多可笑，他日防夜防，斗赢了白霍和程错，到头来，最难防的竟是自己的亲弟弟。

傅信不作声，只是垂下眼。这时，他忽然发现傅岑左手还拄着医用拐杖，他下意识想上前去扶对方，却被一把推开。傅岑径直朝里走去。

傅岑的腿的确尚未恢复，走路虽不至于一瘸一拐，但也很吃力。像他这种情况，别说长途跋涉，多走几步医院都不建议。

从玄关到走廊，十几步的距离，傅岑走得双腿钻心地疼，人被气愤冲昏了头脑，却还抱着最后一丝丝希望——他还没见到孟娴呢，一切都只是猜测而已，说不定傅信只是在这儿照顾她，他的"好弟弟"有心，可孟娴却不一定愿意接受。

问清楚就好了，说不定一切还来得及。

"傅岑？"孟娴一下子从沙发上站起来，愣怔过后，转而是惊喜。

金丝笼

傅岑脸上勉强挤出一丝笑意:"想给你个惊喜,所以没告诉你我过来了。"

孟娴下意识地去扶傅岑,待二人坐到沙发上,傅信才走了过来。他从头到尾都没敢看傅岑,眼神有些微闪躲。

"你伤成这样,干吗大老远跑回来?傅信他听了你的话,特别照顾我,你不用担心的。"

孟娴这时还被蒙在鼓里,以为傅信当初跟着她回云港真的是受傅岑所托,可她哪里想得到,傅信是两头欺瞒。

"是吗?"傅岑语气凉飕飕的,他别有深意地回头看了傅信一眼。

听孟娴这话,他还有什么不明白的。傅信借他的名头凑到孟娴身边,说是照顾,也的确"照顾"得挺好。

"傅信为了方便照顾我,就住在我家了。"孟娴继续对傅岑说,"对了,你还不知道吧?傅信他学会做饭了,手艺还挺不错。正好到午饭时间了,你们先聊,我去拿碗筷,马上开饭。"

孟娴前脚离开,傅岑眉眼间温柔的笑瞬间消失殆尽,他压低了声音警告傅信:"我不想在这儿跟你吵架,你也最好不要在她面前暴露,等回家我再跟你算账。"

上次和程错打架,傅岑是一时冲动没讨到好,这次是傅信趁虚而入,但毕竟是自己亲弟弟,也不好撕破脸。这笔账是必须要算的,但不是现在。

傅信倒还算平静,傅岑说了这样的话,他也默不作声,只是眼神沉静地看向别处,不知道在想些什么。

一顿饭吃得平静而诡异,结束后,傅信收拾干净碗筷从厨房出来时,傅岑已经在等着他了。他和孟娴说要带傅信回去一趟,等晚上再来。

傅岑的车就停在外面,他没办法开,是找代驾开来的。不过回去的时候有了傅信,倒方便了不少。直到和孟娴告了别,开出孟家很远,傅岑的脸色才一点点沉了下来。

第九章 苦夏

车里一片死寂,静得仿佛掉根针都能听见。傅信专心开车,只是他一抬眼,就能从后视镜里看到哥哥无比难看的脸色。

到家时,傅信推着行李箱跟在后面,傅岑因为腿伤,开门进去的时候还趔趄了一下,傅信便去扶,被傅岑用力甩开了手——

"滚开!"对方微微咬着牙道。

傅信瞬间僵在原地,好像一瞬间,手脚都不知道该往哪儿放。

不过此情此景,他也早有预料,从他决定不顾一切去追孟娴的那一刻起,他就已经做好了未来可能会兄弟反目的准备。

片刻后,傅信低下了素日清高倨傲的头颅,为这么多年的隐瞒道歉,为欺骗傅岑道歉,也为觊觎对方心爱之人道歉:"……哥,对不起。"

他的确不是什么好东西,不管傅岑多愤怒,都是应该的。

听到傅信这话,傅岑却笑了,只不过是冷笑,眼神和语气都带着讥讽。

"对不起?你这句道歉,是为了你以后铁了心要跟我争,所以提前道的歉?"

傅信垂在双腿两侧的手猛地握紧,良久,他语气艰涩地开口:"是。"

短短一个字,已经摆明了傅信的态度,他不是一时兴起,更不会放弃孟娴。

傅岑看着弟弟,他嘴里吐出的每一个字,都好像锋利沉重的刀:"你做梦。别以为你跟我长得像,她就会高看你一眼。是我瞎了眼,这么多年,竟然没看出你的心思。"

他靠近一步,睥睨着这个曾经最疼爱的弟弟,语气阴冷:"我告诉你傅信,谁都可以跟我抢,只有你不可以。"

傅信猛地抬眼,眼神中带了些狠意,像是被哥哥这些话激怒了:"凭什么?"

凭什么只有他不可以?

金丝笼

"凭我是你哥,凭你这么多年欠我的教养之恩。别忘了,当年爸妈离婚,爸爸和他后娶的女人是怎么对你的,又是谁把你救出来,照顾你,给你出学费和生活费。没有我,你哪儿来的今天?"傅岑反问的语气并不激烈,但足够诛心。他以前怕弟弟伤自尊,从不主动在他面前提这些,如今却被嫉妒和愤怒冲昏了头脑,一股脑地发泄而出。

傅信只失神半秒,却没有因为傅岑这些话产生一丝丝动摇。傅岑说的这些,他心里都清楚,他也并非狼心狗肺之辈,但他不可能因为顾忌傅岑的这些恩情,就放弃孟娴。

"我会还的,你在我身上投注的所有,我会连本带息全部还给你的。"说到最后,傅信几乎是一字一句道,"至于孟娴,我喜欢她,所以我不会放弃,不管你说什么。"

"……你喜欢她,那她喜欢你吗?"傅岑反问得还算平静,只不过微微颤抖的眼睑暴露了他隐忍的情绪。

傅信颌骨微抬,定定地看着傅岑:"她会喜欢我的!"

傅岑没受伤的那只手几乎是在傅信话音落下的一瞬间就猛地揪紧了对方的衣领,他脸上的从容彻底破碎,带着从未有过的凶狠:"你再说一遍试试!"

"再说多少遍也是一样,我对孟娴的感情不比你少!"

拳头狠狠落在皮肉上发出"啪"的一声,傅信话音还没落,人已经被哥哥击倒在地。

傅岑双眸微红,胸前剧烈起伏着,整个人像一头失去理智的困兽。他眼看着傅信扶着墙一点点站起来,嘴角渗出一缕血丝。

一片空荡荡的沉寂中,只能听见傅信压低了的、平静的呼吸声。

他看向傅岑,目光如炬,语气带着微弱的挑衅和十分可恶的从容:"继续打吧,我不会还手的。但作为亲弟弟,我最后提醒你一句,你打不死我的,但你很可能成为下一个白霍。"

白霍这个名字,是绝对禁忌,不能在孟娴面前提,更不能在他们兄弟间提,因为谁都不想像他那样,被独占欲逼疯,把孟娴折腾得遍

第九章 苦夏

体鳞伤,最后落得一个被心爱之人拼死也要逃离的下场。

傅信他哪里是什么高山雪莲,他分明是一条不动声色的冷血毒蛇,匍匐在暗处等待时机,只等鹬蚌相争,渔人得利的那一刻。一旦发生利益冲突,三言两语就可直击要害。他很清楚傅岑的底线是什么,比起孟娴被抢走,他更害怕永远失去她。

傅岑眼前一黑,有种要昏倒在地的错觉。可他不得不承认,他混沌愤怒的思绪也在这一刻突然被撕开了一道口子,几乎是醍醐灌顶,他残存的理智告诉他傅信的话是对的。

即便他眼神憎恶地看着自己平时最疼爱的弟弟,可他终究没再打出第二拳,毕竟他们晚上还要去见孟娴,他不能让她觉得,他是白霍那种疯子,虽然他的确是。

僵滞两秒,傅岑忽地笑了,他努力让自己平静下来,改用怀柔政策:"傅信,不是我说,你未免也太看得起你自己了吧?"淡淡地嘲讽过后,傅岑又恢复成平时那种气定神闲、老谋深算的狐狸样,"我和她相识十年,她都可以一朝抛下我,你该不会天真地以为,你会是例外?我告诉你,我根本不可能放手,你要是受不了,也别跟我争这一时的意气了,趁早滚远点。"

他这话不假,也是在给傅信打预防针。他们兄弟俩,一个顶一个地摸得清孟娴的心思,也比任何人都清楚她的劣根性,因为她就是个彻头彻尾的利己主义者。

可傅岑却未能如愿等来傅信的破防,对方反而扯了扯受伤的嘴角,似笑非笑地,好像早就在等着他这些话一样:"哥,你真的太小看我了,你以为我对她是一时的感情吗?"他顿了顿,语气加重了些:"……我远比你想象的,要爱得更多,她所有的好与坏,我都可以忍受。"

傅信话音落下,傅岑已经危险地眯起了眼,可傅信的下一句话,却让他的目光瞬间由愠怒转变为审视。

"但你心里也很清楚,就算没有我,也会有别人喜欢上孟娴,既然这样，我们何不各退一步？即便我们是公平竞争，她身边从此也只会有我们。"

傅岑脑子里灵光一闪，忽然在一瞬间明白了傅信的意思。

傅岑是在傍晚的时候摁响孟娴家的门铃的。

孟娴开了门，发现门外却只站着傅岑一个人，有点疑惑。傅岑似乎是看出了她微微探究的眼神，脸不红心不跳地微笑着道："傅信说他有点累了，所以把我送来以后就回去了，过两天再来接我。"

但其实不是这样，傅信之所以没来，一是为了掩盖他被打得红肿的脸，二则是对傅岑的歉疚。

虽然心里不情愿，但他这段日子不会去打扰傅岑和孟娴。

傅岑都这样说了，孟娴就没再追问，习惯性地上前去扶傅岑。而傅岑也终于如愿以偿，没用多少力道地靠拢在孟娴身上，一只手横过她后颈紧紧地搂住心爱的人。

他闻到了她身上熟悉的香味儿，也勾起了他心底深处浓厚的爱意。怀中是让他魂牵梦萦，经历了这么多变故仍然决定陪伴守护的人，是他全心全意、从少年时期就喜欢至今的人。

为了她，他早已不记得自己妥协过多少次了，面对孟娴，傅岑永远是认输的那一方。

傅岑笑了一下，在孟娴看不见的地方，这笑带着不甘苦涩，同时也带着释然和温情。

"孟娴。"他轻声地、温柔地叫她的名字。

"嗯？"孟娴轻哼道。

傅岑侧过身，把孟娴拥进怀里，抱得有些用力，像是失而复得的那种用力。他把下巴搁在她的肩膀上，吻落下去的时候，力度轻得仿佛只是落下一片羽毛。

"我想和你住一起，可以吗？"他等这一天，已经等了这么多年。

孟娴笑了笑："你要在这儿待几天，当然是和我在一起住了，我

第九章 苦夏

又不可能撑你去外面住酒店。"

傅岑低头，唇瓣在距离孟娴樱唇只剩一两厘米时，停住了，他目光灼灼地看着孟娴，像是宣示主权，也像是讨要承诺，他语气温润，但又十足坚定："我的意思是，我们一辈子都住在一起。"

再也不分开。

下雪的时候不冷，化雪的时候反而冷了。

傅信惊醒的时候，发现自己还在沙发上躺着，他从头到脚都是冰凉的，还出了一身冷汗。

一抬眼，他看到黑色的电视屏幕上映照出他的模样——苍白的脸带着微微失神的惊悸，像是后怕，也像是庆幸。

他做噩梦了，梦到时间倒流，回到了孟娴和白霍结婚的那几年。他不明白为什么一夜之间，好不容易得到的一切就忽然全都失去了。不过还好，他知道他们会离婚，知道自己未来会有机会靠近她。

但他不知道那是个梦。

于是他只能等着，他在梦里等啊等，等了好多年，也没能等到孟娴回头看他一眼，他们做了一辈子的陌路人。

周围一片死寂，暗得什么也看不清。冬夜刺骨的寒凉将傅信整个包裹住，他的呼吸还未完全平复。他坐起来，抱膝蜷缩，整个人倚靠在沙发靠背上，身上只穿了一套单薄的家居服。

他无法形容这种从噩梦中醒来，劫后余生的感觉。

唯有庆幸，庆幸那只是个梦。

思绪一转，他随即想到傅岑和孟娴。

这个时间，他们在做什么？

或许拥抱在一起看着电视，或许在接吻，又或许什么都没做，就像是前几日他们两个经常做的那样，一同坐在阳台的沙发上，静静地看着窗外。

虽然不想承认，但傅信实在无法忽略那种强烈的嫉妒的情绪，甚

金丝笼

至很早的时候他就知道了,走上这条路一定会很痛苦,所以当初为了避免一切痛苦,他用理智压抑感情,甚至不惜在她心里留下一个冷血动物的印象。

他不是不懂人的感情,他只是冷漠惯了,不知道该怎么处理,怎么表达自己的感情。

但现在他才刚学会,就又被扼杀了。

傅信双目失焦,自言自语般地低低呢喃出声道:"好冷……"

这个季节其实并不适合去保加利亚,因为没到花期,但傅岑还是陪着孟娴去了,帮她完成孟青的遗愿,同时满足了他自己的私心。

"等明年七月到十月份的时候,我们再来一次,那个时候的保加利亚是最美、最热闹的,也最适合旅游。"在结束保加利亚之行,二人打车去机场的路上时,傅岑这么对孟娴说道。

孟娴点点头,她日后要做和鲜花有关的工作,免不了要常在国内外的鲜花盛产地奔走,肯定还会再来的。

"下一站,我们去爱丁堡,我查了所有开设佛罗伦分校的城市,爱丁堡分校是距离我们最近的一所。"

孟娴闻言有点耳熟,下意识地问道:"那是不是傅信所在的城市?"

她记得傅信的学校应该就在爱丁堡,上次一别,她就一直和傅岑待在一起,没再见过傅信了。

"对,我们来这儿的第二天,傅信就已经回爱丁堡了。他那边催得紧,没来得及跟我们告别。"傅岑不疾不徐地解释。

孟娴闻言,没什么异议,她本来就打算去有佛罗伦分校区的城市看看,毕竟要考虑在哪里定居。第一站是爱丁堡的话,正好还可以看望一下傅信。

下车后,傅岑去后备厢取行李了,孟娴漫无目的地环视了一下周围,然后忽然皱了皱眉,慢慢回过头来——身后什么都没有,刚才那

第九章 苦夏

一丝让她本能感到不适的异样目光消失了,四周没有人看她,那些陌生的异国面孔都在忙着自己的事。

这时,傅岑走了过来,顺着孟娴探究的目光看过去,什么也没看到,便问道:"怎么了?"

孟娴这才收回视线,不甚在意地笑了笑:"没什么,可能是我看错了。"

两个多小时后,飞机落地,这座雄踞在绵延的峭壁之上,位于东海岸入海口的陌生城市也终于映入眼帘。

爱丁堡有新旧城之分,新城是幽雅的佐治亚设计风格,旧城则多有一些古城堡、古教堂以及维多利亚时代的建筑。

落地后孟娴只觉得很冷,爱丁堡的冷是出了名的,只是孟娴没想到会这么冷,若是在国内,这个季节其实还算不上深冬。

孟娴本以为他们会去酒店,结果却被傅岑带到一处民居的住宅区,周围有欧洲中世纪的尖顶房子,也有现代化的商店,大面积的玻璃橱窗映出温黄色的明亮灯光。

已经傍晚了,天气昏黑,空中开始飘起了小雪。

孟娴站在二楼,她透过整整一面墙那么大的落地玻璃窗俯瞰周围的景色。室内灯光也是微微偏暖,整体风格很简约,不过看起来像是一直有人在住的,收拾得很干净。

她视线迷离地看着外面没什么人经过的街道,最终落在道路尽头一辆覆盖了薄薄一层雪的黑车上。

傅岑开了暖气,然后朝孟娴走过去,身上的大衣外套衬得他格外温润修长:"这是当初傅信考到爱丁堡时,我买给他的房子。不过他现在多数时候住学校分配的青年公寓,不经常回来。"

话音一落,孟娴就被傅岑从身后抱住。他微微低垂下头,这种把爱人抱紧入怀的幸福感几乎将他整个包裹起来,让他无法自拔。

金丝笼

傅信到家的时候,家里还是和他离开的时候没什么两样,一片寂静,偶尔会听到外面传来风雪声。

只是刚走出玄关,他就发现了异样——客厅的灯开着,中央空调也在运作,空了两天没人住的房子此刻温暖如春。

似乎是想到什么,傅信的脚步有点急促,再往里走,他看到正站在落地窗的那让他魂牵梦萦的身影。

外面的雪还没有要停的意思,混杂着刀刃般冷冽刺骨的风,无人经过的街道尽头,只有一道高大的男性身影一直矗立着。

男人穿着很正式的西装和大衣,通身一丝不苟,连长相都是冷硬的,带一丝倨傲的贵气。他站在车旁,举着一把黑伞,伞上已经落了一层雪,也不见他动一下,浑然一座雕塑般。

白霍不记得自己站在这里多久了。

他知道孟娴很可能已经发现他了,也知道她大概率不会下楼来见他。可他还是忍不住幻想——万一呢,万一她已经消气了,愿意见他一面呢?就算是赶他走也好,他只想见她一面。

可耳边风声呼啸,他看得双眼都发疼了,视线里还是没出现他心心念念的那道身影。

雪越下越大,爱丁堡的夜很长,也很冷,他已经浑身僵硬,就那么站在那儿,无论如何也等不来想见的那个人。

一年后。

王子街的某栋商业楼内,孟娴坐在办公桌前,浏览完平板电脑上那个最近挺火的 Vlog(视频记录)时,她正好收到傅岑发来的消息,问她晚饭想吃什么。

她有些心不在焉,在屏幕上慢慢地敲出一行字——

不回家吃了,约了人谈工作。如果能谈妥,或许可以给 Cyan

第九章 苦夏

带来一大笔投资。

发送成功后,她的视线重新落回到那个已经结束了的视频上,封面标题是:一年的时间可以为我带来哪些改变?

那条视频的作者是一个法国籍的短视频女性博主,现居爱丁堡,马上要举行婚礼,婚礼布置的项目选定了 Cyan 工作室。

Cyan 就是孟娴忙了一年,如今才终于勉强算是安稳下来、正式运营且小有起色的工作室,也是独属于她的原创花艺品牌。

她如今算是定居在爱丁堡了,一边在这边的佛罗伦分校上班,一边经营工作室。傅岑也随她一起调任过来,还是比她高一层职位的音乐系教授。

对她来说,一年的时间或许改变不了什么,但她一向信奉厚积薄发,她还年轻,不急于这一时。更何况小有起色也是起色,总好过原地踏步。

因为以前从没接触过,所以创办 Cyan 至今,她也吃了不少的苦,不过都是必经之路,也没什么好说的。

她一直坚信,凡是不能打败她的苦难,都是有利于她的。

"叩叩"两下敲门声,将孟娴的思绪拖拽回来,她没抬眼,声音颇为朗利:"请进。"

进来的是个二十岁出头的华裔女孩,孟娴认得,这个女孩是最近工作室刚招进来的自媒体运营,刚毕业两年,叫琳恩。

琳恩的母亲是华人,生在英国,长在英国。但因为她母亲的缘故,她也经常随家人一起回国小住,所以孟娴就算用中文和她交流,也基本没什么障碍。

"打扰了。我又整理了一些格瑞塔平时发在社交账号上的关于她对婚姻、家庭的看法以及住宅装修的喜好等资料,您可以看看,方便判断她具体想要什么样的婚礼现场。"长相颇英气的混血女孩说着,然后将一个红色封皮的文件夹放在孟娴桌上。

金丝笼

格瑞塔就是那个视频博主的名字,对方的社交平台拢共有差不多七十多万的粉丝,这个数量放在国内可能不算什么,但在国外已经算是大网红了。

Cyan对外营业的这段时间,因为是新工作室,所以对接的订单基本都比较小。格瑞塔的婚礼布置对他们来说算是第一个大单,而且她作为大网红,影响力不容小觑,如果这个项目能做好,婚礼现场出现在她的视频里,就能给工作室带来巨大的潜在流量。

若非如此,孟娴也不至于这么上心,甚至要把格瑞塔扒个底朝天来摸索她的审美和喜好。

孟娴轻轻地舒了口气,抬眼看向琳恩:"对了,最近工作室的流量怎么样?"

花艺工作室不比实体花店,要想增加客流量,线上维护很重要,所以她在自媒体宣传运营这方面下了不少功夫。除了琳恩,她还招了另外几个员工,不过琳恩以前做过自媒体博主助理,比较有工作经验,所以孟娴会习惯先询问她。

琳恩似乎早就料到孟娴会问她,从容不迫地回道:"有些起伏,不过总体比较稳定,我们也陆陆续续联系了一些花艺方面的博主进行约定合作。截至目前,已经有将近一半的博主回复了,稍后我会把他们的账号内容以及数据、报价等整理出来。"

"好,辛苦了。"孟娴一贯和颜悦色,下边的人任务完成得好,她也能轻松很多。

琳恩出去以后,孟娴放在桌上的手机又振动了一下,她点开锁屏,还是傅岑——

> 傅信今晚要在实验室赶进度,不能去接你,我和他调一下。你在哪个餐厅吃饭?到了以后把定位发我,我也好提前看看路线。

第九章 苦夏

她回了个"好",然后起身去办公室内置的个人休息室换了身衣服。毕竟要赴约,正式一些的装束和妆容是基本礼貌。

她要见的这个人也是格瑞塔介绍的,身份不明,工作不明,她只知道是格瑞塔的朋友。据说那个人挺欣赏 Cyan 工作室的花艺风格,觉得很有发展前景,有意投资入股。

她于上周接到对方的电话,听声音像是个干练沉稳的女性,并约她今天见面详谈合作的事。

临走前,孟娴看了眼窗外,傍晚时分,爱丁堡的天色还算明朗,但太阳已经隐隐有下沉的趋势。

与此同时,威尔士世界拉力锦标赛比赛现场。

从上往下俯瞰,那些在山路疾驰的赛车正在以最大速度极限拐过一个又一个盲区弯道。

宁进收回视线,看向倚靠在座椅上、目光沉沉地盯着面前随时变换的实拍屏幕的程锴。

耳边风声呼啸,掺杂着直升机机翼极速划过的破空之声,他说道:"哥,A 组落后 S 组十二秒多了,冠军已经是既定的了。"

能在世界级拉力锦标赛的官方直升机上现场观战,还得仰仗于程锴大手笔的赞助,毕竟曾几何时,他也是在下面对战的一员,如今却只能坐在直升机里观战。

想到这儿,宁进的眼神暗了暗。程锴察觉到宁进的目光,眉头皱了起来:"能不能别用那种怜悯的眼神看着我,我会忍不住想要抽你。"

宁进目光一凛,也不敢再那样看着程锴了,他清清嗓子:"哥,那等比赛结束,咱们就回国吗?"还是……就近拐到爱丁堡去看一看?

后面的话宁进没敢说出口,怕贸然说了程锴真的会抽他。

大概半个月前,宁进终于搞到了孟娴目前所在的具体位置和其他

金丝笼

一些个人信息,可程错看了看,却不复当初那样,人都躺在病床上半死不活了还要见她一面。

他只是沉默着,既没说去爱丁堡,也没说去找孟娴,只是不久后就赞助了一场英国的拉力赛,说要来看比赛。

可宁进知道,自从程错被医生明令禁止不能再做飙车之类的剧烈运动和极限运动后,他已经一年没碰过赛车和跑车了。如非不是他想的那样,他又怎么可能突然想要来看比赛。

程错一声不吭,只是遥遥看向外面,良久,他面无表情地扯了扯嘴角,眼里闪过一丝阴沉:"先不回去。来都来了,怎么能不去见见老朋友呢?"

在电话里交流的时候,孟娴真的以为要和她合作的这位是英国人。毕竟对方在自我介绍时操着一口十分标准的英音,报的也是英文名——柏莎。

可结果见了面,对方不仅是典型的亚洲人长相,开口第一句说的还是中文:"孟小姐,你好。"

柏莎是个长相明艳、打扮干练的年轻女人,职业正装加上长卷发,零星一点配饰简洁又恰到好处。

"您好,很高兴见到您。"孟娴从容开口,和她握手,随后两个人面对面坐下。

"既然大家都是同胞,那就用母语交流吧,"柏莎笑了笑,态度礼貌而温和,"叫我秦筝就好,朝秦暮楚的秦,风筝的筝,柏莎只是为了方便才会用的名字。"

虽然她这么说,不过毕竟是初次见面,孟娴还是礼貌性地称呼她"秦小姐"。

秦筝也不甚在意这些细枝末节,正好咖啡也上来了,她端起来喝了一口,放下的时候笑着让孟娴也尝尝:"这家咖啡厅已经开了二十几年,我喝了也有五六年了,味道还不错。我以前每次做风投赚了大

第九章 苦夏

钱,都会来这里点一份榛子蛋糕犒劳一下自己。"

咖啡还没端起来,孟娴已经闻到那股浓郁的苦香味了。她不着痕迹地微微皱眉,又很快恢复,喝了一口后姿态得体地评价:"嗯,味道很好。"

秦筝笑着,一眼看穿孟娴的礼貌谎言:"嫌苦的话,可以放两块方糖,或者加奶。没关系的,我不介意。"

有些咖啡爱好者很反感在咖啡里加糖,认为那样会破坏精品手冲咖啡的层次感,只有不懂咖啡的人才会那么做。不过秦筝不是这种人,她的严苛一向只用来约束自己。

寒暄完毕,秦筝从她背的通勤包里拿出一份文件,放在孟娴面前,不算厚,孟娴目测也就十几张。

"这是我拟的初始合同,不是很完善,只是用来和孟小姐商议的,毕竟你还没有决定要跟我合作。你可以先看看我开出的资金和入股需求,我在最后一页简述了我名下公司的市值,孟小姐可以稍微做一下背景调查,因为在决定投资以前,我也调查过你的工作室。"

孟娴明白,知己知彼,才能更放心地合作。

她简单翻看了一下,只挑最紧要的地方,发现秦筝给出的这份合同,大部分条款都是合乎市场,甚至有些偏向于孟娴的。

换言之,签了这份合同,孟娴只赚不赔,而且赚得还不少,说是对方在做慈善都不为过。

有意思,她还是第一次遇到这样的投资人。

孟娴再开口时,直截了当地道:"我可以问一下,是什么让秦小姐您决定投资 Cyan 的吗?而且还开出这么好的条件?"

秦筝似乎早料到孟娴会有这样的疑问,她脸上的浅笑从头到尾都没有消失过:"我想我在第一次通过格瑞塔和你联系的时候就已经说得很清楚了。我喜欢 Cyan 的花艺风格,也很喜欢孟小姐你的设计,所以我会刻意地把合同拟订得有利于你方一些,毕竟你们新人工作室,也不容易,但这点钱对我来说,其实不算什么。"她唇角的笑意不变,

金丝笼

只是眼底掠过一抹深意,"孟小姐,我只有两个额外的要求。"

孟娴抬起眼帘看她:"您说。"

秦筝从包里拿出一张名片,推到孟娴面前,说:"第一,每周汇总一下工作室的进项盈亏等,不必过于详细,也不必电话告知,最好是发短信,也可以发到我的社交账号或邮箱里。第二,每周日给我的住处送一束花,或是小型的花艺作品,样式无所谓,只要是你设计的就好,因为我真的很喜欢你的风格。"

说完,秦筝低头啜了一口咖啡,看起来很有耐心:"当然,你可以好好考虑一下,考虑好了再给我回复也可以。"

孟娴静静地看着秦筝,须臾,她拿起了对方放在那儿的名片,语气一如既往的温顺:"不用考虑了,我是花艺设计师,但我同时也是一个商人。在商言商,秦小姐既然抛出了橄榄枝,我没有理由不答应您。"

秦筝的这两个要求,第二个虽然略微有些古怪,但也不算过分。细细想来,汇报盈亏是作为一名合伙人正常合理的要求范围,那每周送一束花也可能是在识别她的审美和设计有没有退步跑偏?这似乎……也解释得通。

秦筝的表情看起来很满意,她那杯咖啡也逐渐见了底:"名片上有我所有的联系方式和地址,明天我会派人拟订正式合同送到 Cyan 工作室,签好合同后,投资款项三个工作日之内就会到账。"说完,她站起来,"既然没什么问题了,我还有事就先走了,咖啡我请。"

说着,她顿了一秒,目光遥遥投向玻璃墙外那站在街道对面的一道修长笔挺的男性身影上。

"那是你朋友吗?五分钟前他就站在那儿了,一直朝你的方向看。"秦筝问道。

孟娴后知后觉,顺着她的目光也往外看,是傅岑。

看来是收到了她发的定位,来得还挺早。

"是我男朋友。"孟娴坦然地说。

第九章 苦夏

秦筝莞尔："你男朋友很帅，很配你。"

"谢谢。"孟娴笑道。

出了咖啡厅，傅岑习惯性地敞开大衣，把孟娴整个搂进怀里："我还以为你们会约在餐厅，饿不饿？回去做饭有些来不及了，我们去附近的餐厅吃吧？"

身上暖融融的，孟娴不由得在心里感叹傅岑的贴心。

"好。"孟娴应道。刚才谈正事的时候不觉得饿，现在出来，倒是饿得难受。

上车以后，孟娴很快就加上了秦筝的社交账号。

对方没发布什么东西，只有几张照片，还都是关于玫瑰花的，就连她的头像，也是花枝繁复、含苞待放的一大片龙沙宝石。

"秦小姐也很喜欢伊甸园玫瑰吗？"孟娴礼貌性地发出了第一句话。

不多时，对方就回复了："是，心头爱。我最早认识这个花的一切，来自我的爱人。"

孟娴看着手机屏幕，微微一怔——她记不清有多久没回忆以前了，因为秦筝这话，她又久违地想起了白霍。

准确来说，是以前的白霍。

白霍一直是个心智过于成熟的人，他对花花草草之类的东西无感，自然也不认识那些不同于市面上常卖的玫瑰品种。

二人还没在一起的时候，白霍在得知她对玫瑰、月季之类的花颇有研究后，偶尔也会为了和她多说几句话，向她请教玫瑰的品种和相关知识。

而她教他认识的第一种花，就是伊甸园玫瑰。

驾驶座上的傅岑正专心开车，在一个红灯的当口停下时，发现孟娴在走神，他轻声问道："怎么了？"

孟娴回过神来，看着傅岑微笑一下："……没什么，在想合同。"

金丝笼

翌日，孟娴踏进工作室的一瞬间就发现所有人都聚集在一起，热闹得让她差点以为工作室有了投资的事被她不小心泄露出去了。这件事毕竟还未尘埃落定，所以她不打算公布，只等签了合同再向大家宣告这一喜讯。

琳恩走过来，一边跟着她往办公室走，一边解释："您看见了吗？楼下停了一辆跑车。听乔迪说，她在线上车展见过，九十万起步，还只是标配。"

原来大家是在讨论那辆跑车和它的车主，反正也没到上班时间，大家闲聊一下放松心情也挺好。

孟娴笑了笑："九十万的跑车，还好吧。"

琳恩抿唇道："……美金。"

孟娴放外套的动作一滞，随后干巴巴地为这个话题做了句总结："那是挺贵的。"

"对了，"琳恩说着，拿过放在一边的一个画框，摆在了孟娴的办公桌上，说，"今天来了一位客户，说他昨天在线上预约了，今天来详谈一下他想要的方案。他人现在在会客室，这是他带来的画，让您找找感觉。"

孟娴正把秦筝给的那份初始合同从包里拿出来放到桌上，闻言漫不经心地看了过去。可下一秒，她整个人突然愣住了——

那相框里的画是当初她失忆醒来第一次见程错的时候，他送她的那幅 *Blue Rose*。

这一年里，孟娴偶尔会想起程错。

她当初急于逃离白霍和江州，根本无暇顾及程错。孟娴向来把个人利益放在第一位，不会因为任何人改变自己的意愿。更何况，可能她也没有那么在乎他。

"*Blue Rose*"本就意指不可能的事，从一开始她就没打算和程错纠缠太久。程错身后有程家，程家又把白霍看得那么重，只要一想到

第九章 苦夏

他们两家盘根错节的交集和利益关系，她就觉得头疼。

她没必要为了他给自己的人生制造隐患。一开始他们会纠缠在一起，不过是孟娴利用程锴，让他引开白霍的"火力"，如今一切了结，程锴自然也失去了利用价值。

说她自私也好，说她薄情也罢，总之她是有意识地、一步步地丢弃了程锴。

她觉得这样很好，这对他来说应该是好事。程锴不必为了她被程家为难，关禁闭，也不必因为她被剥夺职权、折去羽翼。没有她，他依旧会是那个意气风发、桀骜不驯的小少爷。

所以当孟娴在会客室见到程锴的时候，她整个人的姿态都是很平静的，表情也毫无波动。她觉得程锴应该会理解她的不得已，更何况她也没有实质性地欺骗他、伤害他，大家都是成年人，没必要为了些莫须有的东西撕破脸面。

他们之间如果能做相谈甚欢的朋友或者做合作愉快的合作方也很好。

"好久不见，我看你过得挺好。"程锴声音微沉，嘴角扯出一个微妙的、讥讽的弧度，给这场"重逢"拉开了一个不太美好的开场。

孟娴给琳恩递过去一个眼神，示意她先出去，伴随着一道轻轻的关门声，屋里只剩下他们两个人时，孟娴从善如流地笑了笑："你也是啊。"

程锴看起来和一年前没什么变化，非要说有哪里变了的话，程锴现在的眼神里似乎多了些沉静，说起夹枪带棒的话时，戾气也没以前那么明显。

程锴漫不经心地看着孟娴，不见当初站在她面前时的殷切模样："怎么，我出现在这里，你好像并不惊讶？"

他倒也算不上居高临下，比起当初她刚认识他那会儿的乖戾傲慢，他现在的语气只能算是漠然。

孟娴啜了一口琳恩方才端上来的花茶，玫瑰花瓣经过热水的浸泡

金丝笼

已经饱满水润起来，在杯中漂浮着。她语气平静地开口："所有来这里的人，都是为了要买花艺作品或者谈合作的，没有例外。"

言下之意，他程锴也是为了她的设计方案而来，所以用不着惊讶。

视而不见、插科打诨一向是孟娴的拿手好戏，程锴明明最清楚不过，可不知为什么，当看见她这种满不在乎的姿态时，他的心口还是会抽痛。

这一刻，程锴仿佛能听见自己牙齿研磨的微弱声响，还有因为太用力压抑一些情绪而导致的耳鸣。冗长尖锐，细密的疼痛好像永远没有尽头一样地折磨着他。

须臾，程锴整个人松懈了下来，仿佛卸下了那些怨恨和不甘，再次看孟娴的眼神也变得陌生："你说得对，我来这儿，就是为了你的花艺作品。"他语气轻慢，指骨屈起，轻轻点了点桌上每月更新一次，专门用来给客户看的Cyan工作室宣传册，"我在爱丁堡得了处房产，哪儿都好，但就是看着太缺少人情味，你就用你的设计，帮我好好装置一下吧。"他顿一下，"……毕竟，我女朋友不日就要住进去了，我答应过她的。"

女朋友？

听到这三个字，孟娴眼里终于多了一丝波澜，不过只是一闪而过。她再开口时，一句客人的隐私也没多问，所有重点都放在了他作为甲方所提出的要求上。

"我不太建议您这样做。鲜切花用来布置房屋的话，最多只能开放一到两天，过后它们就会因为缺水而枯萎。我这边更建议您联系花卉种植公司，以地栽的形式将各种藤本类花卉种在房子内外。"她公事公办，用"您"来称呼程锴。

"如果您信得过我的话，我可以帮您联系靠谱的花卉种植公司，他们有专业的花圃和种植技术，可以——"可以更好地帮他布置爱情暖巢，而她们工作室只需要收取一点点中介费和劳务费。

第九章 苦夏

可她后面的话还没来得及说,就被程错打断了:"不需要,我乐意用鲜切花,你就当每两天布置一个婚礼现场,不就好了吗?多少钱我都会付的,如果方案和设计好的话,我会多付几倍也说不定。"说完,程错定定地看着孟娴。

有钱也不是这么个挥霍法,最重要的是,如果两天换一次花艺设计,那她就要每天都去那个房子,并把大部分的时间都花在这上面。虽然这是她的工作,但……

可没一会儿,孟娴垂下眼,思索片刻,又抬眼看向程错,道:"好,既然您这样要求,那我会根据工作室的流程先拿出一周的设计方案出来,如果您和您的女朋友觉得满意,我这边随时可以开始。"

程错眼中的散漫和从容终于因为孟娴由始至终的温顺而一点点破碎了,他本以为孟娴会拒绝,不管是出于对之前两人之间的纠葛避嫌,还是出于对他无理取闹的要求的为难都可以,这至少能证明他在她心里还有一席之地,而不是一个单纯的、只是来找她谈工作的陌生人。

程错不着痕迹地苦笑一下:"你就不问问我,我女朋友是谁吗?"

孟娴脸上流露出几分恰到好处的错愕,好像程错压根儿不应该问出这个问题一样:"是这样的,您女朋友是谁我不关心,我只关心她喜欢什么样的花和花艺风格。不过稍后我会让人根据专业要求仔细询问一下,您到时候告诉她就可以了,您看这样好吗?"

乍看上去,程错一直是咄咄逼人的那一方,但其实两个人都心知肚明,从他开口说出第一句略含讽刺和埋怨的话时,他就已经输了。

孟娴抛弃他以后,她看起来过得很好,可是他却一点也不好。

在这场交谈中,真正占上风的一直是孟娴。她从来都没有后悔过,当初把他抛之脑后,丢下他一个人,她毫无愧疚,因为她根本不在乎。

程错垂放在腿上的手攥得死紧,头也被那些卷土重来的痛觉折磨得难受。他咬牙轻笑,口是心非的话已经脱口而出:"好,特别好。"

金丝笼

孟娴的办公室,可以透过落地玻璃窗看到楼下。

见程错开着跑车扬长而去,她这才收回视线,重新坐到办公桌前。格瑞塔和程错都是大客户,同时跟进工作量实在有点大,更别说她有时还要去学校上课。

孟娴揉了揉太阳穴,她觉得自己有必要去茶水间喝杯咖啡提提神。

在去茶水间的路上,她接到了傅信的电话,对方似乎结束了忙碌几个月的科研进程,语气透着微弱的疲惫:"在干什么呢?"

"冲咖啡,最近有点忙。你呢,你那边怎么样了?"她一边忙着手里的事,一边回话。

傅信喟叹一声,再开口时不复平日里的孤高清冷,反而带了一丝自己都没察觉的、软绵绵的满足:"我刚忙完,好累。"

孟娴觉得傅信有点像在撒娇。因为傅信那个项目正是关键时候,所以他已经连着好几天没回家了。

孟娴闻言不由得心疼几分,说话也像哄着他似的:"下午三点才上班,中午我去你们学校吧,陪你吃饭。"

傅信轻笑一声:"好,那你记得告诉我哥一声。"

不能由他来说,不然傅岑一定会"笑眯眯"地说他做科研不够专心。

孟娴满口答应,在中午快下班的时候给秦筝打了个电话,想告诉她合同已经收到。可打通后那边却接连传来忙音,没人接。

可能是没听见或者不方便接?孟娴兀自猜测着,挂掉了电话,又给秦筝发了消息,坐上车后对方便回复了——

好的,知道了。

事情能传达到位就好,孟娴很快就把这件事抛之脑后,开着车往傅信学校的方向驶去。

第九章 苦夏

到了实验室,孟娴敲了敲门便推门进去了,周围静悄悄的,偌大的实验室里只有傅信一人。

不知道学校是根据什么安排的,总之傅信在半年前便拥有了一间独属于他个人的实验室,里面甚至还有内置的起居休息室。平时如果不是带后辈过来做实验的话,就只有他一个人在。

孟娴走进去没几步就看到傅信穿着白大褂,坐在椅子上,正好整以暇地看着她。

"结束了吗?"她笑吟吟地问,目光投向旁边桌上的一堆瓶瓶罐罐和科研设备。

"还没,只剩收尾了。"傅信道。

头顶的白炽灯映射出的明亮冷光照在傅信那张清隽好看的脸上,他额前短发乖顺地垂着,衬得他有种难言的安静。

孟娴见状轻声道:"那你赶紧收尾啊,结束了好去吃午饭。"

学校附近有家餐厅还不错,带骨羊肉很嫩,还有朗姆酒味的冰激凌甜品,味道也很独特,是琳恩推荐给她的,一会儿正好可以去尝尝。

不比孟娴一门心思都在午饭上,傅信只是表情淡淡的,声音带着一丝磁性:"不急。"

突然,电话铃声打断了二人,孟娴伸手去够桌上的包,傅信长手一伸就拿到了包里振动响铃的手机。

"谁啊?"孟娴问道。

"是陌生号码。"他瞥了一眼,然后把手机递给孟娴。

孟娴回道:"可能是客户,我接下电话。"

"喂,你好。"她先打了声招呼,那头却只是沉默。

等了好一会儿没人回话,孟娴皱着眉正要挂断,那头却好像隔着电话预料到了她接下来的动作,立刻出了声:"……是我。"

熟悉的声线,孟娴微微一怔。是程错。

她下意识回头,正好和傅信的视线在半空中撞上,对方眸色深深，眼底闪过一丝异样。

"有事吗？"她语气平静下来。

"有，我上午走得急，还没来得及给你留地址……"程锴说着，孟娴也专注地听着，沉默两秒后，程锴还是沉声报了一串地址。

傅信狭长的双眸危险地眯了眯，真是烦死了，像一群苍蝇一样撵都撵不走。

这一年，在爱丁堡，孟娴身边也曾陆陆续续出现过一些人。她这样明月一般出众的人，是不会缺少异性注目的。

他史无前例地在心底对电话那头的人生出极端尖锐的刻薄和厌恶，素日清冷端方的脸也因为这些情绪而微微狰狞了两分。

可下一秒，他又恢复了理智，他不能这么做，这是她的工作，对方也是她最在意的工作室的客户。

他不会做任何让她不悦的事，也不允许任何外人消耗他好不容易在她心里打造的形象。

下午四点过七分，琳恩敲响了孟娴办公室的门。

彼时还算明媚的冬日阳光正从那面落地的玻璃窗斜照进来，在孟娴办公桌前的空地上形成边界分明的光影线条。

"……有您的电话，方便的话我转接进来，不方便的话可以由我暂代接听。"琳恩说着，目光投放到孟娴桌角放的一摞书上，是一些国际花艺杂志还有装置类展厅摄影集。

孟娴停下手上的动作，看向琳恩："对方有说是谁吗？来电目的又是什么？"

琳恩摇摇头："是一位男性，我简单询问了下，他并不是来咨询工作室商务的，只是找您的。"

若非如此，她也不至于进来问问是否能转接电话，若是一般客户，她自己就可以完成咨询或洽谈。

"转接进来吧。"孟娴垂下眼帘，一锤定音。

第九章 苦夏

不多时，孟娴摁下接听键，就听到一道让她微微有些意外的男声："孟娴姐姐，我是宁进。"

孟娴微微一怔，眼前浮现出当初那个跟在程错身边、整天说话不大正经，但给人感觉又很靠谱的大男孩的模样。

"怎么了，找我有什么事吗？"孟娴一边问，一边浏览着电脑屏幕上的文字——

fleuramour 比利时国际花艺展，将在位于比利时林堡省……

还算熟悉的声音从电话那头传来，打断了她的思绪："姐，我想麻烦你一件事。程哥他要赛车，怎么说都不听，您能不能帮我劝劝他？"

孟娴眼里闪过一丝莫名其妙，可语气还是漫不经心的，她一边移动鼠标一边回话："他车技那么好，你有什么可担心的？"

再说，她凭什么要去劝他？她又以什么身份去劝他？孟娴以前还觉得宁进这人很有眼力见儿，现在看来，他大抵也有些拎不清。他跟在程错身边那么久，怎会不知道她已经和程错闹掰了的事。

却不想，宁进听她这话，语气一下子就急了："他车技再好，可身体不好啊，医生都说了，三年之内他都不能再剧烈运动，万一他旧伤复发，可就难恢复了……"

孟娴闻言目光一滞，宁进这么一段话，她只抓到了其中的两句重点，两秒后她皱了皱眉，开口道："等一下，你刚才说他三年之内都不能剧烈运动，这是什么意思？"

宁进猛地缄默下来，好一会儿再开口，语气里带着惊诧："你不知道？！"

她应该知道吗？她都不和他联系那么久了，不知道不是很正常？

孟娴微微沉声："宁进，你别再拐弯抹角了，有话直说。"

宁进清了清嗓子，让孟娴莫名有种他终于等到她问出这句话了的迫切感:"反正这也不是什么秘密了,我还以为程哥他跟你说了呢。既然你不知道,那我就直说了。"

…………

这一年里,傅岑从不在孟娴身边提起程错,所以她并不清楚程错和傅岑当初相识的一些细节,以及傅岑找到程错帮忙时,他曾对傅岑发下的那些毒誓。

她要是知道,只怕此刻就明白什么叫因果循环、报应不爽。

宁进说:"那是程哥之前被他家老爷子关在家里时发生的事情。你应该也知道,程家一直不放他出来,他怕你出事,就想用床单、衣服绑成的绳子跳窗逃跑。结果没想到那'绳子'在半空中断开了,程哥从高楼上摔下来,胳膊和腿都摔断了,全身多处粉碎性骨折,在医院休养了三四个月才勉强恢复。"

当初程错对傅岑的誓言,如今也一一应验在他身上。

宁进把当初发生的事一五一十告诉孟娴的时候,她几乎立刻就推算出,程错出事的时间差不多就是她和白霍闹离婚,离开江州前后。

怪不得,她在国内的那段时间里,程错杳无音信。她还以为是程家控制得紧,原来他当时正命悬一线,躺在医院里不省人事。

"他是捡回了一条命,可是他三年之内都不能再赛车了,也不能再拉大提琴。我的好姐姐,程哥他说那些话都是气话,他废了大半年了,哪儿来的女朋友啊。你就当可怜可怜他,过来见见他吧。"

孟娴坐在车里,往宁进给她的那个地址开。

她说不出心里是什么感觉,浅薄的愧疚有之,但更多的还是心疼。那样一个金枝玉叶的人,要风得风,要雨得雨,因为她一个人的私心,闹到最后,把自己弄得那么狼狈。而在一年后两人重逢的这一刻,她却满不在乎地仅仅把他当成一个客户对待。

孟娴的心仿佛被刺开了一道小口,虽然很快合上,也不流血,可就是细细密密地疼起来,疼得她呼吸都微微发颤。

第九章　苦夏

　　这一刻，他所有的讥讽、漠然，以及那些无理取闹的话，似乎都有了出处。

　　人是无法感同身受的，她从别人嘴里感知他的痛苦，只是用文字织就，远不及当初他受的那些痛苦的万分之一。

　　他甚至不知道该从何说起他的满腔委屈，因为她的态度，在打完那通电话，意识到她身边还有别人以后，他唯有赛车这一个发泄情绪的办法。

　　孟娴开了半小时才开到宁进说的那个盘山赛道，位置大概在爱丁堡东侧。

　　她在来的路上稍微搜了一下，赛场全程设有防护，安全措施还可以，赛道长达28公里，比较吸引赛车手的是它繁复的S型弯道。但因为不在赛季，又是白天，这个赛车场如今人烟稀少，直到孟娴开进去，也只看到零星几辆像是一会儿要比赛的车。

　　在低沉轰鸣声中，孟娴那辆车还是挺显眼的，以至于宁进很快就发现了。他从看台上飞奔下来，到了她车旁还知道帮她开车门。

　　"程哥他刚才已经跑了两圈了。我当时正睡午觉呢，他突然叫我来这儿，一声不吭就冲出去了，我拦都拦不住。"宁进一边说，一边带孟娴去他刚才待的看台。

　　很快，孟娴就在视野良好的看台上看到了赛道中央那辆孤独的、极速飞驰的黑色跑车，车尾带出一片飞沙走石，灰尘漫天。

　　按照宁进的意思，程错只能开慢车，他现在就是在超负荷运动，刚开始可能看不出什么，但很快，他受过重伤的骨骼和身体就会因为承受不住而反噬，到时候什么意外都可能发生。旧伤复发都是轻的，冲下护栏当场丧命都不无可能。

　　孟娴眸色微沉，须臾，她回头看向宁进，问道："你开车来了吗？"

　　宁进不明所以地愣了愣："来是来了，就在下面——"

　　"带我去。"她的声音微微发冷，打断了宁进的话，"还有，他车

金丝笼

上应该可以接电话,挑他刚上直道的时候打过去。"

宁进手脚利索,孟娴很快就和程错通了电话,在听到她的声音时,那边沉默了很久。

孟娴一边系安全带,一边低声警告程错,语气从未这样冷冽:"程错,你要胡闹到什么时候?你真的想死是不是?"

一年不见,他还是那个做事不计后果的疯子。当初的他毫无牵挂,疯起来有种看轻一切的无所谓,如今时过境迁,她竟有些看不懂他了。

程错似乎嗤笑了一声,又似乎没有,他一字一顿,语气毫无感情波动:"不用你管。"

对她来说,他不过是个用过就可以丢弃的工具,现在没有了利用价值,于她就是个陌生人,她又何必管他的死活呢?

他多蠢,被孟娴这么伤害,还忍不住要来见她一面,现在好了,他终于被逼疯了。

程错已经厌恶透了这样患得患失的自己,或许这样就能把那缕深爱孟娴的灵魂剥离出去了吧,如果可以通过这种极端的方式重获新生,那他愿意一试。

话音刚落,对方就把电话挂了,孟娴顿时坐正身体,目视前方,话却是对着驾驶座的宁进说的:"照着他的路线,开上去,他马上就会原路返回进行下一轮,我们要赶在那之前截停他的车。"

孟娴一开始就知道程错会因为负气无视她的话,她也知道,在盛怒之下,人是没有理智的,所以除了刚才的电话,她还留了后手。

车窗外的山野风景急速掠过,快得孟娴根本就看不清,大概十几分钟后,她视线中终于出现了程错那辆车,那辆车几乎要迎面撞上来。程错也看到了眼前的车,但他丝毫没有要闪躲的意思,那双眼沉寂得如同一潭死水。

千钧一发之际,他看到了副驾驶座上的孟娴,身体本能地做出反应,以一种极其诡异又迅速的走位避开了宁进的车。

第九章 苦夏

两辆车在擦肩而过后不约而同地急刹,刺耳的刹车声过后,孟娴听到不远处传来车门被重重关上的声音,只见程错几个大步,走到他们的车前。

程错拍击车窗玻璃的力道像是恨不得要把玻璃拍碎似的,好在宁进立马降下了孟娴那边的车窗。

"你在他车上干什么?!"程错微微拔高腔调,面上带着薄怒,死死盯着副驾驶座上的孟娴,即使他努力压抑也还是能听得出他语气中的急躁,"很危险你知不知道?他车技那么烂——"

"不用你管。"孟娴打断程错的同时抬眼看他,冰冷的语气以及说出的话都和他刚才如出一辙。

"我是他的领航员,当然要在他车上。"孟娴面无表情。

程错简直要被气笑了,他脖颈间的青筋隐现:"谁说的?"

"我说的。"她冷声迎上去。

几乎每次在程错话音落下的一瞬间,孟娴就有话迎上去。宁进怕程错,可她不怕。他既然要发疯,那她就陪他疯到底。

领航员是在比赛过程中为赛车手提供精准的行车路线和比赛信息的人,可孟娴这种从未涉足赛车领域的普通人,根本不可能有资格和资历当领航员。在场三个人都心知肚明,她说这话,不过是信口胡说,以及报复程错刚才说过的话。

气氛在漫长的僵持中似乎在往某种白热化的方向发展,一旁的宁进大气都不敢出,只盼这两个人不要殃及池鱼。

少顷,程错闭了闭眼,同时舒了口气,转而把矛头转向宁进,咬牙切齿地开了口:"宁进,你找死是不是?"

把她带来这种地方就算了,还带她赛车?赛车也就算了,还让她给他当领航员?!

他自己都没这个待遇!

宁进一听,表情立刻苦大仇深起来。他算是明白了,程错舍不得对孟娴说重话,就拿他这个无辜之人撒气,真是神仙打架,小鬼

325

金丝笼

遭殃。

宁进再开口,看着孟娴,可怜巴巴地说:"姐,你是我亲姐!你看我程哥车上也没有领航员,你去给他当领航员好不好?"

他这小破车,哪儿容得下孟娴这尊大佛。

孟娴抿了抿唇,还真侧身解开了安全带,程错微微愣神的工夫,她已经从副驾驶座上下来,走到程错的车旁了。

程错刚才下车下得急,没来得及锁车,两个人几乎是一前一后上的车。程错上车以后却没有立刻发动引擎,而是在一片沉寂的气氛中闷声开口:"这儿不是你该来的地方,很危险。下次他再给你打电话,你不用理。"

孟娴看都不看他,语气凉飕飕的:"你还知道危险?我以为你不知道呢。"

"知道危险还拖着病体来发疯,程错,真有你的。"孟娴罕见地在说话时带了私人情绪,而不是往常那种不论何时都平淡如水的样子。

程错转头看她,目光沉沉,表情带着一种破罐子破摔的决绝:"我是死是活,你关心吗?我是死无全尸还是身首异处,和你有关系吗?"

孟娴看向程错,二人目光在半空中撞上,谁都没有要退缩的意思。片刻,孟娴语气软了两分:"我现在就在你车上,而你的身体已经被明确诊断为不能赛车,你说和我有没有关系?你是不怕死,那我呢?你要带着我一起去送死吗?"

程错瞳孔一缩,紧抓方向盘的手不着痕迹地松了松。

显然,孟娴这句话戳中了他唯一的软肋,他自己死不死的无所谓,但他永远不可能伤害她。

孟娴几乎是立刻察觉到了程错态度的松动,她颌骨微抬,整个人都柔和平静下来,就像很早以前,在那个温暖的午后,他做了噩梦醒来,看到她坐在客厅里对他笑的那个样子。

"为什么?"她轻声问道,"为什么当时非得要跳窗?"

第九章 苦夏

他是程宗柏最宠爱的孙子，就算程家为了大局限制他一段日子，她和白霍离婚以后，程家应该也会很快就放他自由的。她不明白，他何必要用这种激进的方式。

程锴的眼神在这一瞬间由冰冷变得怔忪，他苦笑一下，反问道："为什么？你不知道为什么吗？在你逃离的那段日子里，其实有些事我就已经想明白了，你一开始接近我，就是为了保护傅岑对吗？"他深吸一口气，语气带着轻微的颤意，"你的目的达到了，你也如愿逃走了。我不怨你，是我心甘情愿的，我也愿意为此付出代价。后来你被白霍带回来，我怕他对你做什么，急着出去找你，什么办法都用尽了，可还是不行，最后只好用了最蠢的那个。后面的事你都知道了，绳子在半空中意外断开，我摔了个半死。"

他说这话，语气轻飘飘的，好像曾经那要了他半条命的疼痛都不算什么。

"我陷入重度昏迷将近一个月，醒过来以后，我问的第一句就是你怎么样了。宁进告诉我说你和白霍离婚了，我想，你会不会来看我一眼呢？记得以前每次我出事，都能看见你的。"

那个时候，她还用这件事嘲讽过他，可等到了生死关头，他最想她在身边的时候，她却毅然决然地离开了，没有回头看他一眼。

她就那么走了，连句告别都没有，独留他一个人。

"在你把我抛弃，忘得一干二净时，我忽然明白了，在你心里我什么都不是。"他平静地收声，同时发动跑车引擎，车子缓慢开动，往山下去。

那之后，白霍去看望他时把那幅 *Blue Rose* 还给了他，白霍恨程锴，成心要用孟娴报复他折磨他。

当然白霍也做到了。

他万念俱灰。

傅信把有关本次实验项目的所有药剂全部妥帖地放进样品柜和试

金丝笼

剂柜时，顺便看了一眼时间——快到孟娴下班的时候了。

他一边收整资料，一边给孟娴发了条语音："我这边马上结束了，我去找你吧，等你下班。"

消息发送成功，那边没有立刻回复，他也不太在意，出了学校就开车一路往工作室去。工作室楼下的停车位稀稀拉拉地停了几辆车，傅信是在停好车的时候，才看到那辆极其引人注目的跑车的。

不过要紧的不是车，而是从车上下来的人。

本来一整个下午都应该待在工作室里的人，此刻却不合时宜地出现在了他的面前。傅信随即看到驾驶座那边的车窗降了下来，是程锴那张对他来说不算熟悉的脸。

冤家路窄。

程锴的姿态还是像他印象里那般散漫，只不过看向他的眼神多了几分凌厉。对方就那么似笑非笑地看了他一眼，随后眼神重新转到车外的孟娴身上。

孟娴看见傅信，眼里带了几分惊诧，不过话还没问出口，傅信便道："实验室的事提前结束，我就过来了。"

察觉到不远处投来的不善目光，傅信没有再看过去一眼："先上楼吧，外面冷。"

他带着孟娴转身，下一秒身后就传来一道声音："等等。"

两个人不约而同地回头，程锴还保持着刚才那个姿势，朝着孟娴说："车钥匙给我，回头我让人把你的车开过来。"

语气有些冷淡，而且说的是"让人开过来"而不是"他自己开过来"，傅信似乎察觉到什么，眼里极快地闪过一丝深意。

不等孟娴说话，他已经率先开口："不必了。"傅信脸色没什么变化，仿佛程锴只不过是个陌路人，"……她的车我会去开回来的，不劳你费心。"

程锴脸上浮现出一缕讥笑，他看看傅信，又看看孟娴，一颗心几乎沉到谷底，他满不在乎地说："随便你。"

第九章 苦夏

话音落下,程锴就要转头,视线余光却见孟娴的身形动了一下,他立刻看过去,发现孟娴往他的方向走了过来。

傅信下意识想伸手去抓,却也只抓了个空,脸上的神色从那一瞬间的怔忪开始一点点沉了下来,手滞留在半空一秒后又无力地收回去,仿佛无形之中已经落败。

孟娴没靠太近,站在距离程锴的车几步远的地方,语气平静地开了口:"你先回去,注意安全,别开太快。至于刚才你对我说的话,等下周我去你的房子试装置方案的时候,我们再好好谈谈。"

她从来就不是喜欢逃避的人,也不愿意给自己埋下历史遗留问题,程锴的事不管以后发展成什么样,她都不希望在彼此心里留下心结。

程锴愣了两秒,兴许是连他自己都不抱希望了,刚才那些话说出口,孟娴沉默了一路,他还以为他们两人之间的关系大概要彻底落入冰点了。

可她现在又这么说……

程锴不自觉地垂下眼,躲开了孟娴的视线,漠然和欣喜这两种完全南辕北辙的情绪杂糅在一起,使得他的脸色有种微妙的别扭。他眼神闪烁着,声音比起刚才轻了好几个度:"……知道了。"

孟娴身后,傅信面无表情的脸上辨不出喜怒。他的视线穿过孟娴,落在程锴身上。

他想,或许他应该推翻先前对程锴的看法了。

是他小瞧他了。

第十章 再见『爱人』

金丝笼

周日，天气不算太好，有些微阴沉。

孟娴抽空去了趟工作室，随后亲自把秦筝要求的那束花送了过去。

整束花以浅色系为主，用的是"婚礼之路"。"婚礼之路"搭配出的花色纯洁无瑕，设计不算太出彩，中规中矩，但绝不会出错，这也是她用来试探秦筝喜好的。

如果她喜欢，那孟娴就大概明白对方倾向于什么风格了；如果对方不喜欢，她下周送来的花束，就可以在设计上偏大胆一些。

去之前孟娴就提前给秦筝发了消息，怕对方不方便接见她。几次相处下来，她发现秦筝好像不太喜欢电话交流，也可能是太忙了没空接，偶尔接通，还没说话就又挂断了。

几分钟后，孟娴在等红灯的间隙看到扔在副驾驶座上的手机亮了亮，是秦筝回消息了。

"我这边有事，不一定有空赶回家，门锁密码我发给你，进去以后随便找个地方把花放下就好了。"

也是，秦筝这样的大老板多数日理万机，她要是有这个赚钱能力，她也愿意舍弃双休。孟娴漫无目的地想着，十几分钟就开到了秦筝给她的地址。

秦筝的房子很大，整体上是典型的爱丁堡风格，不过有些冷清，和秦筝这样知性、追求优质生活的女性不怎么搭。

或许她可以跟对方提议在家里种些藤本花卉，不过爱丁堡的温度

第十章 再见"爱人"

有些低,她需要回去做做功课再说。

孟娴没在秦筝的住处待太久,进去以后把花束放在一楼客厅的小茶几上就离开了,临走前她抬头,看了一眼安静空旷的二楼。

这里太静了,静得她心里发毛。

晚上,孟娴洗过澡,躺上床,秦筝才发来一条消息:"谢谢你亲自来送花。"

孟娴:"秦小姐您不在家,怎么知道是我亲自去送的?"

她去送花之前发送的消息里,好像并没有明确说是谁去送花,只是简单告知了一下,说工作室要派人过去。

可能是晚上没那么忙了,秦筝这次回复得很快:"在监控里看到的。对了,你穿的针织长裙很好看,燕麦色挺适合你的。"

被夸当然是开心的,孟娴勾了勾唇角,又给秦筝发消息:"冒昧问一下,花束还喜欢吗?'婚礼之路'非常适合用来做婚礼手捧花,就像它的名字一样,浪漫典雅、尊贵纯洁。"

她耐心地解释着,希望对方能明白她的用意。

上次聊天的时候,秦筝向她一个刚认识不久的合作伙伴提起爱人,想必是深陷情海的,她用"婚礼之路",也算投其所好。

毕竟"婚礼之路"的花语是"我愿意"。

爱是两情相悦的心甘情愿。只要你真心拿爱与我回应,我什么都愿意为你做。

这次,秦筝没有秒回。孟娴把手机放到一边,过了许久,手机才响起提示音。

秦筝:"很感谢你的好意,不过我大概是用不到这束花了。说出来不怕你笑话,我和我的爱人在不久前因为一些事情分开了。"

孟娴微微一怔,有种微妙的、弄巧成拙的懊恼涌上心头,她连忙补救:"不好意思,我不是有意的。"

对方回了个友善笑容的表情包,说道:"没事,你又不知道。花束很漂亮，我很喜欢，谢谢。

"这段时间相处下来，我感觉和孟小姐挺投缘的，如果你愿意的话，我想和你交个朋友，说些知心话，可以吗？"

好心办了坏事，孟娴心里是有愧疚在的。一想到秦筝那样沉静利落的性格，大概所有的温柔都给了她那位终成泡影的爱人，可能投资她的工作室也是因此。许多不能与外人道的、感情方面的事，她又找不到人倾诉。孟娴不由得生出几分恻隐之心："好，秦小姐想聊什么，都可以跟我说。"

…………

聊到最后，孟娴困得上下眼皮打架，都快要睡过去的时候，感觉到傅岑帮她关了床头灯。但是这时，卧室的门从外面被敲响了，虽然只是轻轻两声，却足以让孟娴的困意瞬间烟消云散。

傅岑皱了皱眉，还没来得及开口，傅信已经进来了。

孟娴抬头看了过去，傅信穿了一身月白色的居家服，微敞的领口露出形状漂亮的锁骨，大概也是刚洗过澡，半干的头发还带着一点水汽，衬得他越发清隽好看。

傅信一脸平静："正好你们都在，明天我有一场很重要的讲座，院里给了我一些入场券，让我邀请家人朋友去参加。"

他所谓的家人自然只剩下傅岑和孟娴，他和那对便宜爹妈早几百年前就不联系了。

闻言，孟娴一下子清醒了，胳膊撑着上半身坐起来，问道："明天？这么重要的事，怎么现在才告诉我？"

傅信学业上的事，孟娴还是很看重的，甚至说得夸张些，她看着他功成名就，总是莫名有种自己养大的孩子出类拔萃的自豪感。

傅信语气淡淡的："院里也是不久前才确定下来通知我的，不过没关系，现在知道也不晚。"

孟娴点点头："好，明天什么时候？我把明天的工作调整一下。"

"明天下午三点半到七点。"傅信说道。

第十章 再见"爱人"

但是孟娴迟迟没有回应。

明天是周一,她说好了要去程锴的住处一趟的。按照以往经验来说,每个单子都是开头难,没有三四个小时她是抽不开身的,所以早就定好了下午过去。上午她还要去格瑞塔的婚礼现场看看。格瑞塔那边肯定不能言而无信,否则会影响工作室声誉,程锴那边倒是可以商量……

似乎是看出了她脸上的为难,站在一旁的傅岑一边把刚才关上的床头灯再次打开,一边替孟娴做了决定:"讲座我去参加,她最近忙你又不是不知道,反正以后还有的是机会……"

"她忙什么?忙着去程锴那儿商量怎么装饰他的房子,顺便叙叙旧吗?"傅信抬眼,从容不迫地开口打断了傅岑。他的脸色倒没什么变化,可说出的话却让原本似笑非笑的傅岑一下子愣住了。

屋里原本还算轻松的气氛因为傅信随口说出的这话而猛地沉寂下来。孟娴看着傅信,眼底有一丝丝不解。

傅信很少,甚至可以说从不主动忤逆孟娴的任何决定,对的他就附和,不对的他也只帮她分析利害,尊重她的选择,甚至有的时候,他比傅岑还更有分寸感一些。

这是孟娴第一次在傅信身上看到这种隐秘的锋芒,话里话外带着显而易见但又说不出的尖锐,针对的人自然是程锴。

短暂的沉寂过后,傅岑先开了口,他声音温沉地问:"他说的是真的吗?"

"程锴也来爱丁堡了,还见了你?"他顿了顿,勉强扯扯嘴角,似乎是想缓和一下气氛,但失败了,"……怎么没告诉我啊?"

孟娴看向傅岑:"我是打算等事情稳定下来了再告诉你的。他现在是工作室的客户,我也没理由把他拒之门外。更何况当初的事,的确是我做得不妥。"

傅岑垂眸,彻底沉默了。

孟娴说得有道理,他找不到反驳质问的点,而且他也意识到了她的态度——程错是那个被利用、被抛弃的可怜人。她心里那盏天平已然倾斜，摇摇晃晃地压向了程错那边。

傅信颌骨微抬，目光平视着夹在中间左右为难的孟娴，须臾，他轻声笑了，不过那笑是无奈妥协的、低姿态的笑。他说："算了，一个讲座而已，又不重要，你要是实在没空去，就不去了吧，以后还有机会。"

他说完，傅岑眼里掠过一丝诧异，可下一秒，当他看到孟娴皱了皱眉，面露愧疚，注意力也被傅信这弱势的两句话拖拽了回来后，傅岑才忽然明白，傅信说那些话，不过是在以退为进。

"怎么不重要了？我又没说不去。他的事不急，周二也可以，我回头跟他说一声就行了。你开讲座是第一次，意义非凡，我和傅岑都必须要去。"孟娴柔声答应下来。

程错什么时候都可以见，不差这一时半刻，可傅信的讲座只有明天，是他学业上一次质的跨步。

"好，那就听你的。"傅信勾起了一抹得逞的微笑。

周日的阴云一直持续到了周二早上还没散去，冬日寒风凛冽，像是要下雨，又像是要下雪，一直混浊拖沓着，迟迟没个结果。

开完了讲座，傅信学校的事就算短暂地告一段落，他也得了空，不知道在孟娴面前说了什么，最终让她答应外出工作的时候带着他。

于是当孟娴去程错那里时，傅信也跟着去了。

"怎么，怕我出事？"孟娴坐在副驾驶座上，系好安全带，眉眼带着一丝笑意，半开玩笑地问一旁的傅信。

傅信面色沉静，目视前方，专注地开车，回道："嗯，我怕。"

孟娴一怔，恍然笑开，虽然傅信现在比以前成熟稳重多了，但直球程度还是不减当年。

…………

程错听到门铃声时，还以为门外只有孟娴一人，结果开门后视线往后移，便看到她身后还站着傅信，原本就不算多好看的脸色霎时又冰冷了两分。

"进来吧。"程锴态度漠然，后退两步，转身就不管这两人了。

孟娴微微靠近傅信，用只有他们两个人能听到的声音小声地说："待会儿先办正事，忙完以后我有话要跟他说，你先走。不然你在，我怕不方便，好吗？"

傅信点点头："……好。"

察觉到两人在咬耳朵，程锴皱着眉回头："进来以后把门关上，很冷。"

孟娴轻咬后槽牙，意识到程锴对傅信的莫大敌意，忽然有些后悔。她不应该一时耳根子软带着傅信来的，她有预感这趟不会太顺利了。

好在进去以后，程锴没再多说什么，但也没有怎么招待他们，只自顾自地坐在正中央的客厅沙发上。他面前的壁挂电视里放着不知名的英文歌，节奏感强烈。他就冷眼看着孟娴和傅信两人在他的房子里量尺寸，对比平板电脑上的设计方案等。

明明他才是这个家的主人，现在反倒他才像是那个多余的。

程锴垂眸，抄起桌上半杯加冰的烈酒一饮而尽。

冰凉刺激的液体从口腔一路滑过喉咙，进到胃里，非但没让程锴冷静下来，反而让那股沉闷的郁火随着酒精越烧越烈。

骗子，说好了来跟他好好谈谈的，这就是她好好谈谈的态度？生怕气不死他是不是？

他视线又落在孟娴身旁亦步亦趋，帮她拿着平板电脑和其他一些必备工具的傅信身上，眼里明显地掠过一丝讥嘲。

程锴胡思乱想着，这时孟娴和傅信从二楼下来了。

"基本上没什么大问题，如果风格和方案你都喜欢的话，以后都可以按照这个模板来。"孟娴说着，把手里的平板电脑递给程锴。

上面是分辨率极高的设计图纸，以及一些用得比较多的鲜花的简单介绍，程错接过以后只漫不经心地看了两眼，就放到一边了："哦，那就这样吧。"

孟娴张张嘴，还想说什么，身后的傅信却先她一步开口："对了，顶层是不是还有个阳光房没去看，我看你图纸上有的。"

孟娴这才恍然大悟般："对啊，我都忘了，还有阳光房。我上去看看。"说完，她转身就走，脚步有些急匆匆的，甚至都没注意到，傅信这次没跟上来。

孟娴一走，偌大的客厅就只剩下程错和傅信两个人。傅信慢慢收回自己注视孟娴背影的视线，转而放在程错身上。

因为站着，傅信整个姿态就无端带了些居高临下的感觉。程错也看着他，虽是仰视，目光却有种沉寂的凶狠。一时间客厅气氛凝滞，弥漫着一股火药味儿，就好像下一秒他们就要厮打起来，两个人谁都不服输，谁都没有躲开视线。

良久，傅信却在这样剑拔弩张的气氛中不合时宜地扯了扯嘴角，卸了身上绷紧的力道。

他是人，不是野兽，当然不可能和对方撕扯起来。

他只是用那种让人恼火的、微微轻视的目光看着程错，似笑非笑地问："你知道，她昨天为什么没能来吗？"

程错紧皱眉头，语气颇有些不耐烦："她忙着上一单客户的事，来不及赶过来……"他顿了一下，眼神微微眯睨，"怎么，难道不是？"

虽然孟娴和他打电话的时候是这样跟他解释的，他也相信了，但他不傻，已经意识到傅信是话里有话。

傅信再开口时，有种一切事情都在他掌握之中的从容："她要是真的没空，一开始就不会和你约好具体时间。她是突然爽约，跟你更换见面时间的，你就不怀疑吗？"

程错像是被傅信这态度搞得很火大，但又费劲地压抑着似的，他烦躁的目光直视着傅信："你到底想说什么？！"

第十章 再见"爱人"

相较于程错情绪上的明显波动,傅信从始至终都是那副让人恨不得给他一拳的淡定样子。他故意说得很慢,好让程错听清他说的每一个字:"因为她临时决定要来参加我的讲座,她说我的事更重要一些,至于你的,可以往后推。换句话说,你对她而言并没有那么重要。"

程错闻言,脸色铁青,腾的一下从沙发上站起来,咬牙切齿道:"你找死!"

傅信面无表情地看着他怒火中烧,而他这副样子无疑更加激怒了程错。

本来程错就因为孟娴不够在意他这件事而郁结于心,偏偏傅信还疯狂在他雷点上踩。

程错只觉得自己整个人像是要被傅信这些话撕扯开来,太阳穴突突地跳。他难受,自然也不会让敌人好受,于是在傅信意料之中的,程错几个大步冲过去,一手猛地揪紧傅信的衣领,另一只手攥成拳头,高高地扬起来。

他拿孟娴没办法,还能拿他傅信没办法吗?

程错这样想着,拳头几乎立刻就要落下来,可下一秒,他看到傅信眼底深处那种平静的神色,仿佛早有预料一般,甚至没有一丝一毫的反抗,就静静地等着程错的拳头落下来。

电光石火之间,程错突然意识到,这应该是傅信的圈套。

没错,这的确是。

从他支开孟娴,对程错说第一句话的时候,傅信就已经在挖坑了。他甚至无需铺垫什么,因为程错被孟娴抛弃过,如今又被放弃一次,就算这次不过只是一个微乎其微的选择,但傅信相信孟娴的这个举动会在程错眼中被无限放大。

从一开始,傅信的目的就是激怒程错。他要程错没办法和孟娴和好如初,要他们之间的误会越扯越大。一旦孟娴意识到程错会像白霍那样肆无忌惮地伤害她身边的人,进而可能伤害到她时,她就会毫不犹豫地放弃他。

金丝笼

就在傅信等待好戏开场的时候，程错的拳头却在距离傅信的脸只有几厘米时堪堪停下了。他慢慢收回力道，甚至漫不经心地甩了甩手腕，然后抬眼，好整以暇地看着傅信。

傅信原本平静的眸子泛起一丝涟漪，神色中似乎还掺杂了几分不可置信——程错并没有像他预料的那样对他挥出拳头，他的计划顺利地进行到最后一步，却失败了。

程错像是觉得好笑，他后退几步，和傅信拉开了距离，语调微扬，有种和傅信颠倒了的、平静的得意："想激怒我？你挺有心眼儿啊。"他虚伪地替傅信惋惜起来，"可惜你这个算盘打错了，如果是一年前的我，可能已经上了你的当，可现在的我不会。"

他已经吃够了意气用事的苦，情绪张扬不能让他得到他想要的，反而可能会把心爱的人越推越远，或是因此而受伤。

这一年里，他也并非只长年龄不长脑子，他已经开始学会思考什么能做、什么不能做。

傅信脸上的从容终于因为程错的话而有些许破碎，他刚一张嘴，话还没说出口，身后便传来有人下楼的脚步声，步伐轻缓，是孟娴下来了。

下了楼梯，孟娴朝他们走过来，边走边问道："……你们在聊什么呢？"

傅信回头的这刻，程错已经自顾自地坐了回去，就好像刚才客厅里发生的一切都是假象，什么痕迹都没留下。

"没什么，我对他之前就读的大学有些好奇，就随口问了问。"傅信语气平和地道。

孟娴越过他，看向后面倚靠在沙发上的程错，眼神带着探究："是吗？"

程错的嘴角咧开一个讥讽的弧度，他没有当场撕破傅信的谎言和假面，只是语气凉飕飕的："你可是傅岑的弟弟，又是科研天才，我这种混日子的，有什么可好奇的？"

第十章 再见"爱人"

还是那么爱阴阳怪气,孟娴有些无奈地想。但她终究没发现异样,傅信这场算计,最终也只有他和程错知道。

孟娴走过去,坐在程错旁边,把刚才没和他细说的阳光房部分又做了简单的补充。程错用余光瞥了眼在一旁被冷落了的傅信,表情舒缓了些,态度也比孟娴刚来的时候好。

这些情绪的转变直接地体现在两人的交谈氛围和协商效率中,孟娴说得太投入,以至于傅信离开客厅,去离玄关比较近的休闲区看书都没察觉。

直到聊天接近尾声,有电话铃声响起,程错顿了顿,才回头拿起扔在沙发角落里的手机,点了接听键后放在耳边,语气懒散道:"喂,小叔。"

原来是程端打来的,孟娴默不作声,漫无目的地打量四周。

不知道程端在电话那头说了什么,程错顿时表情一僵,脸色肉眼可见地苍白下来。

他一直在保持沉默,以至于孟娴都发现了他的反常,朝他看了过来。程错这个电话只打了不到一分钟,但在挂断电话的时候整个人已经失魂落魄。

孟娴还没来得及开口问,对方顿了顿,转过头和孟娴眼神对视,眼里是她鲜少见到的慌乱和脆弱,语气都在发颤:"我要赶回国一趟,我爷爷出事了。"

周五的时候,爱丁堡终究下了一场大雪。

漫天雪花飘扬在城市的各式城堡之间,仿佛某个童话里的魔法世界。

傅信约孟娴下班后去工作室附近的一家咖啡厅品尝他们的新品甜点,顺便欣赏雪景。在这样寒冷的冬天里喝一杯热咖啡,感觉应该不错。

那家咖啡厅孟娴以前去过一次,这次再去,发现了一个和上次不

金丝笼

太一样的地方——在距离咖啡厅最近的拐角处,不知什么时候安装了一个红色的电话亭,在温黄路灯的照耀下,电话亭熠熠生辉,明媚又耀眼。

等红灯的间隙,孟娴打开车窗,将电话亭拍下来发给了秦筝。

这一周以来,秦筝和她在社交软件上聊天的次数开始频繁起来,对方就像她所想的那样,自信果敢、见识广博。秦筝似乎涉足很多领域,且小有成就。偶尔孟娴和她说一些小众话题时,她也能很快理解到她的意思并及时给予回应。即便有时思想碰撞,产生分歧,对方也能在充分尊重她看法的前提下,简单提出自己的意见,使她心悦诚服。

不仅是灵魂上的共鸣、契合,甚至孟娴时常有种错觉,好像秦筝已经认识了她很久,甚至曾真切靠近过她的内心似的。

她为这样的灵魂共鸣而感到雀跃,以至于两人之间也从一开始秦筝主动和她交流,变成现在她看到有趣的事会主动分享给对方。

对方很快就回复了:"爱丁堡的雪景的确很美。"

孟娴看过消息后,就把手机放到一边专心开车了。直到到达目的地,把车停好,她才看到秦筝后面给她发的新消息:"我和我爱人也是在冬天分开的。

"分手前的那段日子,我们曾一起看过一部电影,是部爱情片。影片中也有一个像这样的红色电话亭,男女主在那个电话亭里机缘巧合地相识,也在那个电话亭里争吵、分离。

"那个时候我就在想,好像人和人分开的时候,总是爱说一些非常难听的话。为什么呢?是因为从来没爱过,所以才能说得那么狠绝,把两个人都逼向死路吗?"

总是?

虽然秦筝并没有明说,但孟娴已经敏锐地捕捉到对方想表达的真正意思——大概是她的爱人在分别的时候对她说了很不好的话,以至于让她怀疑,对方是不是根本没爱过她。

第十章 再见"爱人"

她看似在说那部电影里的主角,但实际就是在说她自己,她在用自己的亲身经历,向孟娴求一个正解。

直到推开咖啡厅的门,孟娴也没有想好该怎么回答对方,冷冽的风雪声被厚重的玻璃门隔绝在身后,取而代之的是如春的温暖和周遭浮动着的咖啡苦香。

此情此景,孟娴想起她真正和白霍拉近距离的那天。

当时也是在咖啡厅,他在众目睽睽之下帮她解围,然后送她回学校。下着大雪,他解下自己的围巾递给她,陌生的温热触感让她不由自主地抬头看向这个优秀到堪称完美的男人。

一开始,她只是有一点点心动,只是自此以后,一发不可收拾。

傅信早已经在订好的位置上等她,为了能让她一进来就喝到做好的咖啡,他提前几分钟点好了孟娴最爱的卡布奇诺。

但孟娴落座后,并没有马上端起那杯咖啡,而是慢慢在手机屏幕上敲下对秦筝的回应:

"我以前听过这样一句话——欲与人绝,言中恶语,非无情,惧悔也。

"意思是说,一个人和另一个人诀别时,言语中所包含的恶意和恨意并非是他无情,而是他怕自己会后悔。因为只有把最后的感情都消耗完,才能彻底割舍。

"你的爱人是爱你的,至少,他一定爱过你。"

这场大雪断断续续下了三四天才停,不过积雪未化时天就放晴了,明媚的日光一照,四处白得晃眼。

好在积雪不算特别厚,孟娴周末加班,下了班还能开着车慢悠悠地去那个街角有红色电话亭的咖啡厅喝杯咖啡。

这些天她和程锴失去了联系,国内也没传来什么消息,偶尔想起对方,也会替他担忧。

她有些惴惴不安,总之是些不太好的预感。

金丝笼

　　她知道程宗柏对程锴的重要性，老爷子是程锴心里最重要的人，如果老爷子真出了什么事，只怕程绍夫妻俩为了争权要争闹个不休。

　　思绪回笼，在去咖啡店的路上等红灯的时候，她偶然瞥见了认识的人——罗比。

　　男孩好像又长高了些，卫衣外面套着长款的大衣，她把车停到路边降下车窗，对方也在和同伴的说笑中，注意到了她，然后扬起笑容，大步流星地朝她走了过来。

　　"嘿，好巧啊！"罗比笑意盈盈地和孟娴打招呼。

　　孟娴也笑着回道："嘿，没想到会在这儿遇到你。"

　　罗比有些羞涩地挠挠后脑勺，说："最近放假，我来这里找朋友玩。"他顿了顿，越过孟娴，看向车内的副驾驶座和后座，"您是在爱丁堡定居了吗？您丈夫呢？怎么没跟您一起？"

　　罗比下意识地问起白霍，毕竟前两次见面，那位丈夫都亦步亦趋地跟在自己妻子身边。

　　孟娴讪然一笑："我和他……离婚了。"

　　罗比一愣，脸上瞬间涌起歉意和惋惜："真是太遗憾了……抱歉，我没想到会这样，因为当初你们真的很相爱……"

　　他像是想到什么，大约是怕接下来的话冒犯到对面的人，话音戛然而止。

　　见他欲言又止，孟娴不大在意地笑笑："没关系，想说什么你就说吧。"

　　罗比顿了顿，回头看了一眼不远处还在等他的伙伴们，这才看向孟娴："我想知道，你们为什么会……分开呢？"他似乎还是不忍心说出"离婚"这两个字，"……我还记得当初，我们第一次见面的时候，您说想学滑雪，他不同意。我看得出来，他性格强势是其一，但怕您受伤才是主要原因……"

　　罗比似乎已经隐约察觉到这对夫妻离婚的原因——应该不是感情问题，而是性格不合。他一个孩子，都发现了白霍的强势，孟娴怎会不了解。但他同时也为他们惋惜,生怕眼前这位太太误会了丈夫对她的爱。

"在我们那里,有时候会去一些外地人,他们大多不会滑雪,自然也不同意自己的孩子去学滑雪,他们担心孩子会受伤,担心他们遇到雪崩等问题。可是当他们自己学会滑雪,知道没有他们想象中那么危险,就会同意自己的孩子去学,甚至为了安心他们会亲自上手去教。

"你们第一次去旅游的时候,您丈夫他并不擅长滑雪,甚至很可能没接触过这项运动,但是他回去以后一定是有好好学过的,因为第二次我们见面的时候,他已经滑得很好了。"

在孟娴自行练习的空隙,比赛回来的罗比看到了正在滑雪的白霍,对方的技术很娴熟。不过没滑多久,就停下来换好衣服,去扶他练习完毕、摔得磕磕巴巴的妻子了。

孟娴闻言,面色微怔,罗比说的这些,她好像从来没有注意到过。但仔细想想,白霍的确不擅长滑雪,他本人也并不喜欢这项运动,只偶尔会练练马术和台球。可不知从什么时候开始,他已经能从容自若地在她面前说可以教她滑雪了。

"我想,他应该是很在意您的,您说过的话、想完成的事,他都记得。并且,他很想参与您的一切。"罗比说道。

这时,绿灯忽然亮了,罗比和孟娴说了再见,便继续和伙伴们一起玩去了。

直到开过了下一个路口,那些话还在孟娴脑子里挥之不去。

当然,罗比作为一个看客,也只看得到一些浅显的、浮于表面的东西。他认为夫妻一体,一个丈夫想参与妻子的所有是爱之深的表现,也是很正常的。单就他说的这一点来讲,倒也没什么错。

白霍的确在出发前提过要亲自教孟娴滑雪,不过被她拒绝了。罗比猜的一切也都大差不差,只是当初的孟娴已经和白霍有了极深的隔阂,她只觉得对方是想不择手段地控制她。

金丝笼

想到这儿，孟娴忽然有种五味杂陈的感觉。

从工作室到那家咖啡厅的车程大概二十分钟，孟娴开得很慢，过了很久才到达目的地。

一进咖啡厅，孟娴没想到竟在里面看到了阔别已久的秦筝，对方似乎在等什么人。

自从上次见面，她们二人就一直在社交软件上联系，没再见过面了。于是她阔步走过去，自然而然地和秦筝打了声招呼："下午好，秦小姐。"

秦筝抬头的一瞬倒是愣了一下，像是反应了两秒才想起眼前人是谁的样子，她慢慢漾出一个和善的笑："孟小姐也来这里喝咖啡？"

语气果然熟稔了些，这也要归功于这段时间的聊天。

孟娴语气里透着轻松愉悦，就像平时和秦筝聊天时那样："嗯，昨天和我们合作的花卉种植公司新引进了一批伊甸园玫瑰的改良种，你不是很喜欢吗，我下次送花束过去的时候，给你带几株花苗吧？"

不知为何，秦筝明显迟疑了一秒才开口，又刻意拉长了音调，仿佛在掩饰什么似的："那当然好了，谢谢。"

孟娴心里突然生出了一丝微妙的古怪，她说不上来是什么感觉，但她并未继续这个话题，也未曾露出半分异样，而是话锋一转："对了，还有上次我跟你说过的'瑞典女王'，就是英国知名繁育家所培育的那个品种，也有的，虽然暂时不能开花，但都是很健康的植株，我一并送你些？"

毕竟秦筝也为工作室做了不少投资，这些礼尚往来不需要太高成本，作为礼物也恰到好处。

"好啊，你来决定就好，我都喜欢。"秦筝浅笑道。

孟娴闻言，脸上的笑意微妙地敛去两分，声音微不可察地沉了沉："之前送去的'婚礼之路'，我记得你也很感兴趣呢，还跟我讨论它的花语来着……"

秦筝的神色丝毫看不出异样："……不好意思，我有些记不清它的花语是什么了，你再告诉我一遍吧。"

"是'纯洁的爱'。"孟娴轻笑。

秦筝适当地露出一个恍然大悟的表情："对，就是这个。"

此刻，孟娴的笑意彻底没了，因为她从来没跟秦筝聊过"瑞典女王"，而且"婚礼之路"的花语也不是纯洁的爱。和她聊天的"秦筝"很了解伊甸园玫瑰，几天前他们偶然聊到"婚礼之路"，对方还记得它的花语是"我愿意"。

但她什么情绪都没有表露出来，只是很礼貌地和对方告辞，买了杯外带的咖啡后离开了咖啡厅。走出咖啡厅后，孟娴立刻拨通了"秦筝"的电话，依旧是很快就通了，那边传来忙音，只是不多时，电话如往常一样被挂断了。

可透过玻璃门，她分明看到，秦筝正安然自若地喝着咖啡，桌上的手机毫无动静，对方连碰都没有碰一下。

孟娴握着手机的那只手从耳边轻轻落下来，垂在腿侧，不一会儿，手机又轻轻振动两声，孟娴拿起来，发现是"秦筝"发来的消息和一张被积雪覆盖的"红色电话亭"的照片。

"我也在这个红色电话亭附近，下着雪拍，和雪停后拍出来氛围真的很不一样。"

从咖啡厅到那个电话亭，走得慢的话需要五六分钟，走得快甚至连三分钟都用不了。

孟娴也不知道自己走得快还是慢，总之在她乱成一团糟的思绪还没完全厘清时，她的视线里已经出现了那抹惹眼的红。

正逢日落，傍晚的昏暗和最后一缕夕光的橙黄交织在一起，她就在那样的光景里，看到电话亭前面不远处那个熟悉的背影——对方高大挺拔到即使站在人群里也能让人一眼看到，身旁熙熙攘攘，无数的人和他擦肩而过，他自岿然不动，似乎和其他人处在两个世界。

须臾，似乎是察觉到身后异样专注的目光，男人缓慢地转过

金丝笼

身来。

孟娴蓬松鸦黑的微卷长发被刚起的一阵微风吹起来，尾梢飘扬在半空中，她大半个身体隐没在阴影里，另外小半张脸被夕阳映得格外明亮，两个人的目光就这样在半空中猝然对上。

离得有些远，孟娴看不清白霍眼中在这短短一瞬都涌现出了什么情绪，但她焦躁不安的心在这时却忽然平静了下来，是那种尘埃落定的、意料之中的平静。

真的是他，他还是喜欢在西装外面穿厚实的大衣，还是喜欢把领带打成开尔文结。一年前的这时候，他也是这样站在她家不远处的街道口，那把黑伞不足以完全遮挡他的身体，她发现了他，但她并不想见他。

他安静了这么久，她还以为他已经心死放手了，看来是她高估他了。

一瞬间，周遭的世界似乎沉寂下来，白霍眼睁睁地看着就站在他几步开外，那令他日思夜想的"爱人"，恍若隔世。

白霍浑身血液逆流，在瞬间的愣怔后很快意识到——他大概率已经暴露了。

事实上，白霍这一年里待在爱丁堡的时间比待在国内的时间要多得多。孟娴和傅岑从保加利亚到爱丁堡的那天，他本来在谈工作，可接到孟娴出国的消息后，就马不停蹄地赶到了爱丁堡。

爱丁堡的夜那么长，那么冷，他一边在雪中痴痴等待，一边回想她离开时对他说的那些话。

好在，他没有被自己折腾死在那片冰天雪地里，白霍拖着疲惫不堪的身体重新回到了空荡荡的小南楼。

他的生活慢慢回到了正轨，就好像孟娴从来没有出现过，也没人会在他面前提起她。

但他偶尔还是会听到有关她的事。

她有了新的生活，开了花艺工作室，看起来过得还不错，傅家那

第十章 再见"爱人"

两兄弟也一直在陪着她。

白霍越来越觉得心酸,他是羡慕的,他不得不承认这一点。

孟娴在别人面前,可以展现自己最真实、最轻松的那一面。而这些,都是他曾经拥有而后又失去了的。

白霍不是没想过放手,在他做出这样的决定后,他只想再远远地见她最后一面,从此就桥归桥、路归路了。

可最终,他还是失败了。

靠时间遗忘的人,是经不起再见一面的。他在绝境中徘徊许久,还是给自己找了一条生路——一条见不得光,但可以让他暂时以另一种方式陪在孟娴身边的路。

不出他所料,"秦筝"的身份很好用,孟娴丝毫没有生疑,一切进行得顺利极了。

孟娴去送花的时候,他看到了她,但不是通过监控,当时就站在二楼的隐蔽处。

他太了解她了,"秦筝"给工作室带来这么大的投资,依照孟娴的性格,她会尽心尽力、亲力亲为地完成秦筝的要求,以示自己对投资方的尊敬和礼节。

他知道她一定会来,所以他安静地等着他的爱人。

那天她穿的针织长裙很好看,燕麦色很适合她。以前他们还做夫妻的时候,他也经常给她挑这种类型的衣服,也曾对她说过这句话,但她并未发现任何端倪。

当然,除此之外,白霍还记得很多有关孟娴的事——

伊甸园玫瑰曾是孟娴的心头爱,也是她第一次教给他的花。

他们是在冬天离婚的。

他说他用不上"婚礼之路",是因为它代表着两情相悦、心甘情愿的爱。而他逼迫伤害了他的爱人,他配不上那束花。

最后的最后,还有那个红色电话亭。

第二次去雪山小镇前,他们曾坐在一起看电影。当时他以为她看

金丝笼

得很专注，但原来从那个时候开始，她就心不在焉，把注意力都放在逃离他的事上了。所以，她才会不记得，那个贯穿了整部电影的红色电话亭。

她真的把他遗忘得好彻底，他都明里暗里地提醒她那么多次了，她却到今天才发现。

但她又会有什么反应呢？她又要怎么处理她和"秦筝"也就是他之间的关系呢？

他不得不去想这些事，但却忽略了自己心底最深处的期待——他并不害怕暴露，他唯一害怕的是自己被孟娴彻底忘记。

白霍无法形容自己内心深处那种极端的矛盾，很多时候，他既盼望着孟娴能发现他故意暴露出的细节，以证明她还记得他，还爱着他；可有时候，他却又害怕她真的发现，发现他根本不是"秦筝"后，会毫不犹豫地再次弃他而去。

但孟娴很平静，平静到白霍都有些自我怀疑了。

静止的时针重新开始转动，对方终于抬起脚步，脸上弥漫起一个温柔的浅笑，然后慢慢地朝他走过去。

白霍忽然想起她曾对"秦筝"说过的话，他知道，她看似是在说那部电影，但其实也是在说她自己。

她是爱他的，至少，她一定曾爱过他。

白霍的胸口前所未有地鼓胀起来，他仿佛又回到了几年前那个情窦初开的夜晚，他看着舞台上轻纱曼舞的女孩，在心里一遍又一遍地默念她的名字。

别再丢下我一个人了，求你。

被一腔孤勇驱使着，他用尽所有的力气奔向了他的爱人，好像所有隔阂、爱恨都在这一刻烟消云散，他甚至不再思考他和她之间还隔着那么多不堪、痛苦、互相折磨。

心爱之人即将触手可及，可下一秒，孟娴毫不犹豫地和他擦肩而过，视若无睹般，径直越过了他。

第十章 再见"爱人"

白霍猛地愣在原地,然后极艰难地,顺着孟娴离开的方向一点点回过头去——

路边的人行道上,站着一个年轻男人,是傅信。

这一刻,白霍终于后知后觉。

原来孟娴刚才看的人根本就不是他,而是他身后的傅信。

比仇视更令人痛苦的,是无视。

他浑身僵硬,直到连傅信都已经看到白霍,用略微不善的目光看向他时,孟娴都还是没回头看白霍一眼。

大起大落,不过如此。

残留的喜悦混着密密麻麻的刺痛感传往四肢百骸,让人感到讽刺又真实,一切似乎都在昭示着他那些痴心妄想有多可笑。

是啊,她怎么可能那么轻易就原谅他呢?

她可是孟娴,她最狠心了。

从看到白霍的那一秒起,傅信几乎拉紧了全身的警戒线,他不停回想这段日子孟娴没在他身边的时候,白霍有没有趁虚而入。

他不是吃醋,而是警惕,因为比起醋意,傅信更怕白霍卷土重来,伤害孟娴。

但时隔一年,白霍似乎不再随时随地发疯,他看见自己和孟娴如此亲密,都能纹丝不动地站在原地,说明他是有在改变自己的。但傅信也看得出来,白霍眼里的爱欲和占有欲没变,他只是更能沉得住气了而已。如果不是孟娴就站在这里,白霍现在可能已经冲上来撕了他也说不定。

傅信收回视线,转而落在孟娴微微苍白的面庞上,声音压得很低:"没事吧,他有没有对你做什么?"

"他"指的是谁,两个人都心照不宣。

孟娴挽住傅信的一边胳膊,平视前方,微微有些走神,以至于回话时迟了两秒:"……没事,我们走吧。"

看孟娴一脸不想多说的表情,傅信也识趣地不再多问。

金丝笼

即便身后的目光如芒在背,两个人也谁都没有回头。

回去的路上,孟娴神色如常地和傅信聊了聊工作上的事,语气听不出什么情绪,只隐约有种消磨时间的怠懒感。傅信注意到,孟娴没有在这种时刻拿出手机和那个刚认识不久的女性合伙人聊天。

往常的闲暇时间,她都会和对方聊一些无关紧要的话题,时不时笑笑,有时还会把手机上两个人的聊天记录拿给他看。

他知道那个人叫秦筝,通过一些众所周知的渠道大概查了查她个人和公司信息,没什么问题,孟娴和她聊的话也挺正常的,所以他就放任对方靠近孟娴了。

起初傅信并没有在意这件小事,可在后来的六七天里,孟娴都没再和那个秦筝聊过天,傅信和她朝夕相处,这件事没人比他更有发言权。

程错还是没有任何消息,孟娴偶尔会刷到有关华盛的新闻,那位叱咤风云的商业巨鳄,似乎已于不日前重病去世了。

后来她又陆陆续续看到一些消息,确定了程宗柏病故的事实。孟娴尝试过给程错打电话,但对方手机一直关机,她只得作罢。

爱丁堡的积雪融化的那两天,整个城市又开始淅淅沥沥地下起了雨。

孟娴睡了一觉醒来,发现傅信已经从学校回来了,在准备晚饭。

"你哥呢?"她站在半开放式厨房的料理台旁,随口问道。

傅信正处理橄榄菜,说话时不经意地偏头看了孟娴一眼道:"还没到他下班时间,不过应该也快了。我刚给他发消息让他去商场买些水果,晚饭后吃水果捞好不好?"

孟娴轻轻地"嗯"了一声,就算回答了。她视线投向不远处客厅的落地玻璃窗——窗帘只拉了半扇,明亮微暖的灯光下,可以清晰地看到外面的雨势,还有打在玻璃上细细密密的雨丝。

"嘶——"傅信突然低低地倒抽了一口凉气,瞬间把孟娴无所适从的思绪拖拽了回来。

第十章 再见"爱人"

"怎么了?"她一边凑近一边问,脸上带着些担心。

傅信放下手里的刀,没把受伤的手亮给孟娴看,而是用另一只手虚虚地挡着,面色不甚在意:"没事,不小心割到手了。"

孟娴皱了下眉,但很快又舒展开来:"你别动,我去拿药箱,马上回来。"

她安慰了一句,然后转身往客厅去。家里的卧室和客厅都备有药箱,去客厅拿更近一些。

客厅很整洁,东西的摆放也一目了然,孟娴找到药箱后本应立刻转身回去,但在不经意间把目光投向楼下时,她瞬间怔住了——

外面下着大雨,街道上基本上没什么人,但她家门口却站着一个被雨淋得半湿,看起来失魂落魄的年轻男人。那男人似乎正犹豫着,到底要不要摁门铃。

孟娴在模糊的雨幕中一点点确定了那个人就是程锴。

孟娴拿着药箱回到傅信面前时脚步变得急促匆忙,她甚至都没打开药箱上的搭扣,就下意识想要掀开箱子,待察觉到自己犯了糊涂后,才又去开搭扣。

傅信见状,不由得开口问道:"怎么了?"

孟娴微垂着眼,说:"程锴在咱们家楼下,他没带伞,整个人都淋湿了。我待会儿下去一趟,给他送把伞。"

闻言,傅信沉默了,而这时候孟娴已经把处理伤口要用的东西都找出来放在了台子上,接着她转身要走,却被傅信一把抓住手腕:"……别去。

"你应该不会只是给他送把伞那么简单吧?程家出了这么大的事,他又在这种时候跑来找你,你比我更明白,他到底想干什么。你去找他,就意味着你默许他回到你的生活中来,你真的想好了吗?"

这一连串平静的质问,傅信是摆明了要把事情搬到明面上来讲清楚。他看起来表情虽没什么波动,但握着孟娴手腕的那只手分明已经开始轻微颤抖,甚至连带他的声线都有了一丝波澜:"如果你不想给自己的生活造成困扰,那就不要再对他施以援手,我可以替你下楼送伞,好吗?"

话说到最后,这个平日里最是孤傲漠然的人,语气里竟已经带着些许哀求。

此刻,傅信大概不知道自己垂眸看向孟娴的神情是什么样的,但孟娴看得出,他的眼神分明就是在告诉她——别去找程错。

对视半响,孟娴收回了离开的脚步,她反握住傅信受伤的那只手,在他的注视下,慢慢地帮他处理起伤口来,直到孟娴把创可贴小心翼翼地贴上傅信的指尖时,他那惊惶未定的眼神才因为孟娴的态度逐渐平和下来。

突然,孟娴松开傅信,后退一步后,转身的动作毅然决然,快得傅信都来不及反应。

关上门之前,她带走了玄关置物架上的那把雨伞。

傅信愣在原地,四周静悄悄的,好像刚才什么都没有发生过。傅信下意识伸出去的手在半空中僵滞两秒,直到指尖传来刺痛,终于无力地收了回来。

程错是逃出来的。

唯一疼爱他的爷爷去世了,但好像并没有什么人在意。铺天盖地的新闻热度笼罩着整个华盛,外面的人在猜继承人,里面的人在看遗嘱,和公证律师逐字逐句确认,自己可以分到多少钱和股权。每个人都很忙,忙到都没空去爷爷的灵前坐上一时半刻。

他快要窒息了,处理好所有后事,他一刻不停地从那个华丽的牢笼里逃了出来。

孟娴在推开一楼正门的时候,不由得想起她独自一人在家时接到的那通电话。

彼时她正浏览新闻,看的都是有关华盛掌权者逝世以及继承人的报道。外界早已一片哗然,但对于最终结果也只能说意料之外、情理

第十章 再见"爱人"

之中——程端作为程宗柏的小儿子,虽不受宠,可还是在父亲百年之后,和侄子程锴得到了同样的财产继承权。虽说是一人一半,不过如今的华盛基本上都是程端暂代程锴撑起来的。程锴不论是能力还是阅历,显而易见地比不上他小叔,自然还需要再历练历练。

但所有的新闻报道里,孟娴都没有发现程锴的身影,这让她不禁隐约担心起来,恰好程端的电话打来了。

"孟小姐,是我,程端。"时隔一年半没见,对方对她这个身份颇为微妙的故人,并没有为难。他还是当初孟娴认识的那个程端,无论何时都温润有礼。

"这次冒昧打扰,是有些话想和孟小姐聊聊。

"程家经此一变,老爷子的去世对小锴来说打击不小,我们现在找不到他。不过你不用担心,他拥有华盛一半的继承权,有我在,谁都不能欺负他,大哥和大嫂也不能。

"以我对他的了解,他很有可能是去找你了。对你们的事,我持保留意见,但我也不会干涉。我只有一个请求,如果小锴他去找你,希望你能看在你们往日的情谊上,收容他一段时间。他长大了,不会在你那里叨扰太久的,等他想通了,自然会回来承担他该承担的责任……不胜感激。"

程宗柏活着的时候,曾和白霍两人死死盯着还在休养中的程锴,切断他所有能查到孟娴的渠道。至于程端,在这场闹剧中自始至终都是中立的立场,所以他不会帮程锴,但他一直有关注孟娴在爱丁堡的动向,那是受白英所托。

程宗柏病重以后,程端也是可怜程锴,这才找了机会让人松了对他的看管。所以程端才能这么轻易就联系上孟娴,他对她为数不多的容忍和善意,大多数源于程锴和白英。

说白了,人都是爱屋及乌的。

挂了电话,孟娴一直心不在焉。她不由自主地想起以前,想起她和程锴那不太美好的初相识,想起他们充满了算计的前尘和那不算多的温暖回忆。

她对程错实在算不上好，很多时候连她自己都不敢置信，他为什么能那么坚定地对待她，在她义无反顾地抛弃他离开以后还能再找上门来。

在她面前，程错时常像一只惹人怜爱的小狗，但他明明应该是最张扬的小少爷，有着一张漂亮到富有攻击性的脸，还有着无比优越的家世。他明明应该可以居高临下，睥睨所有人，可在她面前，他却低头垂眼，平静而绝望地对她说："在我最需要你的时候，你却突然抛弃我。"

她形容他是惹人怜爱的小狗，并非居高临下地侮辱，也并非傲慢地讥讽，而是在说他忠诚孤勇，从一而终。

扪心自问，她孟娴何德何能，配得上他这样的真心？

推开门的一瞬间，孟娴和程错四目相对，对方似乎微微愣怔了一下，被淋湿的身体明显僵在原地。

孟娴突然有些怅然和心疼，那种感觉麻麻的，有些痒，伴随着程错失落的模样一起刻进了她心里。

孟娴在此刻忽然想明白，当初程错对她坦诚时，她为什么要拉着他好好谈谈了。虽然后来因为程宗柏病重，谈话未能继续进行下去，但她记得她的确是想好好和他解释的。

她不希望他们之间有隔阂，或许程错对她来说，也早就不是一个只能被利用的工具。

孟娴不作声，程错也被犹豫和踌躇拖拽着脚步。

直到孟娴打开伞，慢慢朝他走过去，随后罩在他头顶时，程错那一直紧绷的身体才陡然松懈下来，他垂着头，声音低哑得不像话："孟娴，我什么都没有了。"

他失去了这世上最疼爱他的亲人，失去了最坚实的靠山和后盾。

孟娴从未在程错身上感受到如此强烈的破碎感，就好像一块美丽的、布满裂缝的水晶，只要经历最后一丁点打击，就会彻底走向

第十章 再见"爱人"

碎裂。

孟娴没打伞的那只手抬了抬,在空中短暂地迟钝两秒,然后抚上程锴的背。她再开口时,声音还是一如既往的轻柔,可语气却带着不容更改的坚定:"你不是什么都没有了。

"你还有我。"

…………

二楼,落地窗旁。

傅信冷眼看着伞下的两人,良久,面无表情地转身离开。

雨还在下。

不远处的路上传来关车门的微弱声响,孟娴一抬头,便看到傅岑举着伞,站在不远处,静静地看着他们。

孟娴脑海里有一瞬间的空白,思绪也随之被拽回现实。

似乎是察觉到什么,程锴顺着孟娴的视线回头。傅岑离他们有点距离,她看不清傅岑是在看自己,还是看他身后的孟娴。总之停滞片刻,对方还是迈着沉重的脚步走了过来。

傅岑径直越过程锴,道:"外面这么冷,怎么不进去?你一吹风就感冒,傅信在家,怎么也不劝着你点儿?"

孟娴顿时有些微无措:"傅岑……"

"有什么话,都进去再说吧。"傅岑平静地打断了她,语气和神情都辨不出喜怒,只是走近以后,他再没有施舍一丁点眼神给程锴。

他只想立刻带孟娴回去。

孟娴被拽着往门口走,罩在程锴头顶的伞猝然离开,大雨复又打落在他身上。

程锴的确不想因为自己,让孟娴也僵持在风雨里,让她先回去也好,他以后再来就是。

可孟娴却以一种执拗的姿态站在傅岑身后,极轻声地说:"让他也进去吧,我们不能把他扔在外面。"

金丝笼

傅岑的身形猛地顿住，但迟迟没有出声。僵持片刻，他终于回过头来，却是看着程错，声线压抑而低沉："你都听见了，还愣着干什么？想让她继续在这儿陪你吹风淋雨吗？"

话是对着程错说的，孟娴陡然卸了浑身绷紧的力道。

她知道，傅岑松口了。最终，程错还是面色不明地跟着他们进了屋。

开了门，从玄关进入客厅的时候，傅信原本还站在下沉式吧台那里摆弄着什么，听见动静，抬头看了他们一眼，才端起一杯热花茶走了过来。

但只有一杯。

真正淋了雨的程错被扔在一边，连块干毛巾都没有，最后还是孟娴看不下去开了口，傅信才答应待会儿带程错去客房的卫生间洗漱一下。

他倒是异常平静，看起来似乎是对这件事的结果早有预料。

"先吃饭吧，不然饭菜要凉了。"他说着，脸上堆起一个客套的微笑，对着程错道，"你也留下来吃晚饭吧，饭后我们再好好谈谈。"

他这语气，仿佛在说程错不过是个客人，还是不太受欢迎的客人。

…………

程错洗完热水澡出来的时候，干湿分离的浴室外面放着全新的浴袍，那是给来到家里的客人准备的。

外面静悄悄的，程错并不打算老实地待在房间里等孟娴来找他。

很快，程错就在昏暗的走廊尽头，从一个房间内，听到了孟娴的声音。

他抬步就往那个房间走去，只是还没走两步，身后忽然传来声音："你确定还要再往前吗？"

程错猛地顿住脚步，下意识回过头，就见傅信站在不远处，神色平静地看着他："那是我哥的房间，当然孟娴也在，但你最好别去打

第十章 再见"爱人"

扰他们。"

程错的大半身体隐没在阴影里,让人看不清他脸上什么表情,但因为傅信这话,他终究还是没再执着。

再者说,他也听出了傅信的话外之音——孟娴此刻很可能因为他的事,哄慰着傅岑,他就这么进去,未免有些说不过去。

傅信慢慢走了过去,然后在距离程错一米左右的地方停住。

冷不丁地,他自然而然地和程错聊了起来:"听说你当初为了逃出去找她,从程家的楼上摔下来了?"他顿了顿,审视的目光把程错从头打量到尾,这才微笑着轻声开口,"可惜……"

见对方话说一半,程错皱了皱眉,道:"可惜什么?"

傅信压低了声音,鬼魅一般的冷语仿佛最恶毒的诅咒:"可惜你平安无事。"

程错目光一凛,看向傅信的眼神明显多了些正视和警惕。看来,傅信在孟娴面前那副平和的模样,都是装出来的,现在孟娴不在,他便暴露出原本面目。

片刻的沉寂过后,程错扯扯嘴角,弧度讥讽但又得意得恰到好处:"托你的福,我还活着。人家都说大难不死,必有后福。"

傅信脸上古怪的笑意猛地敛没了,二人仿佛针尖对麦芒,气氛在瞬息之间死死地绷紧,继而剑拔弩张起来,仿佛只要一丁点火星,就能立刻引爆战火。

"我劝你别高兴得太早。"傅信冷声开口。

"是你高兴得太早了吧。"程错扬声反驳,眼里带着轻视和冷厉。

程错罕见地露出一副从容的姿态,他简直像变了一个人,出击的力道既稳又狠:"可惜我还得好好陪在孟娴身边呢。

"孟娴是一个独立的个体,你可以被她吸引,选择靠近她,和她站在一起。但是你不能支配她的想法和意愿,企图替她作决定。亏你那么聪明,这个连我都明白的道理,你却不明白。"

傅信微微咬牙,却长久地沉默着,完全不是刚才那副咄咄逼人的

359

金丝笼

模样。

　　气势这种东西,永远是守恒的,他失去了,程错自然支棱起来。

　　他朝傅信走近一步,整个人都不再被动,待气氛攀升到白热化之际,站在走廊上僵持不下的两人同时听到了从玄关处传来的门铃声。

　　来人很有耐心,摁了一下,又停顿几秒,这才摁了第二下。

　　傅信率先做出反应,转身往玄关的方向去,可没走几步,就在玄关转角的墙上看到了门口监控画面,表情有些意外——

　　外面站着的人,居然是白霍!

　　程错这时候也跟了过来,看见监控画面里的人,先是微微一怔,然后低低地冷笑一声:"看见了吗?你该针对的人,在这儿呢。"

　　傅信只是沉默,既不接程错的话,也不上前开门。倒是程错大刀阔斧地走了过去,在白霍将要摁第四下门铃前,猛地拉开了门。

　　白霍抬到半空中的手,连带他整个人,在看到程错的一瞬间都僵滞了一瞬,随后又恢复如初。

　　他面色沉静、声音内敛:"怎么是你?"

　　"这话应该我来问你吧?"程错眼神如刀,直直地射向白霍,那副微微傲慢的姿态,不知道的还以为他才是这家的主人呢。

　　"你有事吗?我可以替你转告。她不在,我也不好做主让外人进来,请回吧。"

　　外人?白霍闻言露出了个皮笑肉不笑的表情,随即开口道:"我跟她结婚的时候,你还不知道在哪儿呢!我是外人,那你是什么?"

　　时过境迁,白霍那副睥睨所有人的姿态还是没变。他不疾不徐地质问程错的模样,几乎和两人当初在小南楼发生争执时如出一辙,不同的是,当初要被赶走的人是程错,如今却成了白霍。

　　程错身后不远处,傅信一言不发地看着这两个男人争吵。

　　程错要出头,他干吗拦着?要是他真能把白霍赶走,也算省了功夫。

　　身后由远及近地传来动静,傅信余光微侧,再抬眼,他又变成了

第十章 再见"爱人"

那副与世无争的淡然模样,而刚才面对程错时的妒忌和恨意也全然消散,他缓缓开口道:"让他进来吧,你都进来了,多他一个也不多。"

程错猛地回头看向傅信,眼里尽是错愕。让白霍进来?傅信他没事吧?

可下一秒,他听到傅信身后的走廊传来脚步声,刚才在房间里的孟娴和傅岑大概是察觉到动静,从卧室出来了。

远远看见白霍的第一眼,孟娴原本平和的脸色瞬间变得冷漠、苍白。

程错忽然明白傅信让白霍进来的真正原因了——任何人都无法赶走白霍,但孟娴可以,既然他要纠缠,那就放他进来,让孟娴给他一个了结。

一个彻底的了结。

在还没暴露"秦筝"这个假身份以前,白霍也曾听孟娴提起过傅岑和傅信。

他被迫站在孟娴的角度,了解她和其他男人的生活点滴,有时还要装作若无其事地聊上几句。这个过程,对他来说无疑是异常煎熬的,但他想要通过这种方式和她交流,首要任务就是不暴露自己,只以一个合伙人、朋友的身份和她聊天。

朋友不是丈夫,不可以吃醋,不可以嫉妒,再痛苦也不能冲过去把人夺回来。他要把离婚时的惨烈在脑子里过一遍又一遍,才能勉强抑制住许多可怕的冲动。

他不明白,为什么所有人都能在她身边,只有他不可以?到底是哪里出了问题?他不止一次这样想。

白霍并非是完全没有反思能力的蠢货,只是他长久以来一直处于上位者的身份,使得他下意识地就表现出一种强势傲慢的姿态。反观傅岑、傅信以及程错,他们在各自的领域里也都是人中龙凤,可是当他们走进孟娴的世界里时,他们会放低姿态,还会尊重她的意愿。

金丝笼

孟娴并非真正温柔的人,她底线坚定,所有的意愿都不容轻易改变,且浑身布满了柔软的刺,遇强则强,遇弱则弱。

他们的爱凌驾于白霍之上,为了不被孟娴刺伤,也为了不刺伤她,他们选择了退让。

白霍瞬间醍醐灌顶般地明白了一切,或者说他潜意识里早就想通了,但他是那样强硬到极点的人,是他一直不愿意面对罢了。

可是他管不了那么多了,从孟娴曾对"秦筝"感慨说她也曾爱过他的时候,他最后的底线和理智就已经全线崩塌了。他只剩下一个念头,就是尽快回到她身边,让她别再丢下他一个人。

认错道歉也好,重新开始也罢,他只知道自己不能失去孟娴。

这个念头自生出的那一刻开始,就再也没有消失过,至今仍在他脑子里盘旋,最后驱使着他在经过这段时间的沉寂以后,还是敲响了孟娴的家门。

孟娴是和傅岑一起出来的,白霍眼里极快地掠过一丝异样的情绪,但说不出愤怒与否,他也没有轻举妄动。

最终,白霍还是进来了,孟娴默认的事情已经过去了那么久,如今白霍不依不饶,大概她也想跟他说清楚。

她不是意气用事的人,抛开以前那些事不谈,即便为了工作室,她也要弄清楚,那些投资到底还作不作数。

傅信去泡茶了,孟娴说要帮他,也暂时离开了风暴中心,于是客厅就只剩下傅岑、程错和白霍三人。

这一幕也是实在怪异,说是闹剧都不为过。

一片诡异的寂静中,白霍先开了口,话是对着程错说的,语气颇有些讥讽:"程老爷子去世也没多久吧?你倒是有孝心,不在国内好好守着他留下的基业,丢下所有人,跑到这里来。"

白霍阴阳怪气,程错面色倒没什么波动,只是开口时说的话也带着一股子压抑的火药味儿:"你装什么,你有什么资格提我爷爷?

第十章 再见"爱人"

我爷爷在世的时候对你们白家百般忍让,什么好处都紧着万科,甚至为了不伤和气可以连我的意愿都不顾;你倒好,他去世你连人都不到,只派了旁支的叔伯过去吊唁,论薄情寡义,你白霍称第二,谁敢称第一啊?"

程老爷子虽是有疾而终,可也是年岁到了不可避免的事,子女儿孙都在膝下,走得也算安详。大概是人之将死,其言也善,他临死前唯一的遗愿,就是最宠爱的孙子能有个好归宿,然后好好继承华盛。至于其他的,他也管不了了。

在这世上,程错在乎的人不多,除了爷爷和小叔就只剩下孟娴。伤心之余,他想来找她,这无可厚非,可到了白霍嘴里,就成了胡作非为、自私不孝。

程错能忍着脾气不和他厮打起来,已经是这一年来成长了不少,再加上孟娴还在的缘故。

一旁安然坐着的傅岑突然失笑,平日里一向温和的眸子也蒙上了一层冰霜,接程错的话时,语气带着几分恨意:"话不能这么说,白先生他虽然薄情寡义,但也心狠手辣啊,你惹怒他,保不齐哪天就躺在重症监护室了。"他顿了顿,目光沉沉地看向白霍,"白先生,你说对不对?"

程错的表情带着好笑:"是吗?那就让他试试呗,但可要提醒你一下,这儿可不是国内。"

要是放在以前,白霍早就不甘示弱,以一挑二,舌战群雄了,别说他们俩了,就算傅信也加入,都不一定是他的对手。

但那个时候他还是孟娴的丈夫,有与生俱来的优越加持。可现在他不是了,就算被傅岑和程错夹枪带棒地羞辱嘲讽,他也只是沉默着,抬眼看着不远处端着茶盘朝他们走过来的孟娴。

他不是来斗嘴吵架的,他是来求她回心转意的。

孟娴显然听到了一切,但她默认了,她纵容傅岑和程错做的一切。

金丝笼

白霍的视线落在孟娴身后的傅信身上,他也同样端了茶壶等东西,但不同于孟娴手上那几个轻飘飘的杯子,他把重的都留给自己拿了。

孟娴放下茶杯后并没有坐下,她垂着眼,没有看向白霍,话却是对着他说的:"白霍,在这儿谈不太方便,借一步说话吧。"

逃避不是她的做派,他们也是该好好谈谈了。

屋里的其他人这次都没有拦着,他们要谈话的地方就在不远处的露台,隔着一层玻璃,就在他们眼皮子底下,不会出什么事。

玻璃门一关,整个露台即刻安静下来,只偶尔传来一些微弱的风声,孟娴还是不看白霍,视线投向半空中,轻声开口道:"你来这儿是为了什么?开门见山,有话直说吧。"

她这么直白,反倒让白霍有些无措,他不着痕迹地舒口气,嘴角微扬的弧度有些苦涩:"你就那么恨我吗?连回头看我一眼都不愿意?"

可是他真的很想她,想得快要发疯了,就算是相见片刻也好,他想看着她的脸和她说上几句话。

如白霍所愿,听到他这话的孟娴终于舍得转过头来,表情有种说不出的平静:"我不恨你,早就不恨了。我知道自己也不是什么好人,非要算的话,你我也早就恩怨相抵,所以我对你什么情绪都没有。拎不清的是你,我们已经结束了,你却一再地来打扰我的生活。"

孟娴不是恨他,而是觉得他们之间没有再见面的必要了。

白霍不作声,孟娴便继续道:"你一直都这样,用你认为对的方式来达到目的。你用'秦筝'的身份资助我的工作室,现在又被我发现,如果我跟你闹掰,我就不能再接受这份投资,对我来说,这何尝不是一种威胁或戏弄?"她顿了顿,定定地看着白霍,"你是上位者,所以想来就来,想走就走,我就只有接受的份儿,是吗?"

对于孟娴的控诉,白霍一直表现得很耐心,直到她话音落下,他才低声开口:"不是的。合同里说的长期投资会一直作数,我不会撤资,就算今天你和我一刀两断,把我赶出去,我也不会撤资。我不是以前的那个我了,如果你还愿意相信我的话,在我这里,你才是上位者。"

她是他的上位者,是控制他所有喜怒哀乐,握住他灵魂和肉体的人。

孟娴闻言,微微一愣,她眼里很明显地闪过一丝意外和诧异。比起一年前,白霍独断专行的性格似乎有所转变,甚至刚才面对傅岑和程锴同时挑衅,他也没有发狂。

他学会安分守己,也能认得清自己的位置和处境。

白霍温和地笑了笑:"所以你消消气好吗?我们不说这个了,我想跟你谈谈其他的事。"

其他的事,无非就是感情上那些事,这下,轮到孟娴缄默了。

白霍的脸上浮起淡淡的怀念,整个人呈现出一种罕见的温厚姿态:"这一年,你没怎么变,还是喜欢偏甜的咖啡,还是喜欢在家里摆上玫瑰花,傅岑他们,也把你照顾得很好。来之前,我还以为我一定会嫉妒到发狂,你可能也是那样认为的吧?但是你看,我并没有那样。"

他苦笑一下,垂下眼:"当你还属于我的时候,我看你和别人站在一起,我会嫉妒,会愤怒;但当我真真切切地失去你的时候,再看到你和别人站在一起,我只会羡慕。"

因为那原本属于他的一切,现在已经全部失去了。

在白霍听到孟娴说已经不恨他的时候,他一片死寂的心忽然就升起了一丝希望,只要能让他重新回到她身边,让他怎样都可以。

像是想起什么,白霍从西装内侧的口袋里拿出一个钱夹,打开来放在孟娴面前,语气轻柔得不像话:"你看这个……"

深灰色的钱夹内除了一些名片、身份证件以及少量现金,最显眼的地方还放了张照片。

照片上,白霍背着孟娴,逆光站着,脸上挂着笑,欣喜而满足，仿佛得到了什么稀世珍宝般。孟娴虽然没笑，但表情也是松弛舒适的。

孟娴记得这是她和白霍第二次去到罗比的故乡小镇时，一个长得像麋鹿一样可爱的女孩拍下送给他们的。

回到住处后，孟娴就随手将这张照片放到某个角落了，根本没打算带走。

她很感谢那个女孩的善意和赠送，但照片上是她和白霍，当时的她也实在没心思带这种东西回国。

没想到兜兜转转，这张照片最后还是回到了白霍手里，还被他留到了现在。

"我一直随身带着这张照片，有时候实在想你想得受不了，就拿出来看看，心情会好很多。"白霍收声道，因为这张照片，曾伴随着他度过无数个难挨的夜。

白霍声音低沉，语气里似乎夹杂了些微让人动容的哀求："我今天来，就是想跟你说，我已经知错了，也变好了。既然你说已经不恨我了，那能不能给我一个机会，我们摒弃过往，重新开始？"

"重新开始"这轻飘飘的四个字，说得倒是容易。

孟娴只是沉默，片刻过后，她伸手慢慢合上了那个钱夹，也盖住了那张照片。

她笑了笑，像是释怀，又像是说不出的淡然："说真的，我很感动于一个人能为了另一个人彻底改变自己的意愿和价值观，因为我做不到，但你做到了。"

她从来不曾怀疑白霍对她的爱，即便曾经被他伤害得遍体鳞伤的时候也不曾。可很多事情不是只有爱就够的，就像她现在能想起自己对白霍有过的爱，但更多的还是他发狂时候的可怕样子。

只言片语和一时的服软，不足以让她完全忘记以前。

须臾，她轻声开口："你还记得，我们结婚纪念日的时候一起种下的那株'克里斯蒂娜公爵夫人'吗？我们之间，就像那株已经枯死了的花一样，走到尽头了。

"你用了很多办法都没能让那株花活过来，那你觉得，我们还能回到以前吗?

"你口口声声说重归于好，说重新开始，那我也明确地告诉你，不能。"

白霍目光怔忪，眼底是掩盖不住的痛意，他薄唇轻启，连出声都变得极为艰难，可即便如此，他还是乞求般地继续问道："……哪怕一丁点可能都没有吗？"

因为他这句话，孟娴心脏不可抑制地揪痛起来。她微微抿唇，忽然想起那个雪夜，在那个街角有红色电话亭的咖啡厅里，她喝着咖啡，满脑子都是她和白霍还没有离心时，两个人缱绻相依的日子。

非无情，惧悔也。

她叹口气，在白霍满含期盼的目光中，缓缓开口："……除非你能让那株花重新活过来，我就答应你，重新开始。"

那株枯死的花无法复活，连最专业的园艺师都束手无策，除非发生奇迹，否则孟娴的要求几乎不可能达到。

所谓的最后一线希望，虚无缥缈、毫无分量，不过是给他一条后路，拖拽着他的理智不让他发疯，同时却又堵死了这条后路罢了。

"你想要一个机会，这就是我给你的机会。"她轻声说道，看起来是认真的，她甚至还为这个不可能的要求添加了附加条件，"在那株花活过来之前，你就不要再来找我了。什么时候它活过来，我们就什么时候重新开始。"她顿了顿，"或者……你就忘了我，重新开始你自己的新生活。"

明知道道路的尽头是死局，白霍还会选择继续走下去吗？

机会她已经给了，要或不要，选择权在他自己手里。

孟娴向来是拨弄人心的高手，在她话音落下的瞬间，白霍就已经明白了她的真正目的。他一直沉默着，不知道是在出神，还是在思考着什么。

金丝笼

良久，他不着痕迹地舒了一口气，眉眼舒缓开来："好，我答应你。"

他愿意接受这个荒谬的约定，即便这是个死局，但只要路的尽头是她，他也愿意一试。

目送白霍从露台开门出来，然后目不斜视地离开，客厅这或坐或站的三个人，面面相觑，突然有种不约而同的默契。

傅岑率先站起来，走到露台那儿，不知道低声和孟娴说了些什么，对方垂着眼，面上隐约浮现两分疲惫之色，最后被傅岑扶回房间了。

从头到尾，孟娴只有经过走廊的时候，看了客厅的傅信和程错一眼，傅岑像是读懂她心中所想，回头看了傅信一眼后说："……很晚了，有什么话明天再说吧，傅信会照顾好程错的，不必担心。"

迟疑两秒，孟娴点了点头。

直到客厅里只剩下傅信和程错两个人，程错的面色还略有错愕，他收回了看孟娴的视线，转而看向傅信，语气里也带着微弱的不敢置信："不是，他这就走了？"

这也太反常了，白霍竟然没发疯，甚至什么也没做。

他悄无声息地来了，又悄无声息地走了，一片平静安宁，甚至在交谈过程中，他连大声说话都没有。

"谁知道呢。"傅信语气淡淡，话音落下，才猛地回过神来。

他刚才对程错的态度居然那么和善，他想了想，眉眼立刻冷漠下来，人也随即起身："我要回房了，要走要留你随便。留下你就睡客厅沙发，别去打扰孟娴。"

程错脸色一沉，眉头也颇为桀骜地皱了起来，质问傅信："凭什么，家里不是有客房吗？"

傅信连停都没停，背对着程错，声音也越来越远："你算哪门子客？你不想睡沙发也可以，前方左拐出门，好走不送。"

程错在爱丁堡是有房子的，就是上次为了见孟娴让她布置的那

368

套,所以他大可不必在这儿委曲求全地睡什么沙发。可程锴也倔,死活跟姓傅的兄弟俩杠上了——

不是讨厌他想赶他走吗,他就不,只要孟娴不发话,他倒要看看他们能怎样。

就这样,程锴果真在客厅的沙发上窝了一夜。

第二天一早,他被早起的傅信叫了起来。

时间还早,天刚泛起一丝鱼肚白。冬日凌晨的爱丁堡透着一股苍蓝色的冷意,好在室内一直开着空调,也挺暖和。

程锴就坐在沙发上,身上穿的是他洗好,已经烘干了的衣服。

看傅信熟练地站在半开放式的厨房里忙前忙后,他抱怨着开了口:"这才几点啊,你自己愿意起多早我管不着,把我叫起来干什么?"

此刻,程锴漂亮精致的脸上全是困意,头顶的短发也微微蓬乱起来:"怎么,怕她看见我睡沙发,还是怕我给她告状说你虐待我啊?放心吧,我可不像某些人,喜欢背地里使阴招。我做事光明正大,最坦荡了。"

被看出了真实目的,傅信脸色平淡,他甚至连眼皮都没抬一下,只是低头自顾自地摆弄着早餐,说话的语气也漠然得像个机器人:"你曾是我哥的朋友和学生,也是白家世交的长孙,仍旧能背刺白家,你可千万别再提坦荡这两个字了,我都替你害臊。"

"你!"程锴表情铁青,但好半晌都没有下文。

不多时,走廊另一头传来了开门声,孟娴和傅岑来到了客厅。

傅岑穿了件高领毛衣,小臂挂着外套,大概是吃完早饭就要去学校了。

"聊什么呢?"远远地,孟娴随口问了一句。

直到她走近了,也没人回答她,傅信和程锴的表情一看就像是刚吵过架,两个人谁也不看谁,相较于傅信,程锴的脸色难看许多。

金丝笼

孟娴笑了笑,好像心情还不错的样子,又问道:"怎么不说话,你们刚刚在说什么?"

傅信倒是赶在程错之前先开了口:"没什么,程错说他不喜欢裸麦面包,让我换成英式麦芬。"他说着,瞥了一旁的程错一眼,撒起谎来如行云流水般自然,"我觉得麻烦,就拒绝了,所以他看起来有点不高兴……"

好家伙,胡说八道的同时还要踩他一脚,程错脸上笑眯眯,心里已经把傅信这个伪君子骂了无数遍了。

不过他也没反驳,比起旧事重提,他倒宁愿孟娴以为他只是嘴刁事多。

就这样,孟娴的生活又重新回到了正轨,她一边经营工作室,一边在商业领域提高自己,结交人脉。

在那之后她再没见过秦筝,即便是在格瑞塔的婚礼上也没有。正如白霍之前所说,投资一直没有断过,孟娴也按照合同上的约定,定时把工作室的进项盈亏发到她邮箱,利润分红也是一样。

至于每周的花,她还是会送,只不过会派助理送过去。

"秦筝"倒是偶尔还会在社交软件上给她发消息,就好像他们之间什么插曲都没有发生,还是像以前一样,是可以聊天说话的好友。

即便孟娴再也没有回复过。

无所谓,他愿意发就发,孟娴只当那是个定期推送软文的公众号。

她也很满意现在的生活,热爱的事业蒸蒸日上,有人陪伴,经济也还算优越。

自由,且灿烂。

周五,傅岑下了班以后在家里找了一圈,没看到孟娴。

他打电话给傅信,对方在实验室正忙,说最近两天可能不回家

第十章 再见"爱人"

了,末了,似乎是兄弟之间独有的默契,对方终于说了他真正想听到的答案:"她下午的时候去程错那儿了。程错昨晚从国内飞到爱丁堡,说是来出差,顺便检查一下他之前那项订单的进度,孟娴就过去了。"

傅岑得知消息,一边穿外套,一边皱了皱眉:"他来这儿出什么差?华盛在爱丁堡这边好像没什么产业或者子公司吧?"

他以前是程错的老师,对华盛的产业链也算大概了解,华盛倒也不是没有跨国业务,但合作方都聚集在欧洲中西部,没听说爱丁堡这边有。

电话那头,傅信的语气有些漫不经心:"以前没有,现在有了。程错谈了两个这边的收购案,已经收购得差不多了,说不定以后还会常来。"

傅岑声音温柔而低沉,说话间已经转身把门关上:"我去接她回来,先挂了。"

话音刚落,手机里已经传来电话挂断的忙音,傅信把手机放回白大褂的口袋里,眼里沉淀了些微莫名的情绪。

白霍从梦里惊醒的时候,发现他只睡了不到一个小时。

周遭一片寂静,静得仿佛能听见自己的心跳声。皎白的月光带着薄薄的凉意,透过窗帘照了进来。

白霍翻了个身,下意识地把手放在熟悉的位置,却在触到一片冰凉的时候,不由自主地停顿了一下。

他又忘了,孟娴已经不在他身边了。

关于失眠这个问题,在一些比较温和的调节方式失效以后,他曾尝试过服用安眠药。但后来发现那样会睡得很沉,就不能梦到孟娴或者梦到他们的以前了。

这是他现在除了照片以外,唯一能再见到她的方式,所以他最终放弃了服药。

这么做的后果就是,他只能在无数个孤寂的夜里仓促醒来,再浑

金丝笼

浑噩噩地睡过去。

房间里熟悉的精油味道,令他恍惚中有种回到过去的错觉,白霍再次闭上了眼。

他一般会回忆起他们刚相恋或是刚结婚,那是只属于他们的好时候。

每当想起这些,他想去见她的心情就会瞬间达到峰值。

忍耐很痛苦,但被她厌弃更痛苦。这是他最后的机会,即便它虚无缥缈,即便他完全可以不遵守,只要偷偷地、不被她发现就好了。可是他不敢冒险,他的爱人总是聪明又敏感,他赌不起任何一次失误。

偶尔,白霍也会控制不住地想起不好的时候。

仿佛自虐一般,他把那些争吵、隔阂的场景在脑子里过了一遍又一遍,反思自己当时说错了哪些话,做错了哪些事。

他忍不住幻想,如果当初某次争吵时他没有那么强硬地抓着她,如果他处理得更妥善一些,那他们的处境,是不是就不会变成现在这样。

他抑制不住地幻想着,然后企图替换掉其中那个发疯的自己,因为这样,他的妻子就可以顺理成章地继续留在他的身边了。

往事总是不堪回首的,越想就越会陷入极度懊悔的泥沼,当然不可能睡好。

须臾,男人翻身下床,没有开灯,只披了件单薄的外套,踩着月光慢慢踱步出去。

夜风还很冷,空气里微微弥漫着植物根茎埋在湿土里的味道。小南楼的花大多都谢了,要等来年春天,才能再开花。

他漫无目的地穿梭在花园里,有时会抬手碰一下那些花枝,或是摘下那有些干枯的叶片。

孟娴二十岁那年的冬天也很冷,每天的天气都阴沉得好像要下雪一般,但一直没下。

第十章 再见"爱人"

某天,他下了班去学校接她,要在教学楼下等半个小时。还剩五分钟下课时,白绒一样的雪花忽然纷纷扬扬地从天上飘落下来,掉在了他的前车窗上。

白霍一低头,看到孟娴发来的消息:"下初雪了,教授开恩让我们提前下课,我马上下来。"

男人笑了笑,收了手机,下车去等候自己的爱人。

他自认是寡淡的人,不常有情绪上的起伏,但他也不得不承认,他总是因为孟娴而瞬间心情明媚,或是跌入谷底。

孟娴那天的心情似乎格外好,下了楼梯,在如水的人流中加快脚步走向他,再被他惯常拥进怀里。

"一个好消息,一个坏消息,想先听哪个?"女孩眼里闪着微微狡黠的光,温软素净的脸上带着淡淡的期待。

白霍一边牵着孟娴的手上车,一边在帮她系安全带的时候缓慢吐出自己的选择:"嗯,那就先听坏消息吧。"

商人的本能使他选择了后者,这样才能最快做出补救,降低损失。

"坏消息是今天下午的时候,我突然接到通知,明天要去处理一些很重要的事。"她顿一顿,做出补充,"……而且必须我本人亲自到场,不能假手他人。"

白霍原本还在浅笑的表情一滞,语气变得迟疑而低落:"可是,明天我们不是约好了要出去约会……"

但他也不能因为约会就耽误她的事情,她的原则不可打破,他是知道的。

还真是天大的坏消息啊,比工作上出现了重大失误还让他难受,甚至他都没心情听那个好消息了。

孟娴似乎看出了白霍的不高兴,但她只是笑笑,凑过来,双眸奇异地明亮:"不想听听好消息吗?"

白霍一下子收了情绪,轻笑着抬手摸了一下孟娴的头发:"想啊,

373

金丝笼

你说。"

孟娴装模作样地轻咳一声:"好消息是负责这件事的老师和我挺熟的,我就趁午休的时间去找了她,提前把这件事处理妥当了。"

所以明天的约会还可以照常进行。

白霍一愣,然后恍然笑开,没忍住抱着孟娴吻了她一下。

他不是情绪反复的人,除了在面对孟娴的时候。

…………

思绪被拉回现实,白霍闭了闭眼,脑海里那个原本无比清晰的身影因为长时间没有见面而变得有些模糊起来。意识到这一事实,他的心脏突然剧烈地抽痛起来。

手机在外套口袋里,男人摸索一下,拿了出来,不知道是拨给谁,总之对面很快就接通了。

他的话里夹杂着微弱的风声:"订一张去爱丁堡的机票,最早一班的,现在。"

但转身的这刻,他的目光触及角落里那株枯死的花——花园里唯一一株克里斯蒂娜公爵夫人,它的干枯和其他花枝的干枯不一样,是一眼就看得出来、回天乏术的那种。

看来,来年春天也无法开花了。

白霍握着手机的那只手又无力地垂了下去,他一直没能把这株花救活,他已经用尽了所有办法。

男人目光沉寂得如同一潭死水,注视着那株花良久以后,他视线缓缓上移,看向这栋高耸华丽的、他和孟娴共同生活了好多年的"家"。

小南楼的名字是孟娴取的。

那是他们谈婚论嫁的时候,婚房已经落成,只差最后的软装收尾。为了庆祝,白霍带孟娴去了一家歌剧院。

那家歌剧院叫小西楼,是个颇有些历史的、漂亮的老房子。

小西楼是当时房子的主人取的,流传至今,据说没什么特别的含义，只是因为地理位置在城西，就随口取了。

孟娴听了以后，就笑着和白霍逗趣道："这个房子的名字好敷衍，因为在城西，就叫小西楼。那要这样的话，咱们的家在城南，就应该叫小南楼吗？"她顿了一下，思索两秒，恍然笑了，"好像还挺好听，不然就叫小南楼吧，正好和小西楼对应了。"

白霍笑意温柔，语气有种纵容的味道："好啊，都听你的。"

彼时的孟娴不过是说句玩笑话而已，但白霍好像就是有这项特异功能，好像所有她说过的话，他都能记得很清楚。

那天他们看了一场歌剧院原创剧本的话剧，主题是讲爱情的，而让白霍印象最深刻的是第四幕，台上穿着华丽的男演员字正腔圆地念着台词，质问女演员："对你来说，出现在你生命里的我，有存在的意义或价值吗？"

女演员回道："对我来说，你就像上天赐给我的礼物一样。"

四周静悄悄的，孟娴轻轻扯了下白霍的衣袖，在他下意识侧耳过去倾听时，她以手挡嘴，极轻声地、笑着复述了一遍女演员的台词："对我来说，你就像上天赐给我的礼物一样。"

后半场，白霍一个字都没听进去，因为他满脑子都是孟娴那句话。

但后来当白霍发现孟娴只是突然小孩子心性发作，说那话逗他而已时，说实话，他还挺无奈的。

直到散了场，两个人坐上车，孟娴在白霍照常凑过去帮她系安全带的时候，突然抓住了他的手，叫他："白霍。"

"嗯？"

孟娴闭上眼，吻了白霍的耳垂一下："刚才我说的话，都是真的哦。到现在为止，我生命中只出现了两个可以被称为礼物的人，一个是我妈妈，另一个就是你。"

…………

想到这儿，白霍垂在身侧的手紧了紧，慢慢地抬了起来，又拨通

金丝笼

了刚才那个电话："……算了，机票取消了吧。"

他还没有获得和她见面的资格，突然过去的话，她会不高兴的。既然答应了她，他就要做到。

男人顿一顿，像终于想通了什么，他释然般地低笑一声，继续道，"……我让你办的那件事，明天就开始吧。"

这年冬末，程错在爱丁堡买的房子被翻新了。

其实房子本来就是新房，只不过他当初住得急，所以只简装了一下。

现在因为孟娴隔三岔五就要去做客，他索性挑了个时间，按照孟娴喜欢的风格重新装修了下。程错还在孟娴的指挥下，把房子里里外外都种上了不同品种的玫瑰花和藤本月季。

按照程错的话来说，他当初给孟娴许下了承诺，要给她打造一座比小南楼更大的房子，且要种满她喜欢的花。

不过这个建议被孟娴拒绝了，她觉得眼前这房子就挺不错的，太大了住进去空旷，要是再建华丽一点，很容易让她想起以前一些不太美好的回忆。

冬日微风冷冽，呼口气都仿佛带着冰霜的味道，可程错的房子却绿意盎然，有种季节倒错的荒谬美感。

孟娴逛了一圈，把那些花枝花藤看了一个遍。

温室里移栽出来的植株，还带着不太起眼的几个花苞，固执地挺立在寒风中。孟娴看得出神，连身后什么时候来人了都不知道。

"天这么冷，先回屋吧，"傅信顿一顿，面色淡然地说着，"……不然回头你吹了风感冒，程错又该打跨洋电话说我是没眼力见儿的蠢货了。"

孟娴倒是满不在意，还回头冲他笑了一下，语气颇有些戏谑："……还记仇呢，那件事都过去多久了。"

过去多久了？一个月零十三天，傅信记得清清楚楚。

第十章 再见"爱人"

起初，孟娴没想到傅信会跟程错闹矛盾，毕竟她曾以为傅信是冷静稳重的。但不知为何，两个人冷不丁地背着她打了一架，等她发现时，双方脸上都已经挂了彩。

两个人都冷着脸沉默，不承认是谁先嘴欠讥讽，又是谁先野蛮动手的。不过傅信伤得更重，程错便一个半月以内没再去爱丁堡，避免和受伤未愈的傅信再发生矛盾。

不巧的是，这期间孟娴因为贪凉玩雪感冒了，事情传到程错耳朵里后，他特意打电话过来说傅信是个没有眼力见儿的蠢货。

傅信顶着"少年天才"的赞誉活了这么多年，还是第一次被人说蠢货。

虽然傅信后来提起这句话时总是微笑的，但孟娴老是有种危险的直觉——傅信迟早要因为程错这话报复回去，虽然他从未表现出这种倾向。

临近年关，傅信和程错发生了第二次争吵，起因是在谁家过年。

傅信惯会不动声色地噎人，他心知程错忙碌，又因从小娇生惯养，不会做饭，便率先呛程错："你又不会做饭，去你那儿喝西北风吗？"

程错不等他话音落下就接上了话茬儿："不是有你吗？你在旁边指点一下不就好了？"

二人同台竞技这么久，程错辩论的功夫早已水涨船高，如今可谓是学到了许多精髓。

孟娴一般不会参与这样的斗争，而傅岑则在一边笑而不语，然后转头对孟娴悄声说晚饭做了英式忌廉汤，饭后甜点是糖浆布丁。

一片混乱之际，孟娴放在桌上的手机响了。

是陌生电话，她接通后，平静浅笑的表情微微一滞，但表情的异样只是一闪而过，很快就消失不见。

程错和傅信的争吵几乎在电话响起的一瞬间就偃旗息鼓了，以傅信对孟娴的了解，他很容易就能察觉出孟娴身上的不对劲。他眸色微沉，转眼和程错对视的一瞬，对方已经从他的眼神里读懂了一切——电话那头大概率是白霍。

程错的表情突然变得有些复杂，他压低语气，用只有傅信和他能听到的声音说："前不久，我在国内见过白霍一面。人看着消瘦了，还是挺高高在上的，但没以前那样，见了我就好像要杀了我似的。"说着，程错低低地嗤笑一声，但没什么恶意，更像是自嘲，"他还提点了我手上的一个案子，问了两句孟娴的近况。说起她喜欢的花，白霍简直如数家珍，比我记得都清。"

很难想象那样一个常年杀伐果断的男人，在提起爱人喜欢的事物时，神情会那么温柔怀念。

他好像真的变了，完全不是以前那个疯疯癫癫的白霍了。

说起来，程错不由得唏嘘——白霍是幸运的，也是最不幸的；他最强硬，但也最卑微。

傅信的表情毫无波动，他语气冷沉地下了定义："……装蒜。"

另一边，孟娴对程错二人的对话毫不知情，而手机另一端的人在打过招呼后又短暂地沉默了两秒，呼吸声带着微弱的电流传过来时，孟娴一恍惚，突然有种白霍出现在她面前的错觉。

"你只说不能见面，但没说不能打电话……抱歉，没有打扰到你吧？"熟悉的声音，男人的语气镇静温沉，好像他们之间没什么恩恩怨怨，只是许久未见的老友。

孟娴抬起眼帘，遥遥地看向窗外，她语气平和，姿态松弛闲适："我说打扰了，你会挂断吗？"

男人笑了一声，似乎松了口气："那我再说句抱歉。"

抱歉，但不能挂断。

"孟娴。"他忽然开口，就像很久很久之前两个人还相恋时那样，轻柔地叫她的名字。

"嗯？"

"新年快乐，还有……祝贺你拥有了新生活。迟了这么久，别介意。

第十章 再见"爱人"

"花还没开,我也不知道它什么时候会活过来,说不定等我们都老了,我变成一个孤寡的老头了,它才会活过来吧。"

男人语气轻巧,生怕自己会吓到电话这头的人的样子:"……不过没关系,我可以等,这是我应得的。我自赎我的罪,剩下的就交给天意吧。"

沉默几秒,孟娴眼里浮现一点零星笑意:"嗯。"

"还有……最后一句话。"

"什么?"

男人轻笑一声,透着微薄的叹息:"别忘了我。"

别忘了我……

过了冬,爱丁堡的天一日比一日明朗起来,偶尔春寒料峭,但过午就能看见暖融融的阳光。

孟娴忙里偷闲给自己放了个短假,正好程错也在,如今正陪孟娴坐在沙发上,等傅信和傅岑从学校回来。

见孟娴低头拆信封,程错好奇地问道:"新的吗?以前没见过。"

孟娴点点头:"上午送来的,还没来得及拆开看。"

大概就是在年关那通电话以后,白霍便不再发一些无意义的短信或者消息给孟娴了。但没有署名的节日礼物从未间断过,有时还会有手写信——大抵是知道发消息、发邮件孟娴也不会回,甚至忘记看,白霍索性便直接写信。

与以往不同的是,这次的信封里,还附带了几张照片。孟娴的视线触及到第一张时,目光微微一滞——

照片里是她再熟悉不过的小南楼。曾经,那里的一草一木,每一株花藤,她都看过无数遍;但也不是小南楼,因为这座昔日富丽堂皇的花园豪宅,如今已经被夷为平地。

与其说是小南楼,不如说那里已经变成一座纯粹的花园。

孟娴捏着那张照片,停顿了很久都迟迟没有翻下一张。良久,她

379

金丝笼

终于反应过来——这座造价上亿、如今估值也已经翻一番的小南楼,真的被毁于一旦了。

这时候,孟娴才忽然明白白霍说的那句"我自赎我的罪,剩下的就交给天意"是什么意思。

这座禁锢孟娴许多年的金丝笼,是他自己亲手为爱人打造的,最终又被他亲手毁掉。

孟娴不再看剩下的照片,她慢慢地、一点点地展开了那张信纸。

信不算长,字迹清隽,力透纸背。

孟娴亲启:

见字如面,别来无恙。

听说爱丁堡天气回暖,想来你心情应该不错,所以选择今天给你写信。

不知你是否看到了照片,我已拆了小南楼,只留下了那些花。不过因为要顾及一些爬藤月季,所以工程繁琐了些,前不久才完全处理妥当。

我知道,于你而言,小南楼是如深渊牢笼般的地方。希望它的消失,能使你忘却几分往日我在你身上绑束的桎梏枷锁。

听说程锴在爱丁堡买了房子,也种了许多花,不知那些花开得可好?如有需要,我可以派你以前相熟的园艺师过去照顾。

对了,白英和程端在一起了,大概明年就会订婚。她不敢联系你,但我看得出来,她其实很想再见到你。不过见与不见,都是你的自由,不要勉强。

小琪现在在白英家里上班,等稳定下来,我派人送她过去,和你见一面,她很想你。

我也是。

白霍

第十章 再见"爱人"

寥寥数语，孟娴片刻就看到只剩最后两句，鬼使神差般地，她又重新拿起了那一沓照片。

只是当看到第四张时，她再次停住了——

还有个好消息，你我约定的那株花，已于小南楼消失后的第二个月，也就是初春，令人惊喜地重新活了过来。

只见照片上的那株克里斯蒂娜公爵夫人，枝丫的形状还是印象中的样子，但昔日的满身枯黄已重新覆盖上了大半绿意，抽出了新的细嫩枝条，迎着暖阳和微风，开出了她复活以后的第一朵花苞。

傅岑和傅信就是这时候回来的，两人一前一后进来，看到目光古怪的程锴和他旁边垂着眼帘、眸色不明的孟娴。

"等很久了吧，外面天气特别好，很适合出去散步。"傅岑说着，人已经走了过来。

孟娴放下手里的信纸和照片，她看看傅岑和程锴，又看了看不远处安静站着的傅信，忽然笑了。

这个笑很轻快，就好像……她终于卸掉了灵魂上的某个束缚，获得了真正的自由。

"又是春天了，日子过得好快。"她轻声说道。

"是啊。"

（正文完）

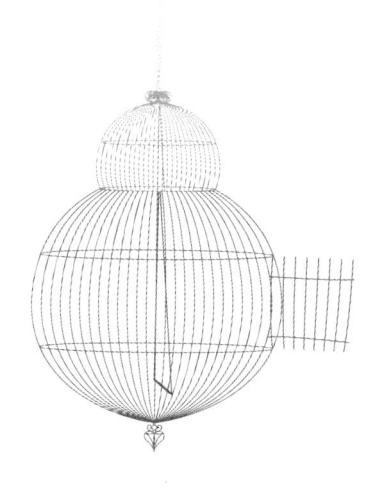

番外一 怦然心动

金丝笼

自孟娴去白家做客以后,她见到白霍的次数似乎频繁了些。

孟娴和白英在学校里形影不离不是一天两天了,但以前她可没什么机会见到日理万机的白霍。就连白英自己都十分惊讶,说她哥最近好像很闲,闲到能经常抽出空来接送她。

遇上节日,两个小姑娘就挽着手一起逛街,等到要各自回去时,孟娴就会被白英拦下来:"我哥正好在这附近办事,说要来接我,让他顺道送你回学校呗。"

"正好""顺道",真是让人挑不出毛病的说辞。

孟娴没有理由拒绝这样的好意,可即便她心知肚明,这所谓的"正好"可能并非白英描述出来的那么巧。

在白英面前,白霍很少主动和孟娴搭话。他更多的是以一个专注开车的姿态,听两个女孩在后座闲聊,偶尔插一句话,一如既往地不动声色,任谁也看不出他正身处一场暧昧的博弈中。

这天也是一样。

直到孟娴下了车,背影渐行渐远,白英从后座往前凑过去,语气带一丝戏谑:"别看了,人都走远了。"

白霍闻言,这才收回了自己专注到有些露骨的眼神,浑不在意地笑了笑:"你们感情真够好的。所以你现在是只有孟娴一个朋友了?"

"算是吧,其他那些都不怎么联系了,平时也就走个过场。"

"嗯,怎么样,今天玩得开心吗?"

"开心啊,我跟孟娴一起逛街我就开心,我们还买了同款的手表呢。"

"孟娴她最近过得怎么样?"白霍头也不回地问道,语气里隐含着一丝自己都未曾察觉的期待。

他拐了八百个弯,终于把最想问的话说出口了。

白英只是笑,仿佛觉得大哥这样情窦初开的样子很有趣:"挺好的啊,还是和以前一样,学校、兼职两点一线。"

"上次来家里做客后,她后来有没有提过想再来?"

"没有,一次也没有。"

白霍眼里极快地掠过一丝失落,缄默几秒,他低声抛出第二个问题:"……孟娴应该没有谈恋爱吧?不然她男朋友肯定受不了你天天这么缠着她。"

"没有吧……"白英略沉思了两秒,"……她好像之前有过一段感情,现在怎么样了不清楚。你知道的,孟娴她对谈恋爱又不热衷,脑子里除了学习就是兼职。"

车窗外的天空此时只剩最后几缕稀薄的云,天色昏黑而幽深,又隐隐泛着一丝未尽的蓝。

这时候,白霍又看向远处那抹身影,直到对方和他们的距离越来越远,孟娴在他的视野中凝聚成一个黑点,最终消失不见,他这才依依不舍地收回了视线。

白英话音已经落下许久,男人眸色微沉,唇角意味不明地勾了勾:"……是吗?"

回去的路上,白英缠着大哥叽叽喳喳了很久。她性格本就欢脱,一张嘴更是闲不住,以前白霍会斥责她,令她安静些,可现在不会了。他为了能从她嘴里多听到一些有关孟娴的事,默许了她的聒噪。

大抵是旁观者清,虽然白霍从来没有明说过自己对孟娴的感情,可从他多次旁敲侧击的打听里,白英还有什么不明白的?

她只是不懂,都万事俱备了,哥哥为什么还没有对好朋友展开追求。

金丝笼

白英百无聊赖地玩着手机，随口问的话里带一点娇气的埋怨："哥，不是我说你，喜欢就去追啊，藏着掖着干什么？反正她又没有男朋友，瞻前顾后、左右踌躇可不是你行事作风啊。"

恰逢红灯，白霍慢而稳地踩下刹车，说道："别胡说八道。"

"我哪儿胡说八道了？"白英一脸不服气，"拿我当借口和孟娴见面，从我嘴里问她的近况，盯着人家背影看，这不是喜欢是什么？"

白霍抬眼看着不远处逐渐倒数的红灯，语气毫无波动："只是感兴趣而已，谈不上喜欢。"

白英撇撇嘴："行吧，你就嘴硬吧，等哪天孟娴名花有主，你再来跟我说这话。"

白霍闻言瞳孔微缩，但没再反驳白英。

白英年纪小，是在象牙塔里长大的小公主，她从来不知道什么叫求而不得，她也不会考虑什么，想要便出手，是个十足的理想主义者。

可白霍不是。

他要考虑的东西很多，做什么都不可能单凭"喜欢"两个字。一腔孤勇这个词，从来就不适合他。

如果不能确保给对方未来，那他不会轻易招惹她。

江州那年下第二场雪的时候，孟娴约白霍出来，准备把洗好的围巾还给他，顺便请他吃个饭，感谢他在咖啡厅的解围之恩。

那天白霍刚忙完一个大案子，他推掉了合作伙伴的饭局，待走进那家餐厅的时候，他身上已经落了一层薄薄的雪。

孟娴不是不善言辞的人，但她话也不多，只是点到为止，不会叫气氛冷场而已。

白霍能看得出她的疏离，以及对一个成年异性该有的微微拘谨。

他也不知道该说些什么，只是觉得自己好似在半空中走钢丝，那些说不清轻重的感情忽远忽近，带着不甘和期盼摇摇欲坠。

番外一　怦然心动

往前还是后退，他始终下定不了决心。

谈感情不比谈生意，所以他也难做运筹帷幄的智者。

饭吃到一半，孟娴手机响了。对白霍略表歉意过后，她接了电话，把声音压得很低："喂……嗯，下雪了……还好，不是很冷……我约了朋友吃饭，回去再打给你。"

"……好，你也是。"

虽然声音很轻，但白霍能听出来，她的语气在开口的一瞬间就变得熟稔而亲切起来了，甚至带了些微薄的笑意。

白霍很想骗自己说电话那头可能是白英，可是那个时候他已经看到了来电显示——傅岑。

这个人白英好像有提过，他记不清了，反正不是孟娴的前男友就是她的追求者，总之是个跟她们同龄的男人。

这并不奇怪。

毕竟她还那样年轻娇嫩，不足二十岁的、花一样的年纪，怎么看都和学校里那些同龄的、朝气蓬勃的男孩更相配。

理智是这样告诉他的，可白霍还是控制不住地，一颗心沉到了谷底。他想起白英的话——"等哪天孟娴名花有主，你再来跟我说这话"。

白霍不是会被别人轻易左右情绪的人，但那是他第一次生出了名为嫉妒的情绪。

他瞬间从那条钢丝上跌了下来，摔得粉身碎骨，但同时又清醒了过来。他没有资格生出这样的情绪，因为他不过是孟娴的一个朋友。

他胸口发堵，恍惚间有种窒息的错觉。

可他不想只做朋友，他也做不到看着她投入别人的怀抱，他只是想象一下那个画面，就嫉妒得快要发疯了。

玻璃幕墙外的雪越下越大，白霍便是在那样的风雪声中开了口，他正视孟娴，以一种极度认真的神色，叫了一声她的名字。

他努力回忆着自己在谈判桌上的镇定姿态，但还是不由自主地语气发颤,好在只是轻微的,没有被孟娴发现:"上次你来家里做客,我看你好像很喜欢花枝缠纹的茶具。正好前不久有人送了我一套新的,颜色款式应该都是你喜欢的,但不太适合我,所以我想,如果你愿意的话,就转送给你好了。"

孟娴微微一怔,对于白霍突如其来的热络似乎有些不适应,但短暂的僵滞过后,她微微一笑,婉拒了他:"好意我心领了,但是无功不受禄,我不能收。"

白霍笑了,像一只循循善诱的、温柔沉静的狐狸:"怎么会是无功?白英她从小娇纵任性,你和她做朋友,肯定对她多有照拂,我作为她哥哥,送你礼物是应该的。"他顿一顿,"而且,我也希望你能给我一个机会。"

"什么?"孟娴不懂他在说什么。

白霍费了好些力气,才勉强压抑住那些紧张和怦然,他只是耐心而直白地,向她解释他刚才那句话的意思:"我是说,希望你能给我一个,借此约你见面的机会。"

也给我一个,追求你的机会。

番外二

春櫻回眸・傅岑

金丝笼

春夜,空气泛着潮湿的凉意。

傅岑是被外面呼呼作响的风声吵醒的,整个人还有些许刚睡醒的昏沉,他下意识地察觉到应该是卧室的窗户没关,所以风声才这么大。似雪一样的早樱花瓣飘进来,屋里弥漫着一股淡淡的草木香气。

这是孟娴休春假,他们一起回云港的第五天。

傅岑小心翼翼地从床上坐起来,探着身子打开床头的夜灯,室内顿时充斥着淡淡的昏黄灯光。

灯亮起的一瞬间,傅岑连忙看向他身侧的孟娴,好在对方睡得很熟,没有被惊扰。

傅岑轻轻掀开被子,赤脚下床踩在地毯上,又脚步轻慢地走到窗边关上了窗户。

一瞬,嘈杂的风声被隔绝在外,室内恢复静谧,静得傅岑甚至能听见自己回到床上时,被子和睡衣摩擦发出的窸窣声。

他倚靠在床头,垂眼看着孟娴。半晌过后,他神色柔和地把还在熟睡的人儿往怀里拢了拢,低头轻轻地吻了下对方的头发。

傅岑没拉窗帘,他望向窗外,漫天花瓣纷纷扬扬,十分壮观。

恍惚间,傅岑忽然有种熟悉的感觉,好像很久很久以前,他也在一个春夜,和孟娴一起见过这样的夜樱。

学生时代,日子不像现在这般过得糊涂,四季分明,连带着过去的记忆也清晰无比。

更何况那时,他还有了在乎的人。

番外二　春樱回眸·傅岑

十七岁那年，傅岑第一次收到母亲送的礼物——一只智能手环。

手环可以用来打电话、听音乐，还能实时显示心跳速率，傅岑一直戴着，但某天他忘记调静音，手环在课堂上突然响了起来。

老师正因为学生私下说悄悄话且屡教不改的事发火，手环响起的声音对她来说无异于火上浇油。傅岑被呵斥去走廊反省，他把头压得低低的，在众目睽睽之下走出了教室。

走廊很安静，时不时会传来别的班级讲课的声音。隔壁班数学老师操着一口不标准的普通话，扰得人心乱。傅岑背靠着墙壁，低着头盯着地砖上的裂缝出神。

那天天气很好，碧空无云、绿树成荫，阳光透过亭亭如盖的香樟树斑驳陆离地打在地上，也打在他的身上。

傅岑有些无聊，正胡思乱想时，眼角余光看到楼梯口走上来一群人，他们穿着和他一样的校服，而为首的人是孟娴。

上周的月考成绩新鲜出炉，高二办公室专门为这些优等生准备了个小会，她应该是刚开完会回来。

其他学生经过时都多少瞄了傅岑一眼，眼神好奇，但他们并没有为他多作停留，只有孟娴一个人停了下来，轻声问道："你怎么站在这儿？"

傅岑闻言，脸上罕见地露出一丝窘迫——其实被谁看见都无所谓，但他这副样子唯独不想让孟娴看见。他不想让她觉得自己是个吊儿郎当、破坏课堂秩序的坏学生。

孟娴没再说什么，跟着同学一起进了教室。

教室的前门开着，即便隔着一堵墙，傅岑仍然可以清楚地听见背后教室里所有的动静。

讲课声暂停，老师让学生自行默读课文两分钟，紧接着，教室里响起了孟娴的声音："老师，这是年级主任让我带过来的上次月考的总成绩单。"说完，她又补充了一句，"咱们班进步最大的是傅岑呢。"

傅岑闻言，微微一愣，他没想到孟娴会突然提起他。

她的声音不大，最多只够老师和前面两排的同学听清而已，但傅

金丝笼

岑还是依稀听出她语气里细微的笑意。

虽然孟娴在班里人缘很好,但傅岑比任何人都清楚,她并不是一个喜欢多管闲事的人,一向秉承着独善其身的作风。

所以傅岑从来没想过,孟娴会如此明目张胆地替他求情。

他用指尖抠住墙角边缘,忐忑地等待着。终于,在沉默片刻后,老师发话:"……算了,你去叫傅岑进来吧,外面也怪热的。"

虽然得救了,傅岑却更紧张了,紧张到几乎要把那块墙皮抠掉,好在下一秒孟娴及时出现,解救了他,说道:"进去吧。"

她微微笑着,神色轻松,一副好像早就知道老师会给她面子的样子。

傅岑又在众目睽睽之下进入教室,坐回自己的座位。全程他的脑子里都像糨糊似的,混混沌沌,像在做梦一样。

回过神来时,他看到自己手环上的心跳速率正急速飙升,如同一匹脱缰的野马。

下课以后,傅岑被老师叫了过去,四周嘈杂,他思绪发散,老师对他说的话他一个字也没听进去,他的心脏还在不受控制地怦怦乱跳着,教室玻璃窗上倒映出他发烫泛红的脸。

老师还以为傅岑脸红是出于羞愧,因此放了他一马。

傍晚放学,孟娴正收拾书包,身旁忽然投下一片颀长的阴影,傅岑随手帮她把散落的书整理好放进书包里。

傅岑的手生得好看,和他本人一样,干净修长,骨节处泛着淡淡的绯色。

孟娴的视线从他的手慢慢移到他的脸上,她似有些困惑。

傅岑低垂着眼,从始至终都没有和孟娴对视,直到教室里的人走得差不多了,只零零散散剩四五个人时,他才鼓足勇气,低声开口道:"……一起走吗?"这是傅岑第一次提出这样的请求。

话音刚落,周围几人的目光纷纷落在二人身上。

孟娴自然也注意到了那些异样的目光,她收回视线的同时拿起桌上单独留出来的一本册子,语气平静道:"不行……被她看到会误会的。"

说完,孟娴便快速离开了,留傅岑一个人手足无措地站在原地。

他在教室里站了十分钟,直到所有人都走了,他才朝着艺术楼走去。

孟娴正在天台背书,也不知道有没有听到傅岑的脚步声,总之,这次她没有像往常那样停下来和他打招呼,再忙里偷闲地聊上几句。傅岑等得着急,甚至刻意走到孟娴身旁,对方也没有抬一下眼皮,仿佛把他当成了空气一般。

这突如其来的冷遇,一瞬间击垮了傅岑默默做了很久的心理建设。

他虽然知道对方学习认真,最近为了奖学金在争分夺秒,可他还是觉得委屈,少年的一颗心被吊在半空中晃来荡去,实在难受极了。

她生气了,还是因为他越界了,给她造成了困扰?

傅岑不由得这样猜测起来,整个人都被不安和狐疑裹挟着。他一边后悔觉得自己不该那么冲动,一边又回想起不久前和孟娴开心闲聊的点点滴滴,顿时五味杂陈,心口酸涩。

这是傅岑第一次这么在乎一个人,他只是想迈出第一步,想和她关系近一些,仅此而已。

归根究底,可能在她心里,他的分量并不重吧。

委屈过后,他又渐渐被无边的恐慌淹没。孟娴虽然看着温柔,也好说话,但其实边界感很强,不容任何人触碰她的原则和底线。

她会不会因为这件事,以后再也不理他了?

直到夜幕降临,二人之间都没有任何交流。傅岑眼看着孟娴开始自顾自收拾好东西下楼,而他则选择默默跟了上去。

他没敢离她太近,只是和她保持十米左右的距离。事实上,他们并不同路,如果硬是要一起走,也会在几百米开外的公交站台分开。

单肩背着书包的少年刻意放慢了脚步,他一边在心里计算他和孟娴和好的概率，一边看着对方的背影，目光胶着。

他知道，她一定早就察觉到了身后的脚步和视线，但她自始至终都没有回头看他一眼。

校外的道路两侧种着大片的樱花树，现在正值花期，粉白色的樱花团团簇簇地盛开在头顶，又被夜风吹得漫天飘散，花瓣落了一地，云港仿佛在下一场春雪。

路人纷纷为此般美景驻足，傅岑却无心观赏，他还在心里胡乱臆想着孟娴的心意——如果她回头，说明她在乎我；如果她不回头，说明她讨厌我。

"回头就是在乎我，不回头就是讨厌我。"

傅岑小声嘀咕着，这幼稚的言论就仿佛在揪花瓣做决定一般，一片是肯定，两片是否定，如此循环往复，把一切托付给命运，只为验证这毫无意义、没有依据的想法。

快到要分开的地方时，孟娴平时乘坐的那辆公交车也来了。傅岑站在公交站台不远处，紧盯着孟娴的背影，内心祈求她能回头看他一眼，但他却没有勇气叫一声她的名字。

他眼睁睁地看着孟娴一步不停地跟在人群最后排队上了车，就在他心灰意冷之际，一阵风吹过，孟娴的脚步忽然停了下来——

花瓣纷飞，影影绰绰，傅岑呼吸骤停，整个人愣在那里。

万籁俱寂的这瞬间，在傅岑只能听到自己剧烈如擂鼓般的心跳声的这一秒，世界像被按下了暂停键。

在漫天飞舞的春樱花瓣中，孟娴慢慢回过了头，视线越过众多行人，最后落在傅岑的身上。

番外三 氤氳疏影・傳信

金丝笼

从墨尔本驱车约一个半小时,傅信和孟娴才抵达传说中无数人梦寐以求的温泉小镇。

戴尔斯福特小镇地处澳洲,依湖而建,以天然温泉著名。照理说,傅信这个"学术机器",原本不应该对这些事这么了解的,要不是当初孟娴随口提了一句想来这里体验一下的话,傅信哪里会知道这种地方。

而且,傅信一向奉行只做不说,所以他心里一直记着这件事,直到两人都有假期时,他这才安排好一切,带孟娴过来玩。

小镇以维多利亚式风格建筑为主,二人一路走来还看到了许多画廊和咖啡馆,再加上此处温度适宜、风景秀丽,远远望去,整座小镇仿佛置身于中世纪的油画里。

孟娴很惊喜,小镇的基础情况远远超出了她的预期,和正在开车的傅信说话时,连带着眼睛都是亮晶晶的:"我那个澳洲客户告诉我这个地方时,我还半信半疑,毕竟以前都没听说过,没想到居然还不错。她还说,一定要去赫本泉体验一下,跟我强调了三次……"

被孟娴的情绪感染,傅信唇角微弯:"赫本泉在行程安排里,咱们中午在酒店吃过饭后,下午就去。"

小镇酒店在戴尔斯福特湖附近,沿途能看到很多正在野餐、骑马的人,甚至还有在拍婚纱照的新婚夫妻。

因为不是旺季,所以酒店的客人并不多,工作人员将两人带到订好的房间以后,又仔细叮嘱了一些注意事项才离开。

礼貌地送走对方，傅信关上了门。

酒店的豪华套房自带小型的私人露天温泉，可以一边泡汤，一边欣赏小镇风景。

离午饭时间还要很久，出去逛也暂时没什么精力，于是孟娴笑盈盈地指了指那汤池："我想先去泡一会儿解解乏。"

傅信表情淡淡的，只是眼里堪堪流露出一丝不舍："你先去吧，我把行李收拾一下再去，马上就好。"

傅信做事绝不拖延，孟娴也清楚这点，便不再多说什么，自己换好衣服下水，享受了片刻的独处时光。

时间流淌缓慢，就在孟娴舒服得几乎快要睡着时，耳边才忽然传来水波荡漾的声音。她睁开眼，看到傅信穿着浴袍下了水，他还端了个托盘放在水面上，盘子里是一瓶已经开封的葡萄酒以及两支晶莹剔透的酒杯。

傅信嘴角噙着一点似有若无的笑意，他把那个木质浮盘往孟娴那边推了推，说道："尝尝，本地特色，霞多丽葡萄酒。"

温泉水汽氤氲升腾，薄雾隐约显出疏影，两个人就这样有一搭没一搭地一边聊着天，一边喝了几杯酒。

很快，孟娴的脸上染上些许红晕，脑子也晕乎乎的，她索性闭上眼，语气慵懒："傅信，给我讲讲你大学时发生过什么事吧，我从来都没有听你提起过。"

傅信本科期间，孟娴和他完全没有见过面，对她来说，这几年的傅信是一片空白的，所以她一直想填补这段空缺。

傅信声音轻软，实话实说道："什么都没有发生，学校和公寓两点一线，除了上课还是上课，无聊透顶。"

孟娴知道对方一本正经惯了，只好降低要求，声音也又弱了些："让你印象深刻的事情也可以。"

傅信垂眼，看向孟娴："比如呢？"

"比如……有没有做过什么疯狂的事，让你失去理智的那种？"

金丝笼

"我这辈子做过最疯狂的事,就是追求你。"说这话时,傅信的微表情才生动起来,"……不过我不后悔,我终于勇敢了一次。"

孟娴轻笑一声:"说点儿我不知道的。"

不知道的……

傅信的脑海里回荡着这四个字,好一会儿,他又开了口,声音轻得几乎快要听不见:"有一次,我一天都没去上课,那天还有当时最喜欢我,也是全校公认最严厉的老师的课。"

傅信看起来不像是会被感情或欲望操纵的那种人,所以能够让他失去理智的事实在屈指可数。但每一次,都和孟娴有关。

当哥哥的感情处于一团乱麻的时候,他正忙着学业和参加各种竞赛,自顾不暇,几乎和国内断联。漂泊在外的日子虽然孤寂忙碌,但也算充实平静,他没有余力想其他的事,每天睁开眼就是那些繁复枯燥的论文数据,日复一日,毫无波澜。

罗伊斯总说他像个科研怪物,无牵无挂,没有正常人类该有的感情,任何人、任何事别想分走他的注意力——以至于很长一段时间,他都以为自己已经完全忘记了孟娴的存在。

直到某个平平无奇的早晨,傅信照旧坐上离他公寓最近的那班电车去上课,四周人声嘈杂,他习惯性地戴上耳机,抽空听了罗伊斯昨晚发来的消息:"刚才搭讪了一个亚洲女孩,感觉是和你很配的类型,要不要介绍给你?"

傅信关掉手机,他已经懒得回复罗伊斯。不多时,车门关闭,电车驶离站台,他也把目光投向了车窗外——不远处,与他乘坐的电车背道而驰的一群路人渐行渐远,他忽然在那些人里捕捉到一个久违而又熟悉的背影。

黑色长发、和孟娴一模一样的身形和气质……傅信几乎在那一瞬间愣住,似乎连呼吸都忘记了,视线却一直跟随那道背影,直到再也看不见。

在下一站停车时,他想也没想就冲了下去。

番外三　氤氲疏影·傅信

当时正值早高峰，车水马龙，人头攒动，傅信逆着人流一路狂奔，五分钟的路程被他缩减到两分钟。他心头是抑制不住的狂喜，仿佛内心深处被尘封多时、柔软温热的那部分重新活了过来。他以这样一腔孤勇的心境追上了那个人，却在叫出对方的名字以后，看到一张完全陌生的脸。

不是她……是他认错人了。

彼时的傅信甚至忘记了道歉，他的笑意僵在脸上，整个人几乎被铺天盖地的失落和茫然淹没，并后知后觉自己刚才的行为是有多么失控。

即便那真的是孟娴又怎么样呢？

她和他又有什么关系呢？

即便他真的见到她了又能怎么样呢？

他又要说些什么呢？

说不定，孟娴根本都不记得他了……

那一瞬，傅信忽然觉得自己很可笑。

…………

"不只可笑，而且虚伪、卑劣。"傅信声音温沉，对从前的自己这样评价道。

可当孟娴和他对视时，她又在他眼底看到苦尽甘来、缱绻深沉的爱意。

"后来呢？"她尾音有些微的酸涩，如是问道。

傅信说他逃课一天，可认错人以后，他明明还有赶去学校的时间。为什么？

"我不知道，等我回过神来时，我已经在候机厅了。"男人眸色潋滟，隐有两分对当初冲动行为的羞赧，"……我买了回国的机票，去了很多你可能会出现的地方。不过我运气不太好，最后也没有见到你。"

孟娴笑出了声，没想到傅信也会做出这种离经叛道的事。她不轻不重地嗔怪道："后悔了吧？让你年轻气盛。"

傅信也不反驳什么，只是安静地低下了头。

不后悔。他想。

对她，他从来不后悔，即使重来一次，他还是会这么做。因为只要有一丝见到她的可能，他都会那么做。

这么多年来，他一直是个虚伪卑劣的懦夫，但唯有在爱她这件事上，他可以豁出一切。

番外四

青山余晖·程锴

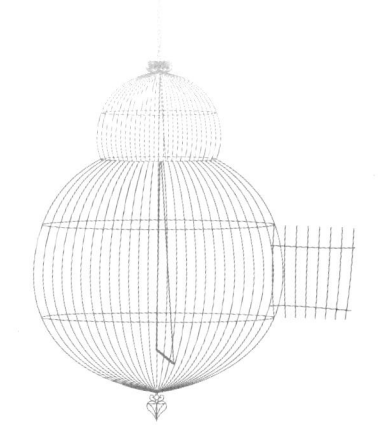

金丝笼

程错最近迷上了电吉他,他花高价请了位专业人士日夜不停地教他,总算速成了。

他刚参加完一场赛车友谊赛,孟娴被迫去当了观众。比赛在地处群山山脚下、临海岸边的一家露天咖啡馆里举办。程错坐在高脚椅上,节奏感超强的重金属电音一弹出来,倒也像那么回事。

两个月不见,程错的头发剪短了些,野生眉、高鼻梁,越发显得他桀骜散漫。再配上略有些夸张的耳钉项链,和随着弹奏动作嘴角时不时溢出的漫不经心的笑意,不知道的还以为他是什么乐队偶像呢。

只有宁进凑到孟娴耳边,用手捂着嘴,小声地拆自家老大的台:"其实我哥是在耍帅。老师说了,他现在的水平连最低标准都达不到,弹得不伦不类,全靠一张帅脸撑着,架势一摆,伴奏一起,也就骗骗咱们这种外行人。"

孟娴会心一笑,虽然心里知道程错是在装酷,但视线还是很专注地看着他。

"他怎么突然想起学这个了?"她侧头低声问道。

宁进耸耸肩道:"谁知道呢?他从小到大一直学的大提琴,没见他对吉他、贝斯这类乐器感兴趣过。自从两个月前俱乐部开始集训,他突然就开始喜欢电吉他了。"

两个月前?

孟娴略一思索,便弄明白了程错为何会这样。

两个月前,程错待的那家赛车俱乐部组织集训,她便送他去了集训场。临分别前,两人偶遇了那家俱乐部现下炙手可热的冠军车手。

出于礼貌,在对方和程锴打招呼并看向她时,程锴也为两人做了介绍。本来是很稀松平常的一件事,但程锴却在她目送那位赛车手离开时莫名其妙地吃起了飞醋。

当时程锴刚度过康复期不久,正经赛车比赛一次都没参加过,说他在圈子里没落了也不为过。而对方则是近两年在国内外名声大噪的明星车手,外貌也优于常人,连孟娴一个不怎么关注赛车的人都看过好几次他的采访视频,这次看见了真人,她自然多看了两眼。

程锴当时就不高兴了,他眼一横,嘴角也跟着向下撇:"别看了,他又没有我长得帅。"

孟娴知道程锴心眼儿小,但没想到那么小,她一时兴起,就打趣了一句:"是没你长得帅,但人家会弹电吉他啊,粉丝可多了,好多女孩子喜欢。"

话说完,程锴的教练就找了过来,孟娴匆匆和他道别,并约定两个月后训练期满再来接他。

话只是随口一说,所以离开集训场后,孟娴就把此事忘得一干二净,刚才程锴结束比赛非要拉着她看他弹电吉他的时候,她还奇怪他怎么突然开始喜欢电吉他了。

原来……只是因为她脱口而出的一个玩笑。

想到这里,孟娴不由得又笑了。程锴都二十多岁了,还整天像个小孩子一样,一碗根本没必要的醋,他都能喝上两个月。

话虽如此,可孟娴还是在程锴弹完他那热血但又不太好听的曲子后,很给面子地鼓起了掌。而刚刚还在装酷的程锴眼前一亮,也不装模作样了,抱着电吉他就凑了过来:"怎么样?我弹得好不好?"

"好,特别好,简直是电吉他天才。"孟娴笑吟吟地夸着,总觉得自己说这话时,程锴背后好像有条尾巴在疯狂地左右摇晃。

程锴不傻,也知道孟娴夸得又虚伪又夸张,但这并不妨碍他因为

金丝笼

她的话高兴。

"那我和项明比起来,谁更帅?"他强忍着内心的喜悦,继续不动声色地试探。

项明就是那个什么也没干,还被同门兄弟暗戳戳地嫉妒了两个月的冠军车手。

一旁的宁进憋笑都快憋出内伤了,孟娴还要假装看不见,继续无奈地哄道:"你最帅。"

话音刚落,程锴的嘴角终于是压不住了,偏偏他还要装作一副根本不在乎的样子,嘚瑟又臭屁地轻哼一声:"……算你有眼光。"

这下,宁进实在是看不下去了——他在集训场陪了程锴整整两个月,也忍受了他那魔音整整两个月,可比孟娴惨多了。他终于忍不住挖苦起程锴来:"可是程哥,你那么帅,还是在刚才那场友谊赛里输给了项明啊,他第一,你第二。"

孟娴一听,觉得大事不妙,没想到程锴非但没发火,反倒云淡风轻、坦坦荡荡地说道:"那又怎么样?小爷我腿刚好,能拿第二已经是拼死拼活了。等过段时间,谁第一还不一定呢。"

说着,他抬抬手,笑得一脸灿烂。他能听到孟娴亲口说一句他最帅,这比任何第一都让他开心。

他最在意的、最想要的,早就已经得到了。

有她在,他根本不在乎输赢。

从望海咖啡馆出来,宁进就和他们分开了,他和朋友约好了出去玩,而程锴则履行诺言,要带孟娴沿着海岸线兜风。

早在这两个月和程锴时不时的视频通话中,孟娴就常听他说起这附近的景色,又被他缠着答应等他训练结束,就陪他看这里的落日。

夕阳余晖下,敞篷跑车在路上疾驰,风声掠过,孟娴一转脸就能看见波光粼粼的海面。

海鸥纷飞,金云低微,日落晚霞,这里的确很美。

直到天边开始掺杂昏沉的深蓝,兜风才结束。他们找了一家临海的小酒馆,喝到微醺以后,两人并肩坐在沙滩上吹海风。

　　不知道是因为酒精,还是因为太久没见,程锴的话格外多。孟娴一边看着夜色降临后安静翻涌的海浪,一边颇有耐心地,断断续续地回应着程锴。

　　"集训刚开始不到一周,队里有个人因为熬夜打游戏一直没睡好,最后开着车睡着了,车翻进了草堆,当天就被开除了……

　　"还有一个,因为被教练训了心里不服气,给朋友发消息骂教练,结果发错人,直接发给教练本人了……

　　"还有还有……"说着说着,程锴的声音低了很多,像是委屈,又像是撒娇,语气软软的,"……还有你啊,你工作那么忙,一次都没有来看过我。我可不是怪你啊,我……"

　　程锴还在絮叨,一转头,忽然发现孟娴靠在他肩上睡着了。

　　四周静悄悄的,除了海风,只剩下浪花的声音。他微怔良久,一动也不敢动,连呼吸都不自觉地放轻了。

　　片刻,等确认孟娴真的睡熟了,程锴这才笑了笑,声音也轻得几乎快要听不见:"……我只是太想你了。"

番外五

冬雪祈愿・白霍

金丝笼

助理敲门进来的时候,白霍正在写信。

尖锐冷硬的钢笔笔尖时而停顿,时而在牛皮纸上摩擦着发出"沙沙"的声响,助理在旁边一一列出今明两天的行程,语速很快,但这似乎并没有影响到白霍的思绪。

信不算长,助理说完时白霍正好落款,他放下笔后,把信纸对折,放进准备好的信封里。

"我知道了,你下去准备吧。"男人的眉眼有些凌厉,好在声音温沉,才显得他整个人没那么冷冽。

助理应了一声,可还没转身就又被叫住。

"过几天多伦多要举行圣诞花车巡游,你知道吗?"白霍冷不丁地问道。

助理略一思索,点了点头:"这场巡游很盛大,您要去看看吗?我可以帮您安排行程。"

这次出差要去多伦多,正好赶上当地一年一度的圣诞巡游,他还答应了女朋友要给她开视频让她也看一看,所以特意提前了解了巡游的具体时间和地点,正好和工作安排不冲突。

但他奇怪的是,老板一向不食人间烟火,怎么突然会对巡游这种热闹非凡的事感兴趣,还特意问他呢?

白霍移开目光,转而落在电脑屏幕上,似乎想到了什么开心的事情,从来不苟言笑的人,眼里罕见地溢出几分喜悦:"安排吧,那天的时间空出来,我要去见一个朋友。"

番外五　冬雪祈愿·白霍

助理出去时带上了门，偌大的办公室又重新恢复寂静。白霍滑动鼠标，屏幕上的页面跟随他的动作跳转到下一张照片——

那是一个二十多岁、长相淡雅的女人，她穿着饱和度很低的绿色大衣，长发松松地挽在脑后，耳坠和额前碎发随风飘扬，微笑随性而从容。她身后是海岸，海面平静，纷纷而落的漫天雪花陪着她一起定格此刻，又在此时被他尽收眼底。

这是孟娴的个人社交账号，不同于工作室的严谨官方，这个账号大多发布的是作者本人的一些生活日常，铁杆"粉丝"不多，白霍是其中一个。

头像是他以前常用的，又足够活跃，很快便在孟娴那里混了个脸熟，对方还时不时地会回复一下他的留言。

一天前，孟娴发了一条最新动态，说她要去多伦多谈合作，评论区有人提起即将到来的花车巡游，她附和了几句，言语之间似乎对此很感兴趣，还多次提到里面的那个圣诞老人卡通人偶。

这些照片和文字，白霍翻来覆去地看了很多遍，最后定了同一时间去多伦多的行程。

公司其实一直有那边的相关业务往来，但还没庞大到需要他亲自出面。只是算算日子，他们已经十一个月零九天没有见过面了。

思念蚀骨，总是将人磨得更不理智些。

多伦多之行的第二天，公事就已经谈得七七八八。

会议结束时，白霍起身和对方派来的负责人握手，他旁边的一位女性高管似乎认得白霍，也走过来和他打招呼，那人连忙介绍："这是我妻子莉娅，也在这家公司工作，以前她曾在你的城市留学，你们见过的。"

白霍的确对她有些眼熟，虽然想不起来，但还是礼貌性地和对方问好。

"我记得当初见您，您还和您的女朋友在一起呢？"她随口寒暄，

金丝笼

随后目光下移,落在白霍无名指上的婚戒上,脸上笑意更大,"……看来您二位已经结婚了,恭喜。"

白霍眸色稍凝,但表情没什么变化,也没有否认。

这些年来,他仍保持着给孟娴写信的习惯,并对外宣称自己已婚,无名指上也戴着当初和孟娴结婚时的婚戒,这让不明真相的外人看来,便自然以为他并非独身。

白英总说他自欺欺人,白霍也从不辩驳什么。

他不需要其他人理解他,他只知道自己和妻子的分别是暂时的,他的爱人早晚会回来。他会戴着戒指一直等,等到她回家的那一天。

巡游当天,早上六点白霍就醒了。他端了杯咖啡来到客厅时,刚刚泛起一丝鱼肚白的天空已经开始飘起零星的雪花,有一些调皮的顺着他没关的窗户溜进来,轻盈地落在地毯上,又很快因为室内的温度消失得无影无踪。

他就静静地看着窗外的飘雪,直到一杯咖啡见底。

酒店派人送来了装饰好的圣诞树,或许是入乡随俗,或许是真的心有期盼,白霍也一本正经地写了愿望挂上去,还挑了个最显眼的位置。

他提前半个小时来到巡游场地,用围栏隔开的道路两边早已人满为患。白霍并不往前挤,只是步伐很慢地跟在人群后方挪动,同时认真搜寻着那张他日思夜想的面孔。

很快,巡游开始了。

乐队表演、民俗风情和新兴文化碰撞融合,连空气里都弥漫着欢庆的气氛,群众的欢呼声夹杂着远处巡游车队的鼓乐声,这样的热闹持续了两个半小时,而白霍的大海捞针也进行了两个半小时。

他当然没能找到孟娴。

这个除了爱情和婚姻,在任何时候都无往不利的男人似乎终于意识到自己的行为有多么愚蠢,他慢慢停下脚步,目光却仍执拗地在可视范围内寻找着。

巡游接近尾声,摩肩接踵的人群开始向四周疏散,白霍脚步越来越沉重,忽然,他身形一顿,原本漫无目的的眼神遥遥地聚焦到马路对面——

隔着马路,他日思夜想的那道身影正一个人坐在公共长椅上休息,周围的人渐渐都走了,只有她还全神贯注地看着已经远去的车队。

一瞬间,白霍似乎连呼吸都忘记了,仿佛四周的一切嘈杂都被隔绝在外,天地之间只剩下他们两个人。

她没什么变化,只是头发长了些,白霍想。

他整个人被钉在原地,就那么目不转睛地看着她,心跳如鼓,震耳欲聋。

孟娴没有看到他,他们离得太远了,旁边还有雕像挡着,她又对别的事情投注了全部的注意力,自然没有察觉到什么。而白霍也没有贸然过去,只是那种困兽般压抑不安的焦躁突然消失得干干净净,就像在一瞬间得到了镇定的良药似的。

只是见她一面,他就已经很满足了。

等他回过神来,四周行人熙攘的声音夹杂着微弱的风声,再次传入耳中,他手机振动两下,是熟悉的提示音。

他一边拿出手机,一边看着对面那抹纤长的身影——孟娴也在摆弄手机,就在刚刚,她发了一条新动态。

没有配图,大意是说这次巡游很有意思,和她想象中一样热闹。而白霍熟练地点开评论区,眼角余光还在关注着对面的人。

"见到心心念念的圣诞老人了吗?"他问。

不到一分钟,他收到回复:"没有。因为不熟悉地理位置转向了,错过了最开始巡游的圣诞老人,而且人太多了也挤不到前面去,下次有机会再看吧。"

隔着屏幕,白霍都能想象到孟娴打出这些话时的表情——她应该

金丝笼

是微微笑着的，但又有些无奈的表情。

这时，像是察觉到了什么似的，孟娴抬眼看向了对面。那种像是被谁盯着看的感觉忽然消失了，对面那条街道空荡荡的，除了几个脚步匆匆的行人，无人驻足停留。

是错觉吗？她收回手机，仰面闭了闭眼，感受冰凉的雪花落在脸上，以及热闹的狂欢过后片刻的安宁。

雪下得不大，身旁偶有行人经过，孟娴就这么安安静静地歇了将近十分钟。等休息得差不多了，她拍拍身上的雪，正要站起来，眼前却忽然投下一大片阴影。

她下意识抬起头，然后微微愣住了。

那是一个圣诞老人的卡通人偶，憨态可掬，衣帽边缘和大胡子雪白蓬松，人偶比她高两个头还多，身形也是她的两倍。

原本已经错过了的圣诞老人，竟然再次出现在她面前。

世界在这一刻变得无比寂静，隔着人偶服的眼睛，孟娴隐约看到那张熟悉的脸。

他微微低着头，没有说话，但是近在咫尺，她能听到他胸腔起伏的每一次呼吸声，那么真实、鲜活。跨越无数个日日夜夜，以这样一种她意想不到的方式，他出现在她面前。

愣怔了片刻，孟娴忽然笑了。

笑意轻飘飘的，却发自内心，像是对着圣诞老人，又像是对着玩偶里的人。

四周万籁俱寂，白霍恍惚想起他在那棵圣诞树上许下的愿望。

他一直不信天定，总觉得事在人为，可现在看来，又忽然庆幸当时虔诚。

他想，他的愿望已经实现了。

（全文完）